Schwanenbier

ein Brügge-Roman

von Barbara Burkhardt

**Für Mama
und Charly**

Die Geschichte, die handelnden Personen und ihre Biografien in diesem Roman sind frei erfunden. Eventuelle Ähnlichkeiten mit lebenden oder verstorbenen Persönlichkeiten wären rein zufällig.

Anmerkungen und Fragen werden unter schwanenbier@gmail.com gerne beantwortet.

Inhalt

Kapitel I

„Gelassenheit beginnt blassgrau“.
Mel beugte sich über ihre Tasse nach vorne und sah Lea in die Augen. „Und dann?“ Wird sie dann schwarz?“
„Nein, in ihrer Vollendung ist sie satt dunkelgrün. Wie ein Tannenwald.“ Lea leerte die Espressotasse und stellte sie zurück auf den Küchentisch. „Dunkelgrün, ruhig und ausgewogen, in sich selbst ruhend. So einfach.“
Mel sagte nichts und dachte zum x-ten Male darüber nach, wie ihre Freundin einen inneren Zustand wie Gelassenheit einfach in Farben ausdrücken konnte. Wie sie alles in Farben ausdrückte.
In der Küche war es so still, dass man den Regen auf das Fenster trommeln hörte. Die beiden Frauen hingen ihren Gedanken nach und wärmten die Füße auf dem Heizkörper.
Die Küchentür flog auf und krachte gegen die Wand. Eine junge Frau schoss durch den Rahmen und knallte die hochhackigen Pumps auf die Fliesen, so breitbeinig, wie es der kurze, enge Rock eben zuließ. Sie warf den Kopf in den Nacken und die Arme theatralisch nach oben. Ein einziges Wort explodierte gegen die Zimmerdecke: „Männer!“
Die beiden anderen fuhren hoch. Nach kurzem Schreck lachte Mel los: „Rot!“ Und Lea ergänzte kühl mit hochgezogenen Brauen: „Feuerrot!“ „Brandrot!“, grinste die Frau, die die Küche so dramatisch betreten hatte. Sie schüttelte den Regen aus ihrer blonden Mähne, warf die nasse Jacke über einen Stuhl und plumpste auf die Küchenbank. Die Pumps kickte sie achtlos weg und zog die Beine unter ein dickes Kissen.
„Kaffee?“, fragte Mel.
Die Frau nickte nur. Mel machte sich an der riesigen italienischen Kaffeemaschine zu schaffen, als wäre sie eine echte Barista.

„Was war los, Flitzi? Wer von deinen Verehrern hat sich wieder danebenbenommen?“, erkundigte sich Lea scheinheilig, als sie die volle Tasse von Mel entgegennahm und an die Frau auf der Bank weiterreichte.
„Ach, nur mein Chef und sein dämlicher Assi. Sie haben mir fast die Tour mit nem Neuen vermasselt. Ich hab den Kerl am Haken, fast schon den Stift zur Unterschrift in der Hand. Da trampelt erst der eine, dann der andere in mein Kabuff. Wegen einer beschissenen Akte, die sie nicht finden können. Als ob ich ihre Sekretärin wäre! Beide doof wie Knäcke! Und der Ma-

nagerheini glotzt mich an! Fast wäre der Deal geplatzt!“
Flitzi – oder besser Felicitas Ariane, äußerst erfolgreiche Unternehmensberaterin bei einer der ersten Adresse der Stadt, redete sich wieder in Rage.
Lea grinste breit. „Redest du im Büro auch so?“
„Sollte ich vielleicht mal. Und dem topkompetenten Direx und seinem Äffchen mal deutlich sagen, wo sie sich bedienen dürfen.“ Flitzi grinste zurück. „Aber wahrscheinlich darf ich das nur einmal.“
Mel stand an die Spüle gelehnt und schüttelte den Kopf. „Tja, Männer halt. Apropos Männer. Wo ist denn eigentlich unser Quotenmann? Ich habe ihn heute noch gar nicht gesehen.“
„Der ist mit einem Gastprofessor für biochemische Prozesstechniken oder so was Ähnlichem essen gegangen. Der Typ ist aus London angereist und hält am Wochenende irgendeinen Vortrag. Det muss ihn betütteln,“ antwortete Lea.
„Das gefällt ihm sicher. Fachsimpeln auf höchstem Niveau, da ist unser Schatz in seinem Element.“
Mel räumte die leeren Tassen in die Spülmaschine, Flitzi kramte ihre Klamotten zusammen und verschwand mit einem kurzen Tschüss. Lea winkte Richtung Mel und verließ hinter Flitzi die Wohnung. Im ersten Stock trennten sich ihre Wege. Flitzi nahm die linke Wohnungstür, Lea ging durch die rechte, über der von Mel.

In Leas Wohnung roch es nach frischen Blumen. Ein bunter Strauß stand auf dem Couchtisch und füllte das Zimmer mit seinem feinen Duft. Fussel stürmte auf Lea zu und verlangte energisch nach seinen gewohnten Streicheleinheiten. Der Mischlingshund war ihr bester Freund, seit sie ihn letztes Jahr aus dem Tierheim befreit hatte.

Lea ließ sich seufzend am Schreibtisch nieder, knipste die Lampe an und klappte ihren Laptop auf. Eigentlich hatte sie gar keine Lust mehr zu arbeiten, aber die Expertise musste noch fertig werden. Morgen war Abgabetermin. Während der Computer startete, schweiften ihre Gedanken zu ihren Hausgenossen.
Sie waren alle vier einmal Studienkollegen gewesen, hatten sich an der Uni kennen gelernt und waren Freunde geworden. Mel hieß eigentlich Melina. Sie hatte ihr Betriebswirtschaftsstudium mal eben so hingeschmissen. Sie fand die angehenden Manager einfach nur blasiert, karriere- und geldgeil. Wahrscheinlich musste für diese Verallgemeinerung ihre ge-

scheiterte Beziehung mit einem dieser Kommilitonen herhalten. Aber irgendwie machte sie einen erleichterten und gelösten Eindruck, als sie Mann und Studienplatz gegen einen handfesten Lehrberuf getauscht hatte. Mel wurde Friseurin, mit Leib und Seele. Und war gefragt. Einen eigenen Laden wollte sie nicht, aber die vielgebuchte erste Kraft in einem angesagten Salon zu sein, das war ihr Ding.
Vom Studium und ihrem damaligen Lover blieb nur die monströse italienische Kaffeemaschine zurück, die er ihr einst geschenkt hatte und die von allen heiß geliebt wurde. Mel und ihre Kaffeemaschine waren der gesuchte Mittelpunkt des Hauses geworden. Wenn Lea an Mel dachte, war das immer verbunden mit dem warmen Orange eines Sonnenuntergangs.

Lea erinnerte sich noch, wie sie sich oft mit Mel in der Mensa getroffen hatte. Mel war fasziniert von Leas Ausbildung zur Textil-restauratorin und fragte ihr darüber Löcher in den Bauch. Ein toller Beruf, fand Lea auch. Nur zu einem geregelten Einkommen hatte es noch nicht gereicht. Die potentiellen Arbeitgeber wie Gutachterbüros oder Museen schätzten billige Praktikanten und so genannte Projektbetreuer, die sie nur nach Bedarf einsetzen und bezahlen mussten. Aber Lea war sich sicher, dass es nur eine Frage der Zeit und Erfahrung war, bis sie in der Branche Fuß gefasst hatte.

Der einzige Mann im Haus war Frank-Thomas. Der Name war Programm. Als Mels Mutter ihn zum ersten Mal gesehen hatte, summte sie danach den ganzen Tag die Uraltparodie von Dieter Krebs „Ich bin der Martin, ne“. Frank-Thomas hatte schon so etwas von diesem Typ Mann, der mit Latzhosen und Jesuslatschen, das selbst ge-machte Müsli in der Hand, stundenlang über vernachlässigte Pinguinpopulationen in Relation zum Einkaufsverhalten in europäischen Schuhgeschäften dozieren konnte.
Er war Biochemiker, schien nicht ganz von dieser Welt, was aber ein Trugschluss war, und überzeugt davon, der einzig wahre Traummann für Mel zu sein.
Alle nannten ihn Det, nach dem Mainzelmännchen, dem er mit seiner runden Brille und der Wollmütze, ohne die er mindestens acht Monate im Jahr nicht außer Haus ging, schon irgendwie ähnlichsah. Lea hatte bei Det immer ein verwaschenes Blau im Kopf, obwohl er gar keine ausgebleichten Arbeitshosen trug, auch keine Latzhosen. Seine Jeans waren immer nur schwarz, wie meistens die restlichen Klamotten auch.

Flitzi hatte ihren alten Herrn und seine dicke Geldbörse davon überzeugen können, dass ein Vierfamilienhaus in Potsdam ein adäquates Geschenk für ein abgeschlossenes Jura- und Betriebswirtschaftsstudium sei. Sie war dann mit Hilfe von Vaters Verbindungen in verschiedenen Wirtschaftsunternehmen tätig gewesen und hatte dabei rasend schnell gelernt, worauf es in den Vor- und Hinterzimmern dieser Betriebe ankam. Von klein auf war sie gewohnt, sich auf dem glatten Parkett der feineren Gesellschaft zu bewegen. Da fiel es ihr auch nicht schwer, den Einstieg in eine hippe Unternehmensberatung am Platz zu finden, um schon bald erfolgreich in diesem Haifischbecken mitzuschwimmen.
Was sie aber in keiner Weise daran hinderte, das Treiben sehr distanziert und manchmal auch verächtlich zu betrachten. Ihre Freunde lachten sich schräg, wenn sich Flitzi in Mels Küche über ihren Job Luft machte. Die flapsige Ausdrucksweise, mit der sie Menschen und Situationen beschrieb, rieb sich auffallend mit ihrem durchgestylten Auftreten. Zu Flitzi fiel Lea immer knallgrün ein, spontan, springlebendig und manchmal auch ein wenig spitz.

So waren sie bei Flitzi Mieter geworden, teilten Freud und Leid miteinander und vor allem Mels Kaffeemaschine. Küchenquatsch nannten sie ihre kleinen Versammlungen um das metallene Monster. Sie konnten alles mit einander beharken, während der doppelte Espresso für Lea, der Lungo für Flitzi, der Latte für Det und der Capu für Mel in die Tassen und Gläser zischelte.
Lea riss sich aus ihren Träumereien und begann energisch die Tastatur ihres Laptops zu bearbeiten. Nach einer Weile spürte sie, wie sich Fussel an ihren Knien unter dem Schreibtisch rieb.
„Ja, du hast Recht, es wird Zeit, dass wir uns die Beine vertreten. Komm schon, auf geht's!“

Als Lea mit dem Hund zurückkam, sah sie auf dem Monitor, dass eine E-Mail eingegangen war. Sie öffnete ihr Mailprogramm und las den Absender einer gewissen Rose. Lea hatte Hunger und wollte nicht mehr viel Zeit vor dem PC vertrödeln. Mehr aus Gewohnheit als aus Interesse öffnete sie die Mail und las mit wachsender Verwunderung.

„Liebe Lea,

so darf ich dich sicher nennen, denn ich bin deine Tante Rose. Ja, als ältere Schwester deines Vaters bin ich wohl deine Tante. Ich habe schon lange keinen Kontakt mehr zu ihm, deswegen wusste ich auch nicht viel von dir. Über deine Website bin ich auf dich gestoßen, als ich meinen Familiennamen im Internet eingegeben hatte.
Inzwischen lebe ich in Brügge und würde mich freuen, wenn du mich dort mal besuchen würdest. Das klingt wahrscheinlich ein wenig aufdringlich, aber ich habe keinerlei Erfahrung darin, wie man nach fast 25 Jahren wieder mit seiner Familie und gar mit einer noch unbekannten Nichte in Kontakt kommt.
Wenn du neugierig geworden bist auf deine noch neue alte Tante, dann melde dich doch bei mir. Ich würde mich wirklich freuen.

Herzliche Grüße aus dem wunderbaren Brügge
Deine Tante Rose“

„Du kriegst die Motten!“ Lea war baff. Eine Tante. Eine Schwester ihres Vaters. Ihr Vater – meine Güte, wie lange hatte sie von ihren Eltern nichts mehr gehört? Mindestens ein Jahr war seit der letzten Postkarte vergangen. Die beiden forschten irgendwo in Südamerika an aussterbenden Pflanzen herum. Sie hatten ihre Tochter mit dem Schulabschluss als flügge entlassen und ihrem eigenen Leben übergeben. Nicht, dass Lena das bedauert hätte. Die beiden waren sowieso kaum die echten Vorzeigeeltern gewesen. Der Vater war nie auf Elternabenden erschienen, die Mutter hatte nie einen Kuchen für das Schulfest gebacken. Lea hatte in der Schule immer erzählt, dass ihre Eltern Forscher und Entdecker seien. Was irgendwie auch stimmte, na ja, jedenfalls so ungefähr. Die Lehrer beäugten das skeptisch, die Mitschüler waren erst sehr beeindruckt, verloren aber bald das Interesse, weil Lea diese sagenhaften Eltern ja eigentlich nie vorweisen konnte. Sie reisten im Auftrag ihrer Arzneimittelfirma durch die Welt, um seltene Pflanzen einzusammeln. In Leas Augen ziemlich langweilig. Lieber hätte sie ihre Eltern mal eine Weile für sich daheim gehabt. So verbrachte Lea die meiste Zeit ihrer Schuljahre im Internat. Familienleben kannte sie so gut wie gar nicht.
Und nun hatte sie plötzlich eine Tante. Und dazu noch in

Brügge. Brügge – ähm, lag das nicht in Belgien?
„Was weiß ich denn über Belgien?“, Lena zog die Stirn kraus. „Ist auch schwarz, rot, gold. Oder eher gelb? Nur vertikal und eine andere Reihenfolge. Aber welche? Egal. Was noch? Hmm... Pommes. Pralinen. Bier... Ist das alles? Ach nee, Brüssel haben die doch. Wo die Europolitiker das viele Geld durchbringen, ohne irgendwie... Und? Sonst noch? Hmm, keine Ahnung. Aber apropos Pommes. Ich habe Hunger, Fussel, du auch?“
Ein kleines Blaffen kam als Antwort, was Lea als Zustimmung wertete. Sie machte sich auf den Weg in die Küche.

Fussels Schüsseln mit Futter und Wasser waren schnell gefüllt. Gierig machte sich der Hund darüber her. Sein Schlabbern machte deutlich, dass er schon viel zu lange hatte warten müssen. Lea lächelte, als sie dem Hund zusah, solange ihre Spiegeleier in der Pfanne schmurgelten. Viel Kulinarisches hatte sie heute nicht mehr vor. Es war schon spät und sie war müde. Ein paar Eier mit Butterbrot und Tomaten mussten reichen.

Während sie aß, dachte sie über die Mail dieser Rose nach. Eine ältere Schwester ihres Vaters? Ja, sie hatte mal irgendetwas davon gehört. Ihre Großeltern waren lange tot. Da konnte sie niemanden mehr fragen. Geschwister hatte sie selbst keine. Bei ihrem Vater wollte sie sich nicht erkundigen. Diese Tante hatte seit langem keinen Kontakt mehr zu ihm, das hatte wohl Gründe. Lieber wollte sie diese Tante erst einmal selber kennen lernen. Lea hatte aber nicht so richtig Lust, durch Europa zu kurven, um eine Unbekannte als Familienmitglied zu begrüßen. Was tun?
Im Bücherregal kramte sie nach alten Fotoalben und trug sie zum Esstisch. Da, da war es! Tatsächlich, unter den verfärbten Fotos standen Namen. Es sah nach einer größeren Familienfeier aus. Ihre Eltern erkannte sie, die anderen waren ihr fremd. Neben ihrem Vater saß eine lachende Frau, die ihm sehr ähnlichsah, laut Bildunterschrift ihre Tante Rose.
Sie schob das Album zur Seite und sah nach Fussel. Der hatte sich unter dem Tisch zusammengerollt und schnarchte leise.
„Oh, der Hund! Das ist die Idee!“

Schnell stand Lea auf und lief zu ihrem PC. Die Mail stand noch offen und so brauchte sie nur auf antworten zu klicken. Sie schrieb nur ein paar Worte: „Ich habe aber einen Hund!“

Bevor sie richtig nachgedacht hatte, war die Mail schon unterwegs nach Brügge.
„Mist! Ich mal wieder. Darüber schläft man doch erst einmal. Zu spät!"
Mit einem Achselzucken ging sie an die nächste Mail und verschickte ihre fertige Expertise an das Gutachterbüro, für das sie im Moment arbeitete. Dann klappte sie den Laptop zu.
„Schluss für heute - Fussel, komm Heia!"

Der Hund lag längst am Fußende ihres Bettes zusammengerollt, als sie ins Schlafzimmer kam. Lea seufzte und dachte, dass sie wohl die miserabelste Hundehalterin der Stadt war, die ihrem Hund erlaubte, im Bett zu schlafen. Aber wer kann einem wimmernden Fellbündel widerstehen, das jammernd vor der Schlafzimmertür hockt und die personifizierte Einsamkeit ist? So kam der Schlingel schon wenige Tage nach seinem Einzug bei Lea dorthin, wo sie bis dato garantiert kein Tier haben wollte.

Lea schlüpfte unter die Decke und versuchte ihre Füße unter den Hund zu schieben, was der mit einem unwilligen Grunzen quittierte, und natürlich keinen Millimeter wegrückte. Resigniert zog sie die Beine an und suchte nach einer möglichst bequemen Schlafstellung, bevor sie das Licht löschte.

Kapitel II

Heute war Freitag. Lea wuselte durch die Wohnung und packte ihre Sachen zusammen. Sie hatte einen Vorstellungstermin im Landesmuseum für Mode und Trachten. Vielleicht endlich die Chance auf eine feste Stelle.
Um elf sollte sie da sein. Also genügend Zeit für alle Pflege- und Verfeinerungstricks, die eine Endzwanzigerin für so einen Termin brauchte. Nach Haarpackung und Maniküre, Augenbrauenkorrektur und Entspannungsmaske fühlte sich Lea für die anstehende Aufgabe der Selbstdarstellung ausreichend gewappnet. In Museen ging es eher konservativ zu, also war der flotte dunkelblaue Hosenanzug mit dem cremefarbenen Shirt genau das Richtige. Für ihren Geschmack zwar etwas bieder, aber dafür sehr seriös und Vertrauen erweckend. Sie zwinkerte sich im Spiegel zu, als sie im Flur daran vorbeikam. „Dir würde ich heute sogar eine Versicherung abkaufen!", flachste sie mit ihrem Spiegelbild.

„Pling, pling!" Zwei Mails hintereinander trudelten ein. Sie warf noch einen Blick darauf, ehe sie die Wohnung verließ. Die erste war von ihrem derzeitigen Brötchengeber, die wollte sie jetzt bestimmt nicht lesen.
Die andere Mail war von Rose. Lea zögerte ein wenig, doch dann klickte sie auf Öffnen. „Dann bring den mit, der Garten ist groß genug!" stand da als lakonische Antwort auf ihre nächtliche Mail. Hä? Ach so, Fussel natürlich. Das machte die neue Tante ja schon sympathisch. Sie hatte nichts gegen Hunde.

Lea knuddelte den Gegenstand der Mailerei noch mal kurz und verließ dann rasch die Wohnung in Richtung ihrer Verabredung. Auf dem Weg nach draußen klemmte sie noch eine Notiz an die Pinwand neben Mels Wohnungstür. „Ich backe heute Abend Pizza. Wer will was?" stand darauf. Die Antwort kannte sie eigentlich schon, aber vielleicht war ja heute mal Abwechslung bei den Geschmäckern der Freunde angesagt. Mel wollte normalerweise ihre Pizza mit Schinken und Champions, Det mit Kapern und Zwiebeln, Flitzi gar keine, aber dafür einen Salat mit Tomaten und Ruccola. Für Lea gab es DIE Pizza nicht. Bei ihr war der Belag von der Tagesform (und dem Kühlschrankinhalt) abhängig.

Verführerische Düfte zogen durchs Haus, als die Bewohner am frühen Abend nach und nach eintrudelten. Lea hatte nach ihrer

Rückkehr mit einem Schulterzucken den Zettel vom Pinbord und die üblichen Bestellungen zur Kenntnis genommen. Solange der Pizzateig gehen musste, kümmerte sie sich um die Post. Ein kleiner Packen hatte sich auf dem Schreibtisch angesammelt. Irgendwie hatte sie diese Woche keine Zeit gefunden, die Umschläge zu öffnen und den Inhalt zu verarbeiten. Oder war es mangelnde Lust gewesen? Na ja, jetzt war sie dabei. Die Reklamesendungen flogen ungeöffnet direkt in den Papierkorb, zwei Rechnungen kamen zur Erledigung neben den Laptop. Eine Einladung zu einem Fachkongress fand sie interessant, aber zu teuer. Das war's dann auch schon.
In ihrem elektronischen Postfach waren auch noch ein paar Mails zu beantworten. Wie sie befürchtet hatte, war die Mail von ihrem derzeitigen Brötchengeber ein warmes Dankeschön und der vorläufige Verzicht auf weitere Mitarbeit gewesen. Sie hatte die Expertise abgegeben, weitere Aufträge waren im Moment nicht zu erwarten. Lea presste „blöder Affe!" zwischen den Zähnen hervor und schob die Mail in den Ordner „Um eine Erfahrung reicher". Blieb dann noch die Mail von ihrer Tante...

Der Esstisch war mit Leinenläufern und –servietten gedeckt. Die ausladenden weißen Teller zierten ein paar Ruccolablätter und Zitronenscheiben. Große Muscheln mit Kerzen standen zwischen den bauchigen Rotweingläsern. Verlockend und appetitanregend sah alles aus. Lea war zufrieden. In ein paar Minuten waren die Pizzen fertig; Zeit, die anderen zum Aperitif zu holen. Sie ging in den Flur, wo neben der Wohnungstür ein kleiner Kasten befestigt war, eine Gegensprechanlage für die anderen. Der unterste Knopf war der Sammelruf für alle. Sie drückte dreimal kurz darauf: „Essen fertig" war das Signal. Keine zwei Minuten später waren sie auch schon da. Als hätten sie nur auf das Klingeln gewartet. Lea reichte die Gläser mit dem berühmten Lea-Freitag-Abend-Cocktail herum.
„Worauf trinken wir heute?", fragte Det.
„Auf mich!", rief Flitzi, „ich habe heute den Abschluss des Jahres gemacht! Yeah!!" Sie riss den Arm mit der geballten Faust in Richtung ihres Knies. Mel lächelte nachsichtig.
Det zog die Brauen hoch und murmelte: „Das machst du doch jede Woche."
Lea sah von einem zum anderen und meinte: „Nein, wir trinken auf meine neue Tante!"
„Was? Woher hast du plötzlich eine Tante?"
Die Fragen gingen laut durcheinander.
Lea bahnte sich mit den Pizzen einen Weg ins Esszimmer und

stellte sie ab. Der Salat für Flitzi stand schon da.
„Erst einmal hinsetzen und essen. Ich erzähle euch alles."
Sie drückte Det die Rotweinflasche in die Hand, die er brav nahm und die Gläser füllte.

„So, jetzt wisst ihr alles. Mehr kann ich auch nicht sagen. Nur ist jetzt die Frage, was ich tun soll."
Lea lehnte sich in ihrem Stuhl zurück und legte die Serviette zusammen.
„Fahren natürlich!"
Für Flitzi gab es da gar keine Frage. Mel war schon zurückhaltender. „Meinst du nicht, es wäre besser, erst einmal eine Weile mit der Tante zu mailen? Dann bekommst du einen Eindruck von ihr. Und findest auch heraus, ob es wirklich deine Tante ist."
Det verzog das Gesicht.
„Das ist doch albern. Der persönliche Eindruck ist der beste. Fahr hin, mach Ferien und genieß die Tage dort. Wenn die Tante nix ist, kannst du ja immer noch ans Meer, wenn du schon mal da oben bist."
Lea spielte unschlüssig mit ein paar Randstückchen ihrer Pizza, die sie für Fussel beiseitegelegt hatte. Jetzt hatte der genug von seinem Beobachtungsposten neben Leas Stuhl. Energisch stupste er gegen ihr Knie. Sie kapierte und reichte ihm seinen Anteil an der Pizza.

Nachdem die Freunde gegangen waren und die Küche wieder ordentlich aussah, setzte sich Lea an ihren PC, um der Tante zu antworten. Das war gar nicht so einfach. Nicht, weil die Mail schwierig zu formulieren gewesen wäre. Die Tante hatte bisher einen lockeren Ton angeschlagen, mit der konnte man sicher unbefangen umgehen. Aber hinter der ganzen Sache steckte ja mehr. Wollte sie wirklich Kontakt zu irgendwelchen Familienmitgliedern? Welche Folgen hatte das? War das ein Einschnitt in ihre Unabhängigkeit? Was hatten ihre Eltern damit zu tun? War die Tante echt?
„Ach, Shit! Ich fahre!"

Zum üblichen Samstagvormittag-Küchenquatsch bei Mel erschien sie todmüde und mit Ringen unter den Augen. Sie hatte die halbe Nacht noch gesurft und einiges über Brügge und Belgien nachgelesen. Natürlich war sie vom Hundertsten ins Tausendste gekommen, aber genaus das war ja das Span-

nende daran.
„Und? Was machste jetzt?“ wollte Det wissen, als er ihr ihren Espresso reichte.
„Ich fahre. Zeit habe ich mehr als genug. Der jetzige Job ist vorbei. Das Bewerbungsgespräch gestern war für ein Projekt im Herbst. Also kann's losgehen.“
Lea kippte den Espresso.
„Und wann? Haffe daf der Tante fon gefagt?“
Det war etwas undeutlich hinter seinem Hörnchen zu verstehen.
„Ja, daf weif fie fon“, machte Lea ihn nach. „Ich habe ihr gestern noch eine Mail geschickt. Wenn ihre Antwort da ist, wann ich eintrudeln soll, ist schnell gepackt. Und außerdem kann ich dann mal wieder mein eingerostetes Französisch aufmotzen“
„Du hast es gut!“ seufzte Mel. „Brügge, Künstlerleben, mindestens eine Million Gemälde, alte Häuser, Museen, Cafés – hach!“
„Belgische Schokolade macht nur dick“, meldete sich Flitzi hinter ihrer Samstagszeitung. „Und die Belgier sprechen in Brügge übrigens Niederländisch.“
„Aber das Bier soll exzellent sein“, hielt Det dagegen.
„Und Pommes mit Mayo“, schwärmte Mel wieder.
„Als ob du die essen würdest!“
Flitzi schüttelte missbilligend den Kopf.
„Na ja, versuchen würde ich die schon, die sollen Weltklasse sein!“ verteidigte Mel ihre Kalorienschwelgereien.
„Ich werd' in erster Linie mal die Tante versuchen. Hab ja auch keine Ahnung, wie sich so was familienmäßig anfühlt. Hoffentlich nicht kuhfladenbraun. Echt scheint sie zu sein, Mel. In den Fotoalben und Familienpapieren habe ich sie gefunden. - Wieso sprechen die Niederländisch, Flitzi?“
„Weil Belgien dreisprachig ist“, dozierte Flitzi.
Lea runzelte die Stirn.
„Dreisprachig? Französisch, Niederländisch und...?“
„Deutsch.“ kam es lakonisch hinter der Zeitung hervor.
„Geil, dann habe ich ja keine Verständigungsprobs.“
Lea war erleichtert.
„Doch, hast du. Französisch sprechen sie nur in Wallonien, in Flandern sprechen sie Niederländisch oder eher Flämisch, was ungefähr dasselbe ist, aber nur ungefähr. Deutsch sprechen sie in der Gegend von Eupen und da fährste vielleicht nur durch. Von Brügge ist das weit weg.“
„Mann-o-mann! Das Ländchen ist doch nur ein Mückenschiss auf der Landkarte. Und dann drei Sprachen. Die spinnen

doch."
„Das dachte Obelix auch schon, damals."
Det konnte sich die trockene Bemerkung nicht verkneifen, als er Leas entgeistertes Gesicht sah.
„Ich geh jetzt erst mal einkaufen. Tschüss bis irgendwann!"
Lea winkte den anderen unter der Tür und ging mit ihrer großen Tasche nach draußen.

Kapitel III

Lea stand auf dem Deich. „Wowwwww!“, entfuhr es ihr unwillkürlich, als sie sich umsah. Vor ihr breitete sich feinster heller Sand aus, in Abständen unterbrochen von den Wellenbrechern, langen Reihen rissiggrauer Holzpfähle, die in den Sand gerammt waren und draußen in der grünweißen Gischt verschwanden. Das graugrüne Meer schwappte in großzügigen Wellen ans Ufer. Blendend weiße Schaumkronen liefen in geschwungenen Bögen auf den dunkelnassen Sand und ließen Muscheln und Tang zurück. Möwen keiften und stritten um Futter, das sie aus dem Treibgut pickten. Seeschwalben zischten dicht über die Wasseroberfläche und ein Schwarm kleiner weißschwarzer Vögel machte einen Höllenlärm, während er in vollendeter Formation vom Deich herunter zum Wasser schoss. Über dieses lebendige Bild spannte sich ein leuchtendblauer Himmel, am Horizont standen ein paar Segelschiffe und im strahlenden Sonnenschein hatte das Helmgras auf dem Deich den sanften Schimmer alten Messings.
Es roch nach Wind, Salzwasser und Tang, ein unwiderstehlicher Duft von Ferien und Freiheit.

Lea hatte nicht mehr gewusst, dass es am Meer so schön war.
„Gold und Perlmutt“, dachte sie unwillkürlich.
Fussel fand den Strand ebenfalls großartig. Er raste über den nassen Sand, schlug Haken ins seichte Wasser und sprang allem nach, was sich bewegte. Das waren vor allem die Wellen.
Als Lea sich an einer Düne in den Sand setzte und diese wunderbare Gegend einfach auf sich wirken ließ, schaufelte Fussel neben ihr mit seinen Vorderpfoten ein tiefes Loch. Der Sand flog nur so um ihn herum.

Sie hatte viel Zeit. Erst gegen Abend war sie mit Rose verabredet. Nach Brügge hinein waren es nur noch ein paar Kilometer. Lea wollte die Fahrt nach Belgien als Urlaub genießen. Deshalb war sie gestern auch total entspannt nach einem ausgiebigen Küchenquatsch losgefahren, hatte überall angehalten, wo sie sich eine Entdeckung versprach, und war hingerissen von den vielen Kostbarkeiten, die unterwegs zu bestaunen waren. In einem kleinen Landgasthof bei Aachen hatte sie übernachtet und war dann über Antwerpen Richtung Küste gegondelt.
„Eigentlich müsste man wie früher reisen, langsam und gemüt-

lich, überall pausieren und alles ansehen, was unterwegs an Kunst und Kultur so rumsteht. Der Weg ist das Ziel!“ murmelte sie vor sich hin, als sie wieder einmal an einer alten Abtei vorbeigefahren war.

Allerdings hatte sie der Ring von Antwerpen an den Rand eines Nervenzusammenbruchs gebracht. Laut den Anweisungen von Rose musste sie durch den Kennedy-Tunnel auf die andere Uferseite der Schelde.
„Kein Problem eigentlich“, hatte Lea gedacht, als sie die Karte studierte. „Immer geradeaus und nach dem Tunnel einfach dem Schild Brügge folgen.“
Leider hatte sie nicht mit der Phantasie der belgischen Verkehrsschildermaler gerechnet. Das erste Schild für den Kennedy-Tunnel sah sie vor Antwerpen. Es machte sie etwas nervös, denn es war ein weißes Rechteck mit einem schwarzen PKW, der oben lichterloh zu brennen schien. Oder kurz vor der Explosion stand. Jedenfalls sah das Schild wie eine dramatische Warnung vor einem gefährlichen Brand aus.
„Wenn ein Auto brennt, nicht in den Tunnel fahren? Oder was? Woher weiß ich, ob's im Tunnel brennt?“
Weitere Verkehrszeichen rauschten an ihr vorbei. Es gab reichlich davon. Außerdem wurde hier viel gebaut. Plötzlich stand links auf den Leitplanken ein schwarzbärtiger Mann in orangefarbenem Warnanzug, der mit einer Fahne winkte. Lea erschrak.
„Wo kommt der denn her? Was macht der auf der Leitplanke?“
Erst als sie fast auf gleicher Höhe mit dem Bärtigen war, erkannte sie, dass es eine Puppe war, die mechanisch mit der Flagge auf die nachfolgende Baustelle aufmerksam machte.
„Geht's noch, sind die total panne? Da erschrickt man ja zu Tode!“
Sie holte tief Luft. Jetzt kam das Schild mit dem explodierenden Auto wieder.
„Das brennt ja gar nicht. Das soll ein Blaulicht sein oder so was. Die dürfen rechts vorbei, soll das wohl heißen. Total abgedreht! - Ah, da ist ja das Schild für den Kennedy-Tunnel. Aber wieso soll ich rechts rausfahren? Laut Navi geht es unter dem Fluss durch ohne die Autobahn zu wechseln. Was soll das nun wieder?“
Fussel gab keine Antwort. Es interessierte ihn auch nicht, er schlief auf der Rückbank.
Es war nur wenig Verkehr, deswegen fuhr Lea auf den Randstreifen und befragte zur Sicherheit noch mal das Navi.

„Es geht geradeaus, ich muss nirgends abbiegen. Ich habe mich bei dem Schild eben sicher getäuscht.“
Doch da kam es nach ein paar Kilometern noch mal. Ein Pfeil nach rechts im oberen rechten Eck, darunter Kennedy-Tunnel. Sie beschloss, das zu ignorieren und folgte der Straße. Nach kurzer Zeit tauchte sie in den Kennedy-Tunnel ein. Ihr Adrenalinspiegel war immer noch am Anschlag, als sie den Tunnel wieder verließ und der Straße nach Brügge folgte.
„Rechts oben ist also auf Belgisch geradeaus. Gut zu wissen!“
Sie seufzte tief und hoffte, dass der Schilderwald ab jetzt einfacher zu verstehen sein würde.

Nach dem Abstecher an den Strand machten sich die beiden schließlich auf den Weg nach Brügge hinein. Die Tante hatte Lea eine Anfahrtsskizze geschickt. Ohne diese wäre sie auch mit Navi sicher aufgeschmissen gewesen, wie Lea schnell gesehen hatte. Der Stadtplan von Brügge, den sie sich zuhause noch ausgedruckt hatte, versprach viele enge Gassen und winklige Sträßchen. Und die gab es dann auch reichlich, musste Lea bald feststellen. Als sie auf der Höhe des Bahnhofs die breite Zufahrtsstraße verlassen hatte und in die Stadtmitte abgebogen war, verlangte der Weg einige Konzentration. Touristen schlurften über die Fahrbahn, ohne sich auch nur im Geringsten um den Verkehr zu scheren, Fahrräder fuhren auf und neben den Gehwegen, kamen ungebremst aus Einbahnstraßen, Pferdekutschen drängelten sich durch, dicke Linienbusse kämpften um ihr angestammtes Vorfahrtsrecht, während Reisebusse aus aller Welt ihre Fahrgäste wieder einsammelten. Und mitten in diesem Gewusel versuchte Lea unfallfrei den Weg zu Roses Haus zu finden.
„Du kriegst die Motten! Ich fahre ja jeden Tag in der Großstadt, aber das hier! Mann-o-mann! So ein Chaos. Pass doch auf, du Hirsch!“
Lea blaffte aus dem Fenster einen Passanten an, der mit der Kamera in der Hand rückwärts über die Straße ging.
Na ja, zu fotografieren gab es hier reichlich. Was Lea aus den Augenwinkeln während ihrer Kurverei wahrnahm, war wirklich sehenswert. Wären die Autos und Menschen mal eben verschwunden, hätte sie sich wie auf einer Zeitreise ins Mittelalter gefühlt.
„Seidengelb“, schoss es ihr durch den Kopf nach einem kurzen Blick auf die alten Giebel, „und königsblau. Hmm, vielleicht auch noch ein wenig Elfenbein.“
Sie schüttelte den Kopf.

„Reiß dich zusammen und pass lieber auf, wo du hinfährst!“ rief sie sich selber zur Ordnung. War auch nötig, denn an der Einfahrt zu der kleinen Seitenstraße wäre sie fast vorbeigerauscht. Endlich stand sie vor der Garage, die ihr die Tante als Parkplatz angegeben hatte.

Lea ließ alle Fenster herunter und holte erst einmal tief Luft. Boah, was für eine Fahrt! Sie war verschwitzt und zerzaust. Mit ein paar Utensilien aus ihrer Handtasche sorgte sie für ein wenig Frische. Jetzt war sie auch wieder entspannt und konnte sich in Ruhe umsehen. Das Garagentor war aus altem Holz und tief in die verwitterte graue Natursteinmauer eingelassen, die sich links und rechts davon hinzog. Wenn das Grundstück so breit war wie die Mauer lang, war es nicht gerade winzig. Über die Mauer hingen Girlanden aus Efeu und blühendem Geißblatt, das seinen Duft verschwenderisch bis ins Auto ausbreitete. Vom Haus hinter der Mauer war nichts zu sehen, hohe Bäume verdeckten die Aussicht.
„Du passt hier auf, ich geh mal auf Erkundungstour“, sagte Lea zu Fussel, als sie ausstieg und nur ihre Handtasche mitnahm. Fussel trollte sich beleidigt wieder auf den Rücksitz, er war schon sprungbereit unter der Türe gewesen. Seine spitze Schnauze lugte über die Rückenlehne, während er jeden ihrer Schritte mit den Augen verfolgte. Lange konnte er sie allerdings nicht mehr sehen. Lea war um die Ecke gebogen, um den Eingang zum Haus zu suchen.

Auf dieser Seite gab es aber auch nur die lang gezogene Mauer, ein kleines Rundbogentor war offensichtlich der einzige Zugang. Lea drückte gegen den verrosteten Ring, der auf dem mächtigen Eisenbeschlag angebracht war und die Tür ging erstaunlicherweise ohne Quietschen auf. Lea zog unwillkürlich den Kopf ein, obwohl der Durchgang hoch genug war, und trat auf einen schmalen Weg zwischen den alten Bäumen, die sie schon von außen gesehen hatte. Der Weg war mit zerbrochenen Muscheln bestreut und knirschte leise unter ihren Füßen. Als sie einer kleinen Biegung folgte, stand sie plötzlich in einem Meer von Blumen, die ein altes Backsteinhaus mit rotweißen Fensterläden einrahmten. Auf der Terrasse davor stand ein runder Tisch mit vier Stühlen unter einem Sonnenschirm. Eine Frau saß dort und füllte gerade ein Glas aus einem Krug. Sie lachte über das ganze Gesicht und winkte lebhaft. Lea winkte zurück und lief ein paar ausgetretene Steinstufen hinauf auf die Frau zu.

„Rose! Hallo, da bin ich!"
Die Angeredete sprang auf, nahm Lea einfach in den Arm und drückte sie herzlich.
„So, das musste sein. Und wehe, du sagst Tante zu mir!"
Sie schob Lea von sich und sah ihr mit ihren leuchtenden Augen ins Gesicht.
„Ich freue mich so! Komm, setz dich. Aber wo hast du denn deinen Hund?"
„Der wartet im Auto"
„Nix da, hol ihn her, der hat doch sicher Durst, im Auto war es bestimmt ziemlich warm."
Sie bugsierte Lea in Richtung der kleinen Pforte und verschwand selbst im Haus, um eine Wasserschale für Fussel zu holen. Das nächste, was Rose zu sehen bekam, war ein hellbrauner Hund mit Schlappohren, der vor ihrem Rosenbeet saß und heftig nieste. Die Frauen lachten über den Anblick, aber Fussel kümmerte sich nicht um die beiden, denn jetzt hatte er das Wasser entdeckt und schlabberte munter los.
„Der macht es richtig. Du hast sicher auch Durst. Hollunderblütenlimo gefällig?"
Das klang wie aus einer uralten Geschichte. Jemand, der noch selbst Limo aus Blüten machte, unglaublich. Lea nickte einfach, sie war noch nicht so richtig angekommen.
„Mmh, ist die lecker. Und so was machst du selber?"
Lea hatte das Glas mit der hellgelben Flüssigkeit durstig geleert und reichte es der Tante zum Nachfüllen.
„Ja, das auch. Ich habe doch Zeit, da kann ich vieles ausprobieren, was ich von unserer Großmutter erfahren habe."
Die Abendsonne vergoldete den Garten und die üppigen Blumenbeete verbreiteten verschwenderische Düfte. Lea fühlte sich rundherum wohl. Rose plauderte munter drauf los und sie hatte das Gefühl, diese Tante schon ewig zu kennen.

Lea stand am Fenster ihres Zimmers und sah in die Nacht hinaus. Die Luft war angenehm lau und der Garten unter ihr verströmte immer noch ungekannte Aromen. Fussel lag längst zusammengerollt am Fußende des Bettes (das musste sie morgen der Tante noch beichten) und atmete gleichmäßig und tief.

Nach dem Abendessen, das die Tante aus dem Nichts auf die Terrasse gezaubert hatte, und das Lea in eine Art Trance aus Sattsein und Müdigkeit versetzt hatte, verstauten die beiden Leas Gepäck im Gästezimmer unter dem Giebel des alten

Hauses. Eine ungewohnt steile Holztreppe führte in das luftige Zimmer, wo die weißen Mousselinegardinen im offenen Fenster flatterten. Nebenan hatte Lea ein Badezimmer für sich allein, sogar mit einer Wann[illegible] Löwenfüßen.
„Was für ein Luxus! Dav[illegible]man doch sonst nur." Ein ausgiebiges Bad im w[illegible]atte die verspannten Muskeln gelockert u[illegible]Badekugel das Wohlbefinden noch[illegible]

Lea lehnte am [illegible]Tag Revue passieren. Nun hatt[illegible]n und zu fühlen, die schon den [illegible]es waberten. Ihre neue Tant[illegible]ch, farblich gesehen. Mit ihren ku[illegible]en graugrünen Augen und der Quirligk[illegible]igur wirkte sie deutlich jugendlicher, als ihre [illegible]g Jahre vermuten ließen. Sie war nicht groß, ging Lea [illegible]al bis an die Schulter, aber sie war keinesfalls zu überse[illegible]en. Und zu überhören schon gar nicht. Mit klarer Altstimme und fröhlichem Lachen hatte sie Lea schnell ins Gespräch gezogen. Lea hatte sich blendend mit ihr unterhalten. Verschiedene leuchtende Grüntöne sah Lea um die Tante fließen. Sie entschied sich für einen wunderbaren Farbton, den sie vor kurzem bei ihrer Restaurationsarbeit an einem Seidenkleid gesehen hatte. Schimmernd lag der Stoff damals vor ihr, changierend von Gold nach frischem Grün. Das Grün jungen Laubes, durchflutet von Sonnengold. Genau, das war die Tante. Lea lächelte bei dem Gedanken. Was Rose wohl dazu sagen würde, wenn sie wüsste, dass Lea ständig in Farben dachte?
„Ja, wahrscheinlich muss ich damit mal in Therapie!" Lea grinste vor sich hin.
Weitere Farben drängten sich ihr auf. Der Garten sprach für sich, ein leuchtend buntes Feuerwerk. Das Haus war anders, warm und einladend strahlte es nur eine einzige Farbe aus, die sich in verschiedenen Nuancen wiederholte.
„Wie ein Bernstein", dachte Lea. „Ja, bernsteinfarben, mit feinen Abstufungen nach lichtbraun und altgold."
Sie war zufrieden mit ihren Farbspielen.
Ihr Zimmer, so wie sie es in der Abendsonne gesehen hatte, war hell und freundlich. Auch hier spiegelte sich für sie der Bernsteinton wieder, aber ganz durchsichtig wie das milchige Morgenlicht um die aufgehende Sonne.
„Mein lieber Schwan, jetzt werde ich aber richtig theatralisch! Was so ein Ausflug aus dem Alltag nicht alles in mir hervor-

bringt. Kein Wunder gab es hier in Flandern so viele berühmte Maler!“
Sie ließ das Fenster offen und schlüpfte zu Fussel ins Bett. Keine zwei Minuten später schlief sie schon tief und fest.

Kapitel IV

Nach dem Frühstück schlug Rose vor, die Stadt zu Fuß zu erkunden. Lea nahm Fussel an die Leine und folgte ihrer Tante durch die Vordertür. Von vorne hatte sie das Haus noch nicht gesehen. Es fügte sich mit seinem Treppengiebel in die Reihe der Nachbarhäuser ein und bildete zusammen mit diesen eine lange geschlossene Front nach der Straße hin, nur ab und zu unterbrochen von engen dunklen Wegchen, die Rose „Brandgang“ nannte. Ein schmaler Gehweg führte an der Häuserzeile entlang. Lea ging auf die gegenüberliegende Straßenseite, um das Haus in seiner ganzen Größe betrachten zu können.
„Vom Garten ahnt man ja von dieser Seite aus gar nichts“, staunte sie. „Ein Haus am anderen und dahinter versteckt grüne Juwele.“
„Ja, das ist Flandern.“ Rose lächelte. „Nach außen bescheiden und einfach. Man zeigt nicht, was man hat.“
„Na ja, einfach! Einfach sieht das auch von vorne nicht aus. Die ganze Straße hat Stil. Was man mit Backsteinen alles zaubern kann!“
Lea wies auf das Nachbarhaus, das mit einem komplizierten Muster aus ockerfarbenen und rostroten Steinen verziert war.
„Das hat hier lange Tradition. Davon wirst du noch mehr sehen. An fast jedem Haus findest du etwas Besonderes, du musst nur genau hingucken. Los, wir gehen jetzt, sonst sind wir bis Mittag noch nicht mal am Markt.“
„Ist das weit von hier?“ wollte Lea wissen.
Fussel zerrte an der Leine, er hatte vor dem Haus jetzt alles erkundet, er wollte weiter.
„Nein“, nur ein paar hundert Meter. Wir sind gleich da.“

Wenige Minuten später traten sie aus dem Gassengewirr heraus und folgten einer breiten, baumgesäumten Straße mit Kopfsteinpflaster leicht bergauf. Oben angekommen blieb Lea in der Sonne stehen.
„Hey, was ist das denn? Das Wasser, die Häuser! Schau mal, wie sich die alte Birke im Wasser spiegelt. Und da! Diese winzige Bogenbrücke!“
Rose lachte. „Willkommen im Mittelalter!“
Sie packte Lea am Ärmel ihrer Jacke und zog sie schnell auf den Gehsteig, bevor ein Pferdefuhrwerk sie über den Haufen fahren konnte. Der Kutscher fluchte in einer Sprache, die Lea nicht verstand, aber der Sinn war eindeutig.
„Ups. Ich benehme mich wie eine Landpomeranze“, grinste

Lea. „Dabei komme ich aus einer Großstadt."
„Macht nichts, die Kutscher hier sind Kummer gewohnt. Komm, wir müssen übers Wasser, dort geht's lang."
Sie passte eine kleine Lücke im Straßenverkehr ab und zog Lea samt Hund auf die andere Straßenseite. Eine gewölbte Steinbrücke führte über den Kanal ans andere Ufer. An einem winzigen Häuschen daneben standen Touristen um Karten für eine Bootsfahrt an. Rose führte Lea um die Menschenschlangen herum in eine kleine Gasse, die auf einen Platz mündete. Ein kleiner Platz wie eine italienische Piazza, umrahmt von Kunstateliers und Restaurants. Lea konnte es nicht fassen.
„Wo sind wir hier? Kommen jetzt Dante oder Michelangelo um die Ecke und bestellen hier ein Glas Roten?"
Sie deutete auf ein gepflegtes Lokal, das seine Terrasse weit auf den kleinen Platz hinaus ausgedehnt hatte.
„Eher triffst du van Eyck oder Memling oder einen reichen Hansekaufmann."
„Haben die hier gewohnt? Mitten in Brügge?"
„Die Brüder van Eyck schon, Hans Memling war auch einer der berühmten Künstler hier und Kaufleute haben Brügge einst großgemacht."
„Und ich dachte, ich hätte mir so eine ungefähre Ahnung angelesen. Dabei weiß ich gar nichts. Ich habe keine Idee, was früher hier so alles angesagt war."
„Dann lass dich überraschen. Wir haben hier einen gelungenen Streifzug durch viele Jahrhunderte zu bieten. Aber nicht alles heute. Nur das Rathaus und die umliegenden Gebäude musst du gleich sehen."
Sie führte Lea und Fussel zu einer Ecke des Platzes und durch eine schmale Gasse, bis sie wieder vor einer Brücke mit einem winzigen Häuschen standen. Diesmal war ein Schokoladengeschäft darin untergebracht. Lea blieb vor dem Schaufenster stehen.
„Da, das da!" Sie zeigte auf ein breites Silbertablett mit Orangenscheiben, kandiert und in dunkle Schokolade getaucht, dachziegelartig in verschwenderischer Fülle angerichtet.
„Auf dem Rückweg, das schmilzt nur." Rose nahm Lea am Ellbogen und zog sie weiter. Lea löste sich nur widerstrebend von dem verlockenden Anblick. Das Wasser war ihr im Mund zusammengelaufen. Das musste sie unbedingt Mel erzählen.

Aber im nächsten Augenblick war das bereits vergessen, denn als sich Lea von der Schokopracht abwandte und ihrer Tante folgte, wartete schon wieder eine Überraschung. Rechts vor

ihnen lag ein arkadengesäumter Marktplatz. Links ging es wieder über eine Brücke in die Blinde-Ezels-Gasse. Die Gasse führte sie unter einer hohen, goldverzierten Bogenbrücke durch, die zwei imposante Gebäude mit einander verband. Das Ende der Gasse öffnete sich auf einen großen Platz, in U-Form von wuchtigen Gebäuden eingerahmt, die gegenüberliegende Seite offen mit Straßencafés und modernen Bauelementen.
Am Ausgang der Gasse blieben sie stehen. Lea sah geradeaus und war ein wenig enttäuscht. Nach den „italienischen Impressionen" der vergangenen Minuten hatte sie auch hier etwas Besonderes erwartet, nicht nur postmoderne Großstadtarchitektur. Rose zwinkerte Lea zu.
„Dreh dich um", sagte sie nur.
Lea drehte sich um die eigene Achse und stand mit offenem Mund unter der Gebäudefront.
„Krass! Das muss ich von weitem sehen", rief sie und zog Fussel eilig zur Mitte des weiten Platzes. „Was ist das denn? Haben hier alle Epochen ihre Architekten losgelassen?" Lea winkte der Tante aufgeregt. „Das ist ja unglaublich."
„Nö, nur die alte Kanzlei, das Rathaus, das alte Freiamt, die Baselis-Kapelle und die Heilig-Blut-Kapelle", kam es von Rose.
„Ach so, nur."
Lea zerrte Fussel unter die Fassade des Rathauses, auf der zahlreiche Wappen und Figuren angebracht waren. Sie las die Namen der Städte, die zu den Wappen gehörten.
„Da ist ja auch was von den Niederlanden dabei. Da, Sluis und Aardenburg. Darüber hab ich im Internet gelesen"; wunderte sie sich.
„Klar, Flandern ist Flandern. Da läuft nur aus Versehen die Grenze zwischen Niederlande und Belgien durch. Aber das wirst du schon noch lernen."
Sie gingen wieder auf einigen Abstand zu den Fassaden, um einen besseren Blick auf die Giebel zu haben. Gotik, Renaissance, flämische Varianten der verschiedenen Baustile, bunt gemalte Wappen, vergoldete Figuren, Türmchen und Geländer in zierlicher Steinmetzarbeit schufen eine einmalige Front um den kopfsteingepflasterten Platz. Bunte Fahnen flatterten davor und verliehen der steinernen Kulisse eine fröhliche Leichtigkeit. Lea konnte sich nicht satt sehen.
„Ich kann mir richtig vorstellen, wie hier die Patrizier flanierten und die Damen in bestickten Roben huldvoll grüßten", meinte Lea vergnügt. „Samtblau und Altgold, Elfenbein und Seidengelb", murmelte sie mit leuchtenden Augen vor sich hin.
„Was meinst du?"

„Ach, nichts. Ich habe nur laut gedacht." Lea lächelte sie an. „Das erklär ich dir irgendwann mal, ist ne längere Geschichte."
„Na dann. Aber jetzt möchte ich einen Kaffee. Du auch?"
„Ja, gerne. Aber es muss nicht unbedingt im Mittelalter sein."
„Straßencafé tut's auch?"
Lea nickte zustimmend und hakte die Tante unter, Fussel zottelte hinterher. Sie bogen in eine kleine Gasse ab und gingen abseits der großen Touristenströme zügig durch die verwinkelten Straßen, bis sie wieder auf einem kleinen Platz herauskamen. In einem Straßencafé mit Blick auf ein steinernes Standbild und einen kleinen Kanal ließen sie sich nieder.
Erst jetzt bemerkte Lea, dass Kopfsteinpflaster doch müde machte. Sie war froh, ihre Beine ausstrecken zu können und unter dem großen Sonnenschirm im Schatten zu sitzen.
„Was nehmen wir?"
„Wirst schon sehen."
Die Bedienung kam an den Tisch. „Twee verwenkoffies, alstublieft, en een bakje water voor de hond", Rose bestellte in der Landessprache.
„Kaffee und Hund habe ich verstanden, den Rest nicht."
„Ja, Kaffee ist auch dabei." Rose lachte Lea an. „Wenn du willst, bring ich dir die Sprache bei. Ist für Deutsche nicht besonders schwer zu lernen."
„Au ja, das will ich probieren."
„Dann sagst du zu der Bedienung „bedankt", wenn sie den Kaffee bringt. Das ist schon mal ein Anfang."
Lea murmelte das Wort zur Übung vor sich hin. Die Bedienung brachte eine Schale Wasser für Fussel und Lea versuchte sich zum ersten Mal in der fremden Sprache. Es klappte ganz gut. Das junge Mädchen, sicher eine Ferienkraft, schaute erstaunt auf und lächelte Lea an.
„Graag gedaan."
Lea vermutete zwar, dass das „bitte" heißen sollte, schaute aber vorsichtshalber auf die Tante, die bestätigend nickte.
„Na geht doch!" Lea lümmelte sich zufrieden in ihren Polstersessel.
„Rose."
„Ja, Lea?"
„Hier ist es galaktisch schön."
Lea strahlte regelrecht. Sie ließ ihren Blick über den sonnenbeschienenen Platz und das ruhige Wasser des Kanals gleiten, dann sah sie ihre neue Tante an.
„Das war eine hinreißende Idee, dass du deine Nichte kennen lernen wolltest. Ich fühle mich bombastisch wohl."

Rose legte ihre Hand auf die Leas.
„Ja, so ging es mir auch, als ich vor ein paar Jahren nach Brügge kam. Und es hat mich nicht mehr losgelassen."
„Nicht nur. Ich fühle mich auch wohl in deiner Gesellschaft."
„Dann haben wir ja alles richtiggemacht!" Rose lachte ihr unwiderstehliches Lachen, das alle Menschen in ihrer Nähe zum Mitlachen zwang. Sie drückte Leas Hand.
Das Mädchen kam mit zwei kleinen Tabletts.
„Oha, das nennt man hier also Kaffee!"
„Normaler Kaffee ist bei uns auch nur ne Tasse, das hier ist Verwöhnkaffee."
Lea fand es ganz in Ordnung, dass neben einer großen Tasse Kaffee mit feinstem Milchschaum und Kakaoherz ein kleines Schälchen mit Pralinen stand. Dazu ein kleines Glas Eierlikör, dekoriert mit Sahnehäubchen und Waffelröllchen und dann noch ein Tellerchen mit winzigen Gebäckstücken.
Sie zog die Waffel aus dem Glas und leckte genüsslich die Likör-Sahne-Mischung ab. Eine Trüffelpraline schmolz im Mund zu cremiger Wonne, viel zu schade zum Hinunterschlucken. Beide Frauen gaben genussvolle Laute von sich. Sie sahen sich an und lachten los.
„Das ist ja Oralerotik vom Feinsten! – Sorry, Rose!" Lea wurde ein wenig rot, weil sie so spontan ihre Lust an den Leckereien ausgesprochen hatte.
Rose lachte und winkte ab.
„Du musst dich nicht entschuldigen. Wir sind in Flandern. Da mischt sich pralle katholische Lebensfreude mit kühlem calvinistischem Pragmatismus. Pralinen sind nun mal mundgerechte Lusthäppchen."
„Ich glaub es nicht", prustete Lea, „du bist echt cool!"

„Oh, Rose! Hallo!"
Eine elegante Dame in Roses Alter war an ihnen schon fast vorbeigegangen, als sie Rose bemerkte und grüßte.
„Ah, Iliane! Waar kom je vandaan?" Die beiden Frauen sprachen ein paar schnelle Sätze in der Sprache, die Lea erst noch lernen wollte. Dann stellte Rose die beiden einander vor.
„Iliane, das ist meine Nichte Lea aus Deutschland."
„Dann sprechen wir besser Deutsch, wenn es Ihnen recht ist. Ich bin Iliane, eine alte Bekannte Ihrer Tante. Freut mich, Sie kennen zu lernen."
„Freut mich ebenfalls. Bitte setzen Sie sich doch zu uns."
„Gerne, aber nur einen Moment, ich habe noch viel zu tun heute Vormittag."

„Ihr Deutsch ist ausgezeichnet. Ich wollte, ich könnte Ihre Sprache auch sprechen, aber bis jetzt kann ich nur danke sagen."
„Das ist ein wichtiges Wort. Der Rest kommt noch. Wie ich Rose kenne, wird sie nicht ruhen, bis Sie auf Flämisch sogar fluchen können."
Lea zog die Augenbrauen hoch und sah zu ihrer Tante hinüber. Die lachte laut.
„Ja, als wir beide uns kennen lernten, war ich gerade am Fluchen."
„Soso, erzähl mal!"
„Das ist auch eine längere Geschichte, ein andermal."
Rose zwinkerte Lea zu.

„Sind Sie in Ferien hier?" wollte Iliane wissen.
„Ja, kann man so sagen. Und ich bin begeistert von Brügge, diese alten Häuser und die Kanäle, einfach herrlich."
„Das freut mich." Iliane lächelte Lea zu. „Was machen Sie denn beruflich? Hat das was mit Architektur oder Geschichte zu tun? Weil Sie so interessiert an Brügge sind, meine ich."
„Nein, eher nicht. Ich bin Textilrestauratorin. Repariere meistens die alten Klamotten längst vermoderter Leute."
„Das ist sicher spannend. Und hat doch auch was mit Geschichte zu tun, oder?"
„Ja, schon. Aber vorwiegend mit Handwerk, Kunst- und Kulturgeschichte. Jedenfalls habe ich große Freude daran", gab Lena freundlich zur Antwort.
Iliane schien sehr interessiert.
„Machen Sie auch Expertisen? Ich meine, können Sie auch Stoffe bestimmen, nach Alter und Herkunft und so weiter?" Iliane beugte sich gespannt nach vorne.
„Ja, das mache ich auch. Aber meistens in Zusammenarbeit mit anderen Fachleuten. Oft geht es nicht ohne Archäologen oder sogar einem Chemielabor: Das hängt auch vom Zustand der Stoffprobe ab."
„Wie aufregend! Das muss ich meinem Sohn erzählen. Vielleicht darf ich Sie einmal mit ihm bekannt machen. Er hat womöglich etwas, was man genauer untersuchen müsste." Iliane war ganz aufgeregt.
„Was hat Jan denn, dass es restauriert werden müsste? Sind seine Hosen so kaputt, dass sein Schneider nicht mehr mitmacht?"
Rose widmete sich wieder ihrem Kaffee.
„Ach was! Du nun wieder! Wir haben da etwas aus dem Nach-

lass meines Vaters. Und wir wissen nicht so genau, was es ist. Oder mal war. – Oh, entschuldigen Sie, Lea. Ich wollte nicht aufdringlich sein. Sie haben Ferien und sind sicher nicht an unseren alten Familiengeschichten interessiert." Iliane legte erschrocken die Hand auf den Mund, aber Lea winkte ab.
„Keine Sorge. Das kenne ich. Wenn man etwas herausfinden will, kennt man nur ein Ziel. Machen Sie mich mit Ihrem Sohn ruhig bekannt. Ich sehe dann schon, ob ich etwas tun kann."
„Danke, das ist sehr liebenswürdig von Ihnen!" Iliane sah erleichtert aus. „Jetzt muss ich aber gehen. Ich habe noch so viel zu erledigen und die Bedienung lässt mich auch nicht mehr aus den Augen." Sie deutete vielsagend mit dem Kopf nach der Tür des Cafés.
„Gut, Iliane. Wir sehen uns bald wieder. Nach der Sommerpause mache ich wieder Führungen im Museum. Da kommst du doch?" Rose sah Iliane fragend an.
„Natürlich. Auf mich kannst du zählen." Sie winkte zum Abschied. „Ihnen noch schöne Ferien hier, Lea. Wir sehen uns sicher noch!"
Und weg war sie.

„Ohohohoh, meine Iliane! Immer mit der Tür ins Haus und der reinste Wirbelwind! Lass dich von ihr bloß nicht überfahren, Lea. Wenn du ihre alten Fetzen nicht ansehen willst, musst du das auch nicht. Ich schütze dich vor dieser Familie."
Rose verdrehte in gespielter Verzweiflung die Augen.
„Ach, die ist, glaube ich, gar nicht so übel. Sie ist doch deine Freundin, dann wird sie schon in Ordnung sein." Lea schmunzelte. „Ich habe auch so eine. Echt krass, Immer Drama und Theater, aber herzensgut. Ich mag solche Menschen."

Kapitel V

Draußen ging nach einem heftigen Gewitter ein erfrischender Landregen nieder. Der Abendhimmel war mit schwarzblauen Wolken verhangen und es war dunkler als sonst um diese Uhrzeit. Die Terrassentüren standen weit offen. Warmer, feuchter Blumenduft strömte in Schwaden herein. Die beiden Frauen saßen in tiefen, bequemen Sesseln vor dem Kamin, zwischen sich einen kleinen, runden Tisch mit einer Flasche Rotwein und zwei Gläsern. Fussel hatte sich auf dem Teppich vor ihnen zusammengerollt und schlief.
„Du reparierst also die ollen Klamotten längst vermoderter Leute."
Lea lachte.
„Ja, das sage ich immer, wenn ich nach meinem Beruf gefragt werde. Die wenigsten können sich etwas darunter vorstellen, wenn ich sage, ich sei Textilrestauratorin."
„Stimmt. Ich habe auch keine so rechte Ahnung davon. Wie bist du denn auf diesen Beruf gekommen?"
„Ach, ich habe mal für eine Kinderbuchautorin geschwärmt, die alte Puppen sammelte. Auf einer Ausstellung dieser Sammlung kam ich mit der Museumsleiterin ins Gespräch und die erzählte mir, dass die Puppen erst in die Ausstellung kämen, wenn die Kleider restauriert wären. Das hat mich interessiert und so kam eines zum anderen."
„Und was tust du nun hauptsächlich? So viele Puppenkleider werden nicht zu restaurieren sein, denke ich mir."
„Nein, leider. Aber das wäre auf die Dauer auch langweilig. Ich mache im Augenblick vorwiegend Expertisen für Gutachterbüros oder Projekte für Museen. Eine feste Anstellung zu finden ist nicht ganz einfach und selbstständig will ich mich noch nicht machen. Praktikantenjobs sind eben billiger für die Auftraggeber. Also sammle ich halt im Moment vorwiegend Erfahrung."
Lea verzog ironisch den Mund und zuckte die Schultern.
„Mhm."
Rose schenkte nach und die beiden schwiegen eine Zeitlang. Dann richtete sich Rose in ihrem Sessel auf und sah Lea an.
„Also gut. Irgendwann müssen wir das Thema ja mal anschneiden."
Sie seufzte und fuhr mit der Hand durch den kurzen Pony.
„Meine Eltern meinst du?"
Lea sagte es mehr als Feststellung denn als Frage. Rose nickte. Lea sah sie abwartend an, sie wusste nicht so recht, was sie sagen sollte.

„Dein Vater ist einige Jahre jünger als ich. Ich war die große Schwester, er das Nesthäkchen. Dazu kam, dass wir total verschiedene Charaktere haben. Wir waren als Geschwister absolut kein Dreamteam."
Rose grinste. Lea prustete los.
„Das kann ich mir vorstellen. Mein Vater mit seinem Temperament, da flogen sicher die Fetzen, wenn ihr gestritten habt."
"Ja. Und das war mehrmals täglich. Unsere Mutter schickte uns immer auf den Dachboden für unsere Kämpfchen, in unserer Nähe hielt es niemand aus."
Rose kicherte in sich hinein.
„Als ich meine Berufsausbildung begann, war das dann zu Ende. Ich zog aus und ließ die Familie mit dem Hitzkopf allein. Leider haben wir uns dadurch total auseinandergelebt. Wir hatten keine Gemeinsamkeiten mehr, als wir uns dann später immer mal wieder auf Familienfesten begegneten."
„Außer meiner Mutter hat kein Mensch Gemeinsamkeiten mit ihm", winkte Lea ab.
„Tja, und dann geschah das Unfassbare. Zumindest für ihn. Wir hatten eine belgische Großmutter. Anne. Vielleicht hast du mal von ihr gehört?"
Rose sah fragend nach Lea. Die schüttelte den Kopf.
„Nie. Aber das ist nicht weiter verwunderlich. Meine Eltern waren ständig weg, sonst kannte ich niemanden von der Familie. Ich habe keine Ahnung von unseren Verwandten."
„Also. Diese Anne wurde Ende des 19. Jahrhunderts hier in diesem Haus geboren und heiratete später nach Deutschland. Opa Paul, der 1914 im Ersten Weltkrieg bei Ypern gefallen ist. Das war dein Urgroßvater."
„Aha. Auch nie von ihm gehört."
„Diese Anne ist später wieder nach Brügge gezogen und hat hier bis zu ihrem Tod gelebt. Das Haus hat sie mir vermacht."
„Und das fand mein Vater ungeheuerlich. Kann ich mir vorstellen."
Lea lachte herzlich.
„Er nicht im Mittelpunkt aller Aufmerksamkeit! Jemand anderes bevorzugt! Geht's noch? Welche Beleidigung seiner Eitelkeit!"
„Ja, seitdem war Funkstille. Ich habe dann nur noch über Dritte gehört, dass er geheiratet hat und du geboren wurdest."
Sie schwiegen eine Weile.
Zögernd fragte Lea: „Und warum hast du gerade jetzt den Kontakt zu mir gesucht?"
„Das Haus war anfangs vermietet, ich habe in Deutschland gewohnt. Es hat mich eigentlich nicht sonderlich interessiert,

es war halt da. Dann ging ich vor ein paar Jahren in Pension und bin mal hierhergefahren, um mir alles anzusehen."
„Und bist geblieben."
„So ungefähr. Die Mieter waren alt und konnten den Garten nicht mehr versorgen. Sie wollten in eine kleinere Wohnung umziehen. Also habe ich mir einen guten Handwerker gesucht, der das Haus nach meinen Wünschen renoviert hat. Es war viel zu tun nach so langer Zeit. Dann habe ich meine Zelte in Deutschland abgebrochen und bin hier eingezogen. Da war ich dem Haus, der Stadt und Flandern längst verfallen."

Rose nahm einen Schluck Wein, bevor sie weitererzählte.
„Dann habe ich mich um den Garten gekümmert, aus dem Haus mein Nest gemacht und mir neue Kontakte in der Stadt gesucht. Das war das Schwierigste. Die Flamen sind nett und hilfsbereit, aber Freunde findest du nicht so schnell. Ich habe dann einen ehrenamtlichen Job im Museum angenommen, so war es einfacher, mit den Eingeborenen in Kontakt zu kommen. Ja, und dann wachte ich eines Morgens auf und stellte fest, dass mein Leben einen ruhigen, gleichmäßigen, äußerst angenehmen Gang angenommen hatte. Das fand ich langweilig."
Lea lachte. „So unähnlich bist du meinem Vater nun auch wieder nicht."
„Na ja, wir sind ja schließlich aus einer Familie", gab Rose entrüstet zurück.
„Da fiel mir mein unseliger Bruder und seine Familie ein. Und ich war mal eine Nacht lang im Internet unterwegs, um seine Spuren zu suchen."
„War nicht schwer", vermutete Lea. „Seine Veröffentlichungen über irgendwelche komischen Pflanzen sind nicht zu übersehen. Er sorgt schon für Publicity."
„Stimmt. Und bei dieser Aktion bin ich über deine Website gestolpert."
„Mhmm. Das ist Teil meines Job-Programms. Ich habe mir sozusagen meine eigene Referenz gebastelt für potentielle Auftraggeber. Oder vielleicht sogar Arbeitgeber." Lea seufzte.
„Aber immerhin hat es was Gigantisches bewirkt." Rose lächelte sie an.
„Genau. Und dann habe ich spontan eine Mail an dich abgesetzt in der Hoffnung, meine Nichte reagiert nicht wie ihr Vater."
Lea kicherte. „Na ja, meine Antwort war ja doch irgendwie seltsam. So ohne Zusammenhang."

„Da war es wieder praktisch, dass wir aus einer Familie stammen. Da weiß man, wie der andere tickt. So bestimmte Muster werden offensichtlich einfach weitervererbt."
Lea warf ihr Sofakissen nach Rose, die den Kopf einzog und das Kissen zurückpfefferte. Fussel stand auf und schüttelte sich entrüstet.
Eine Weile schwiegen sie, dann traute sich Lea leise eine Frage zu stellen.
„Hattest du nie eine eigene Familie?"
Rose reagierte gelassen.
„Nein. Ich bin dem Mann, mit dem ich eine Familie gründen wollte, nie begegnet. Vielleicht waren meine Ansprüche auch zu hochgesteckt. Keine Ahnung."
Lea sah sie fragend an, sprach aber nicht aus, was sie noch interessierte. Rose verstand sie auch so.
„Ich war aber nie lange alleine, wenn du das meinst."
„Das dachte ich mir schon. Eine Frau wie du kann in Sack und Asche gehen, dann fällt sie den Männern noch auf."
„War das jetzt ein Kompliment oder eine Frechheit?"
Rose hatte schon wieder das Sofakissen wurfbereit in der Hand.
„Ein Kompliment natürlich!" beeilte sich Lea zu versichern und duckte sich schon mal. „Auf jeden Fall ein Kompliment!"

Lea trank ihr Glas aus und stand auf.
„Das war ein langer Tag, ich gehe jetzt schlafen. Aber es war wunderschön." Sie nahm Rose in den Arm und drückte sie fest.
„Hier musst du dich schon an lange Tage gewöhnen. Es gibt so unglaublich viel zu sehen und erleben."
„Darauf freue ich mich auch. Aber heute geht nix mehr."
Lea gähnte herzhaft und schnipste nach Fussel mit den Fingern.
„Gute Nacht, Mädel, schlaf gut."
Rose öffnete die Tür zum Flur und ließ die beiden vorgehen. Leas „Gute Nacht" war zwischen ihrem Gähnen kaum mehr verständlich.

Bevor Lea das Licht löschte, dachte sie noch an ihre Freunde zuhause. Morgen musste sie ihnen unbedingt mal Bericht erstatten.

Kapitel VI

Der folgende Tag begann so strahlend wie der vorherige. Von dem abendlichen Gewitter war nichts mehr zu spüren. Die Luft war frisch und mild und das Frühstück auf der Terrasse schmeckte. Solange Rose im Haus herumwirtschaftete, packte Lea auf dem Gartentisch ihren Laptop aus und schrieb ausführlich an ihre drei Freunde. Die angekommenen Mails sah sie nur flüchtig durch, sie hatte Ferien.

Mit einem Glas dieser unglaublichen Hollunderlimo nach Uroma Annes Rezept lag sie am späten Vormittag faul im Liegestuhl und ließ ihre Gedanken unter den hohen Baumwipfeln spazieren gehen. Fussel war nicht zu sehen, er untersuchte ein Mauseloch an der hinteren Gartenmauer und war sehr beschäftigt. Rose saß in der Küche und schrieb eine Einkaufsliste. Die Türklingel zerriss die Idylle.

„Guten Morgen, meine Liebe. Ich hoffe, wir stören nicht?"
Iliane drängte ins Haus und küsste Rose auf die Wangen. Dreimal, nach flämischer Sitte. Hinter ihr stand ein jüngerer Mann, dem es sichtlich nicht besonders wohl in seiner Haut war.
„Hallo, Iliane, hallo, Jan. Kommt rein!"
Rose trat zur Seite und ließ die beiden durchgehen. Jan drückte ihre Hand und zuckte mit einem entschuldigenden Blick zum Rücken seiner Mutter mit den Schultern. Rose zwinkerte ihm zu.
„Ist ok., keine Scheu. Wir kennen sie doch", flüsterte sie ihm im Weitergehen zu. Er verdrehte die Augen, um seine hilflose Verzweiflung anzudeuten.
„Lea! Besuch!"
Rose rief schon vom Wohnzimmer aus nach der Terrassentür hin, damit Lea Zeit hatte, sich aufzurichten und zu sich zu kommen. Verwundert sah sie nach den Gästen.
„Ah, Iliane, guten Tag. Das freut mich, Sie so schnell wieder zu sehen."
Lea war nur höflich, denn eigentlich war es ihr egal. Sie stand auf und ging zu den anderen, die Rose inzwischen um den Terrassentisch gruppiert hatte.
„Sie sind bestimmt Jan. Guten Tag. Ich bin Lea."
Sie stellte sich selbst vor, bevor Iliane daraus eine lange Geschichte machen konnte.
„Angenehm. Ja, ich bin Jan. Meine Mutter hat mich herge-

schleppt, um Ihre Ferienruhe zu stören", sagte er ohne Rücksicht auf Iliane.
Entrüstet wandte die sich an Rose.
„Siehst du! So ist er immer, dabei will ich ihm nur helfen!"
Rose lachte.
„Ich hole uns was zu trinken und ihr erzählt mal, worum es eigentlich geht."
„Mein Großvater..." begann Jan.
„Also mein Vater!" unterbrach Iliane ihn.
„Mutter, willst du erzählen?"
Jan fragte mit bissiger Liebenswürdigkeit. Dabei gingen die Brauen seiner dunkelblauen Augen steil nach oben. Seine aschblonden Haare waren mit Gel in geordnetem Wirrwarr gestylt. Gerade noch so, dass es seriös wirkte ohne spießig zu sein. Sein weißes Hemd trug er offen, die cremefarbene Leinenhose schien sehr edel und die Füße steckten barfuß in Segelschuhen. Lea registrierte die Details genau und war sehr angetan von dem, was sie sah. „Kühles Silber" schoss es ihr durch den Kopf. Sie schob den Gedanken schnell zur Seite. Nicht schnell genug, um nicht auch noch seine Mutter mit einem affektierten Pink zu bedenken.
Iliane strich die Jacke ihres graublauen Anzugs glatt und lehnte sich mit verkniffenem Mund zurück.
„Natürlich nicht. Du musst die Geschichte erzählen. Ist ja auch deine Sache."
Es klang etwas pikiert. Lea lächelte Jan aufmunternd an.
„Jetzt bin ich aber mal gespannt, worum es geht."
Rose kam mit einem Tablett zurück und verteilte Gläser auf dem Tisch. Aus einer Karaffe mit Limo und Eiswürfeln schenkte sie ein. Als sie den Gästen den Rücken zuwandte, zwinkerte sie Lea zu und grinste. Lea schaffte es eben noch, ihre Gesichtszüge unter Kontrolle zu halten. Sie beugte sich zu Jan, der noch einmal von vorne anfing.
„Einer meiner Vorfahren hat hier in Brügge eine Brauerei gegründet und damit eine gute Grundlage für unsere Familie geschaffen. Wir arbeiten nun in der sechsten Generation und haben unser Auskommen damit."
„Auskommen, aha", dachte Lea. „So ein Auskommen hätte ich mit meinen Jobs auch gerne, wenn ich mir die beiden so ansehe."
Laut sagte sie: „Das ist doch erfreulich, wenn ein Familienbetrieb floriert." Sie kam sich irgendwie blöd vor. Wie redete man mit solchen Leuten?
„Ist es auch. Nur muss man ständig an Innovationen und neu-

en Trends arbeiten, sonst ist man schnell weg vom Fenster. Viele Brauereien sind in Brügge nicht mehr übrig. Es waren mal mehr als zwanzig."
„In einer Stadt? Zwanzig Brauereien?" entfuhr es Lea. „Wer hat denn all das Bier getrunken?"
Die anderen lachten los. „Das ist belgische Tradition. Ein Dorf mit mehr als zehn Häusern hat auch eine Brauerei, sagt man bei uns. Das war schon immer so."
„Oha. Das wusste ich nicht. Trinken die Belgier so viel Bier?"
„Na ja, oft hatte das mit irgendwelchen Klöstern zu tun. Dort wurde das meiste Bier gebraut. Und natürlich haben auch Kaufleute und vor allem Bäcker eine Braukonzession vom jeweiligen Landesherrn bekommen. Bier war ein wichtiger Wirtschaftsfaktor, auch für den Export."
„Verstehe. Dann hat Ihr Ururgroßvater also eine ziemlich krisensichere Branche gewählt, als er die Brauerei gründete."
„Ja und nein. Durch die EU sind neue, ausländische Biere ins Land gekommen. Der Export hat auch an Bedeutung verloren und viele Brauereien gingen ein. Behaupten konnten sich nur die ganz großen, die alles aufkauften. Oder die ganz kleinen, die lokalen Braugaststätten. Oder dann solche wie wir, die ganz spezielle Sorten brauen, die sonst keiner hat."
Lea seufzte. „Bier ist also nicht gleich Bier, sehe ich."
Iliane sah sie entsetzt an.
„Bier ist niemals gleich Bier!"
„Sorry, ich habe keine Erfahrung. Ich trinke höchst selten Bier", meinte Lea entschuldigend.
„Das wirst du schon lernen", lächelte Rose. „In Flandern gibt es dreimal so viele Sorten, wie das Jahr Tage hat. Mindestens."
"Die muss ich aber nicht alle probieren?"
Lea spielte die Entsetzte.
„Nein, es reicht, wenn Sie unser Bier probieren und schätzen lernen", lachte Jan.
„Und noch ein paar ganz spezielle Sorten. Kriekbier zum Beispiel"; warf Rose ein.
„Klingt spannend", schwindelte Lea. „Aber weiter. Was war nun mit dem Familienbetrieb?"
„Ja, also. Mein Großvater hatte eine kleine Holzschatulle. Die stand seit Urzeiten im Wohnzimmer im Bücherschrank. Keiner beachtete sie mehr, sie gehörte einfach zur Einrichtung. Nicht lange vor seinem Tod hatten wir ein Gespräch. Er zeigte auf die Schatulle und meinte, darin fände ich die Möglichkeiten, die ich bräuchte, um der Brauerei neuen Auftrieb zu geben, wenn es nötig sein sollte."

„Und jetzt?“ Lea gewann langsam doch Interesse.
„Das ist Jahre her. Ich ging noch zur Schule, machte gerade meine Ausbildung. Ich fand es nicht wichtig, Gerede eines alten, kranken Mannes. Zudem lief die Brauerei blendend, ich brauchte keinen Hokuspokus aus einer Schachtel, wie ich das für mich nannte.“
„Und das änderte sich dann?“ warf Rose dazwischen.
„Vieles änderte sich. Ich wurde erwachsen und übernahm Verantwortung im Betrieb. Die Konkurrenz wurde schärfer, alte Traditionen waren nicht mehr das Zugpferd beim Umsatz. Neue Biere drängten auf den Markt und machten uns das Leben zusehends schwerer. Dazu kamen die EU-Verordnungen, die Geld kosteten. Und das deutsche Reinheitsgebot, verzeihen Sie, Lea, hat uns auch Kopfzerbrechen gemacht.“
Lea lächelte. „Sie müssen sich nicht entschuldigen, ich habe das nicht zu verantworten.“
„Nein, denn das ist ein paar hundert Jahre älter als Sie“, lächelte Jan zurück.
„Aber dadurch waren wir verpflichtet, alle Zutaten genau anzugeben. Das war manchmal eine Gradwanderung. Schließlich hat man ja auch so seine Geheimnisse.“
Lea riss erstaunt die Augen auf.
„Was? Und ich dachte, das ist weltweit so, dass Bier nichts enthält als Gerste, Hopfen und Wasser?“
Alle lachten über Leas entwaffnende Unkenntnis.
„Mädel, du bist wirklich ahnungslos, was Bier betrifft!“ Rose schüttelte amüsiert den Kopf. „Höchste Zeit, dass du in einem Bierland mal dazulernst.“
Lea verzog das Gesicht und tat zerknirscht.
„Ich werde mich anstrengen. Flandern hat wirklich mehr Geheimnisse, als google mir verraten hat.“

„Weiter.“ Jan leerte sein Glas und fuhr fort. „Die Zeiten wurden zwar schlechter, aber es war noch kein Anlass zur Besorgnis. Da fiel mir das Kästchen von Großvater wieder ein. Ich dachte, es könne vielleicht doch nicht schaden, mal einen Blick hinein zu werfen. Aber es war erst einmal weg.“
„Was? Wieso das?“ Lea hing nun doch an Jans Lippen.
„Einige Zeit nach Großvaters Tod hatten wir das Haus renoviert und umgebaut. Es war viel zu groß geworden. Wir mussten keine repräsentative Villa mehr haben für eine Handvoll Familienmitglieder. Es gab ja nur noch meine Eltern, Mutters Schwester und mich. Dafür braucht es kein Fünfundzwanzig-Zimmer-Haus mit Nebengebäuden.“

„Äh, fünfundzwanzig Zimmer..."
Lea schwieg beeindruckt. Sie hatte Flitzis Haus schon für unglaublichen Luxus gehalten.

„Eben! Das war viel zu groß. Also haben wir einen Teil abgetrennt und zur Verwaltung der Brauerei umgebaut. Die alten Verwaltungsräume haben wir der Produktion und dem Lager einverleibt. So blieb der Bedarf an Grundfläche gleich, nur die Nutzung wurde verändert."
„Und bei diesem Umbau ging das Kästchen verloren."
„Genau! Das Wohnzimmer wurde in einen anderen Gebäudeteil verlegt, die Möbel umgezogen oder erneuert. Und an die Schatulle dachte keiner mehr."
„Und wo kommt die nun plötzlich wieder her? Ich nehme doch an, dass sie wieder aufgetaucht ist, sonst hätten Sie uns das alles ja nicht erzählt."
„Richtig, sie ist wieder da. Und komischerweise wieder im Wohnzimmer im Bücherschrank, versteckt hinter ein paar alten Schwarten über Getreidevermaischung haben wir sie wiedergefunden."
„Ich habe sie gefunden, als ich nach alten Aufzeichnungen meines Mannes gesucht habe", warf Iliane ein. Sie hatte die ganze Zeit geschwiegen, aber ihren Groll offenbar wieder vergessen.
„Und keiner hatte dort vorher nachgesehen?" wollte Lea wissen.
„Keine Ahnung, wir haben im ganzen Haus nach der Schatulle gesucht. Aber nicht besonders intensiv, es war ja irgendwie aussichtslos. Wenn so ein riesiger alter Kasten umgebaut wird, bleibt kein einziges Möbel an seinem Platz. Das Ding konnte sonst wo sein."
„Aber im Bücherschrank hatten wir schon gesucht. Es war die vage Hoffnung, dass irgendjemand den Schrank wieder so eingeräumt hatte, wie er im alten Wohnzimmer stand. Wir hatten einige Leute angeheuert, die helfen mussten. So eine Räumerei kann man ohne Unterstützung ja nicht schaffen."
„Ich hatte sowieso dafür kaum Zeit, ich musste mich zusammen mit meinem Vater um die Brauerei kümmern. Die Möbel hatten wir den beiden Damen überlassen." Jan warf einen freundlichen Blick zu seiner Mutter.
„Da war die Schatulle dann also wieder. Aber was war nun so interessant daran, dass sich der Aufwand gelohnt hat?"
Rose hatte die Gläser wieder gefüllt und sah Jan gespannt an.
„Das hier."

Jan griff in seine Jackentasche und stellte eine Holzschatulle auf den Gartentisch. Klein, etwas größer als eine Postkarte und ungefähr eine halbe Handbreit hoch, war sie aus fein poliertem Holz, das honigfarben in der Vormittagssonne schimmerte. Keine Intarsien, keine Verzierungen, nur grundsolide Handwerksarbeit in Perfektion. Lea konnte nicht anders, sie musste mit den Fingern darüberstreichen. Das Holz war warm und glatt, ein angenehmes Gefühl.
„Nehmen Sie sie ruhig in die Hand und machen Sie sie auf. Der Inhalt ist das Rätsel für uns."
Rose beugte sich über Leas Schulter, als diese das Kästchen zu sich heranzog und den Deckel nach hinten klappte. Auf dem Boden lagen zwei gefaltete Stofffetzen und ein paar getrocknete Pflanzenteile, ziemlich zerkrümelt. Lea sah enttäuscht auf.
„Na, ein Schatz ist das ja nicht gerade."
„So ging es uns auch. Wir wissen nicht, was es ist. Oder mal war."
„Hmm. Darf ich?" Lea wollte in die Kassette greifen.
„Natürlich. Darum sind wir ja eigentlich hier. Ich wollte Sie bitten, den Inhalt zu untersuchen. Vielleicht sind Sie als Expertin ja in der Lage, uns zu sagen, was das ist."
"Und wozu es gut ist!" warf Iliane nun doch wieder dazwischen.
Lea runzelte die Stirn. „Keine Ahnung."
Als sie die enttäuschten Gesichter sah, fügte sie schnell hinzu: „Auf den ersten Blick jedenfalls. Das muss ich genauer untersuchen. Aber Expertin dafür bin ich sicher nicht. Ich kann allenfalls mit den Stoffen etwas anfangen. Die Krümel kann ich wahrscheinlich auch nicht zuordnen."
„Bitte, nehmen Sie das Kästchen und machen Sie mit dem Inhalt alles, was nötig ist, um heraus zu finden, was das ist. Sie haben freie Hand." Jan hatte sich nun auch in Eifer geredet.
Lea hob verwundert den Kopf und zog die Brauen hoch.
„Oh, Entschuldigung! Sie haben Ferien und sind zu Besuch hier! Wie unhöflich von mir!" Jan war sein Ausbruch sichtlich peinlich.
„Lea, darf ich Sie ganz offiziell fragen, ob Sie diesen Auftrag annehmen und für uns eine Expertise erstellen möchten? Wir machen natürlich einen Vertrag über den Umfang, das Entgelt und die Kosten. Wenn Ihnen das recht ist?"
Rose runzelte die Stirn.
„Lasst ihr doch mal Zeit, Luft zu holen. Lea ist nicht nach Brügge gekommen, um zu arbeiten. Ich habe sie hergeholt, um sie kennen zu lernen. Da kommt so ein Überfall etwas unerwartet!"

Lea legte der Tante die Hand auf den Arm.
„Schon gut, Rose!“
Sie lächelte die drei anderen an.
„Ja, ich habe Ferien! Aber ich habe auch gerade keinen anderen Job. Und das da...“, sie zeigte mit dem Finger auf die offene Holzschatulle, „hat mich neugierig gemacht. Ich habe den Eindruck, dass Brügge voller Geheimnisse steckt. Da will ich wenigstens eines davon selber lüften. In die anderen weiht ihr mich schon ein.“
Sie zwinkerte Rose zu.
Erleichtert drückte Iliane die Hand ihres Sohnes. Jan war aufgestanden und verbeugte sich leicht vor Lea.
„Ich freue mich, dass Sie das sagen, Lea. Wir werden alles tun, damit Ihre Zeit in Brügge für Sie ein unvergessliches Erlebnis wird. Und wir unterstützen Sie nach Kräften bei der Sache mit der Schatulle.“
Jan klang etwas förmlich. Es lag sicher auch an seinem flämischen Akzent, den er trotz seiner guten Deutschkenntnisse nicht leugnen konnte. Lea stand ebenfalls auf und gab ihm die Hand.
„Verlassen Sie sich drauf, ich nehme das genau mit der Hilfe. Setzen Sie schon mal den Vertrag auf, meinen Tagessatz muss ich mir noch ausdenken. Vor allem vergessen Sie nicht die lebenslange Lieferung von Bier an mich und meine Tante.“
Lea sah ernst zu Mutter und Sohn. Die beiden sahen reichlich konsterniert aus.
Rose konnte eben noch ihr Glas absetzen, bevor sie lauthals losprustete.
„Leaaaaa!!“
Da begriffen es die beiden anderen auch und stimmten in das schallende Gelächter ein.
„Verstanden, um das Geschäftliche kümmere ich mich schon, Lea.“
Jan drückte ihr das Kästchen in die Hand.
„Sie machen das Wissenschaftliche!“
Lea nickte begeistert.
„Mache ich. Ich fange gleich an.“
„Von wegen, erst gibt es was zu essen. Es ist ja schon fast ein Uhr!“
Rose schob Iliane und Jan in Richtung Haustür.
„War nett mit euch“ meinte sie in geschäftigem Ton, als sie die beiden hinauskomplimentierte.
„Aber wie immer anstrengend!“ lachte Jan und hakte seine Mutter unter, die unter der Türe stehen geblieben war und zu

einer weiteren Rede ansetzen wollte.
„Kom op, Maman, wij gaan nu!“
Rose winkte den beiden hinterher, die zur Stadtmitte abbogen.

Lea saß noch am Gartentisch und betrachtete das Kästchen von allen Seiten, als Rose zurückkam.
„Her damit!“
Rose schnappte es sich und stellte es auf den Kaminsims. Lea fuhr hoch. „Hee!“
„Nix hee! Erst wird gegessen. Und dann überlegst du dir gut, was du für die Arbeit haben willst. Das ist kein Scherz. Die beiden können es sich leisten, einen angesehenen Gutachter zu bezahlen. Und das bist in dem Fall du. Also keine falsche Bescheidenheit.“
Lea grinste und rollte mit den Augen.
„Schon gut. Du kennst mich anscheinend schon recht gut, du Tante du!“
„Hoppla! Ich geb dir Tante!“
Rose drohte mit dem Finger.
„Aber es war ja auch nicht schwer zu erraten, was du denkst. Jan ist ein gut aussehender junger Mann und seine Geschichte hat dir gefallen. Da fängt man leicht Feuer.“
Als sie Leas entsetzten Blick sah, fügte sie hinzu: „Für die Sache, meine ich natürlich!“
„Natürlich!“ Lea grinste frech. „Über mein Liebesleben weißt du nämlich nix, oder?“
„Ne, stimmt. Da weiß ich gar nichts. Aber das besprechen wir später, jetzt gibt es erst einmal was zu essen.“
„Über deines weiß ich auch nichts...“, sinnierte Lea laut, während sie den Tisch im Esszimmer deckte. „Dabei waren da sicher ein paar aufregende Herren darunter! – Oder sind es noch.“
Mit einem süffisanten Seitenblick auf Rose schob sie dieser die Pfeffermühle zu. Rose nahm sie und drehte sie in den Fingern.
„Tja, Pfeffer im Hintern musste einer schon haben, wenn er bei mir landen wollte.“
„Dachte ich mir.“
Lea konnte nicht weitersprechen, denn sie hatte gerade ein Stück Tosti in den Mund geschoben.
„Mhmm, lecker! Wie heißt das?“ fragte sie, als sie sich wieder mitteilen konnte.
„Das sind nur Tostis! Doppelte Toasts gefüllt mit Käse und Schinken.“

„Und wie werden die zu Taschen?"
„Fpefialtoafter"
Lea wartete.
„Sorry, Spezialtoaster, damit klemmst du die Toastscheiben ein und die Ränder bleiben dann zusammen. Die Füllung ist beliebig. Tostis sind so etwas wie das traditionelle Mittagessen hier. Oder Sandwiches. Warm essen die Flamen vor allem abends."
„Und zwar um sechs Uhr! Pünktlichst!" dozierte Lea.
„Das ist Niederländisch. Die Flamen nehmen es nicht so genau. Später geht auch. Wenn man auswärts isst, ist es fast französisch. Oder burgundisch, wie man hier sagt. Dann wird es schon mal acht Uhr."
„Sympathisch, diese Gewohnheiten. Tostis schmecken mir."

Kapitel VII

„Eindeutig Sackleinen. Das sehe ich auf den ersten Blick. Ein paar Jährchen hat die schon auf'm Buckel."
Lea drehte die Leinenstücke vorsichtig in den Händen.
„Leider habe ich keinerlei Ausrüstung dabei. Ich kann eigentlich gar nicht arbeiten. Hast du so was wie eine Lupe und eine starke Lampe?"
Lea hob den Kopf und sah fragend nach Rose. Die war bereits aufgesprungen und durch das Wohnzimmer gelaufen.
„Klar! Ich habe eine beleuchtete Leselupe. Bin schon unterwegs!"
Rose zog nacheinander die Schubladen eines alten Sekretärs auf, der majestätisch an der Wand zwischen Wohn- und Esszimmer thronte. Eine Lade klemmte und Rose zischte Unverständliches zwischen den Zähnen hervor.
„Fluchst du?"
Lea feixte. Rose drehte sich unwillig um.
„Das doofe Ding da! Klemmt wieder! Moment, dir werde ich gleich!"
Mit einem gewaltigen Ruck zerrte sie die Lade auf, die widerstrebend nachgab.
„Na also, da ist sie doch."
Triumphierend hielt sie die Lupe in die Höhe und brachte sie an den Tisch. Lea nahm sie und schaltete probeweise die Lampe ein.
„Wo hast du die denn her? Du hast doch nicht mal ne Brille."
„Ach, die habe ich mal gewonnen. Die örtliche Rheumaliga hatte eine Wohltätigkeitsveranstaltung, da war ich eingeladen und habe ein Los gekauft. Und das da gewonnen!"
Rose zeigte stolz auf die Lupe. Lea schüttelte den Kopf.
„Hast du Rheuma?"
„Nein, ich war nur eingeladen."
Lea grinste.
„Rheumaliga. Das passt doch gar nicht zu dir."
„Na ja, wenn man nichts Besseres vorhat, geht man auch mal dort hin."
„War er der Vorsitzende?"
„Was?"
„Na, ob dein Begleiter der Vorstand von dem Verein war?"
Eine kleine Kopfnuss war die Antwort. Lea zog den Kopf ein.
„Volltreffer, liebe Tante!"
„Noch einmal Tante und du kannst bei Iliane einziehen!"
„Huch, dann benehme ich mich doch besser, meine liebe Ro-

se", säuselte Lea.
Es war eine ganze Zeit still im Zimmer. Rose versuchte die Pflanzenkrümel am Boden der Holzdose zu ergründen, Fussel schlief den Schlaf der Gerechten. Lea hatte einen der beiden Stoffreste auf ein weißes Papier gelegt und probierte mit der Lupe zu arbeiten.
„Das geht so nicht, das hat keinen Sinn."
Resigniert legte Lea ihr Behelfswerkzeug hin und dehnte ihre Schultern. Rose sah auf und stellte die Dose hin.
„Was brauchst du?"
„Eine Restaurationswerkstatt."
„Ach so. Wenn es nur das ist."
„Ich glaube, deine Freunde werden sich gedulden müssen, bis ich wieder zuhause bin. Dann kann ich im Museum die Untersuchungen vornehmen. Alles, was ich bis jetzt sehen kann, ist altes Sackleinen, zerrupft an allen Kanten, den Schatten eines Aufdrucks oder Bemalung. Und damit hat es sich dann auch schon."
„Museum. Hmm."
Lea sah Rose an.
„Du meinst? Du bist doch..."
„Eben. Wozu hat man denn Beziehungen? – Moment, das haben wir gleich!"
Rose sprang von ihrem Stuhl und schnappte sich das Telefon. Lea lauschte angestrengt, konnte aber in der noch ungewohnten Sprache nur einzelne Worte verstehen. Rose wurde offensichtlich weiter verbunden. Ungeduldig trommelte sie mit der freien Hand auf den Hörer. Wieder folgte ein Wortschwall in Flämisch, dann lauschte Rose gespannt. Lea beobachtete ihr Gesicht, um das Ergebnis des Telefonats daran abzulesen. Als Rose breit zu grinsen begann, entspannte sich auch Lea und sie grinste schon mal mit, auch wenn sie noch nichts Genaues wusste.
„Fijn. Zie je morgen. Hartelijk bedankt, Koen."
Rose legte den Hörer ganz langsam auf den Tisch. Lea platzte fast, aber sie gönnte ihr diesen Augenblick. Mit leuchtenden Augen sah Rose Lea an.
„Morgen um zehn im Museum. Mein alter Direktor lässt dich dort in die Werkstatt. Es ist zwar keine reine Textilwerkstatt, so groß ist das Museum nicht, dass sie sich alle Sparten dort leisten können. Aber er meint, du findest schon, was du brauchst. Schließlich musst du ja untersuchen, nicht flicken."
„Flicken!"
Lea warf sich in ihrem Stuhl zurück und prustete vor Lachen.

„Du bist drollig!"
„Na ja, du und deine Stoffe – wir und unsere Biere!"
„Okay, wir sind quitt."
Lea sprang auf und wirbelte Rose durch das Zimmer. Fussel bellte erschrocken und verkrümelte sich in den Garten unter seine Lieblingshortensie, da die Damen mal wieder geruhten zu spinnen.
„Hach, ist das abgefahren! Rose, du bist oberaffenmegakrass!"
„Ähm, was bin ich?"
„Ach, einfach nur superklasse!"
Rose lachte und drückte Lea herzhaft.
„Und ich darf mit und kiebitzen."
"Natürlich. Wenn dich das interessiert?"
„Logisch. Ich habe noch nie einer textilrestauratorischen Gutachterin bei der Arbeit zugesehen."
„Hoffentlich bist du nicht enttäuscht. Das meiste ist puzzeln, mit unendlicher Geduld."
„Na ja, das ist nun nicht gerade meine beste Eigenschaft, aber ich werde mich bemühen. – Jetzt räum das Zeug weg. Wir gehen einkaufen. Schließlich muss ja noch für ein burgundisches Abendessen gesorgt werden."
„Burgundisch jetzt? Aha."
„Ja, feines und üppiges Essen nennen wir hier burgundisch."
„Woher kommt das?"
"Flandern war mal ne Zeitlang unter burgundischer Herrschaft. Das war wohl etwas sinnenfreudiger als das streng calvinistische Regiment der damaligen Niederländer."
„Klingt nach Gelage."
„Können wir glatt draus machen. Aber ich dachte eher an Steinbutt mit Lamsoor und Baguette. Dazu eine frische Zitronensauce und einen leichten Weißwein.
Lea lief das Wasser im Mund zusammen.
„Alles prima, aber was die Lämmerohren beim Fisch sollen, ist mir noch nicht so ganz klar." Sie sah etwas zweifelnd auf Roses Einkaufsliste. Rose lachte wieder ihr ansteckendes Lachen.
„Hey, das ist Gemüse! Lamsoor sieht aus wie Lämmerohren, ist aber grün und schon gesalzen, weil es auf den Schorren wächst. Das ist das Land vor den Deichen, das von der Flut überspült wird."
"Also Gemüse mit Naturmeersalz."
Lea holte tief Luft.
„Ihr habt hier echt dauernd was Neues auf Lager. Los geht's, einkaufen. Ich habe jetzt schon Hunger. Fussel lassen wir hier.

Komm!“
Sie nahm Rose am Ärmel und zog sie zur Haustür.
„Moment, Moment! Schuhe, Tasche, Geld und Schlüssel brauche ich noch.“
“Na, dann aber Beeilung!“

„Burgundisch. Burgundisch wird meine Leibspeise, denke ich.“ Lea leckte sich über die Lippen und nippte an ihrem Weißwein. „Rose, das war der beste Fisch, den ich je gegessen habe. Und diese grünen Lämmerohren sind kolossal!“
„Danke für das Kompliment. Steinbutt wird hier vor der Haustür gefangen. Das hat schon was für sich“, stimmte Rose ihr zu.
„Du kochst aber auch gigantisch gut. Oder besser burgundisch genial. Da werde ich dir ab jetzt auf die Finger schauen. Meine Freunde zuhause werden staunen, wenn ich sie mal burgundisch verwöhne.“
„Erzählst du mir von deinen Freunden?“ fragte Rose. Sie hatte schon die Teller in der Hand und stand unter der Küchentür.
„Klar, die wirst du sowieso mal kennen lernen.“ Lea folgte Rose mit den leeren Platten und Schüsseln in die Küche. Sie lehnte sich an den Fenstersims mit den Kräutertöpfchen, die Abendsonne legte einen bronzefarbenen Kranz um ihre dunklen Locken, ihr sommersprossiges Gesicht mit den grünen Augen lag im Schatten. Rose sah zu ihr hin und dachte wieder einmal, was für eine attraktive junge Frau ihre Nichte war.
„Wir sind zu viert und dauernd irgendwie zusammen. Weißt du, am schönsten ist unser Küchenquatsch. Alle vier in Mels Küche um die riesige Espressomaschine...“

„Das ist doch gleich ganz was anderes! Jetzt kann ich schon mal was erkennen!“
Lea war tief über ein großes Mikroskop gebeugt, unter dem eine der beiden Stoffproben lag. Rose sah sie fragend an, aber Lea bemerkte sie gar nicht.
„Diese Art Leinen kenne ich. Du würdest wahrscheinlich Rupfen dazu sagen. Wurde früher in der Landwirtschaft für Säcke verwendet, wenn diese auch ziemlich feinfädig gewebt ist. Vielleicht für Mehl oder feineres Getreide. Sicher kein Kartoffelsack.“
Endlich sah Lea hoch.
„Willst du mal sehen?“
Sie deutete Roses verlangenden Blick richtig. Schnell wechsel-

ten sie die Plätze und Rose beugte sich neugierig über das Okular.
„Hier kannst du es verstellen, wenn es nicht scharf genug ist."
Lea führte Roses Hand zur Verstellschraube.
„Mhmm. Viel sehe ich nicht, nur dass der Stoff ziemlich schmutzig ist. Oder?"
Lea stimmte zu. Rose gab den Platz wieder frei und Lea begann mit einem dicken, weichen Pinsel den Stoff sanft zu bürsten.
„Nützt das was? Musst du das Ding nicht besser mal auswaschen? Und dann die Falten vom Zusammenlegen. Bügel es doch, dann siehst du besser."
„Du bist gut. Wasser, Schmutz und Temperaturschwankungen sind die schlimmsten Feinde alter Fasern. Und natürlich Ungeziefer. Wenn ich anfange mit Waschen und Bügeln, kann ich den Fetzen gleich wegschmeißen."
„Ungeziefer?"
Rose kratzte sich am Ellbogen. Lea lachte.
„Keine Angst, kein Befall, soweit ich das sehen kann. Aber jetzt mach ich weiter. Das kann dauern, bis ich was Definitives sagen kann."
„Gut, dann lass ich dich jetzt mal alleine. Ich habe mit dem Direktor sowieso noch ein paar Dinge zu besprechen. Ich habe mir ein paar neue Themen für Führungen ausgedacht und will seine Meinung dazu hören. Ich hole dich später wieder ab."
„Gut", nuschelte Lea, die gar nicht richtig zugehört hatte. Sie war zu sehr mit den blassen Farbfragmenten beschäftigt, die sich auf dem Stoff abzeichneten.

Rose stand im Garten und warf Bälle für Fussel. Er brachte unermüdlich einen Tennisball nach dem anderen zurück. Fröhlich sprang er um sie herum und bellte, wenn sie nicht schnell genug wieder warf. Sie versuchte, die Bälle möglichst weit zu werfen, um ein wenig Luft zu bekommen, bis er wieder da war. Aber der kleine Hund nahm das nur als Ansporn, noch schneller zu flitzen und den Ball triumphierend vor ihre Füße zu legen.
„Dein Frauchen hat wohl die Zeit komplett vergessen. Jetzt ist es schon bald dunkel und sie sitzt immer noch in diesem Museumskeller. Hast du Hunger?"
Was für eine Frage! Fussel setzte sich vor sie hin, bellte kurz und lief dann schnurstracks in die Küche. Ihm war längst klar, dass neben seinem Frauchen diese Neue ein absoluter Gewinn in seinem Hundeleben war. Die täglichen Leckereien wa-

ren der Beweis, dass dieser Zweibeiner einen absolut treffsicheren Hundegeschmack hatte. In jeder Hinsicht. Erwartungsvoll baute sich Fussel vor dem Kühlschrank auf. Rose war ihm gefolgt und füllte seinen Napf. Vergnügt sah sie zu, wie der Kleine alles verputzte. Die Schüssel war leer und Fussel schleckte mit langer Zunge rund um seine Schnauze. Das letzte Krümelchen musste erwischt werden.
War das etwa alles? Gab es nichts mehr? In den Hundemagen passte noch so viel mehr als in dem mickrigkleinen Pott gewesen war. Das war doch keine Portion für einen ausgewachsenen Rüden!
Vorwurfsvolle Blicke folgten Rose durch die Küche, die sich ein paar belegte Brote machte. Endlich bemerkte sie ihn.
„Was? Noch nicht satt? Das kann nicht sein, das Hundebäuchlein ist ja ganz rund. Da passt nichts mehr rein."
Ach, so richtig Ahnung hatte sie dann ja anscheinend doch nicht von Hunden, war Fussels Schlussfolgerung. Er trollte sich auf seinen Platz vor dem Kamin. Wenn man schläft, spürt man den Hunger nicht. Leise grummelnd machte er es sich gemütlich.

Die Türklingel ging. Rose fuhr aus ihrem Sessel hoch. Sie war wohl eingenickt. Schlaftrunken tappte sie auf bloßen Füßen zur Tür. Lea drängte an ihr vorbei und warf ihre Tasche mit Schwung auf die Couch.
„Rose! Es ist unglaublich! Megakrass!"
Jetzt war Rose schlagartig wach.
„Was? Hast du was entdeckt?"
„Und ob. Die beiden Stücke sind eines. Ich meine, sie waren mal eines. Sie wurden auseinandergerissen, sicher nicht geschnitten. Die Zeichnung habe ich auch schon. Es sind wahrscheinlich zwei, übereinander."
„Das ist alles?"
Lea sah Rose entgeistert an.
„Was hast du erwartet? Den Namen des Bauern, die Schuhgröße der Weberin und den Flurnamen des Ackers, auf dem der Flachs für die Leinwand gewachsen ist?"
„Na ja, so ähnlich."
Rose rieb sich die Augen und streckte sich.
„Sorry, hab wohl geschlafen. Möchtest du was essen, bevor du mir das mal genauer erklärst."
"Nein, danke. Dein Museums-Koen hat mir Gesellschaft geleistet und auch für Verpflegung gesorgt. Er war schon eine Hilfe. Schließlich kennt er sich in der Werkstatt einigermaßen aus,

auch wenn er dort nicht arbeitet. Sein Deutsch ist ulkig, aber wir haben uns verstanden."
Rose drückte Lea in einen Sessel und stellte ihr ein Glas hin. „Erzählen!"
Nach einem Schluck Wein berichtete Lea.
„Ich habe die beiden Stücke so gut es ging gereinigt und dann die Ränder untersucht. Dass sie von einem Stück stammen, war schnell klar, weil sich bei beiden ein etwas dickerer Faden fand. Aneinandergelegt war der Faden dann gleichmäßig durchgehend. Damit wurde auch das blasse Bild größer und wirkte einigermaßen komplett, auch wenn ich mir noch keinen Reim darauf machen kann. So wie es aussieht, ist es eine Art Emblem oder Wappen. Darunter scheint aber noch ein anderes Bild oder Zeichen zu sein. Die Farbe ist stark ausgebleicht. Die obere Farbe ist dunkler und offensichtlich von anderer Zusammensetzung. Aber das ergibt erst die genaue Untersuchung."
„Kannst du das? – Entschuldige, wenn ich so frage, aber ich habe echt keine Ahnung, was du so alles in deinem Repertoire hast."
„Na ja, wenn es sich nicht um komplizierte Dinge dreht, kann ich das schon. Eine einfache Naturfarbe bestimmen, wie Ocker oder Ruß oder Indigo, das ist nicht so schwierig. Moderne Farbmischungen, die synthetisch hergestellt wurden, kann ich nicht selbst bestimmen. Dazu brauche ich dann doch fachliche Unterstützung."
„Und die Herkunft des Stoffes? Kann man das auch feststellen?"
„Ja, im Prinzip schon. Wenn die Umgebung bekannt ist, also zum Beispiel bei einem Theater oder Schloss, kennt man meistens sogar den Hersteller. Wenn man allerdings nur ein Stückchen Stoff hat ohne Zusammenhang wie in diesem Fall, ist es schwieriger."
„Demnach hängt es vom Kontext ab, wie umfangreich die Untersuchungen ausfallen müssen?"
„Ja, unter Umständen schon. Manchmal findet man die Herkunft über den Schmutz heraus, der an einem Stoff haftet. Pollen, Erdkrumen und so weiter sind immer in einem bestimmten Zusammenhang zu sehen."
„Spannend!" Rose war ganz begeistert. „Das ist ja die reinste Detektivarbeit!"
„Wir haben sogar schon Forensiker bemüht, wenn es gar nicht mehr weiterging."
„Was? Wie im Tatort?"

„So ähnlich. Bei Mumien wird das oft gemacht. Da geht es ja nicht nur um die einbalsamierten Körper. Die Wickel und Tücher sind mindestens genau so interessant."
„Mädel, da hast du dir ja einen fantastischen Beruf ausgesucht!"
„Das ist nur die eine Seite. Die andere ist Geduld, Geduld und nochmals Geduld. Wenn du ein altes Seidenkleid vor dir liegen hast, voller Löcher und ausgerissenen Nähten, zerschlissenen Säumen und so, dann denkst du schon mal an die Altkleidersammlung."
Lea grinste.
„Nein, im Ernst. So einen alten Stoff wieder in einen ansehnlichen Zustand zu versetzen ohne die historische Vorlage zu verändern, kann ganz schön nervenaufreibend sein. Manchmal muss man den ganzen Stoff neu abfüttern, um eine feste Unterlage für die brüchigen Teile zu haben."
„Aber, wenn es gelungen ist und fertig vor dir liegt..."
„... dann platzt man natürlich vor Stolz. Klar!"
„Ich habe auf deiner Webseite ein paar Beispiele gesehen. Die alte Fahne des Schützenvereins war ja wohl eine Riesenarbeit?"
„Ja. Fahnen sind meist ziemlich ruiniert, wenn wir sie in die Hände bekommen. Wenn der Verein sich auf seine alten Traditionen besinnt, meistens bei der Hundertjahrfeier oder so, ist der Schaden schon groß."
„Ich bin ganz überwältigt. Was du da so alles erzählst! Bei unseren Sackfetzen will ich dabei sein, wenn du weitermachst. Das ist ja so spannend!"
„Aber nur, wenn du sie nicht waschen und bügeln willst. Sonst gerne!"
Lea grinste Rose an, die machte eine abwehrende Handbewegung.
„Ich guck nur zu."
„Dann ist ja gut. Aber jetzt muss ich dringend ins Bett. Die Tage in Flandern sind wirklich länger als sonst."

Von der nahen Kirchturmuhr schlug es halb zwei.

Kapitel VIII

Das Gespräch wurde unterbrochen, solange eine freundliche junge Frau Tee servierte. Jan machte eine einladende Handbewegung.
„Bedienen Sie sich bitte."
Die Etagere mit Pralinen und feinen Plätzchen sah aber auch zu verführerisch aus. Lea konnte nicht widerstehen. Die beiden anderen Damen verzichteten lächelnd.
„Und jetzt bitte! Spannen Sie uns nicht länger auf die Folter!"
Lea sah Jan und seine Mutter an.
„Gerne."
Sie nahm noch einen Schluck Tee.
„Die beiden Stoffteile gehören zu einem einzigen Stück. Das war eindeutig festzustellen. Es handelt sich um eine feinere Art Sackleinen, wahrscheinlich hier aus der Gegend, wie ich mithilfe des Museumsdirektors in Erfahrung bringen konnte. Das Muster oder Zeichen auf dem Stoff ist mit einfacher Tinte aufgebracht. Rußtinte wahrscheinlich. Sie wird aus Ruß hergestellt und ist ziemlich dunkel, aber nicht wasserfest. Dadurch war das Zeichen ein wenig verwischt und ich habe darunter noch ein weiteres Emblem oder so etwas Ähnliches entdeckt. Die zweite Tinte ist zwar verblasst, aber weil sie wasserfest ist, nehme ich an, dass es sich um Tinte aus Galläpfeln handelt. Wird seit Urzeiten verwendet, das kannten schon die alten Römer."
Jans Mutter gab einen unverständlichen Laut von sich, der wohl ihre Ungeduld ausdrückte.
„Gut, die Herstellung interessiert Sie wahrscheinlich nicht besonders", folgerte Lea. „Auch, wenn das Vitriol als Bestandteil der Tinte schon so manchen Zeitgenossen ins Jenseits beförderte..."
Rose gab ihr einen sanften Rippenstoß.
„Ok, ok, ich komme zur Sache. Das obere Emblem sieht so aus."
Sie nahm aus ihrer Tasche eine schmale Mappe und legte sie auf den Tisch. Das oberste Blatt in der Mappe zeigte eine verschlungene Buchstabenkombination mit einer Blätterranke. Ein S und ein L konnte das sein.
„So habe ich die obere Farbschicht gedeutet. Früher wurden solche Initialen oft verwendet, um den Besitzer anzugeben. Würde auf einem Sack also durchaus Sinn machen."
„Ich kenne niemanden mit S und L in unserer Familie", meinte Iliane. „Unser Familienname beginnt mit B, aber so sehen die

Buchstaben wirklich nicht aus."
Lea nahm ein weiteres Blatt aus der Mappe.
„Hier ist meine Rekonstruktion des zweiten Zeichens. Es ist nur ein Versuch, da ich keine vollständige Analyse durchführen konnte. Dafür fehlt im Museum hier die nötige Ausstattung. Aber ich denke, dass es der Sache ziemlich nahekommt."
Alle beugten sich vor, um die Bleistiftzeichnung genauer zu sehen. Das Zeichen sah aus wie eine verkleinerte und verschlungene Version des darüberliegenden Emblems. Iliane und Jan runzelten die Stirn, sie konnten sich keinen Reim darauf machen.
„Ist Ihnen das eine oder andere Zeichen bei Ihren Familienunterlagen schon mal begegnet? Oder zumindest etwas Ähnliches? Dann hätten wir eine Vergleichsmöglichkeit, die uns weiterführen könnte?"
„Ich habe das noch nie gesehen."
Jan lehnte sich mit einem enttäuschten Gesichtsausdruck zurück.
„Ich auch nicht. Und ich habe alle Familienunterlagen katalogisiert. Wir wollen ein kleines Brauereimuseum mit der Geschichte unserer Firma aufmachen. Dazu musste ich nach wichtigen und interessanten Dokumenten suchen. Ich hätte das bestimmt bemerkt, wenn es unter den Papieren und Büchern gewesen wäre", kam von Iliane.
„Tja, dann tut es mir leid. Mehr kann ich im Moment leider nicht für Sie tun." Lea schob die Papiere wieder ineinander und öffnete die Mappe, um sie darin zu verstauen.
„Moment mal!"
Rose legte ihre Hand auf Leas Arm. Lea reichte ihr die Papiere. Rose drehte und wendete die beiden Blätter vor sich auf dem Tisch in alle Richtungen.
„Ich habe so was schon mal gesehen. - Und zwar in einer historischen Mühle."
„Aber Mehl war in dem Sack garantiert nicht drin. Das hinterlässt deutliche Spuren."
„Nein, das meine ich auch gar nicht. Die Mühle gehörte zu einem Kloster."
„Kloster? Hmm, habt ihr mir nicht erzählt, dass Bier früher hier vorwiegend in Klöstern gebraut wurde? Dann würde sich der Kreis schließen. Das passende Kloster haben wir dann allerdings immer noch nicht."
„Wir hatten keine Verbindung zu einem Kloster. So alt ist unsere Brauerei doch noch gar nicht."
Jan war sichtlich nicht überzeugt.

„Die Klosterspur sollten wir aber weiterverfolgen. Vielleicht finden sich dort neue Hinweise, die auf Ihren Großvater deuten.“ Lea gab so schnell nicht auf. Rose nickte zustimmend.
„Ich denke auch, dass wir das Emblem entziffern müssen. Haben wir das Zeichen gefunden, finden wir auch das Kloster. Ich weiß auch schon, wer uns dabei helfen kann.“
Die anderen sahen sie erwartungsvoll an. Rose kramte derweil in ihrer Handtasche und beförderte ein Notizbuch zutage, das schon bessere Zeiten gesehen hatte.
„Kann ich bitte mal telefonieren. Ich rufe bei einer Schwester der Ursulinerinnen an. Sie ist eine gute Bekannte von mir und interessiert sich leidenschaftlich für die Kirchengeschichte Flanderns.“
Jan war schon aufgestanden und hatte das Telefon von der Anrichte genommen. Schnell hatte Rose einen Termin für den Abend mit der Schwester vereinbart.
„Lea, wir beide gehen da hin und versuchen unser Glück. Etwas Anderes fällt mir nicht ein.“
„Einen Versuch ist es immerhin wert. Wenn die Schwester entsprechende Literatur hat, finden wir vielleicht etwas.“
Lea sah zu Iliane und Jan, um ihre Zustimmung zu bekommen. Iliane nickte, aber die Skepsis war ihr deutlich anzusehen. Jan stimmte ebenfalls zu.
„Ja, tun Sie das. Es ist immerhin noch eine Spur. Wenn es nicht klappt, ist es eben so. Wir werden auch ohne Großvaters Geheimnisse weiterarbeiten können.“
Es klang etwas sarkastisch.
„Jan, warte einfach noch. Wir melden uns, sobald wir mehr wissen.“
„Dann sollten wir jetzt aber aufbrechen. Ich will die Zeichnung noch ein paar Mal kopieren, damit wir darin rummalen können.“
Sie waren schon aufgestanden, als plötzlich die Türe aufging und eine kleine, alte Dame den Raum betrat. Mit fröhlichen Augen blickte sie in die Runde, rosige Apfelbäckchen und ein strahlendes Lächeln weckten sofort Sympathie für die zerbrechliche Gestalt mit den weißen Haaren.
„Da seid ihr! Ich habe mich schon gewundert, warum ich heute keine Gesellschaft beim Tee hatte.“
Iliane ging ihr entgegen und führte sie zu einem Sessel.
„Darf ich vorstellen, meine Schwester Eefje. Eefje, unsere Rose kennst du ja, die junge Dame ist ihre Nichte Lea.“
Lea reichte der alten Frau die Hand und war überrascht über den warmen und ganz sanften Händedruck mit samtweicher

Haut.
„Freut mich, Sie kennen zu lernen."
"Ah, eine Deutsche. Na ja, heute ist das ja kein Problem mehr."
Jan überspielte schnell die Peinlichkeit und nahm Leas Arm.
„Dann freuen wir uns, wenn wir möglichst bald wieder etwas von Ihnen hören. Wir sind gespannt auf das Ergebnis."
Iliane hatte Rose und Lea über den Kopf ihrer Schwester einen entschuldigenden Blick zugeworfen, aber Rose bedeutete ihr mit den Augen, dass alles in Ordnung war.

Lea saß mit hochgezogenen Beinen in ihrem Kaminsessel und drehte ein Blatt mit ihrer Zeichnung in den Händen. Sie runzelte die Stirn und seufzte.
„Schade, dass deine Ursulinerin auch nichts Brauchbares hatte."
„Tja, leider. Wir haben Berge von Büchern gewälzt, aber das komische Zeichen da war wirklich nicht dabei."
„Im Internet war auch nichts Brauchbares zu finden."
Rose nippte an ihrem Glas und begutachtete die zweite Zeichnung, die auf ihrem Schoß lag.
„Was, wenn...?"
Lea sprach langsam und drehte das Blatt im Rhythmus ihrer Worte.
„Was, wenn das obere Zeichen gar nicht von einem Kloster stammt? Wenn das jemand übermalt hat, um das untere unkenntlich zu machen?"
„Das klingt nach Wildem Westen, als sie die Brandzeichen der Pferde gefälscht haben. Eine dritte Geweihstange eingebrannt, um den wahren Eigentümer der Tiere zu bescheißen."
Rose lachte und fand ihre eigene Idee höchst amüsant.
„Ja, warum nicht?"
Lea fühlte sich auf den Arm genommen.
„Ich meine das ernst. Vielleicht wollte jemand den alten Sack als seinen ausgeben, obwohl er ursprünglich aus einem Kloster stammte. Vielleicht geklaut."
„Aber die zweite Zeichnung haben wir bei meiner Ursulinerin auch nicht gefunden."
Rose lenkte ein; sie sah, dass Lea dem Gedanken wirklich nachging.
„Die muss ja auch nicht ganz korrekt sein. Ich habe ja bei meiner Untersuchung immer die obere Zeichnung wegdenken müssen. Das untere Zeichen ist ziemlich blass."
„Und jetzt?"

„Keine Ahnung."
Schweigend brüteten die beiden Frauen weiter über ihren Blättern.
„Und wer soll aus dem Kloster einen Sack stehlen? Und warum? Und was war drin?"
Lea sprach aus, was Rose auch dachte.
„Keine Ahnung."
„Vor allem: warum ist der Sack nur noch ein Fragment und warum ist dieses Stückchen in einem Holzkästchen gelandet?"
„Und warum hat es der alte Bierbrauer aufbewahrt?"
„Lauter Fragen und keine Antworten. Ich geh schlafen, vielleicht träum ich die Lösung ja."
Lea sprang aus dem Sessel und legte die Papiere wieder in die Mappe.
„Bist du medial begabt?"
Rose fragte mit leicht ironischem Unterton.
„Nö, aber Brügge ist voller Rätsel und Wunder, vielleicht entwickle ich das unter deinem Dach noch."
Lea sah auf die Uhr.
„Das gibt es doch nicht! Schon wieder nach halb zwei! Gute Nacht, Rose."

Kapitel IX

Im Halbschlaf hörte Lea unten das Telefon klingeln, es passte aber irgendwie in ihren Traum, deswegen kam sie auch nicht zu sich. Erst als Rose ins Zimmer stürmte und die Vorhänge zurück riss, schlug Lea die Augen auf. Fussel bellte ungehalten.
„Wasnlos?"
Lea wusste im Augenblick weder, wo sie war, noch in welche Tageszeit das grelle Licht gehörte, das auf ihrer Nase tanzte.
„Lea, aufwachen! Ich hab was!"
Rose schien direkt in ihr Ohr zu brüllen.
Lea setzte sich auf und versuchte sich zu konzentrieren.
„Was hast du? Schrei doch nicht so."
Sie ließ sich in die Kissen zurückfallen und fand die ganze Situation total nervig. Was war nur in Rose gefahren?
„Hey, die Schwester hat gerade angerufen! Sie hat was gefunden!"
„Du bist doch die Schwester", murmelte Lea.
„Nein. Ich doch nicht. Los aufwachen!"
Rose rüttelte Lea an der Schulter, was aber nur ein weiteres unwilliges Grunzen auslöste.
„Ok, was ist dann mit Eefje?"
„Meine Güte, bist du heute schwer von Begriff! Ich meine die Ursulinerin!"
Schlagartig war Lea wach. Sie schoss vom Kopfkissen hoch und rutschte gegen das Kopfende, um aufrecht sitzen zu können.
„Was? – Und was hat sie gesagt?"
„Sie hat gerade angerufen. Sie meinte auch, dass das obere Zeichen wahrscheinlich vom unteren ablenken sollte. Wie du vermutest."
„Und deswegen weckst du mich? Na danke!"
„Nein, nicht nur! Sie meinte, wenn du das obere Zeichen abwischen könntest oder so, wäre es einfacher. Diese Klosterzeichen haben doch alle irgendwie Ähnlichkeit in ihren Schnörkeln, zumindest wenn sie aus dieser Gegend sind. Wenn das untere deutlicher sichtbar wäre, wäre es eindeutiger zu bestimmen. Sie hat auch schon eine Idee, wie das Zeichen wirklich aussehen könnte. Dann wären die Klöster auf etwa drei oder vier eingegrenzt."
„Und so geht das nicht? Wenn sie schon die anderen ausschließen kann und nur noch eine Handvoll übrigbleibt, dann müssen wir die doch nur genauer ansehen. Ist wie bei einem

Rätselbild in der Zeitung. Wer sieht die Unterschiede?"
„Die seien zu ähnlich, meint sie."
„Hmm."
Lea zog die Decke unters Kinn und legte die Stirn in Dackelfalten. Rose schob die Unterlippe vor und versank ebenfalls in tiefes Nachdenken.
Mit einem Blick auf Rose brach Lea schließlich in helles Lachen aus.
„Du siehst aus wie Margarete Rutherford als Miss Marple! So mit der Unterlippe nach außen."
Rose probierte, ob sie den Gesichtsausdruck festhalten konnte und ging zum Spiegel über der Kommode. So ganz gelang ihr das nicht, aber sie lachte herzlich.
„Ok, dann werden wir mal weiter Detektiv spielen. Was schlägst du vor?"
„Ich glaube, wir werden das tun, was du am Anfang wolltest."
Fragend sah Rose zu Lea.
„Was wollte ich?"
„Waschen."
„Waschen? Was? Den Fetzen? – Jetzt doch?"
„Ja. Die obere Tinte ist dunkler, aber nicht wasserfest. Sie verstellt uns den Blick. Der untere Teil ist blass und wasserfest, also waschen wir das obere Zeichen ab."
„Dann ist es aber unwiederbringlich weg, denke ich mal."
„Ja. Deswegen müssen wir auch alles tun, damit wir es später noch verwenden können."
„Fotokopie oder so was?"
"Oder so was. Genau. – Ich werde das Ding fotografieren, kopieren, Aufnahmen unter dem Mikroskop machen, noch mal abzeichnen. Alles festhalten, was wir später noch mal brauchen könnten. Aber zuerst müssen wir bei Jan um Erlaubnis fragen und zwar schriftlich. Hast du seine Mailadresse?"
„Seine nicht, aber die von Iliane. Das geht doch auch, oder?"
„Ich denke schon. Los jetzt. An die Arbeit. Ruf deine Betschwester an, wir würden heute Nachmittag noch mal vorbeikommen. Und sag Jan, dass wir in einer Stunde seine Mailbestätigung erwarten."
„Aye Sir!"
Rose stand stramm und riss die Hand zum Gruß an die Stirn. Lea winkte nur ab und verschwand im Bad. Fussel verstand die Welt wieder einmal nicht. Erst als Rose etwas von Frühstück erwähnte, kannte er sich wieder aus. Er rannte mit ihr die Treppe hinunter und setzte sich schon mal erwartungsvoll vor die Küche.

Lea gähnte in ihre Kaffeetasse.
„Es ist ja grad mal acht vorbei. Wann hat denn diese Urschel angerufen?“
„Also erstens ist das weder eine Urschel noch eine Betschwester.“
Rose tat so, als wollte sie Lea belehren, aus ihren Augen blitzte jedoch der Schalk.
„Sie hat auch einen Namen. Sie heißt Juliana. Kurz nach sieben ging das Telefon. Sie musste doch zur Arbeit, da hat sie mir das vorher noch schnell durchgegeben.“
„Hmm.“
Lea kaute an ihrem Croissant.
„Die Mail habe ich an Iliane schon geschrieben. Hast du Jan erreicht?“
„Ja, er war schon im Betrieb. Er müsste bereits geantwortet haben. Er meinte, du hättest völlige Freiheit. Auch wenn du den Stoff zerstören müsstest, sei das für ihn in Ordnung. Er stimmt mit uns überein, dass der Stoff keine Bedeutung hat, nur die Zeichen. Mach also damit, was du willst.“
„Gut, dann solltest du bitte noch deinen Museums-Koen informieren, dass ich nachher vorbeikomme. Ich muss so viele Infos wie möglich über das obere Zeichen festhalten, bevor wir es waschen. Flüssiges Feinwaschmittel, am besten für Seide, müssen wir haben, das ist am schonendsten dafür.“
„Das besorge ich in der Zwischenzeit. Koen habe ich schon angerufen, der ist auch schon ganz gespannt.“
Lea schüttelte lächelnd den Kopf und leerte ihre Tasse.
„Ok, dann kann es ja losgehen. Darf Fussel bei dir bleiben?“
„Klar, wir haben uns doch richtig angefreundet. Wir spielen nach dem Einkaufen wieder Ball im Garten. Sag Bescheid, wenn du mich brauchst.“
„Mach ich. Tschüss, bis später!“
Lea nahm ihre Tasche und verließ schnell das Haus. Das Museum war zum Glück nicht weit weg. In Brügge war gar nichts weit weg, alles lag sehr praktisch in Reichweite.

„Vorsichtig! Du reibst ja richtig.“
„Das ist schon ok. Der Stoff ist stabil genug.“
Lea drückte behutsam die Seife aus dem Sackleinen. Auf dem nassen Stoff zeichnete sich jetzt deutlicher eine dunkle Markierung ab.
„Am besten fotografieren wir gleich den nassen Stoff. Wer weiß, wie blass das Zeichen im trockenen Zustand ist.“

Rose nickte zustimmend und griff nach der Kamera, die mit Handtüchern und anderen Utensilien schon bereitlag. Lea hatte das Stoffstück sorgfältig unter fließendem Wasser ausgespült und rollte es nun in ein Geschirrtuch. Die Rolle drückte sie vorsichtig, um das überschüssige Wasser aus zu wringen. Auf einem trockenen Handtuch breitete sie das gewaschene Stück aus und strich es gewissenhaft glatt.
„Darf ich mit Blitz?"
„Das ist kein Rubens und kein Botticelli. Da kannst du mit dem Blitz nichts kaputt machen."
Rose machte mehrere Aufnahmen. Lea sah sich das Ergebnis an.
„Gut, das reicht fürs Erste. Jetzt trocknen wir das Ding."
Sie legte das Stoffstück samt Küchentuch auf ein dickes Handtuch und machte wieder eine Rolle. Mit festem Griff drückte sie die Frotteewurst und nahm dann das Sackleinen wieder heraus. Auf einem frischen Tuch wurde es sorgfältig ausgebreitet und wieder behutsam geglättet.
„Die ausgefransten Ränder werden dadurch natürlich nicht besser, aber das macht nichts. Siehst du, das obere Zeichen ist komplett weg. Jetzt können wir das Originalemblem untersuchen. Machst du noch ein paar Fotos? Die nehmen wir dann mit zu der Betschw... ähm… zu ...wie heißt die noch?"
„Juliana. Ist gut, ich habe jetzt etwa zehn Bilder. Ich geh sie mal ausdrucken."
Rose verschwand in ihrem Arbeitszimmer. Lea fingerte noch ein wenig an dem Stoffteil herum, dann räumte sie die Waschutensilien weg und hing die gebrauchten Handtücher im Gartenzimmer auf einen Handtuchständer zum Trocknen. Dieser Holzständer war sicher noch aus Uroma Annes Zeiten, ein dreiteiliges Holzgestell mit waagrechten Stangen, das im Zickzack aufgebaut wurde, damit es standfest war. Rose kam zurück mit den Ausdrucken in der Hand.
„Wo hast du das denn her?"
Lea deutete auf das Gestell.
„Das ist ja ein ulkiges Teil!"
„Wieder was typisch Flämisches. Gehörte zu Zeiten von Oma Anne in jeden Haushalt. Praktisch und zusammenklappbar. Das durfte bei keiner großen Wäsche fehlen. Da hingen dann die selber gestrickten Strümpfe drauf."
„Es lebe die moderne Technik!" seufzte Lea. „Mir wäre angst und bang, wenn ich noch so waschen müsste. Aber irgendwie gefällt mir das Ding."
„Fertig? Dann können wir los. Juliana erwartet uns schon."

Rose steckte die Bilder in ihre Tasche und klapperte mit den Hausschlüsseln.

Juliana hatte ihnen zwei Bildbände mitgegeben. Sie waren sich eigentlich alle drei sicher, aber für weitere Nachforschungen war es wahrscheinlich hilfreich, immer mal wieder in die Bücher schauen zu können. Das Zeichen auf dem Stoff hatten sie anhand der Fotos mit den Emblemen verglichen, die Juliana schon vorsortiert hatte. Es gab keinen Zweifel, das S und das L der oberen Schicht tauchten in der unteren wieder auf, etwas kleiner zwar aber eindeutig. Die Blätterranke der oberen Schicht war in der unteren ein symbolisierter Hirtenstab, wie ihn Bischöfe und andere hohe Geistliche benutzten. Damit war das Kloster schnell gefunden. Es musste Sint Lambert sein, ein Kloster vor den Toren Brügges.

Freundlicherweise gaben die Bücher Julianas auch über das Kloster selbst Auskunft. Es war an einer Stelle gegründet worden, an der schon davor mehrmals eine Einsiedelei gestanden hatte. Diese einfachen Behausungen wurden im Laufe der Jahrhunderte immer wieder aufgegeben oder zerstört. Erst im vierzehnten Jahrhundert wurde eine komplette Klosteranlage gebaut. Im Zuge der napoleonischen Säkularisierung war auch dieses Kloster im Jahre 1804 geschlossen worden. Die Mönche hatten ihr Kloster damals aber nicht so ohne weiteres aufgegeben. Bei der Übernahme durch die weltliche Verwaltung kam es zu Widerstand und einem verheerenden Brand, dem ein Teil der Gebäude zum Opfer fiel. Auch ein paar Mönche kamen dabei anscheinend zu Tode, was aber nicht sicher festgestellt werden konnte, da nur die Leichen von zwei Opfern gefunden und identifiziert wurden. Die fehlenden Männer vermutet der Verfasser der Chronik unter den Flüchtlingen, die die Chance nutzten, unerkannt unterzutauchen und ein anderes Leben zu beginnen. Nicht alle Mönche der damaligen Zeit fanden im Klosterleben die wirkliche Erfüllung.

Viele Jahre später wurde das Kloster wiederaufgebaut und 1890 feierlich eingeweiht. Jetzt lebten dort ungefähr fünfzehn Mönche, die sich hauptsächlich der Sozialfürsorge widmeten und auch ein Waisenhaus mit Schule für Jungen unterhielten. Rose hatte die Klostergeschichte vorgelesen. Lea hakte nach. „Wurde dort Bier gebraut? Vor oder nach der Säkularisierung?“
„Moment. Ich les mal weiter.“

Rose murmelte vor sich hin.
„Da! Da steht es! Bei dem Brand wurden unter anderem die Wäscherei, die Brauerei, ein Vorratslager und der Schweinestall völlig zerstört."
„Und heute? Brauen die wieder?"
„Hm. Steht hier nicht. Aber das finden wir raus. Wir gehen dieses Kloster einfach besuchen."
„S und L. Mir geht das nicht aus dem Kopf. Sint Lambert, das ist eindeutig. Aber das Emblem darüber hat die gleichen Buchstaben verwendet. S und L sind ganz bestimmt Namen. Hast du noch was aus der Aussteuer von dieser Oma Anne? Da sind bestimmt auch noch Initialen eingestickt. Das war lange Zeit üblich."
„Klar, sogar meine Mutter hatte noch Handtücher und Bettwäsche mit ihren Anfangsbuchstaben. Gott sei Dank kam das aus der Mode. Ich hätte mich gegraust, wenn ich hätte sticken müssen."
Rose schüttelte sich bei dem Gedanken.
„Schon die Idee! Da kauft man im Kaufhaus ein Handtuch für ein paar Euro und sitzt dann Stunden an so dusseligen Buchstaben."
„Aber wer waren S und L? Wir müssen Jan und Iliane noch mal fragen."
„Einen Teil der Antwort finden wir sicher in diesem Kloster. Wir fahren da morgen mal hin. Am besten sind wir einfach Touristen, die sich für flämische Kirchenkunst interessieren. Wenn wir zu direkt fragen, werden die Mönche vielleicht zickig. Keine Ahnung, wie die dazu stehen, dass ihr Kloster mal abgefackelt wurde."
„Und heute sehen wir mal zu, dass wir ein wenig mehr Schlaf abkriegen. Willst du noch was trinken?"
Lea reichte Rose ihr Glas zum Nachfüllen.
„Danach geh ich aber ins Bett, an meine Freunde muss ich noch einen Bericht schicken. Die haben noch keine Ahnung, dass ich länger bleibe... Sieh mal die Sterne!"
Lea war unter die Terrassentüre getreten und sah zum Himmel auf. Trotz der Stadtbeleuchtung war der Himmel in Richtung des Gartens dunkel und eine Unzahl Sterne strahlte in dem samtigen Blau.
„Wenn wir mal nicht so müde sind, fahren wir abends rüber ans Meer. Dann kannst du einen Sternenhimmel bewundern, wie du ihn wahrscheinlich noch nie gesehen hast. Am Strand stören keine Lichter, da hast du die Nacht pur."
Lea nickte begeistert.

„Oh ja, mit Picknick und so. So richtig romantisch."
„Machen wir. Aber jetzt ins Bett! Schlaf gut. Morgen haben wir wieder einen vollen Tag."

Kapitel X

Leas Auto mit deutschem Kennzeichen wies die beiden Damen mit Fotoapparaten und Hund deutlich als Touristinnen aus, die interessiert vor dem Kloster umherschlenderten. Leider war das kein Museum. Sie konnten also nicht einfach so mir nichts dir nichts hineinspazieren. Zum Glück war die Klosterkirche ein öffentliches Gotteshaus. Und da es logischerweise katholisch war, war es auch bis Einbruch der Dunkelheit offen.
„Bei den Protestanten musst du den Mesner bemühen, die Kirchen sind meistens abgeschlossen. Komm, hier geht's rein."

Lea hatte Fussel im Auto gelassen, das mit offenen Fenstern unter einem großen Schatten spendenden Baum parkte. Selbst die Katholiken waren nicht allen Geschöpfen Gottes so ergeben, als dass der Hund mit in die Kirche gedurft hätte. Seine Nase hielt er im Fenster in den Wind, um Leas Witterung möglichst nicht zu verlieren. Er wartete nie gerne im Auto, aber heute hatte Frauchen kein Einsehen gehabt.

„Sieh nur die Mosaiken! Alles der Romanik nachempfunden. Die Kirche ist aber gar nicht alt genug dafür."
Lea flüsterte unwillkürlich. Ein Mönch kam ihnen aus dem Seitenschiff entgegen. Er trug einen Karton mit langen weißen Kerzen. Wahrscheinlich hatte er vor dem Marienaltar die Bestände für die Besucher aufgefüllt.
Rose trat ihm entgegen und grüßte. Sein „Dominus vobiscum" erstaunte Lea. Sie kannte diesen lateinischen Gruß nur aus Büchern.
„Sagen Sie, haben Sie auch so etwas wie eine Einkehr in diesem Kloster?"
Der Mönch sah Rose erstaunt an.
„Meinen Sie jetzt eine Art Klosterpension oder eine Gaststätte?"
„Ähm, eigentlich beides."
„Ja, eine Klausur haben wir. Wir nehmen jedes Jahr eine kleine Anzahl Gäste auf, die hier in der Stille wieder zu sich selber finden wollen. Aber leider keine Damen", er lächelte charmant. „Wir sind doch ein Männerkloster."
Sein Akzent war liebenswert. Lea wusste nicht, ob sie lachen durfte. Deswegen unterdrückte sie den Impuls und sah dem jungen Mönch direkt in seine hellgrauen Augen.
„Aber etwas zu trinken bekommen wir schon?" hakte Rose

Stoverij

nach.
„Natürlich. Wir haben dort neben dem großen Parkplatz eine Klosterschenke. Dort können sie sich nach Herzenslust stärken. Unsere Stoverij ist berühmt."
Lea runzelte die Stirn. Was war das nun wieder, Stoverij? Nie gehört, aber anscheinend berühmt. Na ja, Rose würde es schon wissen.
Mit einem freundlichen Gruß verabschiedete sich der Mönch und verschwand in einer kleinen Seitentür im Kirchenschiff.

„Bingo!" Rose war ganz aus dem Häuschen.
„Äh, bitte, klärst du mich mal auf?"
„Ihre Stoverij ist also berühmt. Super! Dann brauen die auch."
Lea sah Rose immer noch total verständnislos an.
„Stoverij! Verstehst du nicht?"
„Kein Wort! Stof hast du gestern den Staub auf deiner Kommode genannt. Hat das damit was zu tun? Den kann man aber nicht trinken."
„Stoverij kannst du auch nicht trinken, aber essen. Das kommt von stoven, also in diesem Fall schmoren. Stoverij ist eine flämische Spezialität aus geschmorten Rindfleischwürfeln, Zwiebeln, körnigem Senf und jeder Menge braunem Bier."
Lea rümpfte die Nase.
„Und das soll schmecken?"
„Und wie das schmeckt! Lass dich überraschen. Wenn der Mönch sagt, das sei hier die Spezialität, dann ist das auch so. Stoverij ist in Flandern der Stolz jeder Hausfrau. Wenn man das auswärts isst, muss es besonders lecker sein. Komm, wir gehen uns diese Schenke mal ansehen."
Lea zuckte die Schultern und trabte hinter Rose her. Auf dem Weg zur Schenke holten sie Fussel aus dem Auto. Bei leiblichen Genüssen war man auch hier großzügiger, was die Anwesenheit vierbeiniger Kreaturen anbelangte.

Die geschlossene Front der Außenmauer wurde durch ein Gebäude unterbrochen, das zur Straße hin offen war. Über dem Eingang hing ein schmiedeeisernes Schild, das im Wind leise quietschend schaukelte. Das musste die Schenke sein. Vom Sonnenlicht geblendet, sahen sie zunächst gar nichts, als sie nach drinnen kamen. Der Raum war nicht besonders hell, auch als sich ihre Augen daran gewöhnt hatten. Die Fenster waren klein und beleuchteten einfache Holztische mit altmodischen Stühlen. Der Boden bestand aus abgeschabten Holzdielen, eine Theke gab es nicht. Nur einen langen Tisch mit einer Tür

dahinter, die wohl in die Küche führte. Außer ihnen waren noch ein paar andere Gäste da. Ein Ehepaar saß an einem Ecktisch und unterhielt sich leise. Sie hatten Kaffeegedecke vor sich stehen. Zwei Frauen in eleganten Schneiderkostümen saßen unter dem mittleren Fenster und wirkten in ihrer mondänen Aufmachung völlig fehl am Platz. Auch sie unterhielten sich mit gedämpften Stimmen.
Lea und Rose setzten sich an den zweiten Ecktisch, von dem sie die anderen Gäste und die Küchentür gut im Auge hatten. Nach kurzer Zeit öffnete sich die Tür zur Küche und ein Mönch mit einer langen schwarzen Schürze erschien mit einem üppig beladenen Tablett und servierte bei den beiden Damen, die nun gar nicht mehr so leise ihrem Entzücken Ausdruck verliehen. Lea und Rose sahen sich amüsiert an und unterdrückten ihr allzeit bereites Gelächter. Neugierig beobachteten sie die beiden, die sich mit Hingabe ihrem Essen widmeten.
Leas Blick blieb an der jüngeren der beiden hängen, Roses Aufmerksamkeit lenkte sie mit einem kleinen Wink in dieselbe Richtung: Ein juwelenbehängter Arm fuhr tief in die Terrine, die zwischen den beiden Ladies dampfte. Der gut gefüllte Schöpflöffel tauchte daraus auf und entlud seine duftende Fracht schon zum zweiten Mal in ihren Teller. Die andere kämpfte noch mit dem ersten Teller Eintopf, während sich ihre Freundin entschlossen ihrer neuen Portion zuwandte. Der dezente Lippenstift war vom Fett der Brühe leicht aus der Façon geraten, dennoch wurde der Mund vornehm gespitzt, als sich die glitzernd beringte Hand mit dem großen Suppenlöffel und gefährlich hochragenden Bohnenstücken näherte und - bis zum Anschlag darin verschwand. Ein kurzes Flattern der getuschten Wimpern und eine kaum wahrzunehmende Bewegung im seidenbetuchten Hals - und die Dame war aufnahmebereit für den nächsten Löffel dieser Köstlichkeiten.
„Ist das etwa Stoverij?“ wollte Lea wissen.
„Nein, bewahre. Das ist Bohneneintopf, auch eine Spezialität, aber die isst eigentlich nur jemand auswärts, der absolut nicht kochen kann.“
„Habe ich da etwa gerade einen ironischen Unterton vernommen?“ flüsterte Lea mit einem Seitenblick auf die beiden dürren Gestalten, die sich so hingebungsvoll der Nahrungsaufnahme widmeten.
„Nein, das war sarkastisch“, kam es trocken von Rose.
Jetzt stand der Mönch an ihrem Tisch und fragte nach ihren Wünschen.
„Wir würden gerne Ihre Stoverij probieren, Ihr Kollege in der

Kirche hat sie uns empfohlen."
„Ach, das war sicher Bruder Andries. Es ist sein Leibgericht, aber er hat recht, wir werden dafür gerne gelobt. Darf ich zwei Portionen bringen? Mit Fritten?"
„Ja, gerne. Und natürlich mit Fritten."
Lea hörte fassungslos zu. Soviel verstand sie inzwischen, dass sie der Bestellung folgen konnte. Fritten zu Schmorfleisch mit Biersauce. Ihr war jetzt schon ganz flau.
„Was möchten Sie trinken?"
Der Mönch bekam von Leas Befürchtungen Gott sei Dank nichts mit.
„Hm, eigentlich gehört dazu doch Bier, oder?"
Rose stellte sich ahnungslos.
„Ja, sicher. Unser hausgebrautes Bier kann ich auch empfehlen. Wir haben ein leichtes Mahlzeitenbier, ein helles Achter, ein dunkles Zwölfer..."
„Dann nehmen wir ein Mahlzeitenbier für meine Chauffeurin und ein dunkles für mich. Können Sie bitte auch noch eine Schüssel Wasser für unseren Hund bringen?"
„Selbstverständlich, kommt gleich."
Der Mönch verschwand mit der Bestellung in die Küche.
„WAS hast du bestellt? Muss ich das essen?"
Lea war immer noch entsetzt.
„Beruhige dich! Das ist wirklich lecker. Das Fleisch wird mit Zwiebeln so lange geschmort, bis das Bier und die Gewürze eine sämige Sauce bilden. Das Ganze ist eine perfekte Geschmackskomposition. Und ohne Fritten geht in Flandern fast gar nichts. Die bekommst du in jedem Fall serviert, selbst wenn du Reis oder Nudeln bestellst, bekommst du Fritten noch dazu."
Ungläubig lauschte Lea Roses Ausführungen.
„Ich vertrau dir, bisher hat alles gut geschmeckt, was du mir vorgesetzt hast. Aber was um alles ist das Mahlzeitenbier, das ich trinken soll. Ich muss doch fahren."
„Eben deshalb. Die Belgier, vor allem die Flamen, trinken gerne schon mal zum Mittagessen ein Bier. Das geht natürlich mit einem Achter oder Zwölfer nicht, dann wäre für viele der Tag gelaufen. Also haben sie das Mahlzeitenbier erfunden, Alkoholgehalt so zwischen einem halben und eineinhalb Prozent, aber voller Biergeschmack. So können sie Bier trinken und danach trotzdem noch weiterarbeiten."
„Demnach haben ein Achter und ein Zwölfer...?"
„Richtig! Gut geraten."
„Na, dann Prost!"

Lea hob ihr Glas, das der Mönch eben vor sie auf den Tisch gestellt hatte. Rose lachte und prostete zurück.
Es dauerte eine kleine Weile, ehe der Mönch mit dem Essen kam. Inzwischen hatten die anderen Gäste bezahlt und waren gegangen. Lea und Rose konnten sich immer noch nicht beruhigen, in welchen Mengen und in welchem Tempo der Eintopf in den beiden Hungerhaken verschwunden war.
„Na ja, soviel zur feinen Gesellschaft. Ich hätte nicht die Hälfte geschafft."
Lea schmunzelte.
„Und heute Mittag sitzen sie im Café mit ihren Freundinnen und lehnen alles ab, was auch nur eine halbe Kalorie enthält."

Aber jetzt waren sie an der Reihe. Der Mönch stellte vor jede einen großen Teller mit einer dunkelbraunen Speise, die auf den ersten Blick wie Omas Gulasch aussah und ausgesprochen lecker duftete. In die Mitte stellte er eine Schüssel mit Fritten, die glühend heiß dampften.
Lea sah erwartungsvoll auf Rose, wie die wohl mit den Speisen umgehen würde, um es ihr dann – wenn auch sehr vorsichtig – nachzumachen.
Rose schöpfte sich eine Portion Fritten zu dem Fleisch und der Sauce auf den Teller und fing dann mit Genuss zu essen an. Lea tat es ihr gleich und tauchte behutsam eine Fritte in die Sauce, um die Sache erst einmal zu probieren.
„Mhmmm! Ist das lecker!"
Rose nickte mit vollem Mund.
„Das ist also Stoverij. Meine Güte, ich hatte mir was total Schreckliches darunter vorgestellt. Das ist ja megalecker! Das Fleisch butterzart, die Zwiebeln nur noch Mus und die Sauce ein Traum."
Lea aß nun mit großem Appetit und nahm zwischendurch einen Schluck von ihrem Pseudobier, das ihr offensichtlich auch schmeckte.
„Schmeckst du das Malz in der Sauce? Das kommt vom dunklen Bier, mit der sie gemacht wird. Manche nehmen keinen einzigen Schluck Wasser für die Sauce, ausschließlich Bier. Daher auch die Farbe."
Rose schöpfte sich noch mal Fritten nach.
„Dass Fritten eingeweicht in Sauce lecker sein könnten, hätte ich nie gedacht. Ketchup war bisher das Höchste, was ich da dran haben wollte. Aber diese da schmecken auch anders, besser, viel besser als ich sie kenne."
Lea legte auch noch mal nach.

„Irgendwie brauchen wir über die zwei Krähen vom Nebentisch nicht mehr zu lästern“, seufzte Lea eine Weile später satt und zufrieden, als sie vor blank geputzten Tellern und Schüsseln saßen.
„Wir sind auch nicht besser.“
„Doch!“ widersprach Rose. „Wir stehen zu unseren barocken Eskapaden.“
„Allerdings. Aber was machen wir jetzt? Das Essen war prima, Bier machen sie hier noch beziehungsweise wieder. Wo können wir noch ansetzen?“
Sie schwieg, denn der Mönch erschien zum Abräumen.
„Sagen Sie, verkaufen Sie das Bier auch außer Haus? Das dunkle hat mir ausgezeichnet geschmeckt, da würde ich gerne ein paar Flaschen mitnehmen.“
„Leider nein. Wir verkaufen das Bier nur offen hier in der Klosterschenke. Unsere Brauerei ist klein. Wir brauen für den täglichen Bedarf des Klosters und für unsere Gaststätte hier, aber wir haben keinen Vertrieb.“
„Schade. Lässt sich da gar nichts machen?“
„Nein, wir hätten ja nicht mal ein Gefäß zum Abfüllen. Eine Abfüllanlage können wir uns sowieso nicht leisten. Das hier ist kein reiches Kloster.“
„War das schon immer so? Ich meine, hat das Kloster immer nur für den Eigenbedarf gebraut?“
„Ja. Früher, also in der ersten Klosteranlage gab es keine Klosterschenke. Da war das Bier ausschließlich für die Mönche und ihre Gäste. Pilger und Menschen, die hier Unterschlupf gesucht haben für eine Nacht.“
Der Mönch gab freimütig Auskunft. Rose hakte sofort nach, Lea konnte einigermaßen folgen, da der Mann ziemlich langsam und bedächtig sprach.
„Dann gab es früher auch keine Übernachtungsmöglichkeit so wie heute?“
„Nein. Wer hier über Nacht bleiben wollte, der schlief im Heuschober. Gästezimmer gab es keine. Wenn der Abt Besuch bekam, musste ein Bruder Platz machen.“
„Haben Sie viele Gäste, die die Klostereinsamkeit suchen?“
„Na ja, leben können wir davon nicht. So etwa 30 bis 40 Gäste pro Jahr beherbergen wir schon. Mehr ginge auch nicht, wir sind ja kein Hotelbetrieb.“
„Das klingt aber doch so, als könnten Sie ihr Kloster so ziemlich autark betreiben?“
„Nein, heute nicht mehr. Das lohnt sich nicht. Wir kaufen unser Getreide, Tiere halten wir auch keine mehr außer Hühnern. Ein

paar Obstbäume haben wir, Gemüse bauen wir noch an, Brot backen wir und Bier wird gebraut. Und natürlich kochen wir auch selber. Unser Bruder Josef ist ein guter Koch. Er versorgt die Schenke und mit Hilfe von zwei weiteren Brüdern auch uns im Refektorium."
„Hmm, scheint doch ziemlich modern geworden zu sein, so ein Kloster. Als wir kamen, haben wir ein paar Jungs über den Hof laufen sehen. Wohnen die auch im Kloster?"
„In einem besonderen Gebäude. Dort haben wir ein Waisenhaus und eine Schule für rund vierzig Jungen eingerichtet. Viele unserer Brüder sind Lehrer und einige davon arbeiten direkt bei unseren Schützlingen."
Lea sah fragend zu Rose, die gleich begriff und die Frage aussprach.
„Als Lehrer arbeiten? Wir dachten, die Mönche leben ausschließlich hinter diesen Mauern."
Der Mönch stellte das Tablett wieder auf den Tisch, es war ihm wohl zu schwer geworden bei der Unterhaltung, und antwortete amüsiert:
„Wir arbeiten alle. Einige hier im Kloster, die anderen draußen. Meist in sozialen Berufen, als Lehrer, Krankenpfleger, Sozialarbeiter und so weiter. Wir können das Kloster nicht halten, wenn von außen kein Geld dazu kommt."
„Das ist sehr interessant, was Sie uns da erzählen. Wir hatten irgendwie keine rechte Vorstellung davon, wie heute ein Kloster funktioniert. Wenn man als Tourist auf den Spuren der Kirchenkunst wandelt, hat man immer irgendwelche mittelalterlichen Ideen über das Leben in einem Kloster im Kopf. Besichtigen kann man wohl nur die Kirche? So direkt hinter die Kulissen schauen dürfen wir nicht?"
Rose warf ihm einen verschwörerischen Blick zu. Aber er schüttelte den Kopf.
„Viele, die hierherkommen, denken, es sei ein Museum und könne besichtigt werden. Aber nur die Kirche ist für die Öffentlichkeit zugänglich. Unsere Gemeinschaft will nicht gestört werden."
„Entschuldigung, ich wollte nicht aufdringlich wirken. Für Sie muss diese Neugierde ja manchmal schlimm sein. So, als ob Sie im Zoo leben würden."
Rose versuchte die Situation mit einem Spaß zu retten. Aber der Mönch nahm es ihr nicht übel.
„Schon gut, das macht nichts. Alles Ungewohnte und Fremde stößt manchmal auf Ablehnung, aber auch Gott sei Dank auf Interesse. Mir sind Leute lieber, die alles über unsere Lebens-

weise erfahren wollen, als die, die auf uns herabsehen und uns für rückständige Hinterwäldler halten."
„Jedenfalls freuen wir uns, dass Sie uns so freundlich Auskunft gegeben haben. Wir haben doch einiges dazu gelernt. Würden Sie uns jetzt bitte die Rechnung bringen?"
Rose nickte ihm freundlich zu, Lea lächelte zur Gesellschaft mit, auch wenn sie nicht alles mitbekommen hatte.
„Gern geschehen. Wenn Sie noch Fragen haben, wir geben gerne Auskunft. Ich bringe schnell das Geschirr weg, die Rechnung kommt dann gleich."
Er nahm das Tablett wieder auf und ging in die Küche.
Rose nutzte die Pause, um Lea rasch auf den Stand der Dinge zu bringen.
„Also biertechnisch so gut wie keine Verbindung nach außerhalb", fasste Lea zusammen.
„Wo ist dann der Schnittpunkt mit Jans Opa?"
Ratlos sahen sie sich an.
„Weißt du, eigentlich hat das alles mit meiner Arbeit nichts zu tun. Aber ich finde es spannend. Macht das was?"
„Was? Ich verstehe nicht."
„Na ja, Iliane und Jan haben mich angeheuert, um den Stoff zu untersuchen und zu bestimmen. Das haben wir auch getan. Damit ist meine eigentliche Arbeit beendet. Jetzt spielen wir aber gerade Detektiv."
„Genau das wollen die beiden auch. Du musst kein schlechtes Gewissen haben, wenn die Spesen steigen."
Rose lachte herzlich.
„Wir haben Spaß, es ist für uns ein kleines Abenteuer und die beiden gieren nach Ergebnissen, was wollen wir mehr?"
„Na gut, mein lieber Watson, dann machen wir weiter. Wenn ich nur wüsste, wo."
Sie zahlten und gingen zum Auto zurück. Auf der Fahrt nach Hause schwiegen beide.

Lea und Rose saßen auf der Terrasse und ließen sich von der Abendsonne bescheinen. Es war angenehm warm und ein leichter Wind flüsterte in den hohen Bäumen an der Gartenmauer. Fussel war irgendwo unter den Büschen beschäftigt. Sie sahen nur ab und zu seinen Schwanz zwischen den Blättern herumwedeln.
„In das Kloster kommen wir nicht rein. Wir brauchen einen Mann. Meinst du, Jan könnte mal vorfühlen?"
„Fragen wir ihn einfach. Morgen musst du sowieso Bericht er-

statten, die beiden haben uns zum Muschelessen in die Stadt eingeladen. Bei der Gelegenheit sprechen wir ihn darauf an."
„Muscheln? Ist das auch eine flämische Spezialität?"
"Ja und nein. Eigentlich werden Muscheln vor allem an der Küste angeboten. In Brügge sind sie allerdings längst heimisch. Erschrick nicht, wir essen die auch mit Fritten."
„Was? Das geht doch gar nicht!"
Lea schüttelte sich.
„Und womöglich noch Bier dazu trinken, was?"
Rose zuckte nur mit den Achseln.
„Okay, dann werde ich jetzt mal meine drei verwaisten Freunde anrufen. Die sind bestimmt schon sauer, weil ich mich nur so sporadisch gemeldet habe."
„Grüße sie unbekannterweise von mir und sag ihnen, sie hätten eine ganz liebe Freundin."
Rose strich Lea über die Wange und ging Fussel unter den Blumen suchen.

„...Ja, sage ich euch doch. Dieser Jan will unbedingt wissen, was es mit dem Kram auf sich hat. Dadurch habe ich einen vorübergehenden Job und bleibe noch. Bei Rose ist es sowieso megageil. Wenn ihr das alles sehen könntet."
Lea lauschte eine Weile in den Hörer.
„Was meinst du mit gefährlich? Bullshit, Mel, du bist echt ne Zimperliese. Was soll mir denn passieren? Ich habe einen alten Sack untersucht, ein paar Embleme rausgepuzzelt und jetzt hängen wir sowieso fest. Dieses Kloster ist zwar ganz nett. Aber mit Frauen haben die nix am Hut. Zutritt verboten. Wir können nicht viel machen. Morgen liefere ich meine Ergebnisse ab und dann genieße ich noch ein paar Tage in Brügge. Vor lauter Detektivspielen habe ich noch nicht viel gesehen."
„...Flitzi, du hättest an dem Jungen deine helle Freude. Unternehmer und reicher Sohn, gutaussehend..."
„...Nein, nicht meine Kragenweite, zu gelackt. Der ist mir zu förmlich."
„...Ja, Det, habe ich. Und die haben Umdrehungen, da wirst du bleich. Wenn du kein Mittagessenbier bestellst, so mit ungefähr einem Prozent, stellen dir die sechs, acht und auch mal zwölf Umdrehungen auf den Tisch."
„...Nein, Mel, das fällt nicht unter das Arzneimittelgesetz und auch nicht unter BTM, das ist einfach Bier."
Lea kicherte mit ihren Gesprächspartnern am Telefon wie beim Küchenquatsch.

„...Mel, deine kühnsten Schokoträume werden hier bei weitem übertroffen! So was hast du noch nicht gesehen. Das reinste Schlaraffenland, an jeder Ecke ein Schokoschlemmerladen. Für Det sogar Titten aus Schoko."
„...Nein, Det, die trinken manchmal noch was anderes als Bier. Kaffee zum Beispiel. Ach ja, Kaffee, hört mal, das muss ich euch erzählen..."

Kapitel XI

Die glasüberdachte Terrasse schützte die Gäste vor dem Wind, der heute recht heftig um die Ecken pfiff. Lea und Rose saßen mit dem Rücken zum Restaurant und konnten so die Straße davor überblicken. Erstaunlich, was da so alles vorbeikam. Im Moment versuchte sie Jans Ausführungen über die Geschichte der Fritten zu folgen, aber das flanierende Publikum lenkte sie immer wieder ab.
„... deshalb ist es sonnenklar, dass die Fritten ursprünglich in Belgien erfunden wurden."
„Und wenn nicht, dann haben die Belgier durch ihren extremen Großverbrauch zumindest alle Zweifler bekehrt."
Rose deutete auf Lea, die Muscheln und Fritten durchaus nicht mehr grässlich fand und herzhaft zulangte. Als das Essen serviert wurde, hatte Lea erst einmal abgewartet, wie die anderen mit den Meeresfrüchten umgingen. Sie kannte Muscheln von Spanien und Italien, aber da wurden sie anders zubereitet. Der Ober hatte vor jeden einen schwarzen Kochtopf mit Suppengemüse und Brühe gestellt, in der ein hoher Berg Muscheln warmgehalten wurde. Eine Schüssel Fritten und eine Schale mit gewürzter Mayonnaise vervollständigte das Mahl. Zwar lag neben jedem Teller Besteck, aber trotz der kultivierten Umgebung aßen alle mit den Händen. Iliane fischte eine leere Muschelschale aus ihrem Topf und benutzte die zwei Hälften als Zange, um das Muschelfleisch aus einer anderen Muschel zu picken. Die Fritten wurden mit den Fingern in die Mayo getaucht und zwischendurch gegessen. Lea machte es ihr mit Freude nach.

„... so und nun hängen wir fest. Wir haben das Emblem entschlüsselt, wir denken, dass das Sackleinen beziehungsweise der ursprüngliche Sack aus dem Kloster stammt. Aber weiter kommen wir nicht. Das Kloster ist ein Männerkloster und wir als Frauen haben nur zur Kirche und Schenke Zutritt."
Lea machte eine Pause und nahm eine weitere Muschel. Iliane fragte nach.
„Wie heißt das Kloster noch mal?"
„Sint Lambert. Liegt etwas außerhalb der Stadt, aber in wenigen Minuten ist man da."
Rose hatte den Eindruck, dass Iliane bei der Erwähnung des Namens leicht mit den Lidern gezuckt hatte. Aber das war sicher eine Täuschung gewesen.
„Unsere Idee war nun, dass Sie, Jan, vielleicht mal dort vor-

sprechen könnten. Vielleicht gibt Ihnen der Vorsteher oder Abt - oder was die dort auch haben - ja nähere Auskunft."
Jan schluckte und legte seine Serviette zusammen.
„Ich weiß nicht, ich glaube nicht, dass das eine gute Idee ist. Ich habe zu theologischen Einrichtungen keine Beziehung, zu Klöstern habe ich sogar eine sehr dezidierte Meinung. Ich denke nicht, dass ich der Richtige bin, um dort vorstellig zu werden."
Jan klang ziemlich spröde.
„Sonst ist aber kein Mann weit und breit in der Nähe, den wir darum bitten könnten. In wildfremde Hände willst du diese Familiengeschichte sicher nicht legen."
Rose sah ihn aufmerksam an. Er wirkte angespannt, fand Lea. Was war los mit den beiden? Warum schien ihnen dieses Kloster plötzlich so aufs Gemüt zu schlagen?
„Ja, mir fällt im Augenblick auch niemand ein, den wir damit beauftragen könnten. Aber vielleicht wäre es ja möglich, dass Sie eine schriftliche Anfrage machen, Lea. Das widerspräche den Klosterregeln sicher nicht."
„Und was soll ich fragen? Kennen Sie dieses Leinenstück? Fehlt bei Ihnen seit mindestens einigen Jahrzehnten ein Sack? Und wenn ja, was war drin?"
Lea grinste amüsiert, brachte ihre Gesichtszüge aber schnell wieder unter Kontrolle, als sie sah, dass ihre Auftraggeber die Situation ganz und gar nicht lustig fanden.
„Meiner Meinung nach kommen wir so nicht weiter. Jan, wenn du an weiteren Recherchen interessiert bist, sag es. Dann denken wir uns eine Möglichkeit aus. Wenn es dir reicht, dass der Sack aus dem Kloster stammt, ist es hiermit genug. Dann kann Lea noch ein paar Ferientage bei mir genießen und du stellst deine Schatulle wieder in den Schrank."
Iliane sah Rose erstaunt an, auch Lea blickte von ihrem Teller auf. So bestimmt hatte sie die Tante noch nie reden hören. Jan wirkte eher verlegen.
„Ja. Äh, nein. – Ich meine, ja, ihr solltet weitersuchen, was es mit dem Sack und dem Kästchen auf sich hat. Aber ich kann da wirklich nicht persönlich auftreten, das widerspricht meiner gesamten Natur in Bezug auf die Geistlichkeit. Bitte verstehen Sie, Lea, ich kann da nicht hingehen und Interesse heucheln, wenn ich das ganze Brimborium ablehne. Aber wenn der Sack aus diesem Kloster stammt, will ich natürlich schon wissen, was, wie und warum."
Er brach etwas hilflos ab. Lea sprang ein.
„Gut, wir werden uns der Sache noch mal annehmen. Ich

dachte übrigens, ganz Belgien sei katholisch, da verstehe ich Ihre Aversionen nicht so ganz."
Sie zwinkerte vorsichtshalber in seine Richtung, um das Gespräch zu lockern.
„Wir sind auch katholisch, Lea", antwortete Iliane beflissen. „Aber mein verstorbener Mann und Jan haben sich von religiösen Dingen eher distanziert. Damals sehr zum Leidwesen meines Vaters und meiner Schwester. Ich bin da eher neutral. Jeder soll nach seiner Façon selig werden."
„Dann sollten wir darauf anstoßen! Zwei Protestantinnen, eine Katholikin und ein Atheist an einem Tisch. Toleranz ist gute alte Tradition in Flandern."
Rose hatte ihr Glas erhoben, die anderen stießen mit ihr an. Die Anspannung am Tisch ließ spürbar nach. Jan bestellte noch eine Runde Bier.
„De hongerigen spijzen en de dorstigen laven is een zaak van eer. Proost!"
(Die Hungrigen zu speisen und die Durstigen zu laben ist eine Frage der Ehre.)

"Was war das denn?"
Lea sah Rose fragend an, als sie später auf Roses Terrasse saßen und das üppige Mahl bei einem starken Kaffee verdauten.
„Ich weiß es auch nicht. So beklommen habe ich Iliane noch nie erlebt. Sonst redet sie wie ein Wasserfall, aber heute war sie sehr still."
„Jan schien mir auch ziemlich verlegen zu sein. Irgendwie hängt das mit dem Kloster zusammen. Als ich den Namen noch mal wiederholt habe, sind die beiden fast erschrocken. Hast du das auch bemerkt?"
„Ja. Ich habe keine Ahnung, was die beiden an diesem Kloster so nervös macht. Da muss es irgendeinen Zusammenhang geben, nicht nur mit dem Sack."
„Auch wie Jan sich gestellt hat, als ich ihn dort hinschicken wollte. Richtig zickig."
„Mhmm..."

Die beiden hingen ihren Gedanken nach.
Eine Weile waren nur die Vögel in den Bäumen und die Möwen hoch am Himmel zu hören. Grillen zirpten im Gebüsch verborgen, die Sonne schien warm, die Blumenbeete dufteten herrlich. Es war Sommer – Sommer zum Fühlen, Schmecken

und Riechen. Lea seufzte tief vor Wohlbehagen.

„Was machen wir jetzt?“
Rose riss Lea mit ihrer Frage aus ihrem Feriengefühl.
„Keine Ahnung.“
Lea rückte sich im Sessel zurecht und balancierte ihre Tasse auf den hochgezogenen Knien.
„Der Schlüssel zu allem liegt im Kloster. Das ist jetzt mehr als klar. Nicht nur der Sack hat damit zu tun. Die Familie hat irgendeine Verbindung dorthin und die ist anscheinend peinlich oder unterirdisch oder assig oder sonst was.“
„Das scheint mir auch so. Iliane ist zwar so einigermaßen mit mir befreundet, aber ich hatte heute nicht den Eindruck, dass sie mit mir darüber reden wird. Was können wir tun?“
„Wir müssen im Kloster suchen. Der freundliche Mönch aus der Schenke würde uns vielleicht sogar bestätigen, dass das Sackstück aus dem Kloster stammt. Aber das wäre wahrscheinlich auch schon alles. Und wenn wir ihn erst einmal gefragt haben, können wir nicht weitermachen, wir sind dann bekannt und wecken Misstrauen.“
„Jemand müsste für uns dort nachfragen. Am besten ein Mann. Vielleicht sogar dort im Gästehaus eine Meditationswoche buchen oder so...“
Rose sprach langsam und zögerlich, als würde sie ihre Gedanken erst beim Aussprechen richtig entwickeln.
„Jan wäre auch wirklich kein guter Informant geworden. Er ist viel zu weltmännisch, viel zu realistisch, irdisch. Er wäre nicht überzeugend rübergekommen, da hatte er schon recht. Es müsste jemand sein, der ein wenig individualistisch wirkt, esoterisch vielleicht, ein wenig wie ...“
„... wie ein Jesuslatschenträger mit Latzhosen, durchgeistigter Philosoph mit Aszendent Naturbursche!“
Lea knallte die Tasse auf den Tisch und sprang auf. Rose fuhr hoch und sah sie entgeistert an.
„Na ja, so übertrieben nun auch wieder nicht, aber in die Richtung. Jedenfalls eine authentische Person, die bei den Mönchen glaubhaft wirkt.“
Sie sah Lea an, die hinter ihrem Sessel auf und ab hibbelte.
„Geht's dir gut?“
„Rose! Ich hab's! Manchmal bin ich so ein Brothirn! Wir haben den Mann! Und nicht nur den!“
„Aha. Und wer bitte spielt den Apostel für das Kloster?“
„Det natürlich! Der hat zwar keine Latzhosen oder Jesuslatschen, ist auch kein Naturbursche, aber kann lässig so auftre-

ten. Er tut so, als ob er nicht von dieser Welt wäre, ist aber ziemlich abgekocht. Der spielt uns den Aussteiger aus der lauten Gegenwart!"
„Klingt gut. Kann der einfach so kommen?"
„Das frag ich gleich mal. Aber warte – ich denke, wir sollten da gleich Nägel mit Köpfen machen. Meine beiden Damen. Für die wäre doch auch Verwendung."
Rose zog die Brauen hoch und sah Lea fragend an.
„Ja, denk doch mal nach. Jan mauert, Iliane auch. Da stimmt irgendwas nicht, die beiden verbergen etwas. Sogar vor uns. Wer könnte das besser herausfinden als meine Flitzi! Die baggert den an, dass er kaum noch Luft bekommt und singt ihr alles ins Ohr, was sie wissen möchte."
Rose riss entsetzt die Augen auf.
„Äh, sorry, ich weiß, das klingt nach Räuberpistole. Aber ich meine, dass Jan das verdient hat, wenn er mit uns nicht aufrichtig sein will. Wir sollen für ihn irgendwas herausfinden und er bunkert Informationen, nur weil ihm irgendwas peinlich ist oder so."
„Ja, du hast recht. Ich will jetzt auch wissen, was hinter der ganzen Sache steckt. Lassen wir das Raubtier Flitzi auf Jan los."
Rose hatte Feuer gefangen. Lea kicherte und fuchtelte mit den Händen vor Rose herum.
„Mann-o-mann, du bist mir eine! Okay, was kann Mel machen?"
Lea zog eine Schnute, die ihr wohl beim Nachdenken helfen sollte. Rose kam ihr zuvor.
„Die ist die Zentrale."
„Hä?"
„Überleg doch! Det sitzt im Kloster, Flitzi muss in der Stadt in ein Hotel, um Jan zu ködern, du sitzt hier und keiner darf wissen, dass da eine Verbindung besteht. Ich meine, ihr dürft nicht zusammen gesehen werden. Jan ist nicht dumm und Iliane ist dauernd unterwegs, die triffst du an den unmöglichsten Stellen in der Stadt. Das wäre viel zu auffällig. Also macht Mel die Zentrale, dort gehen alle Infos ein, dort könnt ihr euch treffen und keiner merkt was."
Lea kniff Rose in den Arm und küsste sie stürmisch auf die Wange.
„Du bist so was von oberaffengeilgenialbombastisch, mein lieber Watson! So machen wir das. Hast du eine Idee, wo Mel wohnen könnte?"
„Lass mich mal überlegen. Es muss gut zu erreichen sein,

nicht direkt in der Stadt und nicht zu weit vom Kloster. Oh ja! Ein guter Bekannter von mir hat auf halber Strecke zwischen Brügge und dem Kloster ein paar Ferienwohnungen - gemütliche, alte Dorfhäuser. Das wäre für unsere Zwecke doch ideal. Da können wir ungestört zusammenkommen."
„Guter Bekannter also. Das vertiefen wir noch!"
Lea zwinkerte ihr zu. Rose zog eine Genießerschnute.
„Gerne. Er war toll."
„Dann hätten wir das ja. Ein Hotel für Flitzi suchen wir nicht, das kann die selber besser. Sie hat genug Geld für einen oder zwei Sterne mehr. Ich gebe ihr die Adresse von Jan, dann kann sie in der Nähe was buchen. Und jetzt ist es höchste Zeit, dass ich den konspirativen Club mal anrufe."
Rose drückte ihr das Telefon in die Hand und wartete gespannt, solange Lea Mels Nummer wählte.

„Hi, ich bin's. Ja, mir geht es gut. Hör zu, Mel, es ist wichtig. Sind Flitzi und Det zuhause? Ja? – Gut, dann trommle alle zusammen, samt ihren Terminkalendern. Ich ruf in 10 Minuten noch mal an. Bis gleich. – Nein, es ist alles in Ordnung! Mel, mach dir keine Sorgen, ich erzähle euch gleich alles."
„Das arme Mädel! Diese Mel scheint sich ernstlich Sorgen um dich zu machen."
Rose schüttelte den Kopf und ging in die Küche, um frischen Kaffee zu holen.
„Ach was! Die ist manchmal eine richtige Glucke. Höchste Zeit, dass Mel ein wenig Abenteuerwind um die Nase bekommt. Sonst fängt sie noch an, Socken für uns alle zu stricken."
Rose kramte in ihrem alten Notizbuch und wählte dann eine Telefonnummer. Solange sie telefonierte, machte sich Lea ein paar Notizen für ihre Freunde.
„So, das wäre klar. Louis hat ein kleines Ferienhaus für mich reserviert, etwas abseits der Hauptstraße. Ich kenne das Haus, es hat eine recht lange Zufahrt von der Straße weg, ist also nicht so gut einsehbar. Das ist prima."
Zufrieden klappte Rose ihr Notizbuch zu.
„Watson, warst du mal konspirativ tätig? In deiner Sturm-und-Drang-Zeit? So ein wenig Revoluzzer gespielt in den späten Neunzehnhundertsechzigern?"
Lea verzog den Mund zu einem frechen Grinsen.
„Eigentlich nur sympathisiert", gab Rose zurück. „Aber einmal habe ich bei einer Sitzblockade mitgemacht. Atomkraftgegner."
Rose grinste auch.
„Che und Fidel hatte ich aber nicht als Poster an der Wand."

Lea musste schon bei der Vorstellung darüber lachen.
„Jetzt muss es nur noch mit dem Urlaub klappen bei meinen drei Helden. Reich mir mal das Telefon. Die sitzen bestimmt schon in der Küche bei Mel."
Bevor sie eine Taste drücken konnte, läutete der Apparat. Lea sah an der Nummer, dass es Mel war. Sie zwinkerte Rose zu und nahm den Anruf entgegen.
„Hier bei Holmes und Watson. Was kann ich für Sie tun?"
Mit tiefer Stimme meldete sich Lea und stellte den Apparat auf Mithören. Fröhliches Gejohle kam als Antwort aus dem Hörer.
„Was ist bei dir eigentlich los? Kaum lässt man dich mal ein paar Tage in die weite Welt, schon stellst du halb Belgien auf den Kopf. Was machst du eigentlich?"
Flitzi versuchte streng zu klingen, aber selbst die Übertragung über rund achthundert Kilometer konnte nicht darüber hinwegtäuschen, dass sie nur mühsam das Lachen unterdrückte.
„Okay, Leute, ich erzähle euch alles. Aber der Reihe nach. Könnt ihr frei nehmen? Urlaub meine ich.
„Ab wann?"
Det war wie immer sachlich.
„Ab sofort, wenn es geht. Ich brauch euch hier. Holmes und Watson brauchen Verstärkung."
Lea klang genau so fröhlich wie Flitzi.
Aus dem Hörer kam undeutliches Gemurmel und Geraschel. Mel war die erste, die antwortete.
„Ich habe sowieso seit gestern frei. Ich habe noch fast drei Wochen Urlaub. Ich kann."
„Prima! Und was ist mit euch?"
„Ich muss im Institut anrufen, aber da Semesterferien sind, dürfte es kein Problem geben. Heute erreiche ich dort aber niemand mehr. Ich kann es dir frühestens morgen sagen."
„Gut, Det, das reicht auch noch. Es ist ja keine Weltreise. In knapp zehn Stunden seid ihr hier, wenn es keine Staus gibt."
„Ich kann auch weg, kein Problem. Mein Boss ist seit letzter Woche aus dem Urlaub zurück, da kann ich jetzt frei nehmen. Ich rufe ihn nachher gleich an, der ist sicher noch im Büro. Wenn es sein muss, kann ich morgen schon los."
„So eilig ist es nicht. Ein paar Dinge müssen wir vorher noch absprechen."
„Brauchen wir Brecheisen, Taschenlampen, Seile? Müssen wir Lederhandschuhe und Stiefel ohne Sohlenmuster einpacken?"
Det wollte ernst klingen, aber die anderen prusteten los.
„Nein, nein. Wir machen alle Urlaub. Aber nebenher finden wir noch ein paar Dinge heraus, die Rose und mich gerade bren-

nend interessieren. Also, hört her..."
Lea berichtete die neuesten Entwicklungen und welchen Plan Rose und sie hatten. Die drei in Potsdam lauschten ohne zu unterbrechen.
„... so, das wäre das Wichtigste in Kürze. Den Rest besprechen wir hier. Das heißt natürlich, wenn ihr mitmachen wollt."
Aufgeregtes Geschrei war die Antwort.
„Logo. Natürlich! Was denkst du denn!" scholl es durcheinander aus Mels Küche.
Lea und Rose grinsten sich an.
„Das dachte ich mir. Dann klärt ihr ab, wann ihr loskönnt. Ich maile euch inzwischen die diversen Adressen und Telefonnummern. Det, am besten buchst du dein Kloster von daheim. Klingt glaubwürdiger. Mels Wohnung haben wir schon reserviert..."
„Mein Hotel such ich mir gleich aus. Keine Sorge."
„Gut. Dann müssen wir nur noch ausmachen, wer fährt."
„Hmm, was denkst du? Brauchen wir mehrere Fahrzeuge?"
„Ich weiß nicht so recht. Jan fährt auch Porsche, da kann Flitzi vielleicht über das Thema Sportwagen mit ihm ins Gespräch kommen."
„Ich wäre auf jeden Fall selber gefahren. Mit den anderen Gurken dauert mir das zu lange."
Flitzi war mal wieder umwerfend direkt.
„Det, du könntest zusammen mit Mel fahren, und so tun, als wärest du mit dem Zug gekommen. Am Bahnhof reservierst du dir einfach einen Scooter. Damit bist du beweglich und unauffällig."
„Super. Das passt auch zu meiner Rolle."
„Mel, ist das okay für dich?"
Keine Antwort, nur Geraschel.
„Mel?"
„Moment, ja."
Wieder nur Geraschel. Lea sah Rose an und zuckte die Schultern.
„So, hier ist es. Ja, ich fahre selber und ich nehme Det mit. Ich habe nur eben was gesucht. In Kürze ist so eine Art Messe für Friseure und Kosmetik in Oostende. Das interessiert mich. Ich muss ja nicht den ganzen Tag parat sitzen und das Telefon bewachen. Da kann ich nebenher doch die eine oder andere Veranstaltung besuchen."
„Oh, Mel! Das ist wieder typisch für dich! Aber klar, das macht Sinn. Oostende ist nicht weit von Brügge."
„Darf ich mich mal kurz einmischen?"

Rose meldete sich dazwischen.
„Oh, das ist die Tante! Guten Tag! Halloho!"
Prompt reagierten die Freunde auf die noch fremde Stimme.
„Hallo, zusammen. Ich freue mich schon, Sie alle kennen zu lernen. Aber jetzt habe ich noch einen Vorschlag. Wie wäre es, wenn ich für uns alle Zimmer an der Küste buchen würde, wo wir uns zuerst einmal treffen und alles im Detail besprechen?"
„Ultrakrass! Rose, du bist einfach genial! Hört ihr, so ist meine Tante! Immer eine Idee schneller als der Rest der Welt."
„Das klingt richtig gut. Wo soll das sein?"
Det hatte bestimmt schon eine Karte zur Hand, so wie Lea ihn kannte.
„Also, die belgische Küste ist leider kein Erlebnis. Die ist so von Hotels zugebaut, dass man Platzangst kriegt. Aber auf der niederländischen Seite von Flandern, in West Zeeuws-Vlaanderen zum Beispiel, dort habt ihr die ganze Pracht mit Dünen, Weite, Sand und Strand. Dort wäre ein idealer Treffpunkt."
„West Zee... was?"
Mel probierte vergeblich das schwere Wort auszusprechen.
„West Seeländisch Flandern zu Deutsch."
„Aha, ist das weit weg von Brügge?"
„Nein, nur so rund dreißig Kilometer. Ich habe dort Rast gemacht, als ich hergefahren bin. Traumhaft schöne Kulisse."
„Gebongt. Sucht ein Hotel und wir sind schon fast da!"
Flitzi wie immer rasch, cool und zielgerichtet.
„Machen wir. Wir geben euch alles durch. Ihr lasst uns wissen, ob und wann ihr wegkönnt. Vergesst Handys, Laptops und Ladekabel nicht. Ich meine, außer den Jesuslatschen, Highheels und Gurkenmaske."
„Frech wie immer. Warte, bis wir da sind, Holmes, dann wirst du schon sehen, wie wir diese Ecke aufmischen."
„Wir freuen uns! Bis morgen!"
„Ciao, bella! Bis denne! Grüß die Hühner und stell schon mal das Bier kalt!"
Aus dem Hörer klang noch mal aufgeregtes Geschnatter, bevor aufgehängt wurde.

Lea blies die Backen auf und ließ die Luft hörbar entströmen.
„Jetzt hast du eine ungefähre Ahnung, liebe Rose, was dich erwartet mit dieser Bande."
„So, wie die sich anhören, haben wir sicher eine Menge Spaß. Ganz gleich, ob wir was herausfinden oder nicht. Ich freue mich riesig!"

Rose war anzusehen, dass sie das auch so meinte.

Kapitel XII

Möwen segelten über den türkisfarbenen Himmel, mit wildem Kreischen stürzten sie in die anflutenden Wellen und jagten sich gegenseitig den Fang ab. Ein Fischkutter mit ausgeklappten Schleppnetzen steuerte den Hafen an, ein paar Segler nutzten die Briese, Kinder spielten im seichten Wasser. Ein richtiges Sommerferienbild bot sich den Gästen auf der Terrasse des Strandpavillons.

Aber eine Gruppe von fünf Leuten hatte keinen Blick dafür. Sie beugten sich tief über einen Stadtplan, der in der Mitte ihres Tisches lag. Erst als die Bedienung mit einem Tablett voller Getränke kam, sahen sie auf.

Det nahm sein Bierglas mit einem zufriedenen Blick entgegen. Mel hatte sich Verwöhnkaffee bestellt, der in diesem Strandcafé nicht ganz so üppig ausfiel. Flitzi, Lea und Rose bekamen trockenen Weißwein in hohen Gläsern. Die Karte musste einem ausladenden Teller weichen, bepackt mit Käsewürfeln und kugeligen Köstlichkeiten, die bis jetzt wohl nur Rose kannte. Ein Senftöpfchen wurde dazu gestellt.

„Was ist das nun wieder? Frittierte Schafsköttel?“

Lea runzelte die Stirn angesichts der kleinen braunen Kugeln.

„Das sind borrelhapjes“, antwortete Rose. „Kleinigkeiten, die man zur blauen Stunde genießt.“

„Also Schnaps mit Beilage.“ Det grinste und wollte sich eine der Kugeln in den Mund stecken. Rose legte schnell ihre Hand auf seinen Arm.

„Vorsicht! Die Dinger sind martialisch heiß!“

Schnell legte er seinen Happen wieder hin und teilte ihn mit einer Gabel. Dampf stieg auf und bestätigte Roses Warnung.

„Bitterballen muss man abkühlen lassen.“

„Bitterballen? Was ist an denen bitter?“ wollte Mel wissen.

„Gar nichts. Die heißen so, weil sie früher zu einem Bitter, Magenbitter serviert wurden. Heute ist es einfach ein Snack zwischendurch. Die Füllung ist normalerweise Kalbsragout wie für Pastetchen, nur feiner.“

Det nahm seine geteilte Kugel wieder auf die Gabel und dippte sie nach Roses Rat in ein wenig Senf.

„Wow, lecker! Das schmeckt ein bisschen nach Muskat.“

„Und macht süchtig“; lachte Rose.

Nach einer weiteren Runde und noch einer Platte mit Bitterballen kamen sie zum Ende ihrer Lagebesprechung. Jetzt hatten sie auch wieder einen Blick für ihre Umgebung. Flitzi lehnte

sich entspannt in ihrem Sessel zurück, schob die Sonnenbrille in die Haare und seufzte tief.
„Rose, wissen Sie eigentlich, auf welchem Juwel Sie hier sitzen?“
„Ja, das weiß ich ganz genau. Es ist paradiesisch hier. Aber ich denke, wir gehen jetzt mal ganz schnell zum Du über – so als konspirativer Club.“
Sie lächelte die anderen verschwörerisch an, die gleich ihr Glas erhoben und mit ihr anstießen. Das breite Grinsen wollte aus Mels Gesicht gar nicht mehr weichen.
„Ein paar Stunden an der See und ich platze schon vor Wohlbehagen. Gleich schnurre ich.“
Det legte seinen Arm um sie und flüsterte für alle hörbar in ihr Ohr.
„Komm auf meinen Schoß, kleine Miou, dann kraul ich dich beim Schnurren.“
Lachend schüttelte sie ihn ab.
„Du bist unverbesserlich, alter Schwerenöter!“
„Als ob du dieses altmodische Wort noch kennen würdest“, flachste Rose.
„Doch, kenn ich!“ ereiferte sich Mel. „Mit ihm hat man seine schwere Not!“
Schallendes Gelächter war die Antwort.

„Wie heißt das Dorf hier noch mal?“ fragte Flitzi, als sie barfuß über den Strand zurück zum Hotel gingen.
„Das ist Breskens. Dort drüben, seht ihr den schwarz-weißen Leuchtturm? Das ist eines seiner Wahrzeichen, neben dem Hafen selbstverständlich. Im Sommer ist viel Betrieb, für Touristen ist Breskens ein Eldorado. Aber wenn die ganzen Feriengäste wieder weg sind, kann man stundenlang über den Strand wandern, ganz allein und dieses wunderbare Panorama ganz für sich genießen. Leider fangen sie jetzt an, die ganze Küste zuzupflastern. Bald sieht es hier aus wie in Belgien. Ja, wenn die Stadtverwaltungen vor lauter Eurozeichen in den Augen blind für die Natur werden…“
Rose hatte sich richtig ereifert, was die anderen aber gut verstehen konnten, wenn sie sich den langen weißen Sandstrand ansahen.

Am nächsten Morgen waren sie nach dem Frühstück alle noch mal an den Strand gegangen, es war einfach nur schön an der Westerschelde.

Rose hatte ihnen erklärt, dass das Salzwasser unter ihren Füßen noch gar nicht zur Nordsee gehörte, sondern zum breiten Delta der Schelde. Dicke Containerschiffe konnten sie in der Ferne sehen, die ihre Fracht am gegenüberliegenden Ufer in Vlissingen löschten oder nach Antwerpen brachten.

Stundenlang hätten sie noch den Schiffen, den Möwen und den Wolken nachsehen können. Aber dann siegte die Abenteuerlust und die Fünferbande machte sich auf den Weg in ihre diversen Quartiere. Am nächsten Abend wollten sie sich wie daheim bei Mel in der Küche treffen – falls Flitzi nicht schon ausgebucht war, wie sie augenzwinkernd bemerkte.

„Welche Farbe hat das eigentlich alles?“
Mel hakte sich bei Lea unter, während sie zu den Autos gingen.
„Hmm, das ist diesmal ziemlich bunt, fürchte ich.“
Lea blieb neben ihrem Wagen stehen und runzelte die Stirn.
„Bei Rose daheim ist alles warmes Goldbraun, wie Bernstein, Brügge hat was von Elfenbein, Königsblau und Seidengelb. Unser Abenteuer wird wohl feuerrot, wie ich die Mitwirkenden kenne.“
„Das glaube ich allerdings auch!“ bestätigte Mel mit einem Seitenblick auf Flitzi und Det, die beim Gepäckverstauen lautstark diskutierten. Worüber war nicht zu verstehen, der Westwind blies zu stark.
Rose saß schon auf dem Beifahrersitz und Fussel steckte die Nase durch ihr offenes Fenster.
„Dann mal los! Bis morgen Abend bei Mel! Wer nicht kann, schickt ne Nachricht.“
Lea stieg ein und fuhr winkend die Hotelauffahrt hinunter.

Rose dirigierte Lea auf den richtigen Weg nach Brügge. Von Breskens aus war man in einer guten halben Stunde dort.
„Das niederländische Flandern ist aber doch anders als das belgische. Irgendwie sehen auch die Häuser und Straßen anders aus.“
„Ja, seit belgisch Flandern und seeländisch Flandern durch die Landesgrenzen geteilt sind, haben sie sich auch unterschiedlich entwickelt.“

Rose schwieg einen Moment, dann fragte sie:
“Und welche Farbe hat nun Flandern?“
Lea wurde ein wenig rot und räusperte sich verlegen.

„Ich wollte Mel und dich nicht belauschen, aber das Autofenster stand offen."
„Macht nix, ich wollte dir sowieso irgendwann davon erzählen. Aber du darfst mich nicht auslachen."
„Versprochen."
„Okay. Ich denke in Farben. Schon seit meiner Kindheit. Das ist sicher ein psychischer Defekt und ich weiß auch nicht, ob das vererbt wurde. Aber seit ich mich erinnern kann, denke ich in Farben."
„Und wie machst du das? Ich meine, wie muss ich mir das genau vorstellen?"
„Gar nicht, es passiert einfach. Ich sehe einen Menschen oder eine neue Umgebung, erlebe eine Situation und dann entsteht in meinem Kopf eine Farbe, die für mich dazu passt. Auch Stimmungen oder Gemütszustände erlebe ich in Farbe."
„Das ist spannend. Bei mir zuhause ist alles bernsteinfarben, sagst du. Hast du für mich auch eine Farbe?"
Lea warf Rose einen Seitenblick zu, als wollte sie überprüfen, ob die Tante sie überhaupt ernst nahm. Aber Rose sah sie einfach fragend an, wissbegierig und offen.
„Ja, habe ich."
Lea lächelte ihre Beifahrerin an.
„Du bist goldgrün, frisch und warm, wie Sonnenstrahlen durch junges Laub."
Sie sprach es fast ein wenig verschämt aus.
Rose legte ihre linke Hand auf Leas Rechte und drückte sie.
„Das nehme ich aber als Kompliment, junge Frau! Sonnenstrahlen und frisches Grün. Hoppla, das ist mal ein gutes Gefühl!"
Rose rutschte in ihrem Sitz hin und her und bewegte herausfordernd die Schultern. Sie tat mächtig stolz auf Leas Farbtypisierung.
Lea lächelte erleichtert, die Tante hatte sie nicht ausgelacht.
„Ich erinnere mich hauptsächlich über Gerüche. Alle Erinnerungen, die ich habe, sind bei mir mit Gerüchen verbunden. Das kann manchmal unangenehm sein."
Rose rümpfte die Nase, Lea lachte.
„Dann doch lieber Farben. Jetzt ist gerade türkis. Türkis ist bei mir eine fröhliche, heitere, frische, entspannte Farbe. So wie jetzt lichtblauer Himmel, Sonnenschein, Wind, liebe Gesellschaft, prima Unterhaltung..."
"Kühe und Schafe am Wegrand, ein Kirchturm in der Ferne, Pappeln auf den Deichen..."
Rose ergänzte Leas Aufzählung. Die schloss dabei aber

schnell das Fenster.
„Und feinster Dünger auf den Äckern!“

Kapitel XIII

Flitzi hatte in ihrem Hotel eingecheckt und saß nun am Laptop, um sich Jan noch mal genau anzusehen. Freundlicherweise war der Brauereibesitzer auf der Homepage der Firma abgebildet. Von Rose wusste sie, dass Jan jeden Mittag in ein bestimmtes Bistro fuhr, um zu essen. Für heute war es dafür zu spät, aber Flitzi wollte morgen zur Stelle sein, um den jungen Mann zu treffen.
Zur Vorbereitung studierte sie den Stadtplan und machte sich in Jeans und Sneakers (Lea hatte sie vor dem Brügger Pflaster gewarnt!) auf, die Stadt zu erkunden. Sie wollte selbst sehen, wovon Lea geschwärmt hatte. Außerdem hatte sie von einer Kollegin gehört, dass es in Brügge ganz feine Boutiquen gäbe. Das wollte sie nun auch genau wissen.
Sie warf ihre Beuteltasche über die Schulter und verließ das Hotel Richtung Innenstadt.

Mel hatte Det am Bahnhof abgesetzt, wo er seinen vorbestellten Scooter in Empfang nahm. Sie wartete in der Auffahrt, bis sie im Rückspiegel sehen konnte, wie er auf die Hauptstraße einbog. Dann machte sie sich auf den Weg zu ihrer Ferienwohnung.
Wie angekündigt lag der Schlüssel im Kräuterkästchen am Hintereingang. Sie schloss auf und stand in einer altmodischen Landhausküche, hell und gemütlich. Mel sah sich zufrieden um.
„Für Küchenquatsch bestens geeignet, sogar für konspirativen!“ stellte sie fest.
Sie holte ihr Gepäck und trug es nach oben, wo sie von den beiden Schlafzimmern das wählte, das mit seinen Gelbtönen Sonne pur versprach. Das war auch nicht besonders schwierig, denn das Fenster ging auf den Garten hinaus, wo die Sonnenstrahlen mit den Wolken Fangen spielten.
Nach einer Bestandsaufnahme in der Küche machte sie sich auf den Weg zum nahe gelegenen Supermarkt, um für die anstehenden Geheimsitzungen gewappnet zu sein.
Bald darauf saß sie mit einer dickbauchigen Tasse Milchkaffee unter dem Birnbaum im Garten und studierte die Seminarunterlagen für Oostende. Heute und morgen konnte sie sich noch dem süßen Nichtstun widmen. Sie streckte sich in ihrem Liegestuhl aus und kniff die Augen vor den tanzenden Sonnenstrahlen zusammen.

„Hach, ist das herrlich“, seufzte sie. „Lea hat doch immer wieder wunderbare Einfälle.“ Gleich darauf war sie auch schon eingeschlafen.

Det war inzwischen im Kloster angelangt. Bruder Andries hatte ihn empfangen und ihm sein Zimmer gezeigt. Ein einfaches Haus am Rande der Klosteranlage mit ein paar Einzelzimmern und Gemeinschaftsbad auf dem Flur war für die Klostergäste vorgesehen. Det hatte ein ziemlich kahles, aber sonniges Zimmer im ersten Stock, von wo er einen schönen Blick über Obstbäume und zu den umliegenden Gebäuden hatte. Bruder Andries reichte ihm eine Broschüre, die in holprigem Deutsch auf die Regeln des Aufenthalts hinwies. Es war eben doch kein Vier-Sterne-Urlaub, wie Det schnell feststellte. Aber er war von Haus aus anspruchslos, da machte ihm die puristische Einrichtung und die spartanische Lebensart der Mönche, an der er nun teilnehmen sollte, nicht viel aus. Außer den gemeinsamen Mahlzeiten im Refektorium an einem gesonderten Tisch und einer morgendlichen Meditation stand den Klostergästen der restliche Tag zur freien Verfügung. Niemand wurde zu den Betstunden und Kirchgängen explizit aufgefordert, aber eine gewisse Erwartungshaltung der Klosterbrüder war doch herauszulesen.
Det beschloss nach der Lektüre des Heftchens, den naturhungrigen, stadtmüden Wissenschaftler zu geben, der dringend wieder zu sich selbst finden wollte. Und das vor allem mit Stille und viel frischer Luft. So sehr musste er sich dabei nicht verstellen, denn außer dem Ruhebedürfnis war alles authentisch. So hatte er genug Bewegungsfreiheit und konnte sich bei Bedarf den Mönchen anschließen, ohne dass er Argwohn weckte.
Als erstes machte er sich auf in den Klostergarten, um von dort aus einen Überblick über die ganze Anlage zu bekommen. Vielleicht fand er auch einen Bruder, der zu einem Schwätzchen bereit war.

Er hatte gerade den Obstgarten durchquert, als er zwei kleine Prozessionen auf sich zu kommen sah. Die eine bestand aus etwa einem halben Dutzend Mönchen im Ornat, die andere aus einer langen Doppelreihe Jungen, die von Männern in dunkler Straßenkleidung begleitet wurden. Beide Gruppen gingen auf die rückwärtige Kirchentüre zu. Da begann auch schon eine kleine Betglocke mit ihrem blechernen Ruf. Det warf einen

kurzen Blick auf seine Uhr.
„Aha“, das scheint das Angelusläuten zu sein, wie ich gelesen habe“, murmelte er vor sich hin.
Er wartete noch, bis die Gruppen durch das Kirchenportal verschwunden waren und folgte ihnen dann langsam. In der Stille der Kirche konnte er die einzelnen Menschen gut beobachten ohne aufzufallen. Er setzte sich seitlich in eine der hinteren Reihen, von wo er einen guten Blick auf die Mönche im Chorgestühl hatte. Die Jungen saßen in den vorderen Reihen mit dem Rücken zu ihm, aber das war im Moment nicht weiter wichtig.
Er zählte dreizehn Erwachsene und vierunddreißig Jungen, die wohl zu dem Waisenhaus gehörten, von denen Lea berichtet hatte. Die Mönche im Ornat saßen im Chorgestühl, die anderen bei ihren Schützlingen. Det horchte erstaunt auf, als die Brüder plötzlich einen Choral anstimmten. Ohne Begleitung, a capella, erklang mehrstimmig und sehr harmonisch ein Marienlied.
„Die reinsten Gregorianischen Gesänge“, dachte Det bei sich. „Und wie sauber die singen, krass, die können das echt!“
Det war kein Kirchgänger, aber diese Vesper in der abgelegenen flämischen Abtei beeindruckte ihn doch. Nach einer Weile fielen die anderen in die Melodie ein, die vielstimmig in allen Tonlagen vom Kirchenschiff zurück hallte.
Det studierte die Gesichter der Mönche, aber außer einer gewissen Gelassenheit und Ruhe war nichts Außergewöhnliches in ihnen zu lesen. Es gab wie überall hübsche und hässliche, dicke und dünne, lange und zu kurze Männer darunter, mit und ohne Bart, mit reichlicher Haarpracht oder fast kahl. Sie wären in Straßenkleidung nicht aufgefallen.
Er folgte ihnen aus der Kirche zum Refektorium, wo das Abendessen serviert wurde, wie er aus seinem Prospekt wusste. An der Türe wurde er von Bruder Andries auf Deutsch begrüßt.
„Ah, unser neuer Gast. Wenn Sie mir bitte folgen wollen. Das Essen steht bereit.“
„Danke, Bruder Andries. Zeigen Sie mir bitte, wo ich sitzen kann?“
Er führte Det an einen kleinen Tisch seitlich unter einem der Bogenfenster. Dort saß bereits ein Gast. Det grüßte und stellte sich vor, der andere legte aber nur den Finger an die Lippen und wies auf den Stuhl gegenüber.
„Nachher, draußen“, flüsterte er kaum hörbar.
Det setzte sich, wobei er darauf achtete, mit dem Stuhl keine

Geräusche zu machen. In dem großen Raum war es fast mäuschenstill. Am Kopfende saßen an einem quer gestellten Tisch zwei Männer in Ornat, an einer langen Tischreihe links und rechts davon die Mönche. Vor jedem standen ein einfacher Teller mit einem Messer sowie ein Keramikbecher, eine Leinenserviette lag daneben. In regelmäßigen Abständen waren flache Körbe mit dunklem Brot in dicken Scheiben, ein Brett mit einem würzig duftenden Stück Käse und eine Schale mit goldgelber Butter aufgebaut. Dazwischen Krüge mit Wasser und Bier.

Vor Det und seinem Tischgenossen stand dasselbe, nur dass die Käseauswahl üppiger war.

Einer der beiden Männer am Kopfende sprach ein Tischgebet, wie Det aus der Körperhaltung der anderen entnehmen konnte. Dann begannen alle zu essen. Keiner sprach, nur das Geräusch des Geschirrs und der Messer war zu hören.

Eine seltsame Stimmung für einen wie Det, der aus dem Gewusel der Großstadt in diese Stille gepurzelt war. Er fühlte sich anfangs nicht besonders wohl, fühlte sich beobachtet, obwohl offensichtlich keiner Notiz von ihm nahm. Erst als er sah, dass sich alle ausschließlich der Nahrungsaufnahme widmeten und kaum von ihren Tellern hochsahen, entspannte er sich und genoss das frugale Mahl.

Nach einer Weile stellte er fest, dass das einfache Essen köstlich schmeckte. Da man durch nichts abgelenkt war, konnte man sich ganz auf den Geschmack konzentrieren, den festen Biss und die feine Säure des Brotes schmecken, die kühle Frische der rahmigen Butter und die nussige Würze des kräftigen Käses.

So ganz langsam bekam Det eine Ahnung davon, was er sich unter der Einfachheit des mönchischen Lebens vorstellen musste. Und es gefiel ihm ausnehmend gut. Als er sich Bier nachschenken wollte, sah er hoch, direkt in die lächelnden Augen seines Gegenübers. Der hatte ihn wohl doch schon eine Weile beobachtet, er nickte ihm zu und hob seinen Becher. Det prostete ihm lautlos zu und lächelte auch.

Die tiefstehende Sonne vergoldete die hohen Bäume entlang der Klostermauer, als Det eine Weile später nach draußen kam. Sein Tischnachbar saß auf einer Steinbank vor der Mauer, die den inneren Bezirk gegen neugierige Blicke abschirmte. Det gesellte sich zu ihm.

„Ich wollte bei Tisch nicht unhöflich sein", begrüßte er Det in stark niederländisch gefärbtem Deutsch. „Aber ich dachte, Sie

wüssten vielleicht nicht, dass hier beim Essen nicht gesprochen wird. – Darf ich mich vorstellen? Mein Name ist Ruud van de Vijver aus Utrecht."
Er machte eine leichte Verbeugung.
„Angenehm. Ich bin Frank-Thomas Rietmann aus Berlin. Sind Sie schon länger hier?"
Det musterte sein Gegenüber unauffällig. Ein großer, sehr schlanker Mann mit hoher Stirn und grauen Locken, leuchtenden Augen unter buschigen Brauen und Lachfalten um den Mund saß da auf der Bank und wippte mit dem übergeschlagenen Bein. Er schätzte ihn auf etwa sechzig Jahre.
„Ja, ich war jetzt eine Woche hier, morgen geht's wieder nach Hause. Ich komme jedes Jahr ein paar Tage her, um meine Gedanken zu ordnen."
„Sind die so konfus? – Entschuldigung!"
„Ja, sind sie!"
Ruud lachte.
„Ich bin Professor für Kommunikationswissenschaften. Nein, war ich. Ich bin seit einem halben Jahr emeritiert. Aber das heißt ja nicht, dass man dann aufhört, nachzudenken."
„Bloß nicht! Wenn das Hirn nicht in Bewegung ist, bleibt auch die Welt stehen."
„Das sehe ich auch so. Wollen wir noch ein Bier trinken?"
„Geht das denn? Ich meine, haben die Mönche jetzt noch was anzubieten?"
„Sicher, die Klosterschenke hat ganz normale Öffnungszeiten. Da bekommen wir noch was. Darf ich Sie einladen?"
„Gerne, das Bier hier ist wirklich lecker. Brauen die das selbst?"
Det spielte den Ahnungslosen. Wenn dieser Ruud hier Stammgast war, war der vielleicht eine erste Quelle für seine Nachforschungen.
In ein belangloses Gespräch vertieft schlenderten die beiden Richtung Schenke, wo schon Licht brannte.

Flitzi ließ sich aufatmend in einen der gepolsterten Sessel fallen. Das Restaurant, das sie sich ausgesucht hatte, bot einen freien Blick über den üppigen Marktplatz von Brügge mit seinen herrlichen Giebeln, dem Standbild in der Mitte, den unzähligen Touristen, die in Pferdekutschen davonklapperten und den Bussen und Taxen, die in unregelmäßigen Abständen ihre Fracht aus- und einluden. Aber sie hatte im Moment dafür kein Auge. Trotz der Turnschuhe taten ihr die Füße weh. Stunden-

langes Schlendern und Schaufenstergucken auf Kopfsteinpflaster war sogar für die in dieser Hinsicht durchtrainierte Flitzi irgendwann zuviel. Sie hatte eine größere Anzahl Einkaufstaschen auf dem freien Sitz neben sich abgeladen und streckte nun erleichtert die Beine weit aus. Ein freundlicher Ober kam und fragte nach ihren Wünschen.
„Eine große Flasche Wasser, einen Espresso und einen Prosecco, bitte. In genau der Reihenfolge", bestellte sie mit einem tiefen Seufzer.
Er verzog keine Miene, verbeugte sich kurz und verschwand Richtung Theke.
Nachdem sie ihren Wasser- und Mineralhaushalt ausgeglichen hatte und dank Koffein und prickelndem Alkohol ihre Lebensgeister langsam wiedererwachten, nahm sie auch ihre Umgebung wahr und merkte, dass sie hungrig war. Sie bestellte sich das Menu des Monats.
„Die Begegnung mit dem flämischen Bier verschieben wir auf morgen, wenn ich den dazu passenden Brauer treffe."
Sie grinste in sich hinein und bestellte sich zum Hauptgang noch ein Glas Chablis.

Mel stand mit einer großen Tasse heißer Schokolade auf den Stufen, die von der Küche in den Garten führten, und bewunderte den gestreiften Himmel. Glutrot und orange war die Sonne untergegangen, hatte den Horizont mit goldenen und türkisfarbenen Streifen bemalt und eine blassgelbe Mondsichel war langsam über den Bäumen hochgestiegen.
„Lea hätte ihre helle Freude an den Farben, Det würde meine Tasse mit einem Ersatzkanister vergleichen und Flitzi würde wohl über eine schrille Sommernachtsparty fantasieren", dachte sie amüsiert.
„Was alle wohl gerade so treiben?"
Da summte auch schon ihr Handy. Eine Nachricht von Lea.

„Wir sitzen am Kanal und bewundern den Himmel, mit Sekt und Sandwiches. Geht es dir gut? Wir wollen zur Abwechslung mal früh schlafen gehen. ☺ LG Lea"
Mel lächelte und schrieb schnell zurück.
„Den Sonnenuntergang genieße ich auch, aber mit Schoki ;-) Schlaft gut & bis morgen. HDL Mel, LG an Rose ☺"

Kapitel XIV

Der folgende Morgen war kühl und grau. Ein feiner Nieselregen fiel aus den Nebelschwaden, die in den Bäumen und über den Feldern hingen.
Mel hatte sich nach einem Blick aus dem Fenster schnell wieder unter die Decke verkrochen.

Selbst Fussel wollte nicht nach draußen. Lea ließ ihm für Notfälle die Terrassentür einen Spalt offen. Als sie an der Küche vorbeikam, goss Rose gerade Tee in zwei Tassen. Sie lächelten sich an, zum Reden war ihnen noch nicht zumute. Lea nahm ihre dampfende Tasse mit nach oben und schlüpfte wieder ins Bett. Die Stille im Haus verriet ihr, dass es Rose wohl ebenso gemacht hatte.

Det musste früh raus. Frühstück um sieben! Das schaffte er ja nicht mal, wenn er zur Arbeit ging. Grummelnd machte er sich fertig und ging mit hängenden Schultern Richtung Refektorium. Das Frühstück verlief ebenso einfach und in Stille wie das Abendessen. Heute war Det dafür sogar dankbar. So hatte er Zeit, richtig wach zu werden. Ruud war anscheinend putzmunter. Er nickte Det immer wieder lächelnd zu, so als ob er sich über dessen Müdigkeit amüsierte. Det nickte mit unterdrücktem Gähnen zurück und widmete sich intensiv seinem Kaffee, der ihm heute Morgen wie ein Lebensretter erschien. Nach der dritten Tasse wurde es langsam besser.

Flitzi hatte nach dem Frühstück den Wellnessbereich ihres Hotels ausgiebig genossen. Jetzt warf sie fertig gestylt noch mal einen prüfenden Blick in den Spiegel und griff dann nach ihren Autoschlüsseln. Abenteuerlust versetzte sie in beste Laune. Der Verwöhnvormittag hatte ihr gut getan, sie war chic in knallrot, dezent aber sehr wirkungsvoll geschminkt und das lange blonde Haar glänzte, auch wenn die Sonne heute nicht darauf schien.

Am Abend war sie noch an besagtem Bistro vorbeigegangen, um die Örtlichkeit zu inspizieren. Jetzt wartete sie in ihrem Sportwagen in einer Parkbucht auf der anderen Straßenseite, zwanzig Meter von ihrem Ziel entfernt. Direkt vor dem Bistro

war ein Parkplatz frei. Hoffentlich blieb das noch eine kleine Weile so. Da! Das musste er sein! Ein schwarzer Porsche bog in die schmale Straße. Flitzi legte schnell den ersten Gang ein und schoss quer über die Fahrbahn, schnitt den Porsche, zielte auf die freie Parkbucht – und stand auch schon. Aus den Augenwinkeln sah sie im Rückspiegel, dass der Porschefahrer wütend vor sich hinfluchte, auch wenn sie nichts hören konnte. Betont langsam angelte sie ihre Tasche vom Beifahrersitz, zeigte beim Aussteigen viel Bein und ging, nein schritt die Treppe zum Eingang hoch. Im Türglas spiegelte sich der Porsche, der nun endlich auch geparkt wurde.
Sie unterdrückte ein Lächeln und betrat das Bistro. Von Rose wusste sie, an welchem Tisch Jan immer saß. Zielstrebig ging sie darauf zu und setzte sich mit dem Rücken zum Terrassenfenster. Ein Ober wollte sie noch aufhalten, aber da strahlte sie ihn bereits an und verlangte in perfektem Französisch ein Glas Champagner und die Karte. Er verbeugte sich ein wenig resigniert und verzog sich.
Ein paar junge Leute, vielleicht Studenten, kamen herein und suchten sich unter viel Gelächter einen Tisch. In ihrem Kielwasser betrat ein gut gekleideter Mann Anfang dreißig das Lokal. Das musste Jan sein. Die Beschreibung passte, dem Bild auf der Website sah er auch einigermaßen ähnlich. Flitzi schien ganz in die Lektüre der Speisekarte vertieft, als der fremde Mann an ihren Tisch trat.
„Pardon, is hier nog vrij?“
“Pardonnez-moi?”
“Oh, excusez, madame…”
Jan fiel problemlos ins Französische und fragte, ob noch ein Platz am Tisch frei wäre.
Flitzi deutete generös auf den Stuhl ihr gegenüber. Jan bedankte sich und nahm Platz, auch wenn er nun mit dem Rücken zur Tür saß, was ihm sicher nicht besonders angenehm war. Aber das hatte die junge Dame einkalkuliert.
„Ich bin übrigens der Fahrer des Autos, das Sie beim Einparken geschnitten haben.“
Jan sprach Flitzi jetzt auf Deutsch an. Sein Ton war irgendwo zwischen stinksauer und amüsiert. Offensichtlich wusste er noch nicht so genau, wie er sich verhalten sollte.
Flitzi lächelte ihn charmant an.
„Geschnitten? Ach ja?“
Sie zog erstaunt die Brauen nach oben. Auch sie sprach jetzt Deutsch mit ihm.
„Aber offensichtlich haben Sie ja noch eine Parklücke für Ihren

fahrbaren Untersatz gefunden.“
Sie widmete sich wieder der Karte und beachtete ihn nicht weiter. Dass er Deutsch mit ihr sprach, erwähnte sie nicht. Ihr Nummernschild war ja nicht zu übersehen gewesen. Der Ober erschien am Tisch und verbeugte sich in Richtung Jan.
„Goedemiddag, meneer van Boons. Zoals gewoon?“
„Ja, Robert, zoals gewoon.“
Flitzi legte die Karte auf den Tisch und bestellte sich gratinierte Austern auf Salat, Baguette und Butter.
„Sie scheinen hier bekannt zu sein“, meinte sie beiläufig und nahm einen kleinen Schluck aus ihrem Glas.
„Allerdings. Ich bin seit Jahren hier Stammgast zum Lunch. Übrigens habe ich auch einen Stammplatz.“
Es klang etwas gepresst, anscheinend war er nun doch noch sauer.
„Stammbaum auch?“
„Wie bitte?“
„Ach nichts. Sie wollen damit wohl andeuten, dass ich auf Ihrem Platz sitze. Tut mir leid, der Stuhl war nicht markiert. Aber Männer in ihrem Alter sind ja noch flexibel, da macht ein wenig Abwechslung nichts aus.“
Flitzi schenkte ihm ein überwältigendes Lächeln.
„Besonders wenn die Abwechslung in charmanter weiblicher Gesellschaft besteht, nicht wahr?“
Und noch ein Strahlen hinterher.
Jan runzelte die Stirn.
„Von irgendwelchen Selbstzweifeln werden Sie sicher nicht geplagt“, murrte er zwischen den Zähnen hervor.
„Hätte ich dazu Anlass? Ich fühle mich ganz wohl hier, auch wenn Sie noch ein wenig griesgrämig rüberkommen. Ärger in der Firma gehabt?“
„Ähm, nein. Ich wollte nur wie gewöhnlich in aller Ruhe hier mein Mittagessen einnehmen.“
„Wie gewöhnlich? Sehen Sie, genau das liegt mir nicht. Das Gewöhnliche. Dabei machen Sie überhaupt keinen gewöhnlichen Eindruck auf mich, eher einen ziemlich angespannten. Die Mittagspause ist doch zur Erholung, machen Sie sich mal ein wenig locker. Dann schmeckt es auch viel besser.“
Sie plapperte ohne Pause und nickte lächelnd mit dem Kopf, um ihre Worte zu unterstreichen. Jan lauschte fassungslos. Da kam auch schon der Ober mit zwei Tellern.
Vor Flitzi stellte er den Salat mit Austern, vor Jan einen Teller mit einer undefinierbaren weiß-bunten Masse, garniert mit gekochtem Gemüse, Ei und ein paar Salatblättern. Solange der

Ober das Brot und die Butter holte, betrachtete Flitzi mit aufgerissenen Augen Jans Teller. Jan wünschte ihr einen guten Appetit, aber ihr Blick war ihm unbehaglich, als er mit seiner Gabel in die weiße Masse tauchte.
„Was, was ist das?“ flüsterte sie.
„Huzaren-Salade“, antwortete er gleichmütig und hatte dabei das Gefühl, etwas Unanständiges auf dem Teller zu haben.
Flitzi schluckte und fragte wieder ganz leise: „Und was ist da drin?“
„Kartoffeln, Eier, Gurken, Gemüse, Mayonnaise...“
„HA! Wusste ich's doch!“
Sie rief es ziemlich laut, die anderen Gäste drehten sich interessiert um. Jan war es sichtlich peinlich.
„Essen Sie das öfter? Wie gewöhnlich?“
„Gewöhnlich dienstags. Warum?“
Jan ärgerte sich, dass er dieses dämliche „Gewöhnlich“ schon wieder benutzt hatte.
„Jeden Dienstag diese Mansche mit Mayo? Kein Wunder sind Sie so griesgrämig und angespannt!“
Flitzi lehnte sich in ihrem Stuhl zurück mit der zufriedenen Miene eines Professors, der seine Theorien in der Praxis bestätigt findet.
„Wie bitte? Was hat denn Mayonnaise mit meiner Laune zu tun?“
„Wenn man das fröhliche Bunte am Essen mit weißer Pampe erschlägt, schlägt das selbstverständlich auch aufs Gemüt“, dozierte sie im Brustton der Überzeugung.
Flitzi deutete mit der Gabel auf ihren Teller, der mit Tomaten, Salat, Stangensellerie, Gurke und Kräutern wirklich appetitlicher aussah als die seltsame Masse bei Jan.
„Im Übrigen sind Sie sehr unhöflich, trotz allem Gewöhnlichen.“
Sie machte eine Pause, um seine Aufmerksamkeit zu steigern.
Er zog fragend die Brauen hoch.
„Ja, Sie haben sich noch nicht einmal vorgestellt. Dabei dürfen Sie bei mir am Tisch Ihren, ähm, Ihr... na ja, Ihre Mahlzeit einnehmen.“
Jan sah Flitzi konsterniert an. Meinte sie das nun wirklich ernst?
„Entschuldigung, wenn ich mich an meinem Tisch so unhöflich verhalte. Sie haben natürlich recht. Mein Name ist Jan, Jan van Boons.“
Dabei war er halb aufgestanden und hatte eine spöttische Verbeugung angedeutet.
Flitzi ließ das natürlich nicht gelten. Sie fuchtelte mit der Gabel

in seine Richtung und bedeutete ihm, dass er gefälligst ganz auf zu stehen hatte. Grinsend ließ er sich wieder auf seinen Stuhl sinken.
„Höher geht nicht mit der Pampe im Magen."
„Sag ich doch, essen Sie halt was Richtiges."
Der Ober brachte Jan ein bauchiges Stielglas mit Bier, das fast keine Schaumkrone hatte. Wieder starrte Flitzi abwechselnd Jan und das Glas an.
„Was ist daran denn nun wieder falsch?" erkundigte er sich und nahm einen prüfenden Schluck.
„Bier! Felicitas Ariane Rosner. Trotzdem immer noch angenehm."
Jan schüttelte den Kopf. Diese Frau machte ihn wahnsinnig. Konnte die eigentlich auch ganz normal reden?
„Ich nehme an, Sie heißen Felicitas Ariane und echauffieren sich über mein Bier?"
Jan versuchte es nun mit leiser Ironie, vielleicht kam man ja damit bei ihr durch.
„Genau."
Die Antwort kam wie aus der Pistole geschossen. Flitzi nahm einen Schluck Champagner und hielt ihr Glas Jan unter die Nase.
„Das ist das Getränk für diese Tageszeit. Mit der Pampe und dann noch Bier im Magen fallen Sie danach ja direkt ins Koma. Jetzt wissen Sie auch, warum Sie gewöhnlich griesgrämig sind!"
Ihr ausgestreckter Zeigefinger, der im Takt ihrer Worte wippte, kam ihm bedrohlich nahe.
Jan schnappte sich den Finger und hielt ihn fest. Zum ersten Mal konnte er so etwas wie Erstaunen oder zumindest Aufmerksamkeit in ihren Augen sehen.
„Junge Frau, Sie können sich gerne von Grünfutter und überbackenem Schnupfen aus der Nordsee ernähren. Wobei ich eine frische Auster und Champagner durchaus zu schätzen weiß. In diesem Fall handelt es sich aber um meinen Beruf. Ich brauche eine handfeste Grundlage, wenn ich mittags ein Bier mit 12 Prozent Alkoholgehalt teste."
Sie entzog ihm ihren Finger, sah ihm hochmütig ins Gesicht und schleuderte ihm in bewährter Flitzi-Manier ein „Aha, testen!" entgegen.
„Ja, testen."
„Staatlich bestallter Biertester mit Hang zu gewöhnlichem Alk?"
„Nein, Chef einer Brauerei mit ausgeprägten Geschmacksnerven für Hopfengehalt, Malzherkunft, Stammwürze und Kohlen-

säureperlen“, parierte Jan ihr loses Mundwerk.
„Bierbrauer sind klein und rund mit Halbglatze und Lederschürze“, kam es von Flitzi, die ihn dabei aufmerksam musterte. „Passt nicht auf Sie.“
„Ich werde es meinem Braumeister ausrichten.“
„Und warum testen Sie hier Bier, wenn Sie zuhause ihr eigenes haben? Schmeckt Ihnen das nicht?“
„Es geht Sie zwar nichts an, aber ich verrate es Ihnen trotzdem. Ich habe seit Jahren mit Robert, dem Kellner, eine Wette laufen. Ich behaupte, dass ich jedes Bier analysieren kann, was Stammwürze und damit auch Alkoholgehalt betrifft. Und dass ich einiges über den verwendeten Hopfen und das Malz sagen kann.“
„Und wie der jeweilige Bierbrauer heißt und bei welchem Wetter das Bier gebraut wurde?“
Flitzi grinste ihn an.
„Nein, aber aus welchem Wald das Fassholz stammt und ob der Brauer Liebeskummer hatte, das schmecke ich schon heraus.“
Jan grinste zurück und Flitzi brach in fröhliches Gelächter aus. Wieder sahen sich die anderen Gäste interessiert um, aber Jan schien es dieses Mal nicht zu bemerken.
„Im Ernst, was testen Sie denn nun genau?“
„Wie gesagt, Stammwürze und Alkoholgehalt, ob ober- oder untergärig gebraut wurde, ob mit oder ohne Flaschengärung oder ob irgendwelche Zusätze verwendet wurden. Solche Dinge eben, die man schmecken kann, auch wenn man nicht genau weiß, aus welcher Brauerei das Bier stammt. Dafür besorgt Robert jeden Dienstag ein bestimmtes Bier und ich muss so viele Details wie möglich herausfinden.“
„Und wer gewinnt gewöhnlich?“
„Gewöhnlich beide. Robert bekommt einen Schein und ich habe an Erfahrung gewonnen, manchmal auch eine Eingebung für meinen eigenen Betrieb.“
„Wenn Sie das seit Jahren jeden Dienstag machen, sind Sie ja wahrscheinlich bald durch mit den Bieren.“
„Sind Sie gut im Rechnen? Bei rund zweitausendfünfhundert belgischen Bieren brauchen Sie wie viele Jahre?“
„Ups.“
Zum ersten Mal hatte er Flitzi zum Schweigen gebracht. Er lächelte sie amüsiert an.
„Sind Sie interessiert?“
„Wie bitte?“
„Ich meine, interessiert Sie das mit dem Bier? Dann würde ich

Ihnen gern meinen Betrieb vorführen. Und meinen Braumeister vorstellen", meinte er augenzwinkernd.
Sie tat so, als ob sie zögerte, dann aber lächelnd zustimmte.
„Gern. Das scheint wirklich spannend zu sein."
„Wie wäre es dann mit morgen Mittag? Wir essen hier wieder und danach nehme ich Sie mit in die Brauerei. Morgen brauen wir das dunkle Tripple. Das ist ein Genuss für Augen und Nase. Und später natürlich auch für den Gaumen."
„Gewöhnlich trinke ich kein Bier. Aber das interessiert mich jetzt doch. Ich komme gerne mit. Ist halb eins okay?"
„Ja, passt. Ich freue mich. So und jetzt werde ich Robert nicht länger warten lassen. Sie entschuldigen mich bitte, ich muss mich jetzt dem Bier widmen."
Flitzi nickte und sah gespannt zu, wie Jan mit geschlossenen Augen das Bier langsam im Mund rollte. Erst jetzt bemerkte sie, dass der Kellner einen kleinen Block und Stift neben Jans Teller gelegt hatte. Jan notierte darauf seine Erkenntnisse über das Bier, während Flitzi möglichst geräuschlos ihr Besteck auf dem leeren Teller ablegte.
Jan kehrte nach einiger Zeit in die Gegenwart zurück und lächelte sie an.
„So, das wär's. Robert holt jetzt die Flasche und dann besprechen wir, was ich herausgeschmeckt habe."
„Dabei will ich nicht stören. Ich zahle und gehe, dann können Sie beide in Ruhe fachsimpeln. Wir sehen uns morgen."
„Ich freue mich. Bitte, darf ich Sie einladen?"
Flitzi unterbrach ihn mit einer abwehrenden Handbewegung.
„Nein, danke. Ich stehe gewöhnlich für mich selbst ein."
„Gewöhnlich vielleicht. Aber heute ist nicht gewöhnlich."
„Stimmt! Dann sage ich einfach danke und bin gespannt auf Ihre Führung morgen. Auf Wiedersehen!"
Er stand auf und half ihr in die rote Lederjacke.
„Auf Wiedersehen! Aus Ihnen machen wir schon noch eine Bierfreundin."
Robert hielt ihr die Tür auf.

Im Laufe des Tages hatte sich das Wetter wieder gemacht. Die Abendsonne beleuchtete eine lebhafte Szene, denn in der Küche von Mels Ferienhaus ging es hoch her. Nach und nach waren alle eingetrudelt und standen mit ihren Gläsern an der Frühstückstheke. Mel versuchte zwischendurch ihre Sauce fertig zu machen, was nicht einfach war, denn irgendwer stand immer im Weg.

„Leute! Leuteeeeeeee!"
Mel wurde laut. Das Palaver verstummte und Mel konnte sich Gehör verschaffen.
„Mein Vorschlag: Ihr deckt jetzt flott den Tisch im Garten, wenn ihr die Sonne noch ein wenig genießen wollt. Ich mache inzwischen das Essen fertig und dann berichtet ihr alle schön der Reihe nach. Ich habe bis jetzt nämlich noch nichts mitbekommen."
„Gute Idee", meinte Lea und öffnete den großen Wandschrank, um sich nach passenden Tellern umzusehen. Die anderen schlossen sich an und bald war die Terrasse für das Abendessen vorbereitet. Da erschien auch schon Mel mit einer riesigen Schüssel Pasta, Det verteilte die gefüllten Salatschälchen und Lea stellte die Sauce auf den Tisch.

„Rose und ich haben noch mal alle Quellen untersucht. Bücher aus der Bibliothek, die Bücher von Schwester Juliane, das Internet, was im Museum an Nachschlagewerken zur Verfügung steht und so weiter. Das einzige, das wir herausgefunden haben, war, dass das Emblem des Klosters verändert wurde. Seitdem das Kloster wiedereröffnet wurde, benutzen die Mönche ein neueres, modernisiertes Emblem. Es sieht fast aus wie das vor der Säkularisierung, aber eben nur fast. Das Emblem auf unserem Sack ist demnach eindeutig aus der Zeit vor dem Brand."
„Na, das ist doch was! Dann haben wir doch immerhin einen zeitlichen Anhaltspunkt", meinte Mel.
„Ja und nein", warf Rose ein. „Das wirft natürlich die Frage auf, warum Jan etwas peinlich sein sollte, das vor 1804 passiert ist."
Die anderen murmelten zustimmend. Eine Erklärung hatten sie auch nicht.

„Det ist dran!"
Flitzi hatte sich bisher ausgeschwiegen, ob sie Jan schon getroffen und ob sie ein Date mit ihm verabredet hatte. Jetzt deutete sie mit ihrem Weinglas auf Det. Der ließ sich nicht lange bitten.
„Viel habe ich noch nicht herausgefunden. Das meiste hattet ihr ja schon. Wie viele Mönche, Schuljungen und Gäste dort wohnen und so weiter. Aber ich habe mich mit einem Gast unterhalten, der dort regelmäßig eine Woche Urlaub macht. Und von dem weiß ich, dass die Mönche noch eine alte Bibliothek haben, die aus der Zeit vor dem Brand stammt. Leider darf ich

da nicht so ohne weiteres hinein. Der Abt scheint ein gewisses historisches Interesse zu haben, jedenfalls sammelt und bewahrt er alles, was er aus der Zeit vor der Säkularisierung zusammentragen kann. Die Bauern in der Umgebung haben damals wohl auch ein wenig geplündert, deshalb versucht er immer mal, auf den Höfen noch das eine oder andere Stück aufzutreiben. Das funktioniert anscheinend immer noch nach der bewährten katholischen Methode."
Rose lachte.
„Logisch. Wenn dir dein ewiges Seelenheil lieb ist, dann rück raus, was dein Urgroßvater im Kloster hat mitgehen lassen."
Die anderen stimmten in das Gelächter ein.
„Jedenfalls werde ich mich dem Abt auf meine gewohnt leutselige Art nähern. Wenn er über sein Hobby erzählen kann und ich den interessierten Zuhörer mime, erfahre ich bestimmt das eine oder andere. Bruder Andries ist auch ziemlich gesprächig."
„Es ist halt schwierig, wenn du nicht weißt, wonach du eigentlich suchen musst."
Lea sah Det aufmunternd an.
„Aber du bist Wissenschaftler, da gehört geduldiges Forschen ja zum Tagesgeschäft."
Det warf seine Serviette nach Lea, die sich wegduckte. Fussel bellte empört, als das Geschoss vor seiner Nase landete.
„So, Flitzi, jetzt beichte mal. Ist Jan the one and only?"
„Beichten muss ich nichts. Jedenfalls noch nicht."
Flitzi zwinkerte den Freunden zu.
„Aber lustig war's schon."
Sie machte eine Pause, die anderen reagierten natürlich ungeduldig.
„Nun lass dich doch nicht so bitten! Was hast du mit dem armen Kerl gemacht?"
Mel hatte jetzt schon Mitleid mit Jan, sie kannte ihre Freundin nur zu gut.
„Nix. Nur alle seine Gewohnheiten ein wenig torpediert."
„Auweia. Und das mit Jan! Er ist ein lieber Kerl, aber das hat er von seiner Mutter. Immer schön den gewohnten Gang, die liebe tägliche Routine. Dann fühlen sich die beiden wohl."
Rose feixte in die Runde. Man konnte ihr ansehen, dass sie sich auf Flitzis Geschichte mächtig freute.
„Ach daher das ‚Gewöhnlich'!" Flitzi betonte das letzte Wort übertrieben.
„Aber hört her. Also, ich wusste ja von Rose, wo er mittags isst, parkt und an welchem Tisch er immer sitzt. Deshalb habe

ich dann..."
Mit gespanntem Schweigen verfolgten die anderen Flitzis Geschichte. Fussel trollte sich unter den großen Birnbaum und untersuchte die Mäuselöcher. Immer wieder schreckte er hoch, wenn die Tischgesellschaft erneut in brüllendes Gelächter ausbrach.

„Boah, Leute!"
Lea wischte sich die Lachtränen aus den Augenwinkeln.
„Flitzi, wenn sich die Geschichte auch nur halb so zugetragen hat, wie du das eben erzählt hast! Ich hätte keine Sekunde ernst bleiben können an eurem Tisch."
„Vor allem, dass sie sich selbst so karikiert, finde ich unglaublich."
Rose kicherte immer noch.
„Ach was, war halb so schlimm."
Flitzi versuchte, die Sache herunter zu spielen. Dabei lachte sie aber über das ganze Gesicht und strafte ihre eigenen Worte Lügen.
„Ich finde den Kerl ja ganz nett. Ich freue mich schon auf morgen, wenn er mir seinen Betrieb zeigt. Das interessiert mich wirklich, schließlich sind Betriebsabläufe ja mein Metier."
„Das glaube ich dir jetzt sogar", antwortete Det.
„Ich hatte gleich das Gefühl, dass Jan was für dich sein könnte. Ein Sohn aus gutem Hause, betucht, gute Manieren, na ja, meistens wenigstens..."
Lea schwärmte in leicht spöttischem Ton von Jans Vorzügen.
Flitzi sah sie mit hochgezogenen Augenbrauen an.
„So what?"
„Ups, glutrot, Lea!" kicherte Mel.
„Den Eindruck habe ich auch. Seht ihr die flammendrote Aura um Flitzis Haupt?"
Lea streckte theatralisch die Hand nach Flitzi aus. Tatsächlich schien ihr blondes Haar in goldenen Flammen zu stehen. Das war aber nur die untergehende Sonne, die in Flitzis Rücken ihre Farbenpracht vergoss.

Kapitel XV

Am nächsten Tag gingen die Freunde wieder sehr unterschiedliche Wege. Mel machte sich früh auf, um in Oostende die Friseur- und Kosmetikmesse zu besuchen. Rose und Lea hatten sich auf einen eher faulen Tag mit einem Brüggebummel verständigt. Flitzi wollte sich im Wellnessbereich ihres Hotels verwöhnen lassen und Det hatte vor, mit Bruder Andries in näheren Kontakt zu kommen.
Dazu hatte er das Buch über das Kloster mitgenommen, das Schwester Juliane an Lea und Rose ausgeliehen hatte. Niederländisch beziehungsweise Flämisch lesen war gar nicht so schwer. Viele Worte waren dem Deutschen und Englischen sehr ähnlich. So konnte er dem Wesentlichen folgen, auch wenn sich ihm die Feinheiten natürlich nicht erschlossen. Sprechen war da schon ein anderes Thema. Immerhin konnte er wie Lea auch inzwischen schon grüßen und danken.
Er hatte ein paar Seiten im Buch mit Zetteln markiert, wo auf die Geschichte von Sint Lambert näher eingegangen wurde. Unter einem Apfelbaum im Klostergarten ließ er sich nieder und begann mit seiner Lektüre. Von dieser Stelle aus hatte er die Rückseite der Klosterschenke, die Seitentüre der Kirche und die Umfriedung des inneren Bezirks im Auge. Irgendwann würde Andries schon auftauchen.
Die Sonne schien Det warm auf den Körper, er wurde ein wenig schläfrig und musste sich sehr konzentrieren, damit er nicht ständig mit den Gedanken abschweifte oder gar einschlief. Aber die Stille wurde auch immer wieder unterbrochen. Erst lief eine kleine Gruppe der Jungen lachend über den Rasen zu dem Gebäude, in dem wohl die Schule untergebracht war. Als sie Det bemerkten, verstummten sie und verschwanden schnell in dem hohen Portal. Dann kam ein alter Mönch, der anscheinend als Gärtner arbeitete, und machte sich an den Rosen zu schaffen. Er hatte kein Auge für Det.
Schließlich trat Andries aus einer Tür neben der Kirche, vielleicht die Sakristei, überlegte Det. Der Mönch trug einen Packen zerfledderter Prospekte und wollte zum inneren Bereich des Klosters gehen, als er Det unter dem Baum bemerkte. Er winkte mit der freien Hand und kam näher.
„Goedemorgen, broeder Andries."
„Dominus vobiscum. Oh, Sie können schon ein wenig Flämisch, das ist schön."
„Na ja, viel mehr als grüßen kann ich noch nicht. Aber es macht mir Spaß, die Landessprache zu lernen, wenn ich ir-

gendwo im Ausland bin. Und die Geschichte des Ortes, an dem ich mich aufhalte, interessiert mich auch."
Det deutete auf das Buch in seinem Schoß.
„Ah, das kenn ich gut, da hat unser früherer Prior mitgewirkt. Leider ist nicht allzu viel über Sint Lambert darin. Die Kunstgeschichte steht im Vordergrund.
„Stimmt, dabei ist die Geschichte dieses Klosters doch sicher bedeutend. Schließlich sind die Kirche und das Anwesen ziemlich groß. Da wird doch auch der Einfluss auf die Umgebung bedeutend gewesen sein."
Det lud Andries mit einer Handbewegung ein, sich zu ihm ins Gras zu setzen. Der zögerte einen Augenblick, aber dann legte er seinen Papierpacken auf den Boden und setze sich zu Det in den Halbschatten des Baumes.
„Bedeutend ist übertrieben. Aber der Ort war schon immer heiliger Boden. Schon im frühen Mittelalter haben Einsiedler hier gelebt und die Menschen der Umgebung haben sich hier Rat und Segen geholt. Zum Dank haben sie die frommen Männer und Frauen mit Lebensmitteln und dem Nötigsten versorgt. Aber arm blieben sie, solange die Klausen bestanden."
„Männer und Frauen? Wie muss ich mir das vorstellen? Haben die gleichzeitig ihre Einsiedeleien hier gehabt?"
„Manchmal schon, wenn auch räumlich getrennt. Der Wald hier war groß, da war genügend Platz für mehrere Klausen. Meistens lebten hier Männer, die sich ganz dem asketischen, gottgefälligen Leben verschrieben hatten. Sie wurden aufgesucht, weil man sich von ihrer Nähe eine größere Nähe zu Gott versprach. Oder weil ihr Segen für die Bauern der Umgebung wichtig war. Meist hatten die Dörfer und umliegenden Höfe keine Kirche und schon gar keinen Priester. Die Frauen, die hier lebten, waren meistens Weise und Heilkundige. Sie halfen bei Geburten und Krankheiten. Das hatte nichts mit Magie zu tun, nur mit fundiertem Wissen um die Wirkung von Pflanzen und ihrer Anwendung. Trotzdem mussten sie sich in den Wald zurückziehen. Ihr Wissen war zwar sehr gefragt, aber beim kleinsten Zweifel waren sie schnell als Hexe verschrien. Später wurden auch etliche von ihnen mit dem Bann belegt oder gar verfolgt."
„Etwa auch verbrannt?" Det gruselte es ein wenig bei dem Gedanken, dass möglicherweise in der Nähe eine Frau aus irregeleiteter Kirchenmacht grausam ermordet worden war.
„Nein, hier nicht. In Brügge und Gent gab es Hexenprozesse. Dort wurden Männer und Frauen auch verbrannt. Das ist leider ein dunkles Kapitel."

„Allerdings. Aber wie wurde dann aus den Einsiedeleien ein Kloster?"
„Oft verfielen die einfachen Hütten, wenn der Klausner verstorben war. Kriege und Hungersnöte taten ein Übriges. Erst im vierzehnten Jahrhundert wurde eine Kapelle gebaut, die der Ausgangspunkt für das Kloster wurde."
„Und welchem Orden gehörten die Mönche an?"
„Die Kapelle ließ der Baron bauen, der für die umliegenden Dörfer Lehnsherr war. Später kam eine kleine Gruppe Benediktiner, die sich hier niederließ und nach und nach aus der Kapelle eine Klosteranlage machte. Im hinteren Kirchenschiff sind noch Teile der Kapelle in der Apsis erhalten. Ich zeige sie Ihnen gerne mal bei Gelegenheit."
„Oh ja, gerne. Sie erzählen gut, Sie fühlen sich in diese alte Zeit regelrecht ein."
„Ja, aber ich lebe doch im Hier und Jetzt. Und jetzt vor allem sagt mir mein Magen, dass es gleich Mittagessen gibt. Hören Sie? Die Glocke läutet. Auf meine innere Uhr ist Verlass", antwortete Andries augenzwinkernd.

Lea und Rose waren am frühen Nachmittag wieder daheim und genossen die warme Sonne auf der Terrasse. Leas Laptop stand griffbereit auf dem Tisch, sie war zwischendurch immer mal wieder im Internet unterwegs, um doch noch vielleicht ein paar Fakten aufzuspüren.
„Pling, pling."
Nacheinander trudelten zwei Mails ein. Det und Flitzi wollten anscheinend Bericht erstatten. Lea öffnete das Schreiben von Det und las vor:

„Hallo zusammen,

so langsam kann ich mich vorarbeiten. Ich hatte heute Vormittag ein ausführliches Gespräch mit Bruder Andries, der mir allerhand über die Entstehung und die Geschichte des Klosters erzählte. Ich habe das mit meinen eigenen Recherchen ergänzt und als Anhang beigefügt, das kann Lea direkt in unser Dossier übernehmen."

„Typisch Det! Der Wissenschaftler muss alles akribisch festhalten. Gut so!"
Lea grinste und las weiter:

„Nach dem Essen sprach mich Abt Cornelis an. Er hatte wahrscheinlich beobachtet, dass Andries und ich so lange im Garten gesprochen haben. Andries wurde dafür sicher auch zur Rede gestellt. Auch wenn er für die Gäste zuständig ist, gehört Dauerpalaver bestimmt nicht zu seinen Aufgaben. Aber der Abt war freundlich und ging auf meine Fragen über die Klostergeschichte erwartungsgemäß gerne ein. Für heute Nachmittag hat er mich in sein Büro eingeladen, wo er mir ein paar interessante Bücher zeigen will. Vielleicht komme ich auf diesem Weg in die Bibliothek. Der Bierbrauer ist mir heute auch schon begegnet, Bruder Maarten. Der ist mein nächstes Ziel ;-)
So, Leute, bis denne, der Abt wartet. Dominus vobiscum oder so ähnlich. Ich melde mich wieder.

Klausnerische Grüße von Det"

„Der geht aber ran!"
Rose war sichtlich beeindruckt.
„Ja, das ist Det. Wenn man ihn so sieht, denkt man, der ist der verschlafene Dauerstudent. Dabei ist er in Wirklichkeit ein brillanter Forscher, im Institut an der Uni sind sie mächtig stolz auf ihn. Nächstes Jahr ist seine Doktorarbeit fertig und dann werden sie ihn wohl zur Professur drängen."
„Dafür ist er aber dann noch recht jung, oder?"
„Jo, aber das geht heute recht flott. Wenn einer überzeugt, spielt das Alter keine Rolle mehr. Die heutigen Profs müssen nicht mehr mit weißer Wallemähne und gebeugtem Rücken auftreten."
„Schön, dass er bei uns mitmacht. Dann raten wir nicht so dilettantisch ins Blaue. Wir sind ja doch detektivische Laien."
„Ja, leider. Aber wir lernen dazu. Ich hab ne Idee! Wir sollten uns mal Ilianes Recherchen zum Familienbetrieb unter die Lupe nehmen. Vielleicht sehen wir mehr als sie - oder als sie zugeben will."
„Prima, Lea! Das ist eine gute Idee. Aber jetzt will ich noch wissen, was Flitzi mit Jan angestellt hat."
Beide kicherten amüsiert bei dem Gedanken an die mittägliche Brauereiführung.

„Ok, sehen wir mal, was sie schreibt."
Lea öffnete die nächste Mail und las wieder vor:

„Hai, Leute,

tschuldigung, wenn ich ein wenig komisch schreibe, aber mir dreht sich alles. Obergärig, untergärig, Hefe, Maische, Malz und Gerste. Und vor allem Hopfen! Woher das Brauwasser sein darf und was noch alles. WAS für ein Getue wegen Bier! Aber es war doch faszinierend zu sehen, wie Jan in seinem Betrieb alte Tradition mit Hightech verbindet. Von wegen Holzfässer, wie er mir gestern noch weiß machen wollte! Vielleicht habe ich den jungen Mann doch ein wenig unterschätzt. Peinlich wurde es allerdings erst, als er mir seinen Braumeister vorstellte. Ungefähr vierzig, knapp unter zwei Meter und dürr wie eine Hopfenstange, mit Pferdeschwanz und Vollbart... So viel dazu!
Und dann musste ich auch noch alle Biere probieren, die die Brauerei herstellt. Es sind zwar nur vier, aber hallo! Die haben es in sich. Wahrscheinlich dreht sich deshalb alles. Ich habe pflichtschuldigst alles über mich ergehen lassen, aber anscheinend sind meine Bierkenntnisse so unterirdisch, dass mir Jan für heute Abend Nachhilfe verordnet hat. Ich muss mit ihm in einen der berühmten Biertempel von Brügge. Ungefähr zweihundert Sorten Bier drohen mir da. Dafür muss ich wohl jetzt schon mal ein oder zwei Stündchen an der Matratze horchen, sonst wird das nix.
Rose, hast du einen Tipp, wie ich diesen Tag und Abend einigermaßen überstehen kann? Und was trägt die Frau von Welt in so einem Biertempel?“
Rose lachte ihr warmes, schallendes Lachen.
„Grundgütiger! Da hat's aber eine total auf dem falschen Fuß erwischt. Mit Bier habt's ihr jungen Damen wohl nicht so? Gut, klären wir sie mal auf. Aber lies erst fertig, was hat sie noch geschrieben?“
Lea las den Rest der Mail vor.

„Jedenfalls weiß ich jetzt eine Menge über den Betrieb und reichlich über Bier, wenn es auch noch ein wenig diffus ist für mich. Nur eine Verbindung zu unserem alten Sack sehe ich noch nicht.
Antwortet bitte schnell, ich bin schon im Halbschlaf!

Schaumgekrönte Grüße aus dem verschärften Bierkoma von Flitzi

„Na, dann los. Schreib mal auf: *schlafen, schlafen, schlafen,*

danach lange kalt-warme Wechselduschen, dann bist du wieder fit. Bierrausch ist sicher nicht anders als der von Prosecco ;-)
In den Biertempeln gibt es keine Kleiderordnung, du wirst das schon richtigmachen. Unauffällig auffallend, um Jan weiter zu imponieren, aber das müssen wir DIR doch nicht sagen. Und iss was Anständiges, bevor ihr dort hingeht. Fett und viel, auch wenn dir das nicht behagt. Wenn du nichts im Magen hast, wird der Abend schlimm. Noch was: bleib bei einer Sorte Bier, kein Pils, Lager oder Kriek durcheinander. Die Brauerei darf wechseln, die Sorte nicht. Und keine Dubbel oder gar Trippel, das bist du nicht gewohnt. Und jetzt einfach viel Spaß, es wird sicher ein munterer Abend!"

Lea hatte schnell mitgeschrieben und noch ihre eigenen vergnügten Wünsche beigefügt. Die Antwortmail war dann auch gleich unterwegs.

„So, und was machen wir zwei Hübschen jetzt? Iliane überfallen?"
„Genau, überfallen ist das richtige Wort! Wenn wir uns ankündigen, lässt sie womöglich das eine oder andere Dokument verschwinden, warum auch immer."
„Dann machen wir uns landfein, geben vor, wir wollten in der Stadt Kaffee trinken und kämen nur mal auf einen Sprung vorbei, um nach den Sachen für ihr Brauereimuseum zu fragen. Vielleicht hätte sie ja auch Lust, mit uns auf einen Kaffe zu gehen. Dann lädt sie uns garantiert zu sich ein und wir haben, was wir wollen. Auf geht's!"
Lea nickte begeistert und stürmte die Treppe hinauf in ihr Zimmer, um sich umzuziehen. Fussel schüttelte den Kopf und verzog sich in den Garten. Er fühlte sich einfach tierisch wohl, wenn er unter der alten Hecke seine Forschungen treiben konnte.
Keine Viertelstunde später standen die beiden Frauen schon unter der Haustüre. Fussel war nicht zu bewegen mitzukommen, also füllten sie noch mal seine Wasserschüssel auf der Terrasse und verließen das Haus.

Das Hausmädchen öffnete die Türe und führte Rose und Lea in den Salon. Kurz darauf erschien Eefje und begrüßte die beiden voller Freude.
„Schön, dass ich ein wenig Gesellschaft bekomme. Heute ist

gar keiner daheim, um mit mir Tee zu trinken. Jan ist im Betrieb und meine Iliane ist wer weiß wo wieder unterwegs. Ich darf euch doch zum Tee bitten?“
Lächelnd stimmten sie zu und setzten sich mit Eefje an den kleinen runden Tisch im Erker des großen Salons. Das Hausmädchen hatte schnell noch zwei Gedecke dazu gestellt und eine große Platte mit frischen Waffeln und anderen Köstlichkeiten aufgetischt. Eefje ließ es sich nicht nehmen, die Tassen selbst zu füllen.
„Endlich mal wieder Besuch! Und dann noch so lieben und ich habe euch beide für mich alleine. Das ist schön. Ich darf auch mal wieder ausgiebig Deutsch sprechen.“
Eefje seufzte behaglich und lehnte sich lächelnd in ihre Sesselkissen. Lea wurde es ein wenig mulmig, sie wusste nicht so recht, was sie mit der alten Dame anfangen und vor allem reden sollte. Aber Rose sah das offensichtlich etwas anders. Lea begriff schnell, dass Rose auf diese Weise an Iliane vorbei an die Sachen kommen wollte. Das war ihr natürlich auch recht. Gespannt lauschte sie Roses Annäherungsversuchen.
„Sag mal, Eefje, du hast doch auch mitgeholfen bei den Vorbereitungen zum Brauereimuseum? Schließlich hast du ja ein paar Jahre Vorsprung, was den alten Betrieb angeht.“
„Natürlich. Ohne mich wäre Iliane nicht besonders weit gekommen. Sie hat sich nie wirklich um die Brauerei gekümmert. Ich war mit unserem Vater oft im Betrieb, ich kannte alle Arbeiter und ihre Familien. Ich bin ja einige Jahre älter als Iliane, sie hatte ihre eigene Familie, wenn Jan auch spät kam. Mir blieb viel mehr Zeit, mich um Vater und das Geschäft zu kümmern.“
Eefjes Wangen hatten sich beim Erzählen gerötet, sie blühte richtig auf. Lea wurde klar, dass sie heute ihre Chance bekamen, Eefje würde ihnen sicher alles zeigen, nur damit sie mal wieder in alten Zeiten schwelgen konnte und die volle Aufmerksamkeit dieser beiden Frauen genießen durfte.
Rose kam dann auch gleich auf den Punkt.
„Eefje, wir wollten eigentlich gerne mal einen Blick in die Unterlagen werfen, die ihr für das Museum zusammengestellt habt. Wir interessieren uns für die alten Sachen, weil Lea doch für Jan auch noch das eine oder andere Museumsstück präparieren soll. Und je mehr Einblick sie in den alten Betrieb und seine Arbeiterfamilien bekommt, desto genauer kann sie die Sachen vorbereiten.“
Eine kühne Interpretation, dachte Lea amüsiert, nickte aber bestätigend. Eefje sprang sofort darauf an.
„Aber natürlich. Die Sachen könnt ihr gerne ansehen. Ich habe

sie in meinem Büro aufgebaut, da stört es niemand, bis wir vollends entschieden haben, was wir ausstellen wollen. Kommt mit."

Sie reichte Lea ihre Hand und ließ sich beim Aufstehen helfen. Für ihr Alter erstaunlich behände ging sie voraus in die Eingangshalle und winkte den anderen, ihr zu folgen. In einem Seitengang waren Eefjes Zimmer untergebracht.

„Ich wohne im Erdgeschoss, das ist praktischer für mich. Seht, mein Schlafzimmer mit Bad, mein kleiner Salon und hier mein Büro. Darauf habe ich bestanden. Ich habe mein Lebtag für den Betrieb gearbeitet, da höre ich doch im Alter nicht damit auf. Wenn Iliane auch meint, ich solle mich aus allem heraushalten. Dabei bin ich noch die Einzige, die alles weiß und alles kennt, wie es bei meinem Vater war. Die neuen Zeiten haben ihre Berechtigung, aber ohne Tradition kann eine Brauerei doch einpacken. Gott sei Dank denkt Jan da etwas anders, er fragt mich immer noch um Rat."

„Das wird dann reine Höflichkeit sein", dachte Lea bei sich und strahlte die alte Frau an.

„Da bin ich sicher, dass Sie alles noch genau wissen, wie es bei Ihrem Vater war. Erzählen Sie uns davon?"

„Natürlich. Und hier könnt ihr alle Dokumente und Bücher sehen, die wir zusammengestellt haben. Hier sind sogar noch die Lohnlisten von neunzehnhundertzwölf. Unglaublich, wie die Menschen damals gelebt haben. Wir hatten glücklicherweise nur ein paar Jahre, wo wir wirklich unter den verschiedenen Wirtschaftskrisen leiden mussten und konnten unsere Arbeiter immer ordentlich bezahlen."

„Sicher hatten es die Leute, die hier arbeiteten, gut. Das war doch auch Teil der Familientradition."

Lea schwindelte schon wieder. Aber sie wollte Eefje bei Laune halten. Rose hatte sich inzwischen schon ein paar Dokumente vom Tisch genommen und las sie auf dem Sofa am Fenster durch.

Eefje erzählte und erzählte, meist belanglose Alltagsbegebenheiten aus ihrer Jugend. Die beiden Frauen hörten nur mit halbem Ohr hin und gaben ab und zu einen zustimmenden Laut von sich. Das reichte, um den Redefluss in Gang zu halten.

Rose stupste Lea an. Sie hatte etwas gefunden, was ihr interessant schien. Es war eine alte Familienbibel mit reichlich handschriftlichen Eintragungen im Anhang. Lea nickte ihr zu, sie hatte auch etwas in der Hand. Eine alte Festschrift der Brauerzunft anlässlich eines Firmenjubiläums. Beides sah viel

versprechend aus.
„Eefje, du bist ja richtig erschöpft. Meine Güte, wie unaufmerksam von uns, dich so zu beanspruchen.“
Rose war aufgestanden und zum Sessel der alten Dame gegangen. Die sah sie zwar erstaunt an, war aber über die Fürsorglichkeit auch erfreut.
„Ach, es geht schon. Ich habe doch so selten Gelegenheit, in den alten Zeiten zu schwelgen. Aber du hast recht, ich bin jetzt doch etwas müde. Hast du etwas gefunden, was euch weiterhelfen kann?“
„Ja, ich denke, diese beiden Dokumente wären hilfreich. Könnten wir die vielleicht mitnehmen? Dann kannst du dich ausruhen. Und Lea kann in aller Ruhe die Details zusammenstellen, die sie braucht.“
„Natürlich. Ich weiß ja, dass ihr beide Museumsfreunde seid. Da bin ich sicher, dass ihr mit unseren kostbaren Stücken auch sorgsam umgeht. Aber sagt Iliane nichts davon, sie regt sich dann nur wieder auf, dass ich euch mit meinen alten Geschichten geplagt habe.
„Besser hätte es nicht gehen können“, dachte Lea und ließ die beiden Bände schnell in ihrer Dokumententasche verschwinden, bevor Eefje doch noch Bedenken bekam.
„Keine Sorge, wir verraten dich nicht. Aber merkt sie nicht, dass etwas fehlt?“
„Nein, sie hat das Thema für sich bereits abgeschlossen. Die Sachen stehen hier nur noch für mich zum Katalogisieren. Sie kümmert sich nicht darum. Ihr ist das egal.“
„Fein, dann bringen wir die Sachen dieser Tage zurück. Ich ruf dich an, um sicher zu sein, dass du wieder alleine bist. In Ordnung?“
„Mach das, Rose, auf dich ist Verlass. Und vielen Dank für den wunderbaren Nachmittag. Es war eine Wonne, mit euch zu plaudern. Und Sie, junge Dame, für Sie sehe ich eine prächtige Karriere im Museum voraus, so wie Sie arbeiten.“
Lea hatte Mitleid mit der alten Frau und ihr war nicht besonders wohl in ihrer Haut, deshalb verabschiedete sie sich schnell und ging schon mal zur Tür. Rose folgte nach einem wortreichen Abschied. Sie wollte jetzt auch schnell weg, denn jeden Augenblick konnte Iliane auftauchen. Der wollten sie nun wirklich nicht in die Arme laufen.

Nach dem Abendessen saßen Lea und Rose in den Kaminsesseln, jede mit ihrer Beute auf dem Schoß. Fussel lag auf

seinem Lieblingsplatz vor dem Kamin. Sein leises Schnarchen störte die beiden nicht, sie waren viel zu vertieft in ihre Lektüre. Lea hatte es einfacher, sie musste sich nur durch einen gedruckten Text kämpfen. Der triefte zwar vor Langeweile, aber dafür war er einfach zu lesen. Mit Roses dickem Wörterbuch als Hilfe schlug sie sich ganz tapfer.
Rose hatte sich Papier und Stift bereitgelegt und arbeitete sich durch die alten Handschriften. Sie hatte darin zwar einige Erfahrung, aber in jede Schrift musste man sich einlesen. Sie seufzte tief nach einer Weile.
„Meine Güte, was für eine Klaue!“
Lea sah auf.
„Geht es nicht?“
„Doch, aber mühsam. Ich habe hinten angefangen. Als Jans Großvater im Besitz der Bibel war. Die Schrift ist noch ganz gut zu lesen. Aber leider stehen außer den präzisen Jahreszahlen keine neuen Erkenntnisse dabei. Die älteren Eintragungen sind mühsam.“
„Lass dir Zeit und mach mal ne Pause. Du hast ganz rote Augen. Ich schlafe auch schon fast, so zäh ist der Text hier. Aber immerhin scheint er eine ziemlich vollständige Abhandlung zu sein über den Werdegang der Brauerei. Hier hat sich so ein Hobbyheimatkundler voll ausgetobt. Aber seine Akribie hat auch was für sich. Hier werden wir zumindest alle Namen finden, die für Jans Betrieb irgendwann mal relevant waren. Vielleicht begegnet uns „L“ und „S“ doch noch.“
„Ja, ich hoffe das auch. Und wenn sie direkt zur Familie gehören, müssten sie in dieser Bibel auch erwähnt werden. Wir werden sehen. Für heute ist mein Bedarf allerdings gedeckt. Eefje hat uns ja so zugetextet, dass ich einen richtigen Brummschädel habe.“
„Die war froh, dass sich mal jemand für sie und ihren Kram interessiert hat. Besser hätten wir das nicht treffen können. Bei Iliane wären wir nie soweit gekommen.“
„Stimmt. Komm, wir trinken noch einen Schluck auf unseren Erfolg und verschwinden dann in die Kojen. Was unsere Helden wohl so machen? Flitzi wird bestimmt noch mit dem Bier kämpfen, der Abend ist ja noch jung.“
„Und Det liegt schon mit einem Stapel Bücher im Bett und stöbert weiter, wie ich ihn kenne. Mel wird ihre müden Füße hochlegen und bald schlafen gehen, die Messe war sicher anstrengend. Ich schicke ihr noch schnell eine Nachricht.“
“Mach das und grüße sie von mir. Ich hole inzwischen den Wein.“

Kapitel XVI

Flitzi kniff die Augen fest zu und konzentrierte sich. Im Moment wusste sie nur, dass sie im Bett lag und ihr Kopf ein gewisses Brummen signalisierte. Sie lauschte. Außer ihrem eigenen Atem war nichts zu hören.
„War das ihr Hotelbett? Welche Tageszeit?"
Sie stellte sich diese Fragen, während sie kühn ein Auge öffnete, um der Wahrheit zu begegnen. Durch die zugezogenen Vorhänge drang Tageslicht, das Kissen neben ihr war unberührt. Weiter. Sie öffnete das zweite Auge und sah sich im Zimmer um, ohne ihre Lage zu verändern. Auf dem Sessel hing etwas, das wohl ihr schwarzes Stretchkleid von gestern Abend war. Die hohen Pumps vor dem Schrank wirkten hilflos und beiseitegeschoben, wie sie da nachlässig auf der Seite lagen und die kahlen Sohlen zeigten. Sonst war nichts Besonderes zu sehen. Sie drehte sich auf den Rücken und zwang sich, das Kopfweh zu ignorieren.
Jan und seine Brauerei. Aber das war mittags gewesen. Sie hatte dann lange geschlafen. Bis Jan sie abholte, hatte sie eine ausgedehnte Renovierung und eine große Portion Fritten mit Mayonnaise hinter sich gebracht. Daran erinnerte sie sich grinsend. Sie hatte Roses Rat befolgt und sich für den Bierabend eine ordentliche Grundlage geschaffen. Aber bitte diskret. Deswegen hatte sie sich die Fritten aufs Zimmer kommen lassen.
„Wenn Mel das wüsste!"
Sie lachte auf bei dem Gedanken, stoppte aber abrupt, als sich ihr Brummschädel meldete. Jan würde sie von der Mayo garantiert nichts erzählen.
Jan, Jan... wie war der Abend denn dann verlaufen? Eigentlich ganz charmant. Sie waren in einer urigen Kneipe gelandet, mit gemischtem Publikum und unglaublich vielen Biersorten. Sie hatte sich von Jan ein Bier empfehlen lassen. Er gab ihr dieselben Ratschläge, die sie mittags von Rose bekommen hatte. Sie begrenzte ihre Bierprobe über den ganzen Abend auf nur ein paar wenige der kleinen Flaschen, war aber fasziniert davon, dass jedes Bier sein eigenes Glas hatte. Die Form sei entscheidend für die Geschmacksentfaltung, hatte Jan ihr erklärt.
Er hatte überhaupt viel erklärt. Flitzi runzelte die Stirn und schob sich noch ein Kissen in den Nacken. Das hatte sie aber nicht gestört. Im Gegenteil, sie hörte zu, fragte nach und erfuhr so immer mehr über Bier und Brauen. Ein Thema, das sie bis-

her bei Sonntagsstammtischen und Bauarbeitern verortet hatte. Grinsend wackelte sie mit den nackten Zehen.
„Fräulein Champagner trifft Monsieur La Bierre und findet das auch noch gut! Krass."
Die industrielle und wirtschaftliche Seite dieses neuen Terrains war ihr natürlich vertraut und sie konnte Jan mit dem einen oder anderen Einwurf verblüffen. Irgendwie hatten sie sich prächtig verstanden. Das Gezicke des Vortages war vergessen.
Er hatte sie später mit dem Taxi zum Hotel gebracht. Und dann? Ein Lächeln erhellte Flitzis Gesicht. Er hatte sie mit dem Lift nach oben bis vor ihre Türe begleitet, ihr galant die Hand geküsst. Und dann?
„Oh neeeeeeeeeeee!"
Sie erinnerte sich.
Sie hatte ihn angelächelt, fest um die Mitte gepackt und ihn einfach mitten auf den Mund geküsst.
„Boah, Alter, ich trinke nie wieder Bier!"
Flitzi rutschte schnell unter die Bettdecke.
„Wie oberpeinlich! Völlig unterirdisch! Was musste der von ihr denken?"
Sie tat sich selber unendlich leid und sah sich schon mit ihrem Koffer aus dem Hinterausgang des Hotels schleichen.
Jetzt tauchte aber vor ihrem inneren Auge Jans Gesicht auf, wie er sie am Abend vor ihrer Zimmertüre angesehen hatte.
Ein wenig erstaunt erst, dann hatte er ihren Kuss erwidert, feinfühlig und zärtlich. Danach löste er ihre Arme von seinem Körper und schob sie sanft durch die offene Tür, die er lautlos hinter ihr schloss.
„Und jetzt? Was mache ich jetzt?"
Flitzi zog eine Grimasse.
„Und an Lea und die anderen darf ich gar nicht denken! Keinen Schritt weiter in Richtung Kloster und Sack, aber dafür eine ultra assige Show geliefert!"
Sie wetterte noch eine Weile vor sich hin, der Kopfschmerz war vergessen. Die Erinnerung hatte Adrenalin und Sonstiges auf Hochtouren gebracht, sie war wieder fit. Leider änderte das aber nichts an den Umständen.
Wütend biss sie in die Decke, als ihr Handy klingelte. Sie schielte misstrauisch auf das Display. Natürlich, Jan!
Zögernd nahm sie den Anruf entgegen.
„Guten Morgen, Flitzi. Na, ausgeschlafen?"
Er klang munter und fröhlich, kein bisschen sarkastisch. Aber das konnte ja noch kommen.

„Guten Morgen. Ja, ausgeschlafen schon. Aber..."
„Dicker Kopf? Ach komm, das kann ja gar nicht sein! War doch nichts, das reicht nicht für Kopfschmerzen!"
Er lachte leise.
„Nein?"
Flitzi hörte sich ganz gegen ihre Gewohnheit ein wenig kleinlaut an.
„Nein, definitiv nicht! Du hast nur anscheinend keine Übung, wenn ich das mal sagen darf."
„Ähm."
Er überhörte es einfach.
„Ich bin schon im Betrieb und rundum fleißig. Wenn du willst, sehen wir uns zum Mittagessen. Ich bin sogar bereit, für dich meine Gewohnheiten zu unterbrechen und dir einen ganz anderen Teil von Brügge zu zeigen."
„Das hört sich großartig an. Wann und wo?"
„Ich hole dich um zwölf im Hotel ab, ist das okay?"
„Prima, bis dahin bin ich restauriert."

Etwa zur gleichen Zeit saß Det in der Bibliothek des Klosters. Es war nicht schwer gewesen, in diese heiligen Hallen Einlass zu bekommen. Dets Wissbegier hatte einfach etwas Überzeugendes. Sein wissenschaftlich geschultes Vorgehen war auch für Laien faszinierend. Det hatte den Abt mühelos in die richtige Richtung gedrängt, als er am gestrigen Nachmittag die ersten Bücher in dessen Büro gesehen hatte. Nun saßen sie vor alten Folianten mit allerhand Zeichnungen von Pflanzen und Gerätschaften. Der Abt wusste selbst nur sehr wenig über das Brauwesen des Klosters, also hatte Det vorgeschlagen, den Brauer dazu zu holen. Bruder Maarten war abkömmlich, heute wurde nicht gebraut. So saßen sie nun zu dritt in der alten Bibliothek, die zu den ältesten Teilen des Klosters gehörte, wie Abt Cornelis ausführte. Der Raum hatte eine Bogendecke und war in regelmäßigen Abständen von stämmigen Säulen auf viereckigen Kapitellen unterbrochen. Neben den Türen waren zum Teil noch die Halterungen für die Fackeln zu sehen, zwei oder drei Stehpulte aus dem alten Skriptorium waren auch erhalten.
Die Bücherregale waren wie in einer modernen Bücherei angelegt. Einen Katalog gab es und sogar einen Computer. So richtig viel vom alten Flair war nicht mehr übrig. Irgendwie hatte in Dets Kopf die Bibliothek aus „Der Name der Rose" herumgespukt. Hier sah es jedenfalls relativ nüchtern aus, wenn man

die alte Architektur außer Acht ließ.
„Hier dürfen sich auch unsere Jungen bedienen, wenn sie für die Schule etwas vorbereiten müssen“, hatte Cornelis erklärt. „Die wirklichen Schätze liegen natürlich nicht hier.“
Er klapperte dabei mit einem großen Schlüsselbund. Am Ende des Raumes führte eine eisenbeschlagene Tür in einen separaten Raum, der klimatisiert und ohne Tageslicht war. Dort standen die alten Lederbände des ersten Klosters. Sehr viele waren es nicht, Det schätzte sie so auf rund zweihundert Bücher. Aber das war für die damalige Zeit wohl das, was sich so ein kleines Kloster leisten konnte.
Ein Mönch, der in der Bibliothek arbeitete, brachte Baumwollhandschuhe für alle. Unter Maartens Anleitung suchten sie gezielt nach den Bänden, die mit der Klosterbrauerei zu tun hatten und legten sie auf den Tisch in der Mitte des Raumes.

Bruder Maarten rückte seinen Hocker näher an den Tisch. „Hier, sehen Sie, was ich meine?“
Die drei unterhielten sich in einem gewagten Gemisch aus Deutsch, Niederländisch und Englisch und verstanden sich dabei prächtig.
Er deutete auf eine Buchseite, die mit einer ganzen Anzahl Pflanzenzeichnungen gefüllt war.
„Das war das Gruut. Na ja, ein Gruut. Die Kräutermischung des Gruut war nicht immer dasselbe.“
„Mit Gruut haben die alten Brauer also das Bier trinkbar gemacht? Ach nee! Mit Holunder und Thymian? Das soll geschmeckt haben?“
Det schüttelte sich, als er gesehen hatte, was da so alles früher ins Bier gemischt wurde.
„Vor dem fünfzehnten Jahrhundert war Bierbrauen echter Zufall. Hopfen als Geschmacksträger war noch nicht bekannt. Die Brühe, die die Brauer damals aus Gerste, Malz und Wasser herstellten, war manchmal einfach schauderhaft. Wie Hefe wirkt und wie man die Gärung steuert, war auch noch nicht bekannt. Das Ergebnis konnte gut sein, musste aber nicht. Deshalb wurde das Gruut beigemischt. Manchmal waren dabei aber auch Kräuter, die eher in die Drogen- oder gar Giftabteilung gehörten.“
Det und der Abt lauschten fassungslos.
„Und das haben die dann getrunken?“
Cornelis konnte es nicht glauben.
„Und womöglich noch den Fremden vorgesetzt. Den Pilgern, den Gästen des Klosters?“

„Das war keine Eigenheit der Klöster oder gar speziell dieses Hauses. Das war allgemein üblich. So gefährlich, wie sich das jetzt anhört, war das auch nicht. In der Regel waren die Kräuter fertig gemischt und deshalb wohl auch einigermaßen erprobt. Das Gruutrecht hatte nicht jeder, das war ein Handelsprivileg, das vom Landesherrn verliehen wurde, das bekam man nicht einfach so."
„Aber gab es dann auch eine Verpflichtung, genau dieses Gruut dem Bier bei zu mischen?"
Det war natürlich schon wieder einen Schritt weiter, die Bauchschmerzen der früheren Klosterbesucher interessierten nur den Abt.
„Ja und nein. Wer Gruut wollte, musste es bei den Gruuthändlern beziehen, nur die durften damit handeln. Damit waren die Zutaten auch festgelegt. Aber in dieser Zeit wurde natürlich fast in jedem Privathaus gebraut. Was die beigemischt haben, weiß der Himmel:"
Bruder Maarten verdrehte in gespieltem Entsetzen die Augen zur Decke. Ihn amüsierte die Aufregung, er wusste das ja alles schon lange.
"Wie war das dann mit dem Hopfen?"
Det drängte vorwärts.
„Tja, irgendwann hat man festgestellt, dass Hopfen dem Bier einen gleichmäßig guten Geschmack verleihen kann und die anderen Kräuter und Zutaten eher nur den schlechten Geschmack übertünchen sollten. Die feinen Bitterstoffe passten gut zu dem Getränk, so kam man buchstäblich auf den Geschmack. Nach und nach löste der Hopfen die anderen Zutaten weitgehend ab und der Erfolg des Brauens war damit auch berechenbarer. Aber erst seit es Kühlanlagen gibt und die Pasteurisierung bekannt ist, kann auch mit der Hefe gezielt umgegangen werden. Vorher wurden vorwiegend obergärige Biere oder Biere mit wilder Hefe gebraut. Untergärige, die eine niedrige Temperatur und längere Reife benötigen, konnte man damals nur im Winter herstellen."
„Und warum war dann das Braurecht außer in Klöstern vorwiegend bei Bäckern?"
„Genau aus diesem Grund. In Bäckereien gibt es Hefe, die ist in der Luft, deshalb konnte dort mit den wilden Hefen gebraut werden. Aber auch nur nach dem Zufallsprinzip, es kam zu der so genannten Spontangärung. Es wurde was oder auch nicht. Typische Vertreter sind die Lambic-Biere oder Geuze-Biere, die heute noch gebraut werden, wenn auch inzwischen mit kontrollierter Gärung."

Cornelis war immer noch ganz aus dem Häuschen.
„Maarten, haben wir Unterlagen, wie das vor dem Brand in unserem Kloster war? Hat damals irgendjemand eine Vergiftung gehabt? Was wissen wir von der Klosterbrauerei vor der Säkularisierung?“
Det hätte das gern auch gewusst, ließ sich aber nichts anmerken. Er interessierte sich nebenher für die Zeichnungen in den alten Lederbänden.
„Da gibt es nicht besonders viel. Aber ich kann dich beruhigen, das Kloster hat 1804 gebrannt und wurde dann aufgelöst. Da war Hopfen schon lange Bestandteil des Bieres. Kein Mensch hat bei uns mehr Gruut verwendet.“
„Dem Himmel sei Dank! Wenn ich daran denke, dass einer meiner Vorgänger hier Menschen mit Bier in Gefahr gebracht haben könnte!“
Er faltete die Hände im Schoß und sah die beiden anderen an. „Ich weiß nicht, wie es euch geht, aber ich denke, wir könnten jetzt ein Bier vertragen. Es ist gleich Mittag, kommt ins Refektorium, ich lasse uns einen Krug bringen.“
Die beiden nickten zustimmend und machten sich mit dem Abt auf den Weg. Der verschloss den Nebenraum sorgfältig und gab im Weitergehen Anweisung an den Bibliothekar:
„Wenn unser Gast heute Nachmittag noch mal hier weiterlesen möchte, lass ihn bitte hinein. Den Schlüssel kannst du bei mir holen.“

Det war froh, als er nach dem Mittagsmahl und dem kleinen Humpen Bier am Tisch des Abts in sein Zimmer konnte. Es war bitterkalt gewesen in der Bibliothek und das kalte Bier hatte noch ein Übriges getan. Er setzte sich ans Fenster in die Sonne und versuchte sich aufzuwärmen. Sein Handy summte, eine Nachricht von Lea.

„Heute Abend grillen bei Mel, wir bringen alles mit. Wer nicht weg kann, bitte melden. Freuen uns auf euch! ☺ LG Lea“

Det tippte schnell die Antwort. Für ihn war es kein Problem, das Kloster zu verlassen, solange er um sechs zum Abendessen erschienen war. Das frugale Mahl heute mit einem anständigen Grillbuffet abzurunden, fiel bei ihm nicht unter die Sünde der Völlerei.

„Tja, Mädels, dann mal hoch die Tassen oder wie der Lateiner

sagt: Carpe diem!“
Det hatte die Gläser mit Bier gefüllt und stellte das Tablett mitten auf den Terrassentisch.
"De gustibus non est disputandum. Über Geschmack lässt sich nicht streiten, wie der Lateiner sagt", konterte Flitzi, trat einen Schritt zurück und verschanzte sich hinter ihrer Kaffeetasse.
Det zog die linke Braue nach oben und folgerte amüsiert:
„Hat da etwa eine Dame noch Nachwehen? Oder hat das Bier respektive der Brauer zu Geschmacksirritationen geführt?“
Flitzi schoss ihm erst einen vernichtenden Blick zu, begann dann aber herzlich zu lachen.
„Nein, aber ich bin Bier nicht gewohnt. Es scheint irgendwie gefährlich.“
Rose drehte sich von ihrem Schneidebrett zu Flitzi um. Ein Fragezeichen stand auf ihrer Stirn, aber Flitzi wollte es offensichtlich nicht sehen.
Mel und Lea zwinkerten sich zu. Keiner wollte direkt fragen, Flitzi mauerte. Det drehte die Spareribs auf dem Grill um und berichtete nebenher von seinem Erfolg im Kloster.
„Was ich nicht ganz verstehe, wie hast du denn den Abt und seinen Brauer so schnell auf das Bier ansetzen können?“ fragte Mel.
„Das war easy. Ich habe das Bier in der Schenke in den höchsten Tönen gelobt. Der Bruder dort hat mir meine Fragen beantwortet, aber selbstverständlich habe ich so gebohrt, dass er aufgeben musste und mich an Cornelis und Maarten verwies. Die sind natürlich angesprungen, als ich ihnen erzählt hab, dass ich als Biochemiker zwar gerne Bier trinke würde, aber keine Ahnung von der Herstellung hätte. Ich habe mit so gezieltem Halbwissen gefragt, dass es für die beiden schon eine Frage der Berufsehre war, mir Details zu erzählen. Der Abt weiß zwar auch kaum was über seine Brauerei, ist aber so stolz auf seine Klostertradition, dass der mir alles gezeigt hat, was ich nur wollte.“
„Wie heißt das Zeug noch mal, mit dem die das Bier gepanscht haben?“
„Gruut. Wahrscheinlich ein flämisches Wort für Kraut.“
„Gruuthuse in Brügge.“
Rose nickte zustimmend.
„Das ist heute ein berühmtes Museum. Das Gebäude ist aus dem fünfzehnten Jahrhundert und gehörte den Gruutheren, den Kaufleuten, die das Monopol auf Gruut hatten.“
„Das habe ich im Reiseführer gesehen, ein riesiger Kasten. Mit dem Krautzeugs ist man damals wohl reich geworden.“

Mel schleppte ihr dickes Brügge-Buch an.
„Ja, heute beziehen die Brauereien fertige Hopfenpellets, auch Aroma-Hopfen, das ist dann auch so etwas wie damals Gruut. Dabei weiß doch jeder erfahrene Brauer, dass nur der echte Doldenhopfen den vollen Geschmack erschließt."
Vier Köpfe drehten sich verwundert nach Flitzi um. Die tat so, als wären nur die Tomaten auf ihrem Teller wirklich wichtig.
„Woraus schöpfst du dein Wissen?" fragte Det neugierig.
„Och, das lernt man so, wenn man in Sachen Bier und Brauer unterwegs ist."
„Und was noch?"
Jetzt lachte Flitzi über das ganze Gesicht.
„Ok, ok, ok, ich erzähl ja schon."
„...Heute Mittag hat er mir dann das Minnewater gezeigt. Eine Oase mitten in Brügge. Ein See mit Schwänen und alten Bäumen, ein Park zum Träumen..."
Lea und Mel zwinkerten sich wieder zu, das Prusten war kaum mehr aufzuhalten. Rose drohte ihnen mit den Augen, schnell drehten sie sich zum Grill um und drehten die armen Spareribs, als hätten die was verbrochen. Flitzi bekam nichts davon mit, so vertieft war sie in ihre Schwärmereien. Die anderen sahen an ihr völlig neue Züge. Romantischer Enthusiasmus hatte bisher nicht zu Flitzis Eigenschaften gehört.
Aber sie hatte auch ehrlich vom Tag vorher erzählt, sogar die Fritten hatte sie zugegeben. Nur den Schluss des Abends, den hatte sie verschwiegen. Aber das war auch nicht weiter wichtig, fanden die anderen zwinkernd.

Mitten in Flitzis Schwelgen und das alberne Gekicher der anderen platzte Mel.
„Lea, wo hast du das Kästchen?"
„Was? Ach so, hier in meiner Tasche mit unseren konspirativen Datensammlungen."
Lea alberte noch immer herum.
Mel schnappte sich die Tasche und fingerte das Kästchen aus seiner Stoffhülle, die ihm Rose zum Schutz verpasst hatte. Ungeduldig drehte sie es, bis der Deckel aufging.
„Da, das ist es doch!"
Triumphierend hielt Mel die Dose hoch und wartete auf den Beifall der Freunde. Die schauten sie nur fragend an.
„Gruut natürlich!"
„Du bist doch ein Teufelsweib!"
Det packte Mel um die Taille und drückte sie herzhaft. Quiekend brachte sie das Holzkästchen in Sicherheit, das bei die-

ser Aktion bedenklich ins Schwanken gekommen war.
„Das darf nicht rausfallen, pass doch auf!"
„Gruut? Die paar verdrückten Rosinen?"
Lea war noch nicht überzeugt.
„Ob das Rosinen sind oder was auch immer, können wir sicher herausfinden. Aber dass es sich bei getrockneten Pflanzenteilen aus einem Brauereihaushalt um Bierzutaten handeln muss, darauf hätten wir schon lange kommen können. Das kann schon so eine Art Gruut sein."
Mel unterstützte Dets Argumentation mit heftigem Nicken.
„Wir sind vom deutschen Reinheitsgebot geprägt, da gibt es keine Rosinen im Bier", lästerte Lea.
Flitzi sah auf die Uhr, als sie ihren Tomatensalat gegessen hatte.
„Sorry, Leute, ich habe noch was vor. Ihr müsst ohne mich Kräuterhexenmeister spielen."
Sie zwinkerte in die Runde.
„Keine Fragen, ihr dürft euch alles ausdenken. Es kommt der Wahrheit dann sicher nahe genug, wie ich euch kenne."
Sie winkte noch kurz und war schon weg, ehe die anderen ihr mühsam unterdrücktes Grinsen noch ganz unter Kontrolle hatten.
„Sapperlot", entfuhr es Rose.
„Das Wort hat meine Oma immer benützt, wenn ich was angestellt hatte", feixte Mel.
„Und ich wollte sie noch bitten, bei Jan mal die ganzen Vornamen der Familie zu erforschen. Die katholischen Flamen haben davon anscheinend eine ganze Reihe, wie ich gelesen habe. Unser „S" und „L" kann ja auch ein zweiter oder dritter Vorname sein."
Lea brach ab und zuckte die Schultern.
„Dann eben morgen oder so."

„Was hat eigentlich eure Lektüre ergeben, Rose?"
„Tja, Mel, da ist noch nicht viel herausgekommen. Die Familienbibel ist zwar gut erhalten und die Aufschriebe im Anhang sind ausführlich, bringen uns aber nicht wirklich weiter. Es geht hauptsächlich um Familiendaten, Geburten, Hochzeiten, Sterbefälle. Große Ereignisse wie Brände, Einbrüche, Diebstähle, Angestelltenärger und so weiter kommen so gut wie nicht vor. Haben die nicht stattgefunden, wurden die irgendwo anders aufgeschrieben, gar nicht aufgeschrieben? Wir wissen es nicht. Über die Zeit zwischen 1940 bis 1945 steht nur lakonisch „Krieg" in Großbuchstaben da. Damit war für die damalige Zeit

wohl alles gesagt. Und „S“ und „L“ sind nicht dabei, auch nicht in weiteren Vornamen, wie Lea hoffte. Eigentlich habe ich keinen einzigen Namen erkannt.“
„Und bei dir, Lea?“
„Ich könnte dir jetzt jede bauliche Veränderung aller Brügger Brauereien im neunzehnten Jahrhundert mit sämtlichen Baugenehmigungen vorlegen. So interessant war die Festschrift. Aber „S“ und „L“ sind auch hier Fehlanzeige.“
„Also haben wir außer der allgemeinen Zeitgeschichte im Kloster und im Brügger Brauwesen nur dieses Gruut aufzuweisen. Bisschen wenig.“
Det wirkte enttäuscht.
„Na ja, morgen darf ich mit Maarten in die Brauerei. Er braut mittags das Mahlzeitenbier, da darf ich kiebitzen. Bin gespannt, wie das dort abläuft. Ein echter Industriebetrieb ist es ja nicht, da wird sicher noch viel Handarbeit dabei sein. Andererseits war die alte Brauerei ja abgebrannt, also werde ich dort nicht mehr viel Authentisches zu sehen bekommen.“
„Dieser Maarten weiß viel, so wie du erzählt hast. Quetsch den noch ein wenig aus, vor allem über die Zeit vor dem Brand. Er scheint unsere einzige echte Quelle dazu zu sein.“
„Das mach ich sowieso, Lea. Außerdem ist er sympathisch. Ich unterhalte mich gerne mit ihm. Für seinen Abt scheint er so eine Art nachsichtige Herablassung übrig zu haben, das ist irgendwie amüsant. Ich halte euch auf dem Laufenden.“

Während die Freunde am Grill noch weiter ihre Fäden spannen, war Flitzi schnell Richtung Damme gefahren. Dort wollte Jan an der alten Kanalbrücke auf sie warten. Er hatte ihr Champagner im Mondlicht versprochen.
Nach ein paar Kilometern spürte sie plötzlich an ihrem rechten Ellenbogen etwas Warmes, Weiches. Sie erschrak kurz, wusste aber gleich, was es war: Fussel! Er liebte ihren Sportwagen und hatte sich wohl nach dem Essen, als für ihn nichts mehr abfiel, in den Wagen verkrümelt.
„Was mache ich jetzt mit dem Vieh?“
Flitzi sprach zwar mehr zu sich selbst, warf aber einen vorwurfsvollen Blick auf den Schlingel, der das als Einladung ansah, um auf dem Beifahrersitz Platz zu nehmen.
„Zum Umdrehen ist es zu spät, das dauert zu lange.“
Flitzi seufzte tief und hielt an, um Lea anzurufen.
„Geh schon ran, Mensch!... Ah, da bist du ja! Nein, du musst mir bei meinem Date nicht beistehen! Aber deinen Hund könn-

test du mal besser im Auge haben! Ja, der sitzt hier neben mir im Auto! Nein, das ist absolut nicht komisch, hör auf zu lachen! ... Okay, wir machen das so: Ich erzähle eine Geschichte von Geschäftspartnern, mit denen ich in Brügge heute ein Gespräch hatte und die mich als Hundesitter engagiert haben, weil sie in ein Konzert wollten... Morgen früh soll Mel das Vieh bei mir im Hotel abholen, frag sie mal.... Ja, gut, dann eben schon um halb acht, wenn sie auf ihre Friseurmesse will. So, und jetzt drückt mir die Daumen, dass Jan mir die Story abkauft und dass Fussel sich benimmt. Äh, wart mal, kennt Jan deinen Hund?"
Heiß durchschoss es Flitzi. Das wäre ja zu blöd.
„Nein? Gut, wenn er ihn noch nicht gesehen hat, kann ja nichts passieren. Auch bei Rose daheim nicht? War im Gebüsch und nicht zu sehen... Prima, dann klappt das auch! Dann bis morgen, ciao!"
„Und eine Leine habe ich auch nicht, na toll. Was machen wir denn jetzt? Hundesitter ohne Zubehör, wie bescheuert ist das denn?"
Fussel sah sie interessiert an und leckte ihre Hand. Er hatte Spaß an diesem Abenteuer.
„Mal sehen... hier, das müsste gehen!"
Flitzi zog einen dünnen Chiffonschal aus dem Handschuhfach, verdrehte ihn mehrfach und machte ihn am Halsband fest.
„Chic, mein Junge. Und nun benimm dich, wir sind gleich da!"
Jan lehnte am Kotflügel seines Wagens, neben sich einen eleganten Picknickkorb.
Flitzi hielt neben ihm und schenkte ihm ein unwiderstehliches Lächeln.
„Schau mal, da ist Jan, der freut sich schon auf uns", kürzte sie die Vorstellungsrunde Mann – Hund ab. Jans erstaunten Blick ignorierte sie einfach.
„Ist er nicht ein charmantes Kerlchen? Und soooo lieb! Tom und Marie waren wirklich froh, dass ich ihr Hündchen für heute Abend übernommen habe..."
Unablässig plaudernd hakte sich Flitzi bei Jan unter, den Hund an der improvisierten Leine auf der anderen Seite, und schlenderte mit ihm am Ufer des Kanals entlang. Sie ließ Jan keine Chance für irgendeine Form von Protest. Also zuckte er die Schultern und führte seine kleine Gesellschaft an den Platz, den er ausgesucht hatte.

Die Dämmerung war inzwischen einem weichen Blau gewichen, das vom Mondlicht in hellere und dunklere Schattierun-

gen verwischt wurde. Die Bäume stachen schwarz dagegen ab und der Kanal leuchtete silbern glitzernd unter dem sternenbesetzten Himmel. Ganz im Westen war noch ein feiner goldorangefarbener Streifen zu sehen, wo die Sonne untergegangen war.
Jan hatte eine ideale Stelle für das Picknick gewählt. Das Gelände war eben, nah am Wasser und von Sträuchern eingerahmt, die den Blick von der Straße verwehrten. Am gegenüberliegenden Ufer konnte Flitzi eine Weide mit zimtfarbenen Kühen und einer verfallenen Scheune ausmachen.

Gespannt beobachtete Fussel, was aus dem Korb alles hervorgeholt wurde. Eine weiche Decke breiteten die beiden aus, stellten ein Körbchen mit Baguettestücken und eine Schüssel mit Käsewürfeln darauf, eine kleine Terrine mit Pastete und eine Platte mit Garnelenspießchen rochen auch ausgesprochen lecker. Die beiden Gläser und die dunkelgrüne Flasche waren dagegen eher uninteressant. Leider verscheuchte ihn Flitzi von der Decke. Hm, die war doch sonst nicht so. Aber Fussel wusste, er musste nur ein wenig warten, dann würde schon was für ihn abfallen.

„Hat der keine richtige Leine?“ fragte Jan, während er mit der Champagnerflasche herumhantierte. Flitzi hatte eben wieder einen neuen Versuch gestartet, Fussel an dem Schal von der Decke zu ziehen.
„Äh, doch. Ich meine, das ist seine richtige Leine. Er hat ein wunderbares Frauchen, aber in punkto Hundemode ist die total durchgeknallt. Alles, was es auf den Hundemessen gibt, muss das arme Vieh haben. Im Winter bekommt er sogar eine Pelzmütze und Stiefel.“
Flitzi war so ins Spinnen geraten, dass sie schon nicht mehr darüber nachdachte, ob das noch plausibel klang. Jan sah mit hochgezogenen Brauen abwechselnd zu ihr und dem Hund, der sich nun doch bequemte, Platz zu machen.
„Äh, natürlich nicht. Aber Halstuch und Glitzersteine auf dem Halsband hat sie schon drauf. Und deswegen nun auch diese Leine. Das sei hip, hat sie mir erklärt.“
Flitzis entwaffnender Blick ließ Jan mit den Augen rollen. Sie lachten beide und machten sich dann genüsslich an die Delikatessen, die zwischen ihnen ausgebreitet waren. Ab und zu flog ein Stückchen davon zu Fussel, der sich nie zweimal bitten ließ.

Jan füllte die Gläser nach und hielt dabei Flitzis Handgelenk sanft fest. Vorsichtig stellte er die Flasche in den Korb, ohne seinen Blick von der jungen Frau zu wenden. Das Mondlicht ließ ihr Haar schimmern; sie strich es mit einer weichen Geste zurück. Jans Glas klang leise an ihres, er beugte sich langsam nach vorne. Flitzi fürchtete, dass ihr Herzschlag in der Stille der Nacht bis Brügge zu hören war. Sein Gesicht war jetzt ganz nah, sie konnte seinen Atem auf ihrer Haut spüren, feine Schauer liefen über ihren Rücken. Sie schloss die Augen.
Und riss sie gleich darauf wieder auf. Der Kuss fiel doch etwas sehr feucht aus für ihren Geschmack. Jan fluchte in einer ihr unverständlichen Sprache und brachte die Gläser in Sicherheit. Ihre perlende Herrlichkeit hatten diese bereits reichlich über die Decke ausgegossen. Flitzi zerrte mit beiden Händen Fussel von sich weg, der sie immer wieder abschlecken wollte.
„Geh weg, du blödes Vieh! Was soll das denn!" Flitzi wurde laut.
Fussel legte den Kopf schräg und sah sie mit seinen braunen Augen an. Sie musste lachen, ganz gegen ihren Willen. Jan war noch nicht so weit, er schimpfte immer noch vor sich hin. Flitzi stieß ihn sanft in die Rippen und lachte ihn an. Da kapitulierte auch er vor dem Hundeblick.
„So, mein Junge, das reicht. Du ziehst jetzt um", befand Jan und zog Fussel von der Decke. Mit der anderen Hand packte er das Brotkörbchen und stellte es vor den Hund. Fussel fand das prima und machte sich direkt über das erste Stück her.
„Und hier ist der Käse noch dazu und jetzt lässt du uns in Ruhe, klar?"
Flitzi und Jan setzten sich auf den noch trockenen Teil der Decke und stießen noch mal leise an. Wieder beugte sich Jan zu Flitzi, die ihm tief in die Augen sah.
„Wauwau, rawaauuuuuuuu!"
Fussel ließ seinen letzten Käsewürfel fallen und mischte sich lautstark ein.
„Nicht beachten", murmelte Flitzi.
Jan nickte und kam näher.
„Grrrrrrrrrrrrrrrrrr!"
Fussel ließ keinen Zweifel daran, dass Jan besser auf seinem Teil der Decke bleiben sollte.
Klirrend stieß Jan sein Glas gegen das von Flitzi und leerte es in einem Zug.
„Das reicht jetzt! Komm, wir gehen!"
Flitzi schaute sehr zerknirscht, musste dabei aber äußerst angestrengt ihre Gesichtszüge unter Kontrolle halten.

„Tut mir leid, ich wusste ja nicht, dass dieses Vieh so unerotisch reagiert."
Sie war aufgestanden und sammelte die Reste des Picknicks in den Korb. Jan sah richtig wütend aus, wie er da im Mondlicht die Decke zu einem wirren Knäuel verarbeitete und in den Korb pfefferte. Er packte Fussel an seiner Chiffonleine und band ihn an den Korb. Mit einer heftigen Geste zog er Flitzi in seine Arme, hielt sie so fest, dass es beinahe weh tat und küsste sie heftig auf den Mund. Wildes Gebell und Gezerre am Korb begleitete die Aktion.
Flitzi wusste nun nicht so recht, ob sie sich wehren oder stillhalten sollte. Jan nahm ihr die Entscheidung ab, indem er sie losließ und einen Schritt zurücktrat. Sie sah ihn erschreckt an. War nun alles verdorben?
Da begann Jan zu lachen, laut und übermütig. Er packte Flitzi an den Händen und tanzte mit ihr im Mondlicht um den zeternden Hund herum. Sie stimmte in sein Gelächter ein, erleichtert und irgendwie glücklich wie nie zuvor.

Kapitel XVII

Rose wirtschaftete in der Küche herum. Lea saß im Wohnzimmer und hielt Fussel einen ernsten Vortrag.
„.. So eine Aktion gibt es nie wieder, verstanden? Du bist ein braver Hund und machst so was nicht, klar?“
„Brav“ hatte Fussel verstanden. Er nahm das als Aufforderung, seinen Sitzplatz zu verlassen und Leas Hände abzuschlecken. Sie seufzte tief und gab auf.
„Okay, ich verzeih dir. Aber das nächste Mal machst du so was nur, wenn wir zusehen können!!“
Sie setzte sich zu ihrem Hund auf den Boden und knetete sein Fell mit beiden Händen durch.
„Lea? Was machst du heute Nachmittag? Ich habe einen Termin bei den Ehrenamtlichen, da kann ich nicht schwänzen. Es gibt einiges zu besprechen.“
„Kein Problem, geh nur... Äh, sag mal, ist Iliane da auch dabei?“
„Ja, warum fragst du?“
„Ach, ich dachte, dann könnte ich Eefje die beiden Schwarten zurückbringen und mich bei ihr zum Tee einladen. Ich habe so den Eindruck, dass wir vielleicht doch besser zugehört hätten, als sie über ihre Familie schwadroniert hat.“
„Das ist gut. Mach das mal. Aber ihre Geschichten musst du mit Vorsicht genießen. Sie ist viel allein, und ich habe manchmal das Gefühl, dass sie sich auch Sachen ausdenkt.“
„Na ja, jedenfalls hat sie Jans Großvater von allen am längsten gekannt. Vielleicht weiß sie irgendwas, was uns auf eine Spur führen könnte. Immerhin hat sie ja auch lange in der Brauerei mitgearbeitet.“
„Ja, einen Versuch ist es sicher wert. Ich wünsche dir viel Glück dabei. Hoffentlich wird es nicht zu langweilig für dich.“
„Ach was! Alte Damen haben immer irgendeine interessante Geschichte zu erzählen. Ich ruf sie mal an, wenn du weg bist. Legst du mir noch die Telefonnummer auf den Tisch?“

„Nehmen Sie Platz, Lea. Ich freue mich sehr, dass Sie mich besuchen. Darf ich Tee eingießen?“
„Ja, bitte. Für mich ist es auch ein Vergnügen, mit Ihnen plaudern zu dürfen. Hier habe ich die beiden Bücher wieder mitgebracht. Nochmals vielen Dank, dass wir die ausleihen durften.“
„Kein Dank. Haben Sie wenigstens gefunden, was Sie wissen wollten?“

„Nein, nicht wirklich. Leider steht im Anhang der Bibel auch nicht viel Aufschlussreiches über die eigentliche Familiengeschichte drin. Wir haben so was wie eine Chronik gesucht, mit allen Ereignissen, die für die Familie van Boons wichtig war."
„Schade. Aber auch eigentlich nicht wirklich verwunderlich. Denn die Bibel ist nicht von der Familie van Boons."
Die alte Frau balancierte ihre hauchdünne Teetasse auf halber Höhe. Die schmale Hand mit der pergamentenen Haut und den blau schimmernden Adern sah zusammen mit dem feinen Porzellan sehr zerbrechlich aus. Lea riss sich aus ihren Assoziationen von Sahneweiß, rosé marmoriert. Sie brauchte einen Moment, um das Gesagte zu verstehen.
„Was sagen Sie? Die Familienbibel ist nicht...?"
„Nein, mein Schwager war ein van Boons. Dessen Familiengeschichte haben wir hier nicht verzeichnet. Wenn Sie daran interessiert sind, müssen Sie bei seiner Familie fragen. Ich glaube, es gibt noch ein paar Neffen und Nichten in Gent oder so."
Lea wurde es ganz heiß vor Scham. Wie konnten sie sich nur so blamieren? Es ging doch um den Großvater von Jan, den Vater von Iliane und Eefje. Dass der einen anderen Namen hatte, war ja wohl klar.
„Dann sind Sie und Iliane demnach geborene...?" fragte sie vorsichtig nach.
„Van Branden. Sehen Sie?"
Eefje schlug die Bibel vorne auf, wo in geschwungenen Buchstaben der Familienname deutlich zu lesen war.
„Natürlich! Vor lauter S und L bin ich Ihrem Nachnamen gar nicht mehr nachgegangen."
„S und L? Was ist damit?"
„Ach so, das wissen Sie vielleicht auch. Hier sehen Sie, diese Zeichnung mit den Efeuranken und den beiden Buchstaben? Können Sie sich darauf einen Reim machen?"
„Wo haben Sie das denn her?"
Täuschte sich Lea oder war gerade tatsächlich ein etwas schärferer Unterton in der Frage zu hören gewesen?
„Ach, das ist ein altes Stück Stoff, das ich als Textilrestauratorin gerade untersuche. Es ist bei der Rekonstruktion immer hilfreich, wenn man die Herkunft genauer kennt, dann kann man die regionalen und zeitgenössischen Eigenarten besser einkalkulieren."
Lea wunderte sich selbst über ihre fantasievolle Auslegung der Fakten.
„Hm. Gesehen habe ich so was schon mal. Warten Sie, das haben wir gleich."

Eefje griff neben sich und drückte einen Knopf. Gleich darauf erschien das freundliche Mädchen, das Lea auch die Tür geöffnet hatte.
„Amelie, wären Sie bitte so nett und holen mir aus der Bibliothek das kleine Holzkästchen, das dort im Regal neben dem Kamin steht? Danke."
Mit einem Nicken verließ die Angestellte das Zimmer.
Lea wurde es noch heißer. Was nun? Das Ding stand bei Rose daheim auf dem Schreibtisch. Na ja, abwarten, was passiert. Vielleicht bringt die Sache doch noch ein paar Neuigkeiten ans Licht.
„Gnädige Frau, das Kästchen steht da nicht. Soll ich noch an einer anderen Stelle nachsehen? Haben Sie es woanders hingestellt?"
Eefje sah verwirrt auf. Lea konnte ihr ansehen, dass sie angestrengt nachdachte, ob sie selbst das Kästchen an einen anderen Platz geräumt hatte. Sie war vergesslich, das wusste sie selbst, deswegen schämte sie sich jetzt offensichtlich vor den beiden anderen Frauen.
Lea hatte zwar nicht jedes Wort verstanden, aber aus der Mimik von Eefje konnte sie sich den Rest zusammenreimen. Sie sprang ein und half ihr aus der Verlegenheit.
„Ist das ein Holzkästchen mit Klappdeckel, ohne Verzierungen und ungefähr so groß?"
Sie hielt ihre Hände als Rechteck geformt vor sich. Eefje nickte nur.
„Danke, Amelie. Dann kann ich sicher Auskunft geben. Es ist nicht verräumt worden."
Eefje nickte Amelie zu, die sich daraufhin zurückzog. Eefje zitterte immer noch ein wenig und sah Lea fragend an.
„Jan hat es mir gegeben. Da war der Stoff drin, von dem ich hier die Zeichnung habe."
Lea wusste nicht, ob das klug war, aber ihr fiel im Moment auch nichts Besseres ein. Eefje seufzte tief auf und legte ihre Hand auf Leas Arm.
„Dann ist ja gut. Ich dachte schon..." sie brach etwas hilflos ab.
Lea überspielte die Sache, indem sie die Zeichnung noch mal vor Eefje ausbreitete.
„Also. Sie sagen, Sie kennen das Emblem. Wissen Sie, wo es herkommt? Wer hat diesen Stoff in das Kästchen gelegt? Ihr Vater?"
Unschlüssig drehte Eefje das Blatt in den Händen, so als ob sie erst herausfinden müsste, was oben und unten war. Lea war klar, dass die alte Dame Zeit gewinnen wollte.

„Na ja, was es eigentlich ist, weiß ich auch nicht.“
„Gelogen!“ dachte Lea
„Aber es war schon immer in dem Kästchen. Das weiß ich, weil mein Vater manchmal das Kästchen vor sich auf dem Tisch stehen hatte und der Deckel offenstand.“
„Warum das denn? Hat er mit dem Inhalt irgendwas gemacht?“
„Nein, eigentlich nicht. Es war mehr so, als ob er sich daran gefreut hat.“
„An dem Stück Stoff?“
„Anscheinend. Ich kann mir das nicht anders erklären.“
„Kannst du sicher doch, du weißt mehr und du wirst es mir auch erzählen!“ dachte Lea grimmig.
Laut sagte sie: „Erzählen Sie mir doch etwas von Ihrer Kindheit, Ihrer Jugend. Was war Ihr Vater für ein Mensch? Warum haben Sie in der Brauerei gearbeitet? Das ist alles so spannend. Ich habe kaum Familie, da interessieren mich solche Dinge sehr.“
Mit einem warmen Lächeln animierte Lea sie, ihre Lebensgeschichte aus zu breiten.

Rose schob ihren leeren Teller zurück. Lea schwelgte noch in den Genüssen, die heute Abend auf dem Speisezettel standen.
„Boah, war das lecker! Wie heißt das noch mal?“
„Waterzooi. Das ist eine Genter Spezialität. Die gibt es in zwei Varianten. Wir hatten heute die mit Fisch, aber mit Hähnchen wird es auch oft zubereitet. Angeblich ist man auf die Hühnervariante gekommen, als Gent von der Nordsee abgeschnitten wurde, als seeländisch Flandern an die Niederlande ging.“
„Der Name klingt ja nicht gerade appetitanregend. Waaaater-zoooooooi. Komisches Wort.“
„Ja, aber gar nicht komisch ist, was du da gerade erzählt hast. Mann-o-mann ist mir das peinlich! Ich habe die Einträge in der Bibel fast auswendig gelernt und sehe nicht, dass vorne ein anderer Name drinsteht. Über Eefjes Nachnamen hatte ich natürlich noch nie nachgedacht.“
Rose schüttelte noch immer den Kopf über ihre eigene Nachlässigkeit.
„So schlimm ist das ja nun auch nicht, wir wissen ja jetzt Bescheid. Viel wichtiger scheint mir, was Eefje so von sich und ihrem Vater erzählt hat. Der alte Herr war vernarrt in seine Töchter, das konnte ich immer wieder heraushören. Aber andererseits muss er auch sehr streng gewesen sein, er legte

größten Wert darauf, dass die beiden eine gute Erziehung und Bildung genossen. Sie mussten schon früh bei Gesellschaften mitwirken und die Gäste empfangen. Ich stelle mir das grauenhaft vor, wie Zirkusäffchen!"
„Na ja, so schlimm wird es nicht gewesen sein. Die gute Erziehung merkt man bei beiden heute noch. Was sagte sie denn über die Mutter?"
„So gut wie nichts, die scheint keine große Rolle gespielt zu haben. Wahrscheinlich war der Vater derart dominant, dass die nur gekuscht hat. Der zweite Weltkrieg muss innerhalb der Familie irgendeinen Bruch verursacht haben. Ich habe aber nicht herausfinden können weshalb. Die Zeit vor dem Krieg, also Eefjes Kindheit und frühe Jugend, hat sie in den leuchtendsten Farben geschildert, sie muss sehr glücklich gewesen sein. Die Kriegsjahre und die Zeit danach hat sie extrem kurz abgehandelt. Nur die Zeit, als Iliane als kleine Schwester dazu kam, scheint wieder schön für sie gewesen zu sein."
„Also ist irgendwas im Zusammenhang mit dem Krieg bei denen passiert. Sie hatten keinen Sohn, der gefallen sein könnte. Auch sonst scheint niemand aus dieser Familie direkt am Kriegsgeschehen beteiligt gewesen zu sein. Das weiß ich aus einem Gespräch mit Iliane, als wir uns im Museum mal über diese Zeit unterhielten. Und mit einer Brauerei kann man auch nicht so recht bei den Kriegsgewinnlern mitmachen."
„Nein, Eefje hat mehrfach betont, dass sie froh waren, wenn sie genug Material zusammentragen konnten, um ein wässriges Bier zu brauen. Dann konnten sie ihre Arbeiter weiterbeschäftigen und der Stadtbevölkerung wenigstens etwas liefern."
„Hm, also war das Gespräch auch nicht sonderlich ergiebig."
„Nein, noch nicht. Aber ich lasse da nicht locker. Eefje weiß irgendwas, was sie nicht sagen will oder kann. Und es hat mit dem Kästchen zu tun."
„Haben sich die anderen gemeldet? Hat irgendjemand was rausgefunden?"
„Det war heute Bier brauen. Er meinte, es war spannend, aber unserer Geschichte nicht weiter zuträglich. Er hat wohl das Vertrauen von Maarten gewonnen, die beiden verstehen sich prächtig. Vielleicht kann er auf diese Weise doch noch den einen oder anderen Winkel des Klosters sehen, der sonst für Fremde nicht zugänglich ist."
„Und Flitzi?"
„Funkstille. Seit sie heute Morgen den Hund an ihre angebliche Geschäftspartnerin, sprich Mel, übergeben hat, habe ich nichts

mehr von ihr gehört. Verstehe ich aber!“
Lea sah gespielt zerknirscht zu Rose hin, aber der war heute Abend nicht so richtig nach Spaß zumute.
Lea fischte ihr Handy aus der Hosentasche und schickte noch eine Gruppennachricht an ihre Freunde mit den beiden Nachnamen. Schließlich sollte die Dokumentation ja vollständig sein. Gleich darauf meldete sich Det.
„Hei, Lea, den einen Namen habe ich heute Nachmittag gesehen. Van Branden.“
„Wo?“
Lea rutschte in ihrem Sessel ganz nach vorne.
„Auf dem Friedhof hier im Kloster. Peter van Branden. Stand auf einem kleinen Grabstein. Die Jahreszahlen weiß ich aber nicht mehr.“
„Kannst du da noch mal nachsehen? Vielleicht hat der ja irgendwas mit dem 2. Weltkrieg zu tun?“
„Wird nicht ganz einfach. Der Friedhof gehört zum inneren Klosterbezirk, da darf ich eigentlich gar nicht hin. Maarten hat mich dort heute durchgeführt, weil es eine Abkürzung zur Brauerei war. Aber in der Bibliothek könnte ich mal nachsehen. Dort stehen unter anderem die alten Kirchenbücher und dort darf ich ja mit Erlaubnis des Abts ungestört stöbern. Vielleicht finde ich was. So zwischen 1938 und 1945 meinst du? Ich werde sehen, was ich tun kann. Ach, noch was. In der Brauerei gibt es eine kleine Kammer, so eine Art Büro. Dort hängen Leinensäcke an der Wand “
„Was?? Und das sagst du so nebenher?“
„Immer mit der Ruhe. Ich habe bisher nur einen kurzen Blick darauf werfen können, Maarten war immer in der Nähe. Ich werde die Dinger mit dem Handy fotografieren, sobald es geht. Wird schon klappen, Lea.“
„Danke, Det, mach das. Ich bin gespannt, was das für Säcke sind.“

„Rose, stell dir vor! Det hat im Kloster solche Leinensäcke gesehen, wie wir einen untersucht haben! Mehr kann er aber noch nicht sagen. Er will Fotos machen, sobald er an die Dinger rankommt.“
„Wahnsinn! Aber mal wieder typisch. Auf die Fotos bin ich mächtig gespannt.“
Kennst du einen Peter van Branden? Det hat den Namen auf dem Klosterfriedhof gelesen.“
„Nein, nie gehört. Aber irgendwie will ich von den Brandens heute auch nichts mehr wissen.“

Sie seufzte tief und leerte ihr Weinglas.
„Ach, Rose, jetzt nimm dir das nicht so zu Herzen. Das war doch kein Kapitalfehler. Du hast halt was übersehen, ich ja auch. Schließlich hatte ich die Bibel ja auch in den Händen. Macht nix, jetzt sind wir doch auf dem Laufenden."
Rose zog eine Grimasse. So ganz überzeugt schien sie noch nicht. Lea nahm sie in den Arm und drückte sie.
„Hei, du hast selbst gesagt, wir sind ja nur Universaldilettanten, was das Detektivspielen betrifft. Also, lieber Watson, davon lassen wir uns nicht entmutigen, wir werden schon noch rausfinden, was für Leichen diese Familie im Keller hat."
„Pfff, Leichen im Keller bei Iliane! Nie und nimmer! Bei der darf nicht mal ein Stäubchen rumliegen."

„Das sind unsere ganzen Schätze. Und von Flitzi immer noch keine Nachricht."
Lea deutete auf das kleine Durcheinander auf Roses Schreibtisch. Sie hatte nach dem Frühstück alles, was sie bisher zusammengetragen hatten, einzeln auf Notizzetteln aufgeführt und versuchte jetzt damit zu puzzeln.
„Det hat übrigens diese getrockneten Rosinenkrümel aus dem Kästchen an sein Institut an der Uni geschickt. Die sollen nachprüfen, was das für eine Pflanze sein könnte. Hoffentlich kommt das Ergebnis noch in diesem Jahrhundert."
Rose lachte. „Du scheinst ja kein großes Vertrauen in diesen Hort der Wissenschaften zu haben."
„Na ja, aus Dets Erzählungen...", Lea grinste Rose über ein paar Zettel hinweg an.
„Bis das Ergebnis kommt, haben wir hier ja noch reichlich Material, meinst du nicht auch? Hoffentlich haben wir bald Bilder von den Säcken."
Rose schubste die Zettel wieder durcheinander, nachdem die erste Zuordnung zu keinem Geistesblitz geführt hatte.
„Im Tatort sieht das alles immer ganz leicht aus. Die kleben Fotos und Briefe an eine Glaswand, ziehen ein paar Verbindungspfeile und pünktlich um Viertel vor zehn haben sie alle Täter."
Lea hatte im Takt ihrer Worte die Zettel neu sortiert, starrte jetzt darauf und konnte sich trotzdem keinen Reim machen.
„Tja, wir haben eben kein Drehbuch und keinen Regisseur. Wir müssen selber handeln, wie im richtigen Leben."
Roses Fröhlichkeit war Gott sei Dank wieder zurück.
„Äh, suchen wir eigentlich einen Täter?" fragte Lea nach einer

Weile in die konzentrierte Stille.
„Hm, interessante Frage. Wir haben keine Tat, kein Motiv, keinen Täter. Nur ein paar Fakten, die wir nicht zuordnen können."
„Ja, und ein paar Zeitgenossen, die sich merkwürdig verhalten, wenn die Sprache auf gewisse Themen kommt."
Rose lehnte sich in ihrem Stuhl zurück und verschränkte die Arme im Nacken.
„Also wird das kein Krimi. Nur ein Puzzle."
„Ich habe dir doch schon am Anfang gesagt, mein Beruf als Restauratorin ist Geduldsarbeit."
Lea grinste Rose über den Zettelhaufen an.
„Aber Spaß macht es trotzdem. Immer noch. Komm, wir sortieren die Zettelwirtschaft noch mal durch, irgendwo ist ein Hinweis, ganz sicher."
Die beiden schoben die Notizen über die Brauerei und ihre Besitzerfamilie, die beiden Embleme auf dem Sack, das Holzkästchen, das Kloster und die unbekannten Beeren hin und her. Aber auf eine Eingebung hofften sie vergebens.

Flitzi hatte gar keine Zeit, auf Leas Nachricht zu antworten. Nachdem Mel den Hund abgeholt hatte, war sie noch mal unter die Decke gekrochen, um endlich mal ein wenig Schlaf nach zu holen. Es war schon fast selbstverständlich, dass Jan sie zum Mittagessen abholte. Irgendwie folgten ihre Tage inzwischen einem gleichmäßigen Rhythmus, der ihr durchaus gefiel. Den Abend und den folgenden Tag musste sie zwar alleine verbringen, weil Jan an einer Tagung in Brüssel teilnahm, aber das machte ihr nichts aus. Ziellos streifte sie durch Brügge, entlang den Wasserläufen, durch schmale Gassen mit holperigem Kopfsteinpflaster, durch kleine Parks. Sie mied die großen Plätze mit ihrem Touristengewusel und suchte die Besonderheiten, die sie oft ein wenig verborgen in Torbögen, Innenhöfen, Hauszeichen, Statuen und Heiligenbildern fand. Flitzi stellte nach einer Weile auf ihrem Spaziergang fest, dass sie in einer ganz seltsamen Stimmung war. Ihr Atem und ihr Puls gingen schnell, obwohl sie gemächlich schlenderte. Ihr Herzschlag erschien ihr heute nicht so richtig zuverlässig, irgendwie waren immer mal Extrahüpfer dazwischen. Als sie ihr Spiegelbild in einem kleinen Fenster einfing, sah sie in ein strahlendes Gesicht mit einem breiten Lächeln. Irritiert nahm sie zur Kenntnis, dass dieses Lächeln blieb, einfach so, ganz ohne Grund.

Die Leute, die ihr begegneten, lächelten zurück. Die meisten freundlich, andere wissend und mit einem leichten Zwinkern. Flitzi fiel das nicht weiter auf. Sie fand die Menschen heute allesamt wunderbar nett. Was für eine tolle Stadt, die die Menschen so fröhlich machte. Ihre Gedanken schweiften träge hin und her, mal gefangen genommen von einem mittelalterlichen Gebäude, dann von einer Katze oder den Schwänen auf den Reien, wie die Grachten in Brügge genannt werden. Dann kamen ihr wieder Worte in den Sinn, die Jan zu ihr gesagt hatte, die sie zu ihm gesagt hatte...
Irgendwann war sie wieder an einer der Reien angekommen, setzte sich am Ufer auf eine Bank und bewunderte die Spiegelungen der Bäume und Häuser im ruhigen Wasser. Ein Flug Enten ließ sich vor ihr nieder und brachte dieses stille Bild durcheinander. Die Spritzer glitzerten wie Diamanten in der Abendsonne.

„Pfffffff!", stieß sie die Luft langsam aus und zog eine Grimasse.
„So albern ist das also tatsächlich! Was habe ich immer gelästert über die Gänschen und ihre Lover im Büro. Aber es scheint zu stimmen, Verliebtsein ist wohl eine milde Form von Geisteskrankheit. Ich muss es endlich vor mir selber zugeben. Ich bin verliebt. Und wie verdammt noch mal!"

Sie war aufgesprungen und fuchtelte mit den Armen, während sie sich selbst einen Vortrag hielt. Die Enten hatten erst erstaunt aufgeschaut, nahmen aber weiter keine Notiz von diesem Zweibeiner mit dem seltsamen Benehmen. Nach einem längeren Plädoyer mit allem Für und Wider einer Beziehung mit einem Geschäftsmann über ein paar hundert Kilometer Entfernung einerseits und ihrer bisher standfest verteidigten Unabhängigkeit andererseits brach sie dann irgendwann lachend ab. Sie warf sich ins Gras auf der Böschung und konnte gar nicht mehr aufhören mit ihrem Gekicher. Irgendwann kamen nur noch ab und zu kleine Gluckser aus ihrer Kehle, sie konnte nicht mehr. Auch ihre Stimmung war langsam umgeschlagen. Sie war so glücklich, dass es beinahe wehtat, aber ein paar Sorgen schlichen sich auch dazwischen.
„Alles Lüge!"
Eine steile Falte bildete sich zwischen ihren Augenbrauen. Wie konnte sie Jan und ihre Freunde zusammenbringen? Da musste die Wahrheit auf den Tisch. Das war schlimm. Sie hatte Jan von Anfang an belogen. Wie sollte sie das hinbiegen, ohne

dass er nie wieder ein Wort mit ihr sprach? Und Lea? Die hatte sie auch schmählich im Stich gelassen, keinen einzigen Hinweis konnte sie zu dem komischen Kästchen und seinem Inhalt liefern. Sie war so mit sich selbst beschäftigt, dass sie komplett vergessen hatte, warum sie Jan kennen lernen sollte. Aber würde er ihr das glauben? Ihre Gedanken drehten sich im Kreis.
So war sie dann endlich zu ihrem Hotel geschlichen und in ihr Bett gekrochen. Während Lea und Rose am nächsten Morgen ihre Zettelchen sortierten, schlief Flitzi nach langen, wachen Stunden endlich tief und fest.

Am späteren Nachmittag trafen die versprochenen Fotos von Det ein. Lea hatte ihr Handy an Roses Computer angeschlossen und sie gleich ausgedruckt. Es waren tatsächlich Leinensäcke, die da in einer kahlen Kammer an der Wand hingen, mit dem Emblem des Klosters bedruckt. Das Emblem, das sie seit Tagen beschäftigte, war auch darunter. Das andere, das sie weggewaschen hatten, leider nicht.
„Lea, was waren das nun für Säcke?"
„Jedenfalls wurden darin irgendwelche landwirtschaftlichen Produkte aufbewahrt. Man hat diese Säcke früher für alles genommen. Getreide, Mehl, Hülsenfrüchte, auch Salz und Zucker wurde darin gelagert und transportiert. Für Kartoffeln waren sie grober, für Kohlen auch. Diese hier sehen nach Lebensmitteln aus."
„Hm, jetzt wäre natürlich interessant, ob das Kloster die gleichen Säcke für alles benutzt hat. Oder ob es da Unterschiede gab..."
Rose legte die Fotos neben einander auf den Tisch. Lea sah sie fragend an.
„Na ja, wenn Maarten die Säcke in seinem Braustübchen, oder was das auch ist, aufgehängt hat, könnten es ja Säcke sein, die nur mit dem Brauen zu tun hatten. Der Gärtner und die Mönche auf den Feldern hätten dann wieder andere gehabt."
„Ach, so meinst du! Nein, das glaube ich nicht. Es gab grobe und feinere Säcke, feste und locker gewebte für verschiedene Zwecke, aber sonst wurde kein Unterschied gemacht."
„Schade, sonst wüsste Maarten sicher, wofür die waren."
„Das wird er trotzdem wissen. Und wie ich Det kenne, wird er uns heute Abend bei Mel sicher mehr berichten können.
„Au ja, Mel!! Ich muss noch die Lebensmittel für heute Abend einpacken. Hilfst du mir, Lea?"

„Klar. Was gibt es denn wieder Tolles? Was willst du uns burgundisch Gigantisches zaubern?“
Lea war Rose in die Küche gefolgt, die schon einen großen Korb auf den Küchentisch gestellt hatte und mit Tüten und Plastikdosen hin und her lief.
„Ich dachte, ich weihe euch mal in weitere Geheimnisse der hiesigen Küche ein. Als Vorspeise Jakobsmuscheln und Garnelen mit Zeekraal. Dann gebackene Miesmuscheln mit Frühlingszwiebeln, Lauchringen, Ei und Speck. Und als Dessert eine Mousse aus echter Belgischer Schokolade.“
„Kolossal! Wieder eine Gaumenorgie! Rose, wir werden nie wieder mit Bratkartoffeln und Würstchen zufrieden sein, wenn du so weitermachst.“
Lea strahlte über das ganze Gesicht, als sie die Schätze im Korb verstaute, die Rose ihr reichte.
„Vorsicht mit der Mousse, dass die ja nicht kippt!“
„Keine Angst, der passiert nix. Und wenn doch, esse ich sie halt auf. Matsche kann man ja den anderen nicht zumuten!“
Rose warf ein Küchentuch nach Lea. Die fing es geschickt auf und wickelte es um die Schüssel mit der kostbaren Fracht.

„So, fertig. Dann können wir ja zu unserem konspirativen Hauptquartier aufbrechen. Hast du alle Unterlagen?“
Lea schwenkte als Antwort ihre Tasche und stopfte auch noch Fussels Leine hinein.
„Für alle Fälle! Flitzis Zorn von vorgestern reicht mir vorläufig! Also, auf geht's!“
Sie hielt Rose die Türen auf und verstaute Hund und Proviant säuberlich getrennt im hinteren Teil des Autos. Aufatmend nahm Rose auf dem Beifahrersitz Platz.
„Ihr habt mein Leben ganz schön in Fahrt gebracht. Super! Ich bin mindestens zwanzig Jahre jünger, seitdem ihr hier seid.“
“Ach, tut es dir schon leid, dass du soviel Action unter dein Dach geholt hast?“, kam es spöttisch von Lea.
„Nie und nimmer! Das war die beste Idee, die ich seit meinem Umzug nach Brügge je hatte. Keine Minute würde ich missen wollen. Aber das Tempo bin ich nicht mehr gewohnt.“
„Tempo? Äh, wir machen doch nur Urlaub hier...“

Unter dem großen Birnbaum in Mels Garten war es ziemlich leise, nur das Klappern des Bestecks und sanftes Gläserklirren unterbrach die andächtige Stille ab und zu, begleitet von dem einen oder anderen Seufzer des Wohlbehagens. Schließlich

begann Mel mit einer Frage.
„Was ist jetzt Zeekraal noch mal genau?“
„Auf Deutsch heißt das Gemüse Queller. Das ist eine Pflanze, die auf den Schorren wächst, also öfters von Meerwasser überspült wird, daher der Salzgehalt. Hat unglaublich viele Vitamine und jede Menge Geschmack. Man isst ihn hauptsächlich zu Fisch und Meeresfrüchten.“
„Lecker. Das ist einfach super lecker.“
Mel kratzte den letzten Rest von der Vorspeisenplatte, obwohl das Dessert schon vorbereitet war.
„Die gebackenen Muscheln waren einsame Klasse, Rose. Kompliment! Nun weiß ich, was Lea gemeint hatte, als sie von deinen burgundischen Kochkünsten sprach.“
Det prostete ihr mit seinem Bierglas zu.
Nur Flitzi war sehr schweigsam heute Abend. Bis jetzt hatte sie keiner darauf angesprochen, alle waren ein wenig unsicher, ob sie etwa noch sauer war wegen der Sache mit dem Hund.
Aber eigentlich war das so gar nicht ihre Art.
„Abwarten“, dachte Lea bei sich. „Die taut schon auf.“
Sie schickte ein aufmunterndes Lächeln in Flitzis Richtung.
Aber die war noch mit ihrem Teller beschäftigt.

Als sich alle so halbwegs durch die traumhaft leichte Mousse gearbeitet hatten, obwohl sie schon längst satt waren, beugte sich Flitzi zu Fussel hinunter und hob ihn auf ihren Schoß. Alle sahen erstaunt auf.
„Ich...“
Flitzi war kaum zu verstehen, sie hatte doch wirklich einen Kloß im Hals. Sie räusperte sich, streichelte Fussels Ohren und sah die anderen erst mal besser gar nicht an.
„Ich muss euch was sagen.“
Det legte ihr die Hand auf die Schulter und meinte in väterlichem Bass:
„Musst du nicht. Wir wissen Bescheid.“
„Woher...?“ Flitzi brauste auf, wurde rot und sah an den lächelnden Gesichtern ihrer Freunde, dass sie anscheinend die letzte war, die ihre eigene Verliebtheit bemerkt hatte.
„Au Mann! Ihr wisst es und lasst mich rumirren wie eine Schlafwandlerin!“
In gespieltem Entsetzen funkelte sie die Tischrunde an, dabei war ihr die Erleichterung deutlich anzumerken.
„Weiß er es auch schon?“ fragte Mel betont gleichmütig, während sie aus ihrer Mousse anscheinend hochkonzentriert ein Schokostückchen fischte.

„Ja. Nein. Wir haben... Ach, ich weiß nicht..."
Mit einem hilflosen Schulterzucken brach Flitzi ab. So verletzlich und weich war sie ihnen noch nie vorgekommen. Das große Mundwerk, die Selbstsicherheit, das eloquente und parkettsichere Auftreten, alles dahin.
Rose erbarmte sich.
„Er weiß es und ihm geht es genau so."
„Hat er es dir gesagt, Rose?" war Flitzis etwas spitze Frage.
„Er nicht. Seine Mutter", konterte diese trocken.
„WAS? Er spricht mit Iliane über Flitzi?"
Lea war sprachlos.
„Nein, tut er nicht. Beruhigt euch wieder. Ich habe Iliane heute auf dem Markt getroffen. Ich habe mich etwas scheinheilig nach dem werten Befinden der einzelnen Familienmitglieder erkundigt. Und da meinte sie, dass Jan wohl verliebt sei. So aufgedreht und munter hätte sie ihn seit langem nicht gesehen. Außerdem sei er kaum mehr zuhause. Das genügt für eine erfahrene Frau."
Rose schob ihre neue Lesebrille nach unten auf die Nasenspitze und sah Flitzi streng an. Det brach in schallendes Gelächter aus.
„Frauen!! Da haben wir niemals eine Chance!"
Flitzi wagte ein schüchternes Lächeln, das von Rose liebevoll erwidert wurde. Dann begannen auch sie zu lachen und steckten die anderen an. Fussel verzog sich mal wieder beleidigt unter den Baum. „Verrückte Gesellschaft" war deutlich aus seinem Dackelfaltengesicht zu lesen.

„Und was mache ich jetzt? Ich habe ihn doch angelogen. Wenn er erfährt, dass ich ihn vorsätzlich aus Spionagegründen kennen gelernt habe, redet der nie wieder mit mir."
„Quatsch. Das findet sich. Wenn er uns erst mal kennt, verzeiht er dir alles!" Det klang überzeugt, wie er sich da so in seinem Stuhl zurücklehnte und die Arme im Nacken verschränkte.
„Erst mal machst du gar nix, du bist du und sonst nichts. Ich hoffe doch, dass wir das Rätsel bald gelöst haben, dann schenken wir allen reinen Wein ein. Und wir helfen dir bei der Beichte, versprochen!"
Lea nahm Flitzi in die Arme und drückte sie fest.
„Ja, das denke ich auch. Jan kann was vertragen, der ist nicht zimperlich. Mach dir keine Sorgen, das kommt schon in Ordnung."
Auch Rose klang zuversichtlich.

„Und er hätte dich nie kennen gelernt, wenn Lea dich nicht geholt hätte. Das darf er auch nicht vergessen“, folgerte Mel ganz logisch.
So ganz war Flitzi nicht überzeugt, aber sie wollte jetzt keinen trüben Gedanken mehr nachhängen. Irgendwie würde sie das schon hinbekommen.

„Was war das nun mit den Säcken und dem Grab da im Kloster?“
Lea zupfte Det am Ärmel, nachdem der Tisch wieder leergeräumt war.
„Ach ja, vor lauter Leckerei und Liebe habe ich das ganz vergessen“, behauptete Det doch allen Ernstes. Die Empörung der anderen war nicht zu überhören.
„Schon gut, ich erzähle ja schon. Also. Bei Maarten in der Brauerei gibt es eine kleine Kammer, die er so als eine Art Büro nutzt. Dort hängen zur Deko diese Säcke an der Wand. Gestern konnte ich da nur einen flüchtigen Blick darauf werfen, aber heute haben wir uns dort hingesetzt und in alten Brauereibüchern geblättert. Laut Maarten sind das Hopfensäcke, wie sie früher im Kloster benutzt wurden. Ein paar davon haben den Brand überlebt, weil der Hopfen in einer separaten Scheune gelagert wurde, nicht in der Nähe des Brandherdes.“
„Dann haben wir also einen Teil eines alten Hopfensackes in dem Kästchen?“
„Passt zu dem ganzen Brauereigedöns.“
„Aber laut Jan und Iliane hatte ihre Brauerei mit der Brauerei im Kloster nichts zu tun, da sie zeitlich zu weit auseinanderliegen.“
„Aber die Beeren in dem Kästchen waren kein Hopfen.“
„Nein, sicher nicht, aber sobald wir die Analyse haben, wissen wir auch, was das für Pflanzen waren. Mel hat ja schon auf Gruut getippt, vielleicht waren die Beeren eine Art Zusatzstoff. Für Geschmack oder Schaum oder was weiß ich.“
„Dann könnte uns da Jan vielleicht weiterhelfen, wenn wir diese Beeren kennen. Er weiß bestimmt, wie welche Pflanze im Bier wirkt.“
„Vielleicht. Keine Ahnung, ob die Brauer heute so einen Kram noch wissen. Ist doch inzwischen viel Industrie und Technik dabei.“
„Das lass mal meinen Brauer besser nicht hören!!“
„Ok, das erfahren wir dann. Also Hopfensack und Beeren. Kloster und Brauerei... aber kein Zusammenhang bis jetzt.“
„Und was war mit dem Grab?“

„Ach ja, das Grab. Auf dem Klosterfriedhof gibt es zwei Abteilungen, eine für die Mönche, die andere für Gräber von Menschen, die im Kloster oder seiner Umgebung gestorben sind oder mit dem Kloster in Verbindung standen. Habe ich vom Abt erfahren. Das Grab mit dem Namen van Branden habe ich auf dem zweiten Friedhof gesehen, also kein Mönch. Peter van Branden... und die Daten waren... Moment, hab ich hier aufgeschrieben... ja, 1945 geboren und 1970 gestorben. Der war grade mal 25."
Rose kramte einen Block aus der Dokumententasche und begann mit einem Stift eine Art Stammbaum zu zeichnen.
„Jetzt müssen wir die Familie mal in Jahreszahlen fassen. Ich weiß da wohl am ehesten Bescheid."
Rose murmelte vor sich hin und versah die Brauereifamilie mit Daten. Die anderen spähten gespannt auf das Blatt, das sich langsam füllte.
„So, da hätten wir einmal Iliane, die ist vier Jahre älter als ich, demnach 1940 geboren. Eefje ist deutlich älter, letztes Jahr haben wir ihren dreiundachtzigsten Geburtstag gefeiert, also ist sie Jahrgang 1928..."
„Jan ist neunundsiebzig geboren, er wird dreiunddreißig", warf Flitzi dazwischen.
„Stimmt, das weiß ich von Iliane. Ihr Mann ist vor zehn Jahren gestorben, das war 2002.... Aber wie alt war der? ... Richtig, sie sagte mal, er wäre zwei Jahre älter als sie gewesen. Also Jahrgang 1938."
Det schnappte sich das Blatt und malte an der Seite einen Grabstein mit dem Namen Peter van Branden und seinen Daten dazu.
„Wie passt dieser Peter nun da rein?"
„Jan hat nichts mit ihm zu tun, der war noch nicht mal geboren, als dieser Peter schon tot war."
„Ja, und da sein Name van Branden ist, hat er wohl auch nichts mit Ilianes Mann zu schaffen."
"Als dieser Peter geboren wurde, war Iliane grad mal fünf Jahre alt. Ein Bruder von ihr?"
„Eefje war siebzehn. Von der Mutter wissen wir nicht viel. Aber wenn da noch ein kleiner Bruder gewesen wäre, hätten wir das inzwischen erfahren. Eine Totgeburt war das nicht, er hat ja immerhin 25 Jahre gelebt."
„Und wurde in dem Kloster begraben, wo der Sack herstammt."
Lea hatte noch eine Runde Bier aus dem Kühlschrank geholt und betrachtete die eifrige Gruppe unter dem Birnbaum von

der Küchentreppe aus. Ein warmer goldener Schimmer lag über der Szene. Die dunkelgrünen Blätter des Baumes, die grau verwitterte Rinde, die leuchtenden Strahlen der tief stehenden Sonne stimmten sie froh und zufrieden.
„Was bin ich doch für ein glücklicher Mensch! Mit solchen Freunden und so einer Tante!“ Sie seufzte tief und brachte ihre kühle Fracht an den Tisch, wo inzwischen wild spekuliert wurde.
„Du spinnst! Du kannst doch nicht einfach mal so Ilianes Mutter des Ehebruchs verdächtigen!“
Mel war außer sich.
Flitzi lachte und tätschelte der Freundin den Arm.
„Ich weiß, Kleines, das sind Dinge, die du am liebsten aus deiner Welt ausblenden willst. Aber die Realität ist grausam.“
„Vielleicht war es ja gar nicht die Mutter, sondern der Vater. Auch im letzten Jahrhundert sollen die Herren sich ab und zu auswärts vergnügt haben.“
Det schmunzelte über die Reaktionen auf seinen Einwurf.
„Klar, das schon viel eher! Und dann hat er die Mutter mit dem Baby im Kloster ausgesetzt.“
„Männerkloster! Schon vergessen?“
„Dann ist die halt bei der Geburt gestorben und das Baby kam in die Babyklappe vom Kloster.“
„Hat das Kloster eine Babyklappe?“
„Äh, keine Ahnung. Wohl eher nicht, wenn es dort keine Frauen gibt.“
„Nein, es war ein Findelkind und Ilianes Vater hat es adoptiert und im Kloster erziehen lassen.“
Lea hatte das Bier auf die Gläser verteilt, eine honigfarbene Flüssigkeit mit blendend weißem Schaum. Herber Duft vermischt mit fruchtiger Süße strömte ihnen entgegen, als sie sich zuprosteten.
„Auf unser unschlagbares Detektivteam! Ihr seid wunderbar!“ rief Lea in die Runde.
„Aber wer dieser Peter war, werde ich morgen sicher wissen.“
„Aha. Und wie willst du das rausbekommen, wenn man fragen darf?“
„Ich werde Eefje einfach fragen.“

Kapitel XVIII

Lea saß am nächsten Nachmittag mit Eefje noch einmal gemütlich beim Tee, während Rose zusammen mit Iliane im Museum wieder einem Vortrag zu ihren Führungen lauschte.
„Und Ihre Mutter hat in der Brauerei nie mitgeholfen?"
Lea brachte das Gespräch mühelos in Gang, Eefje war begierig zu erzählen.
„Nein, das war damals nicht üblich, sie hatte auch gar kein Interesse. Sie kümmerte sich um Wohltätigkeitsveranstaltungen. Und vor allem um die Familien unserer Arbeiter. Da mussten wir so manches Mützchen und Jäckchen stricken, das dann wieder so ein kleines Geschöpf wärmte. Meine Mutter hätte am liebsten alle Kinder bei uns aufgenommen. Kindergärten oder einen Hort gab es damals hier noch kaum."
„Das war sicher auch nicht üblich, dass sich die Fabrikantenfrauen derart für ihre Arbeiterfamilien eingesetzt haben?"
„Nein, ganz sicher nicht. Aber das war ihre Art, sich nützlich zu machen. Außerhalb des Hauses. Denn der eigene Hausstand war ihr ganzer Stolz und ihre Leidenschaft."
„Wie viele Leute haben denn damals hier im Haushalt gelebt?"
„Hm, da muss ich überlegen. Meine Eltern und ich natürlich, Iliane kam ja erst später. Dann noch ein Knecht für die Pferde und das Grobe, ein Bursche zu seiner Hilfe, eine Köchin, zwei Hausmädchen und ein Gärtner. Und bei der Köchin waren meist noch zwei, drei junge Mädchen, die alles machen mussten, wozu die anderen keine Zeit hatten. Oder keine Lust."
Eefje zwinkerte Lea zu.
„Jedenfalls fanden wir die Küche den spannendsten Ort im ganzen Haus. Dort gab es immer warme Milch und Kekse, es brannte ein großes Feuer im Ofen und alle Neuigkeiten der Stadt wurden dort zusammengetragen. Außerdem hatte die Köchin einen Freund, einen Fischer, der uns immer die besten Fänge mitbrachte und von unserer Berte dafür sicher extra belohnt wurde."
Wieder zwinkerte die alte Dame vor Vergnügen. Das Gespräch regte sie sichtlich an, sie hatte rote Bäckchen bekommen und als sie Lea eine Hand auf den Arm legte, fühlte sich diese fast heiß an.
Lea hielt den Zeitpunkt für gekommen, das Gespräch in die gewünschte Richtung zu lenken.
„Im Krieg ging es dann sicher auch hier nicht mehr so üppig zu, selbst in einem so großen Haushalt nicht."
„Nein, wir hatten auch nicht viel. Vom Krieg selbst wurden wir

hier in der Stadt weitgehend verschont, Brügge wurde nicht bombardiert. Aber Mangel herrschte überall. Und Soldaten zogen auch durch, auf dem Weg zur Küste..."
Eefjes Stimme verlor sich mit einem Mal und sie schwieg, offensichtlich weit weg von Lea und der Teestunde.
Iliane und Rose betraten den Raum und wollten die beiden gerade begrüßen, als Lea die Stille brach.
„Wissen Sie, wer Peter van Branden war?"
Iliane erstarrte zur Salzsäule, die Jacke noch in der Hand. Rose blieb ganz still und wartete auf die Reaktionen. Eefje stellte mit einem heftigen Klirren die Teetasse ab, die sie gerade hochnehmen wollte. Ihre Hand zitterte und ihr Kinn bebte.
Lea bekam etwas Angst, ob sie nun zu weit gegangen war. Womöglich fiel die alte Dame noch um. Aber anscheinend fing sie sich schon wieder, Iliane allerdings auch.
„Meine Güte, Lea, wie können Sie nur!?! Komm, Eefje, ich bringe dich in dein Schlafzimmer, dann kannst du dich ausruhen. So eine Aufregung ist nichts für dich!"
Sie wollte Eefje am Arm nehmen und wegführen. Doch die schüttelte Iliane brüsk ab.
„Danke, Iliane. Es ist gut."
Ihr Ton klang schneidend. Die kleine, zierliche Gestalt richtete sich in ihrem Sessel steil auf und ihre Stimme war fest und klar.
„Einmal muss es doch gesagt werden. Ich habe viel zu lange geschwiegen, viel zu lange ertragen, dass man mich wie eine Kranke behandelt. Es war mein Leben, wenn es auch immer von anderen bestimmt wurde. Jetzt ist Schluss, ich werde den Toten ihren Platz zukommen lassen. Iliane, du wirst mich nicht daran hindern."
Iliane war blass und zitternd in einen Sessel gesunken.
„Tu mir das nicht an, tu dir das nicht an", flüsterte sie tonlos.
„Dir tu ich gar nichts an, mir ist viel zu viel angetan worden, jetzt muss es heraus. Dieses Mädchen hier hat sich in den letzten Tagen mehr für mich interessiert als unsere ganze blasierte Familie in einem Jahr. Ja, ich weiß, du meinst es immer gut, Iliane, und du willst mich immer schonen. Aber du meinst es vor allem gut mit deinem so genannten guten Ruf. Oder was du dafür hältst. Gott sei Dank ist dein Sohn nicht so auf Äußerlichkeiten erpicht wie du. Aber lassen wir das, jetzt bin ich an der Reihe."
Lea ließ langsam die Luft ausströmen, die sie während dieser aufgebrachten Rede angehalten hatte.
„Wenn es Ihnen zu viel wird...", begann sie hilflos.

„Unsinn, mir geht es ausgezeichnet. Und jetzt setzt euch bequem hin, denn es wird eine längere Geschichte, die Geschichte meines Lebens."
Sie nickte Rose anerkennend zu, die von der Anrichte ein Tablett mit Gläsern und einer Karaffe Cognac geholt hatte und die Damen damit versorgte. Iliane nahm einen herzhaften Schluck und schien sich in die Tatsachen zu schicken. Rose setzte sich schweigend zu Lea.
Nachdem Eefje an ihrem Glas nur genippt hatte – sie hatte offensichtlich wirklich keine Stärkung nötig – begann sie zu erzählen.

„Es war Krieg, oft kalt und dunkel. Ich war siebzehn, ein lustiges, lebensfrohes Mädchen mit unglaublich guten Manieren, die täglich von meiner Mutter kontrolliert wurden. Ich war so brav und anständig, wie das in einem guten Hause damals erwartet wurde. Meine kleine Schwester Iliane liebte ich abgöttisch, ich war ja zwölf Jahre älter, da konnte ich sie so richtig bemuttern und verwöhnen. In der Schule war ich gut gewesen, wie man es von mir verlangte. Aber meine Leidenschaft galt der Brauerei. Natürlich nicht gerade dem Umgang mit Hopfen und Malz, aber die Buchhaltung, die Lagerführung und die ganze Zahlenarbeit, das war mein Metier. Unser Vater sah es mit Vergnügen, also durfte ich ihm helfen, wo immer es möglich war. Mein Vater war mein Vorbild und mein Ratgeber, ich vertraute ihm und tat alles, was ihm Freude bereiten konnte. Er war stolz auf seine Töchter und er ließ es uns auch merken. Er verlangte zwar blinden Gehorsam, wie das damals eben so war, dafür verwöhnte er uns aber auch mit allem, was wir uns nur wünschen konnten. Unsere Mutter war für ihn eher ein Gegenstand im Haus, er nahm sie kaum wahr. Sie funktionierte im besten altväterlichen Stil, das genügte.
Es war ein Leben, wie es damals in den großen Häusern hier normal war. Behäbig und konservativ, gebildet und gepflegt, jeder Tag ging seinen gleichen Gang, für alle Ereignisse gab es die passenden Kleider und die passenden Tischdecken. Alles war vorhersehbar, wir waren eingefügt in die Zeremonien der Zivilisation und fanden das ungeheuer kultiviert.

Meine Mutter sorgte dafür, dass dieser Dünkel und Oberflächlichkeiten auch dann noch gepflegt wurden, als uns im Krieg das Wasser bis zum Hals stand. Wir hatten nicht wirklich genug zu essen, konnten kaum heizen, selbst wenn wir das Geld für Heizmaterial gehabt hätten, und konnten unsere Arbeiter so gut wie nicht mehr bezahlen. Trotzdem wurde zu jeder Mahlzeit feines Tuch aufgelegt und das schöne Porzellan aufgedeckt. Es gehörte sich doch so."

Eefje machte eine kleine Pause, nahm sich noch Tee und trank in kleinen Schlucken. Vor Lea war eine Welt entstanden wie aus Verfilmungen alter Thomas-Mann-Romane. Dunkle, massige Möbel in allen Räumen, moosgrüne Samtgardinen, die das Tageslicht fast aussperrten, poliertes Messing auf den Kaminsimsen, schimmerndes Silber und funkelndes Glas, das dünnes Porzellan mit Goldrand und Blümchen umrahmte, dunkelrote Teppiche mit orientalischem Muster auf blanken Holzdielen.
Ein bedrückendes Bild in düsteren, schweren Farben ohne Licht und Sonnenschein. Lea fröstelte, obwohl der Raum in warme Nachmittagsonne getaucht war. Eefjes Stimme drang wieder zu ihr durch.

„Ich machte bei diesem Großbürgergetue mit, ich kannte es ja nicht anders. Außerdem war ich ein junges Ding ohne Erfahrung, ich dachte, alles müsse so sein, wie meine Eltern und ihr Bekanntenkreis uns das vorlebten. Keine der Töchter und schon gar keiner der Söhne kam auf die Idee, dieses Leben zu hinterfragen.
Doch der Krieg lehrte mich dann, dass das Leben auch anders aussehen konnte. Wie gesagt, die Kämpfe blieben uns erspart, aber alles andere bekamen wir auch hautnah zu spüren. Die Details lassen wir, das könnt ihr in jedem Geschichtsbuch nachlesen. Es war am Ende eben so, dass wir nur noch ein einziges Pferd hatten, alle anderen waren eingezogen. Das eine Pferd war uns auch nur geblieben, weil es so alt und klapprig war, dass es eigentlich nur noch das Gnadenbrot bekommen sollte. Jetzt war es zum ersten Transportmittel des Hauses aufgestiegen, da unser Lastwagen auch weg war. Und es beförderte alles, was für die Brauerei nötig war, sogar die Bierfässer musste das arme Vieh durch Brügge zu den Gastwirten ziehen. Na ja, so oft kam das auch nicht vor, wir hatten ja selten genug Gerste für größere Mengen Bier. Die Arbeiter hat Vater am Anfang noch mit allerlei Reparaturarbeiten halten können, aber dann wurde auch einer nach dem anderen eingezogen, wir hatten nur noch eine kleine Handvoll Leute, die für uns arbeiteten. Oft halfen die Frauen mit, als die Männer weg waren. Das war mühsam für alle, aber besser als gar keine Arbeit und keine Arbeitskräfte. Unser Knecht und Gärtner

waren schon im ersten Kriegsjahr eingezogen worden. Wir mussten mit allem so fertig werden. Aber es ging irgendwie. Not macht erfinderisch, sagt man. Und so war es auch bei uns. Den anderen ging es ja auch nicht besser. Die kleine Iliane bekam von alledem nicht viel mit, sie war glücklich, wenn sie jemanden zum Spielen fand und mit ihrer Katze schmusen konnte. Kleine Kinder spüren Mangel nicht so schlimm, solange sie nicht wirklich hungern und frieren müssen. Aber so tragisch war es bei uns selten. Bier ist im Zweifelsfall auch ein gutes Tauschmittel. Die Bauern gaben uns gern einen halben Sack Kartoffeln oder ein Stück Speck für ein paar Liter Bier. So kamen wir ganz gut über die Runden.
Mir gingen die Augen erst so richtig auf, als ich eines Tages zu einer unserer Arbeiterfamilien ging. Mutter hatte mich geschickt, ich sollte dem Jüngsten eine warme Jacke bringen, die sie aus abgelegten Kleidern von Iliane zurechtgeschneidert hatte. Ahnungslos betrat ich die Gasse, in der die Arbeiterhäuschen standen. Stinkender Essensgeruch, vor allem Kohl und Zwiebeln, schlug mir aus den baufälligen Häusern entgegen, ärmliche Kinder mit laufenden Nasen spielten mit einem zerfledderten Ball auf der schmutzigen Straße. Ich dachte zuerst, ich hätte mich verlaufen, als Margarete aus einer Tür trat, die Frau, die ich aufsuchen sollte. Entsetzt fragte sie mich, was ich hier wollte. Es war ihr anzumerken, wie peinlich es ihr war, dass ich das Elend in dieser Gasse zu sehen bekam. Ich nahm die Jacke aus dem Korb und drückte sie ihr in die Hand. Dankbar presste sie das Kleidungsstück an sich und verschwand nach einem kurzen Gruß an meine Mutter schnell wieder hinter der Haustüre. Ich lief nach Hause, so schnell ich konnte, nur weg von diesem Grauen. Daheim erzählte ich nichts von dem Elend, das ich gesehen hatte. Meine Mutter hatte sicher keine Ahnung, wie schlimm es inzwischen in den Arbeiterhäusern zuging, sonst hätte sie mich bestimmt nicht dorthin geschickt.

Ich will euch jetzt nicht mit diesen Hungergeschichten langweilen, in ganz Europa sah es damals wohl ähnlich aus. Aber für mich war das ein Schlüsselerlebnis, das mich ziemlich unsanft aus dem behüteten Jungmädchenleben weckte. Meinem Vater half ich nach wie vor in der Brauerei mit dem ganzen Schriftverkehr und den Abrechnungen. Aber dabei dachte ich dauernd an die armen Menschen, die noch vor kurzem bei uns gutes Geld für gute Arbeit verdient hatten. Und ich konnte nichts ändern, das war für mich das Schlimmste. Einmal stibitzte ich in der Küche ein Stück Butter und ein paar Äpfel, die ich heim-

lich zu Margarete schmuggelte. Sie konnte sich nicht wirklich darüber freuen, weil sie sicher ahnte, dass ich es einfach genommen hatte. Aber im Grunde hat es ihr wieder ein oder zwei Tage das Leben einfacher gemacht. Daheim war ein Riesentheater deswegen. Die Köchin beschuldigte das Mädchen, Mutter wollte alle beide rauswerfen, denn in ihrem vornehmen Haushalt wurde nicht gestohlen. Widerwillig und bockig gab ich dann zu, dass ich die Diebin gewesen war. Mutter konnte sich nicht beruhigen, fragte aber nie nach meinen Gründen. So ging sie der Realität aus dem Weg.
Mit Vater war ich später im Büro alleine, dort wollte er dann doch wissen, warum ich das getan hatte. Als ich ihm von den Leuten und der bitteren Armut erzählt hatte, wandte er sich ab und sah stumm aus dem Fenster. Auch er hatte keine Lösung dafür. Der Krieg hatte uns auf diese Weise fest in seinen Klauen."

Eefje nahm jetzt einen kräftigen Schluck aus ihrem Cognacglas. Die drei anderen taten es ihr nach. Iliane hatte sich offensichtlich erholt, sie saß jetzt etwas entspannter in ihrem Sessel als zu Beginn. Lea und Rose waren ganz im Bann der Geschichte, die jetzt hoffentlich bald einen Teil des Rätsels lösen würde.

„Und dann kam Peter."
Eefjes Gesicht begann zu leuchten, ihre Augen waren weit weg in die Ferne gerichtet, sie erzählte weiter, aber die anderen waren für sie nicht da.
„Eines Abends, es war schon fast dunkel und ein widerliches Wetter mit Regen, Sturm, Blitz und Donner, kam noch eine armselige Fuhre für die Brauerei. Vater und der Fahrer, der die Sachen gebracht hatte, brachten den klapprigen Kleinlaster schnell in der großen Scheune ins Trockene, um abzuladen. Ich schloss hinter ihnen rasch das große Tor, als ich im grellen Blitzlicht einen Mann in der Tornische kauern sah. Sein Anblick und der krachende Donnerschlag, der auf den Blitz folgte, ließen mich zusammenzucken. Er flüsterte etwas, was ich in dem rauschenden Regen nicht verstehen konnte. Aber es klang nach einem Hilferuf, soviel war klar. Ich machte ihm ein Zeichen, dort zu warten, und lief hinter den anderen her. Der Fahrer war gerade mit einem Sack Hopfen auf der Treppe nach oben. Ich nahm meinen Vater beiseite und flüsterte ihm zu, was ich gesehen hatte. ‚Meine Güte, ein Deserteur! Ist er verletzt?' Ich wollte eben die Schultern zucken, als mir einfiel,

dass ich auf seinem Mantel Blut gesehen hatte. Ich nickte nur. Vater gab mir zu verstehen, dass wir dem Mann helfen würden, dass das aber auf gar keinen Fall jemand erfahren dürfe. In dem Moment kam der Fahrer zurück, der Wagen war leer und alle Ware verstaut. Mein Vater schickte ihn in die Küche zu Berte, damit er sich eine heiße Suppe geben lassen konnte. Bertes Kriegssuppe war einmalig, keiner wusste, was da so alles drin war und sie war auch reichlich wässrig, aber blubberte den ganzen Tag auf dem Herd vor sich hin und fand immer irgendwelche Abnehmer, die für Berte etwas erledigt oder gebracht hatten.

Der Fahrer war weg und wir liefen durch den Regen zum Tor. Erst dachte ich, der Mann sei verschwunden oder ich hätte mir das alles am Ende nur eingebildet, aber er war noch da. Zusammengekauert in die hinterste Ecke des Torbogens versuchte er dem Wetter zu trotzen. Mein Vater kniete schon bei ihm. ‚Sind Sie verletzt? Woher kommen Sie? Wie heißen Sie?' Seine Fragen stürmten auf den Mann ein, der nicht antwortete. Auf einmal schien Vater eine Idee zu kommen. ‚Mädel, jetzt bist du dran. Du hast Deutsch gelernt in der Schule. Los, frag ihn!' Ich riss vor Entsetzen die Augen auf. Ein Deutscher! Der Feind! Und Vater hatte gar keine Angst vor ihm. Na ja, ich auch nicht bei näherem Betrachten, so nass, krank und durchgefroren wie diese Gestalt da vor mir im Regen saß. Leise stellte ich die Fragen noch mal auf Deutsch. Sein Gesicht erhellte sich, er antwortete stockend und für mich fast unverständlich. Meinem Vater konnte ich immerhin antworten, dass er Peter hieß, deutscher Soldat war, verletzt an der Schulter und aus einem Versorgungszug abgehauen war. Na prima! Und was jetzt? Vater machte nicht viel Federlesens, er hatte ihn schon aufgerichtet und seinen Arm um ihn geschlungen. Mir bedeutete er, schnell voraus zu laufen und auf dem Boden der Scheune ein Lager zu richten. Ich lief nach oben, wo unter dem Dach ein paar Holzverschläge kleine Kammern abtrennten. Dort wurde hauptsächlich altes Gerümpel gelagert. In einem der Verschläge hatte ich mir vor langer Zeit ein Versteck eingerichtet, wenn ich in Ruhe in meinen Romanen schmökern wollte und keine Lust auf Mutters Teekränzchen mit vornehmen Damen hatte. Ich schob die Korbtruhen auf die Seite, die sich inzwischen vor der Tür angesammelt hatten und trat ein. Es war natürlich stockdunkel, aber für alle Fälle hatte ich eine Taschenlampe dort deponiert. Das zerschrammte Bettgestell mit den durchgelegenen Matratzen stand noch da, leider gab

es sonst nichts, was hier für ein wenig Gemütlichkeit gesorgt hätte. Vater war inzwischen mit dem Mann oben angekommen, ich dirigierte sie in meinen Verschlag. Aufatmend ließ sich der Verletzte auf das Bett fallen. Vater nahm aus seiner Jackentasche einen kleinen Flakon und gab dem Soldaten einen ordentlichen Schluck ein. Der lächelte schwach und sank zurück auf das Bett. Wir brauchten nicht viele Worte, um das Nötige zu tun. Vater sorgte für Wasser und Verbandszeug, ich durchstöberte den Dachboden nach Bettzeug. Es war reichlich vorhanden. Mutter warf ja schließlich nichts weg, vergaß es dann aber auch für immer, wenn es erst einmal da oben deponiert war.
Vater verband die Wunde, die wenigstens sauber war und nicht eiterte. Solange ich draußen war auf der Jagd nach einem Tischchen oder Nachtkästchen, schälte er ihn aus seinen nassen Kleidern und packte ihn in alte Wäsche, die ich in einer der Truhen gefunden hatte. Nach einer Stunde harter Arbeit war der Verschlag in einem halbwegs bewohnbaren Zustand, der Kranke verbunden und versorgt und unter warmen Decken gut aufgehoben. Wir beide dagegen waren vollkommen verdreckt, verschwitzt, regennass und Vater auch blutverschmiert. Als erstes musste der Fahrer hinauskomplimentiert werden, samt seinem Wagen. Er kam gerade pfeifend aus der Küchentür, die direkt in die Scheune führte. Ich zog mir schnell meinen Mantel über, der zwar nass aber nicht auffällig schmutzig war, und ging ihm entgegen. Er verabschiedete sich und ich konnte erleichtert das Tor hinter dem Laster schließen. Vater hatte inzwischen im Ofen der Brauerei Feuer gemacht, er wollte heute Abend noch mälzen, meinte er. Ich sah ihn fragend an, begriff dann aber, dass er die Kleider des Fremden verbrennen musste. Das ging natürlich am besten, wenn es sowieso streng roch.

Seine Umsicht machte mich irgendwie froh und zuversichtlich. Und wir hatten ein Geheimnis. Ein Geheimnis, das so gar nicht in die Welt meiner Mutter passte. Ein Geheimnis, das für mich ein wenig den Krieg besiegte, dem Elend trotzte, das Leid überwand. Ich hatte jetzt etwas, das ich nur mit Vater teilte und das gut war, einfach nur gut. Die Moral war mir gleichgültig, ich hatte dem Krieg etwas entgegenzusetzen. Und ich konnte gegen das bürgerliche Leben meiner Mutter aufbegehren, ohne dass sie davon wusste. Aber das Beste daran war, dass ich nun mit Witz und Raffinesse für das Wohlergehen eines Menschen sorgen musste, der von meinem Einfallsreichtum und

meiner Fantasie abhängig war. Ich musste ja schließlich für Verpflegung sorgen.
An diesem Abend schlich ich mich über die Dienstbotentreppe in mein Zimmer, die Kleider versteckte ich in meinem Schrank. Es würde sich eine Gelegenheit finden, bei der nächsten Wäsche die Sachen unterzujubeln. Aber Vater hatte Blut am Hemd. Was er wohl tat, um das zu erklären? Am nächsten Morgen beim Frühstück sah ich es. Er hatte einen Verband um die linke Hand. Er habe sich am Abend zuvor beim Mälzen verletzt, erklärte mir Mutter mit besorgtem Blick. Beim Öffnen der Säcke war das Messer wohl abgerutscht. Ich tätschelte als brave Tochter seinen Arm und wünschte ihm gute Besserung. Dabei luchste ich nur nach einer Gelegenheit, um unbemerkt eine Scheibe Brot und ein wenig Käse in meiner Schürzentasche verschwinden zu lassen."

Lea sah nur graue, triste Farbtöne durch Eefjes Geschichte wabern, verstärkt durch blauschwarze Gewitterstimmung und nassfahlen Regen. Die Frauen saßen immer noch reglos und schweigend bei Eefje, die nun doch sichtlich müde schien.
„Wenn du nicht mehr kannst, dann machen wir jetzt hier Schluss", schlug Rose vor. Ihr war nicht entgangen, wie sehr die alte Frau von ihrer eigenen Geschichte mitgenommen wurde.
„Nein, ich mache nur eine kleine Pause. So lange Reden bin ich nicht mehr gewohnt. Ich muss etwas trinken. Lea, sind Sie so gut und bestellen in der Küche ein paar belegte Brote und einen Krug Bier für uns? Danke, das ist lieb."
Lea war aufgestanden, aber Iliane war ihr zuvorgekommen.
„Ich kümmere mich darum, bleibt ihr ruhig sitzen. Ich nehme gleich das Teegeschirr mit."
Lea fragte sich, ob das so eine gute Idee war mit dem Geschirr, da Iliane immer noch ein wenig aufgeregt war. Aber erstaunlicherweise brachte sie das große Tablett unfallfrei nach draußen.
Rose war aufgestanden und öffnete die großen französischen Fensterflügel, die auf den Garten hinausgingen. Tief durchatmend trat Eefje neben sie.
„Es ist herrlich, so am frühen Abend, nicht? Die laue Luft und die Blumendüfte, ich genieße das so gerne, wenn ich hier meine blaue Stunde halte."

Wie einst hatte Eefje wieder mühelos zum kultivierten Smalltalk gefunden. Lea wusste nicht so recht, ob sie das bewun-

dern oder befremdlich finden sollte. Aber wahrscheinlich kann man nicht mehr aus seiner Haut, wenn man das seit frühester Jugend täglich einüben musste.
Iliane kam zurück und stand erst ein wenig unschlüssig hinter den anderen an der Terrassentür.
„Das Mädchen bringt die Sachen gleich“, sagte sie mit spröder Stimme. Dann holte sie tief Luft und nahm Eefje in die Arme.
„Meine große Schwester, meine tapfere große Schwester“, flüsterte sie unter Tränen immer wieder. Eefje schob sie sanft weg.
„Jetzt bloß keine Rührseligkeiten, Iliane. Du hättest das genauso gemacht. Jede von uns. Die Gefahr, die sich dahinter verbarg, habe ich doch gar nicht gesehen. Ich dachte keinen Augenblick darüber nach, dass Vater und ich die gesamte Familie in Lebensgefahr gebracht hatten, samt diesem fremden Soldaten, der da als Häuflein Elend auf unserem Dachboden lag. Vater war sich der Sache wohl bewusst, aber er hatte getan, was nötig war, der Rest kümmerte ihn erst einmal nicht. Auf mich konnte er sich verlassen, alles andere würde er schon regeln. So wie er immer alles geregelt hatte in seiner Welt. Warum nicht auch dieses Mal?“

Geräuschlos hatte das Mädchen die belegten Brote und das Bier hereingebracht und auf den Tisch gestellt. Spürte sie die seltsame Stimmung? Jedenfalls zog sie sich wortlos und leise gleich wieder zurück, bevor die Frauen noch richtig bemerkt hatten, dass sie da gewesen war. Iliane schenkte aus dem großen Krug ein, Lea winkte ab. Sie wollte kein Bier, sie wollte nüchtern und klar diese Geschichte verfolgen, die sich so ungewöhnlich entwickelte. Was war dann wohl mit diesem Peter geschehen? Eefje sollte ihre Frage bald beantworten.
„Peter war ein dankbarer Gast. Er war still und bescheiden, las die wenigen Bücher, die ich ihm bringen konnte. Ich hatte nicht viele in deutscher Sprache in unserer Bibliothek gefunden. Als seine Wunde einigermaßen verheilt war, ging er nachts in den Garten, um ein wenig frische Luft zu schnappen. Er war dabei unglaublich vorsichtig. Immer wieder sagte er, dass er uns auf keinen Fall in zusätzliche Gefahr bringen wollte. Die Versorgung mit Lebensmitteln wurde immer schwieriger. Berte wurde langsam misstrauisch, weil ständig irgendetwas fehlte. Und als ich dann noch ein Stück von Mutters teurer Lavendelseife verschwinden ließ und Berte wieder einmal verdächtigt wurde, mussten wir handeln. Vater und ich warteten an einem Abend, bis sich alle zurückgezogen hatten und nur noch Berte in ihrer

Küche herumwirtschaftete. Sie war morgens immer die erste und abends die letzte im Hause, das wussten wir. Sie erschrak ein wenig, als Vater und ich bei ihr auftauchten.
„Setzen Sie sich bitte, Berte. Ich habe mit Ihnen zu reden“, sagte er zu ihr. Sie wurde ziemlich blass und sank auf einen Stuhl, wahrscheinlich fürchtete sie, dass wir sie nicht behalten konnten oder wollten. Dabei war sie schon im Hause, als unser Vater geboren wurde.
Vater legte ihr beruhigend die Hand auf den Arm. Er wusste, dass sie alles für ‚ihre‘ Familie tun würde. Sie war natürlich nicht begeistert über das, was wir ihr eröffneten. Aber sie zog nur die Brauen in die Höhe, das war ihr ganzer Kommentar. Wortlos stand sie auf und verschwand in der Speisekammer, die in dieser Zeit absolut nicht die gewohnte üppige Fülle aufwies. Sie kam mit einem kleinen Korb wieder, gefüllt mit schrumpeligen Äpfeln, einem halben Laib dunklem Brot und ein paar anderen Kostbarkeiten, von denen wir gar nicht wissen wollten, woher Berte die alle hatte. „Das kannst du ihm schon mal bringen, dann hat er auch was, das ihn wieder auf die Beine bringt. Ich mach dir morgen früh ein paar Eier und ein Stück Speck dazu, habe ich heute gegen ein paar alte Schuhe der gnädigen Frau getauscht. Sie wollte die wegwerfen. Tztztz, damit tauscht man doch!“ Sie schüttelte voller Unverständnis den Kopf. Ich drückte Berte ganz fest und wusste, wir hatten eine Verbündete, die sich eher totschlagen ließe, als irgendetwas zu verraten.“
„Berte wusste Bescheid? Ich hatte keine Ahnung, dass sie eingeweiht war!“ wunderte sich Iliane.
„Du hast vieles nicht gewusst, du warst ja noch so klein“, erwiderte Eefje.
Rose schenkte ihr nach und legte ihr auch noch ein Sandwich auf den Teller, aber Eefje schien keinen Appetit zu haben, die Vergangenheit war wieder Gegenwart und verlangte ihre ganze Aufmerksamkeit.
„So vergingen ein paar Wochen. Peter war wieder gesund und wir unterhielten uns halbe Nächte lang über Gott und die Welt. Es kam, wie es kommen musste. Wir verliebten uns. Das durften aber nicht einmal Vater und Berte wissen, das war mir klar. Einen verwundeten Soldaten zu retten, war die eine Sache, aber eine Liaison mit dem Feind, das ging gar nicht. Doch niemand behelligte uns, und wir träumten vom Frieden und was wir nach dem Krieg alles miteinander erleben wollten. Was Verliebte sich halt so vormachen, wenn alles gar nicht sein darf und nicht sein kann.“

Eefjes Stimme verlor sich in den alten, immer noch wunderbaren Träumen ihrer ersten Liebe. Die anderen warteten geduldig, bis sie weitersprach.

„Dann ging alles auf einmal sehr schnell. Bertes Küche war ja auch die Nachrichtenzentrale, die Neuigkeiten der ganzen Stadt wurden hier zusammengetragen. Nach dem Abendessen bedeutete sie meinem Vater, zu ihr in die Küche zu kommen. Nach wenigen Augenblicken kam er mich holen. „Wir bekommen Einquartierung in der Stadt“, sagte er. „Peter muss schleunigst weg, das wird zu gefährlich. Unser Haus ist so auffallend und groß, dass wir auf jeden Fall damit rechnen müssen, Offiziere aufzunehmen. Dann ist nichts mehr sicher unter diesem Dach.“ Hilflos musste ich mit ansehen, wie Berte ein paar Sachen zusammenpackte und meinem Vater das Bündel in die Hand drückte. Der Abschied war schnell und schmerzvoll für mich. Der einzig gute Gedanke dabei war, dass Peter nicht alleine weiterziehen musste. Berte hatte von ein paar Soldaten gehört, dass ein deutscher Zug ganz in der Nähe von Brügge auf dem Durchmarsch war, Peter konnte zu ihnen stoßen und war damit in Sicherheit. Na ja, oder was man dafür hielt.“

Eefje seufzte tief und wischte mit ihrem spitzenbesetzten Taschentuch immer wieder über Mund und Nasenflügel. Sie wirkte zwar ganz ruhig, aber die Erinnerung schien sie nach all den langen Jahren doch heftig mitzunehmen.

„Dabei wusste ich nicht einmal seinen Nachnamen, nur dass er aus der Gegend von Aachen war. Er hatte mir beim Abschied versprochen zu schreiben.“

„Und? Hat er?“ Rose konnte die leise Frage nicht unterdrücken; sie war ans äußerste Ende des Sofas gerückt und saß nur noch auf der Kante.

„Nein, ich habe nie wieder was von ihm gehört.“

Die drei Frauen ließen vernehmbar die Luft aus den Lungen strömen, als sie das hörten. Lea sah Eefje traurig an. Durch all die dunklen, kalten Farben des Krieges hatte diese Liebesgeschichte für Lea feine, helle Strahlen gewoben, rosenfarbene Lichtspiele in der bleigrauen Zeit der Not und Entbehrung.

Und trotzdem Eefjes Geschichte alle sehr berührt und in ihren Bann gezogen hatte, hatten sie immer noch keine Antwort auf die Frage, wer Peter van Branden war. Aber da sprach Eefje schon weiter.

„Bald darauf bekamen wir Einquartierung und wir Mädchen wurden zu einer Tante aufs Land geschickt. Doch zunächst musste ich den schwersten Gang meines damaligen Lebens auf mich nehmen. Ich musste meinem Vater beichten, dass ich schwanger war. Es war grauenhaft. Tochter aus gutem Hause schwanger vom Erzfeind. Und das auch noch aus freien Stücken, keine Vergewaltigung, kein Kriegselend. Nein, da behauptete dieses junge Ding auch noch, sie würden sich lieben. Was für eine Schande, was für eine Verletzung der Familienehre, welche Schmach! Meine Gefühle zählten nicht, ich zählte nicht. Ich hatte die Familie entehrt. Also ab aufs Land zur Tante, um mit der Schande wenigstens diskret umzugehen. Der gute Ruf war in Gefahr! Das Leben auf dem Land war langweilig und schläfrig, aber das war mir gleichgültig, ich dachte die ganze Zeit nur an Peter. Kurz vor der Geburt meines Kindes kam mein Vater und holte uns nach Brügge zurück. Ich sollte das Kind daheim bekommen und dann als Waise irgendwelcher ferner Verwandtschaft ausgeben, die bei einer Bombardierung umgekommen war. Mir war das alles egal, ich wollte mein Kind, meine einzige Verbindung zu Peter. Berte war meine Hebamme, sie hatte vielen unserer Arbeiterfrauen bei den Geburten geholfen, sie kannte sich aus. Die Wehen waren heftig und lang, nach endlosen Stunden war das Kind endlich da. Ich fiel in eine gnädige Ohnmacht, zumindest glaubte ich das damals. Als ich wieder zu mir kam und mein Kind verlangte, schloss mich Berte in die Arme und sagte mir, dass mein Junge tot auf die Welt gekommen sei. Ich dürfe ihn nicht sehen, das sei zu schrecklich für mich. Für mich brach alles zusammen. Ich wurde furchtbar krank. Hohes Fieber, Blutungen, Schweißausbrüche, Ohnmachten. Tagelang war nicht klar, ob ich überleben würde. Aber dann kam ich zu mir, die Krise war überwunden und ich konnte langsam genesen."

Iliane kniete vor Eefje auf dem Boden und hielt schluchzend ihre Hand. „Und alles war gelogen!" konnten die anderen zwischen den Schluchzern kaum verstehen.
„Ja, alles war gelogen."
Eefjes Stimme war nur ein Hauch.

Beklemmende Stille lag im Raum, keine wagte zu sprechen, keine wagte zu fragen. Und doch hing das Ungesagte zum Greifen in der Luft. Eefje hatte sich wieder gefasst, trank hastig einen Schluck und räusperte sich, bis ihr die Stimme wieder gehorchte.

„Erst als ich aus dem Kloster einen Brief bekam, lange Jahre nach all den Wirren und Kriegsschrecken, erfuhr ich die Wahrheit. Vater hatte das alles eingefädelt, zwang Berte mitzumachen und den Abt auch. Es war das Schlimmste überhaupt. Ich hatte den Mann verloren, den ich liebte. Ich hatte den Sohn verloren, der mich mit diesem Mann verband. Aber mein Vater hatte mich belogen, uns belogen, mir den Sohn genommen, meinem Jungen die Mutter, einen Vater hatte er doch nicht. Sie hatten mich bei der Geburt schnell betäubt, ganz einfach mit Chloroform, das damals leicht zu beschaffen war. Denn der Junge, den ich auf die Welt brachte, lebte. Er lebte! Und war behindert. Ein Junge mit Down-Syndrom. Das war zuviel für meinen Vater. Er löste das Problem auf seine Weise. Der Junge verschwand im Kloster, ich wurde belogen und die Welt war wieder in Ordnung. Immerhin hatte er soviel Anstand, das Kind nach seinem Vater zu benennen und ihm seinen eigenen Nachnamen zu geben. Aber das war wohl nur das schlechte Gewissen."

Rose und Lea saßen kreideweiß auf dem Sofa. Lea lauschte der verklingenden Stimme nach. Es war, als ob Eefjes Worte in dem eleganten Salon immer wieder von den Wänden zurück auf ihre Ohren prallten. Es war so unwirklich und so unsagbar traurig.
Keine wusste so recht, was sie sagen sollte, wie sie sich verhalten sollte. Aber Eefje war großartig. Sie stand aus ihrem Sessel auf, schob Iliane sanft zur Seite und reckte den Rücken. Kerzengerade ging sie zum Terrassenfenster und öffnete die hohen Flügel. Draußen war tiefe Dämmerung, die ersten Sterne erschienen hoch am dunkelblauen Himmel. Eefje atmete hörbar ein und drehte sich langsam zu den anderen um.
„Wenn es euch recht ist, erzähle ich morgen weiter. Ich kann jetzt nicht mehr. Ich bin schrecklich müde."
Die anderen nickten, reden konnten sie nicht, trauten sie sich auch nicht. Was soll man zu einer Frau sagen, die so Unsagbares erlebt hatte, ertragen musste und doch ihr Leben weiterführen konnte, ohne zu zerbrechen?
„Was nun noch kommt, ist auch nicht mehr so aufregend. Ich musste mich mit der Wahrheit in meinem Leben einrichten. Musste mich mit meiner Familie irgendwie arrangieren, ohne wahnsinnig zu werden. Aber wie ihr heute seht, habe ich es geschafft, alt zu werden. Und ich will auch noch ein paar Jahre hier sein, schließlich finde ich das Leben doch gar nicht so übel." Ein leises Lächeln huschte über ihr Gesicht, als wollte sie die anderen beruhigen und aufmuntern. Lea und Rose drückten sie sanft und nickten Iliane zu, die Eefje am Arm

nahm und in Richtung Schlafzimmer bugsierte. Fast auf Zehenspitzen verließen die beiden Frauen das Haus.

Kapitel XIX

Die Sonne schien auf den Frühstückstisch auf der Terrasse, an dem Lea und Rose schweigend ihre Croissants zerkrümelten und endlos in ihren Tassen rührten. Keine störte sich daran, beide waren so weit weg mit ihren Gedanken.
„Was habe ich da nur losgetreten?“ flüsterte Lea nach einer Weile.
„Gar nichts. Das musste alles endlich mal raus. Eefje war richtig erleichtert, dass sie über ihre Allerliebsten endlich offen sprechen durfte. Und Iliane musste gestern leider erfahren, dass ihre Heucheleien die Wahrheit nicht verhindern konnten.“
„Trotzdem, ich fühle mich ziemlich mies.“ Lea fuhr sich durch die verstrubbelten Haare und rieb sich die rot geschwollenen Augen. Beide sahen heute Morgen recht verkatert aus, was aber vor allem daran lag, dass Rose sich stundenlang schlaflos im Bett gewälzt hatte und Lea von Alpträumen geplagt total gerädert aufgewacht war.
„Die Zwänge des Großbürgertums im zwanzigsten Jahrhundert waren kaum besser als in den Jahrhunderten davor. Da hatte sich nicht viel getan, fürchte ich.“
Lea nickte.
„Frauen und besonders Töchter galten wohl nicht viel. Wie kann ein Vater nur so handeln? Das verstehe ich nicht.“
„Ja, Lea, das ist das Eine. Aber was ich noch viel schrecklicher finde, ist, dass Eefje nicht abgehauen ist, sondern sich ein ganzes langes Leben lang mit dieser Familie eingerichtet hat. Was muss das für eine eisenharte Erziehung gewesen sein, wenn man das Wohl der Familie, die Ehre des Familiennamens höherstellt als sein eigenes Lebensglück. Und dann mit diesem Vater jahrzehntelang unter einem Dach. Wie hält man das aus?“
„Keine Ahnung. Ich wäre gegangen. Aber ich bin ja auch gefühlte hundert Jahre später geboren.“
„Hm... und Eefje hat das alles nun über vierzig Jahre mit sich herumgetragen. Ist das nun super oder nur blöd?“
„Ich weiß es nicht, ich verstehe solche Dinge nicht. Aber wenn man von klein auf jeden Tag eiserne Disziplin und Wohlverhalten eingetrichtert bekommt, kann man wahrscheinlich nicht mehr anders.“
„Wie schrecklich, wenn man nur gelebt wird und keinen eigenen Willen und keine eigenen Gefühle ausleben darf.“
„Rose, das alles ist uns fremd. Aber trotzdem wissen wir immer noch nicht wirklich etwas. Wir haben Eefjes irrwitzige Lebens-

geschichte, aber was war mit dem Kästchen?"
„Mal sehen, ob sich die Damen heute melden oder ob Eefje aufgegeben hat, weil Iliane ihr zusetzt. Wenn wir wiederkommen dürfen, werden wir mehr wissen."
„Ja, stimmt. Aber ich rechne eigentlich nicht damit. Das war gestern zu heftig. Iliane wird alles daransetzen, um weitere Enthüllungen zu verhindern. Ich werde jetzt mal den anderen eine Nachricht schicken, damit wir uns heute Abend bei Mel treffen. Die fallen um, wenn sie die Story hören."

In Leas letzte Worte hinein klingelte das Telefon. Rose zog die Augenbrauen hoch und holte den Hörer. Automatisch drückte sie auf Mithören, nachdem sie sich gemeldet hatte.
„Hallo Rose, hier ist Iliane. Ich soll euch von Eefje ausrichten, dass sie euch heute Mittag zum Tee erwartet. Sie will unbedingt noch mal mit euch reden."
Fast mechanisch spulte Iliane den Text ab.
Lea konnte ein Grinsen nicht unterdrücken. Rose bedankte sich artig für die Einladung und versprach, dass sie beide gegen drei in der Villa erscheinen würden. Damit war das Gespräch auch schon zu Ende. Iliane verabschiedete sich eilig.
„Oha, der Dame passt das aber ganz und gar nicht!"
„Scheint mir auch so, Lea. Aber wir werden da sein, darauf kann sie sich verlassen. Jetzt wollen wir auch noch den Rest erfahren."
„Hm, wenn ich nur sicher sein könnte, welche Fragen wir stellen müssten, um das Geheimnis zu lüften. Irgendwie tappen wir immer noch im Dunkeln."
„Da verlassen wir uns einfach auf unsere Intuition und die Situation. Wird schon werden."
Rose war aufgestanden und mit ihrem Gedeck unterwegs zur Küche. Lea folgte ihr mit dem Brotkorb und der Butter.

Pünktlich um drei wurden die beiden Frauen vom Hausmädchen auf die Terrasse vor Eefjes Salon geführt. Lea überreichte der alten Dame einen kleinen Strauß mit hellrosa Rosen, die sie im Garten der Tante geschnitten hatte.
„Ach, sind die schön! Rose, du hast wirklich Glück! Und anscheinend auch einen grünen Daumen, wenn ich mir diese wunderbaren Blüten so ansehe." Eefje sog den Duft der Blumen tief ein.
„Iliane, bist du so nett und stellst sie ins Wasser? Danke!"
Mit steifen Bewegungen nahm Iliane den Strauß entgegen und

ging mit hölzernen Schritten zum Schrank, um eine Vase zu holen. Sie sah sichtlich mitgenommen aus, hatte gerötete Augen, hektische Flecken auf den Wangen und im Dekolleté und machte insgesamt den Eindruck, als hätte auch sie eine schlaflose Nacht verbracht. Eefje dagegen strahlte wie das blühende Leben. Sie schien richtiggehend verjüngt und energiegeladen. Die Lebensbeichte hatte sie anscheinend erleichtert und eine Riesenlast von ihr genommen.

„Setzt euch, meine Lieben. Hier steht auch schon der Tee. Ich bin so froh, dass ihr euch heute noch einmal die Zeit für mich genommen habt. Ich hatte schon befürchtet, dass ihr nach dem gestrigen Mittag nicht mehr kommen wolltet. Es wäre durchaus verständlich, ich muss euch ja fürchterlich erschreckt haben."
So plaudernd schob sie die Teetassen zu den Damen hin und bot die Gebäckschale an. Lea konnte die alte Dame nur bewundern, auch wenn sie das alles absolut nicht verstand.
„So, dann nehme ich euch mal mit in das Jahr 1970, über vierzig Jahre zurück. Lea war noch gar nicht geboren, noch nicht einmal angedacht."
Eefje lächelte der jungen Frau zu und streichelte ihre Hand. Lea lächelte unsicher zurück. Wie konnte sich diese Frau derart unter Kontrolle haben? Das war einfach unglaublich.
„Ja, wie ich gestern schon sagte, ich bekam Post vom Kloster. Wahrscheinlich hätte ich den Brief nie zu sehen bekommen, wenn ihn mein Vater zuerst entdeckt hätte. Aber da ich noch immer das Büro der Brauerei betreute, landete die Post automatisch auf meinem Schreibtisch.

Nachdem ich die grauenhafte Zeit nach der angeblichen Totgeburt überstanden hatte, versuchte ich alles zu vergessen und stürzte mich in die Arbeit in der Brauerei. Die gesamte Administration hatte ich an mich gezogen. Ich ging darin auf, es war für mich Vergessen und Bestätigung zugleich, zumal ich den Eindruck hatte, damit meinen Teil zum Wohl der Familie beizutragen. Ich wollte nie heiraten, nicht nachdem ich Peter gekannt hatte. Also durchkreuzte ich so die Pläne meiner Familie auf eine lohnenswerte Verbindung mit einem anderen wohlhabenden Brügger Haus. Das wollte ich mit aufopfernder Arbeit für die Firma ausgleichen. Unsere Mutter schwieg dazu sowieso, sie hatte keine eigene Meinung, wenn ihr auch das ganze Zahlenwerk in weiblicher Hand äußerst suspekt war. Vater war froh, dass er sich darum nicht kümmern musste und sich auf mich verlassen konnte.

Dann aber kam, wie gesagt, dieser unselige Brief. Mein Vater hatte mich damals ehrlicherweise als Kindsmutter angegeben, deswegen wurde ich auch informiert, als mein Sohn gestorben war. Ich fiel aus allen Wolken, als ich lesen musste, dass mein Sohn Peter van Branden nach seinen langen Leiden erlöst worden war und auf dem Friedhof des Klosters seine letzte Ruhestätte gefunden hatte. Ich war wie vor den Kopf geschlagen. Was hatte das zu bedeuten? Mein Kind war doch schon seit fünfundzwanzig Jahren tot. Das musste eine Verwechslung sein. Ich beschloss, erst einmal niemandem etwas zu erzählen und direkt im Kloster nachzufragen. Der Abt empfing mich tatsächlich. Es war ein anderer als der, dem mein Vater das Kind anvertraut hatte. Er zeigte mir die Kirchenbücher, die Einträge in das Geburten-, Tauf- und Sterberegister. Ich las da meinen Namen, den meines Vaters und als Kindsvater stand da „unbekannt". Ich brachte keinen Ton heraus. Der Abt ließ mich von einem Mönch auf den Friedhof führen und das Grab zeigen. Da musste ich mich der Wahrheit stellen. Mein Sohn hatte gelebt, ich hatte nichts geahnt, Vater hatte mich belogen und lebte mit dieser Lüge Tag für Tag neben mir. Wusste Mutter davon? Berte war inzwischen lange tot, sie konnte ich nichts mehr fragen. Es war zum Verzweifeln."

Wie am Tag zuvor schwiegen die Frauen betroffen. Was hätten sie auch sagen sollen, alles hätte schal und platt geklungen nach diesen ungeheuren Erlebnissen, die Eefje hatte durchmachen müssen. Die alte Frau schien auch heute stark und ihre Stimme war fest, als sie nun fortfuhr.
„Ich verließ das Kloster und war total durcheinander. Wahrscheinlich habe ich mich nicht einmal verabschiedet. Ziellos lief ich durch den Wald und über die Felder am Rand der Stadt. Spät nachts kam ich heim, müde gelaufen und schmutzig, aber in meinem Kopf drehten sich immer noch unaufhörlich die Gedanken. Ich schlich mich hintenrum ins Haus und verschwand in meinem Zimmer, bevor noch irgendjemand Fragen stellen konnte. Inzwischen war ich zwar eine erwachsene Frau über vierzig, aber im Haus war Vaters Wort noch immer Gebot. Nach einer schlaflosen Nacht stand mein Plan fest. Ich wollte weg, nichts wie weg von diesem Ungeheuer von Vater und seinen verlogenen Machenschaften. Verzeih, Iliane, wenn ich das so hart sage, aber damals konnte ich nicht anders fühlen, konnte nicht vergeben, konnte eigentlich gar keinen klaren

Gedanken fassen."
Iliane drückte Eefjes Hand.
„Das kann ich gut verstehen, ich wusste ja nicht mal die Hälfte von dem, was du durchmachen musstest. Mich haben sie immer mit halben Wahrheiten abgespeist, die ich aber auch nie hinterfragt habe."
Eefje lächelte Iliane an und erwiderte den Händedruck.

„Beim Frühstück erwähnte ich beiläufig, dass ich meinen gesamten Jahresurlaub nehmen wollte, ich hätte mal eine Pause nötig und wollte mich ein wenig in Europa umsehen. Das letztere sagte ich nur, weil ich wusste, dass das meiner Mutter gefallen würde. Bildungsreise wie zu alten Zeiten, das passte in ihr Weltbild. Sie waren zwar alle beide erstaunt, fragten aber nicht weiter nach. Inzwischen war ja auch Ilianes Mann in die Firma eingetreten, dadurch waren die Aufgaben breiter verteilt und ich konnte mich freimachen. Am selben Mittag war ich bereits am Bahnhof und unterwegs nach Deutschland. Ich machte mir nichts vor, ich wollte Peter finden. Also nach Aachen. Ich will es kurz machen, es war sinnlos, ich fand ihn natürlich nicht. Ohne Nachnamen, ohne Erkennungsmarke konnte nicht mal das Rote Kreuz etwas unternehmen. Ich fuhr weiter nach Österreich, in die Schweiz und nach Frankreich. Immer irgendwie auf der Flucht, von den Gedanken an die Vergangenheit gepeinigt, voller Hass auf meinen Vater. Ich fand nirgends Ruhe oder Erleichterung. Natürlich genoss ich die Schönheiten, die sich mir unterwegs boten, aber alles wurde nach wenigen Stunden fad und grau, alles erschien mir sinnlos. Ich hatte gerade einen Flug nach London gebucht, als mich im Hotel ein Telegramm von zuhause erreichte. Iliane wusste in groben Zügen immer, wo ich gerade war. Deswegen konnte sie mir auch eine Nachricht zukommen lassen."
Iliane nickte bestätigend bei diesen Worten.
„Ich erinnere mich noch ganz genau. Ich hatte dir geschrieben, dass unsere Mutter einen Schlaganfall erlitten hatte und niemand wusste, ob sie die nächsten Tage überleben würde. Da musste ich dich informieren, ich wusste ja auch gar nicht, weshalb du weggegangen warst."
„Ja. Ich weiß es auch noch genau. Ich stand in der Hotelhalle und las das Telegramm noch mal und noch mal und der Inhalt brannte mir in den Augen. Ich hatte keine Wahl, ich musste nach Hause."

„Aber deine Mutter wusste doch sicher über alles Bescheid.

Warum hast du dich da noch verpflichtet gefühlt?"
Rose konnte sich diesen Einwurf nicht verkneifen.

„Meine Mutter wusste nichts, das war mir klargeworden, als ich an dem Morgen vor meiner Abreise mit allen am Frühstückstisch saß. Sie war so arglos, so weit weg von jeder Realität, dass mir klar wurde, mein Vater hatte sie immer aus allem herausgehalten. Weil es für ihn so bequemer war, weil eine Frau in seinen Augen eh nichts zu sagen hatte und weil er sichergehen wollte, dass niemand plauderte. Berte hatte geschwiegen, aber sie war ihm seit seiner Kindheit blind ergeben. Bei seiner Frau konnte er sich da nicht so sicher sein; bei Kindern, bei Babys hörte ihre demütige Ergebenheit für ihn auf. Da konnte sie fuchsteufelswild werden, wie wir einmal miterleben konnten, als einer unserer Arbeiter seine Kinder brutal geschlagen und in den Hühnerstall gesperrt hatte. Meine Mutter drohte ihm sogar mit Entlassung, falls sie von so einer Entgleisung, wie sie das nannte, noch einmal hören würde. Vater hätte ihr diese Sache, meine Geschichte niemals erzählen können. Mutter war wie ich überzeugt, dass das Kind tot geboren war. Sie brachte ja auch immer frische Blumen zum Familiengrab. Dort war der kleine Peter angeblich bei seinen vielen Vorfahren mit beerdigt worden. Auf dem Grabstein stand er nicht verzeichnet, aber das ging ja auch nicht, denn ich war ja vor der Öffentlichkeit nie schwanger gewesen."

So langsam hatten sich die Frauen ein wenig gefasst. Jetzt wagte sogar Lea einen Kommentar.
„Meine Güte, wie Sie das alles ertragen haben! Man kann doch einer jungen Mutter fast nichts Schlimmeres antun."
„Da haben Sie recht. Ich empfand es genauso. Aber dann kam das Telegramm und mir war klar, dass ich zu meiner Mutter musste. Nicht noch eine Mutter-Kind-Geschichte mit bösem Ausgang. Auch wenn ich inzwischen eine reife Frau war, ich war noch Tochter, würde es immer sein, solange meine Mutter lebte. Mein Vater war mir dabei egal, ich fühlte nicht einmal mehr Hass für ihn, ich wollte nur meiner Mutter beistehen. Also fuhr ich zurück.
Das Ende ist schnell erzählt. Meine Mutter war ein Pflegefall, wir teilten uns in die Fürsorge. Iliane und ich waren Tag und Nacht für sie da. Wenigstens konnten wir ihr noch ein paar Wochen ein wenig Erleichterung und Liebe zukommen lassen. Meinen Vater ignorierte ich, er war für mich gar nicht mehr präsent. In dieser Zeit begriff ich, dass es noch viel schlimmer

ist, wenn man einen Menschen gar nicht mehr wahrnimmt, als wenn man ihn hasst. Mit Hass bekommt er noch Aufmerksamkeit, wird beachtet, steht im Mittelpunkt eines Gefühls, auch wenn es negativ ist. Wenn einem ein Mensch gleichgültig geworden ist, ist er nicht mehr Teil des eigenen Lebens. Er ist nicht mehr da, spielt keine Rolle mehr, hat keinen Anspruch mehr auf irgendein Gefühl."

Eefje trank Tee in kleinen Schlucken, um ihre Kehle zu befeuchten. Die lange Rede hatte ihren Mund trocken gemacht. Aber nach wie vor war sie stark, beherrscht und sprach mit klarer Stimme.

„Dann ist Mutter gestorben. Für mich war das schlimm, aber ich hatte meinen Mann. Du warst allein, das habe ich gespürt, aber ich hatte mein eigenes Leben, ich habe mir damals nicht viele Gedanken über dich gemacht."
Iliane flüsterte fast.
„Ja. Nach der Beerdigung ging ich wieder stundenlang an den Reien entlang. Ich suchte nach einer Antwort auf die Frage, was ich jetzt anfangen sollte. Ich hatte das Gefühl, dass jede weitere Stunde unter dem Dach mit Vater zu einer Katastrophe führen würde. Aber er war inzwischen ein alter Mann, nicht zum Fürchten, nur unerträglich alt und eigensinnig und selbstherrlich. Er sagte doch tatsächlich am Tag nach Mutters Begräbnis zu mir, dass ich als älteste Tochter jetzt den Haushalt führen müsse. Ich verließ wortlos das Zimmer. Und dachte nach, lange. Immer wieder drehten sich die Gedanken in meinem Kopf. Auf der einen Seite war da dieses unendliche Leid, das er mir angetan hatte. Auf der anderen Seite war der Alltag einer angesehenen Brauerfamilie in einer alten Patrizierstadt. Ich war Kind meiner Erziehung, ich verstand vieles, was ich auch in dieser Zeit inzwischen nicht mehr akzeptieren wollte und konnte. Ich beschloss, einen Handel mit meinem Vater zu schließen. Mein heimlicher Traum seit Kinderzeit war die Kunst. Das war als Zeitvertreib für höhere Töchter gern gesehen. Aber trotz der vielfältigen Kunstszene in dieser Stadt kam es überhaupt nicht in Frage, dass eine Frau sich mit Malerei und ähnlichem beruflich beschäftigen konnte. Ich beschloss, eine eigene Galerie zu eröffnen. Und mein Vater sollte mir dabei helfen. Freiwillig würde er das nicht tun, das war klar. Also musste ich mit ihm einen Handel eingehen. Und er mit mir."
„Was? Davon hast du nie etwas erzählt, Eefje!"
Iliane war ganz aufgeregt.

„Es gab ja auch nichts zu erzählen. Es wurde nichts daraus. Der Sturheit meines Vaters war ich nicht gewachsen. Aber der Reihe nach. Ich legte mir einen Plan zurecht und wartete auf einen günstigen Abend, an dem ich alleine mit Vater sprechen konnte. Als ich die Bibliothek betrat, wo er abends oft am Schreibtisch saß, stand wie so meistens das Holzkästchen offen vor ihm auf dem Tisch. Er las in alten, vergilbten Papieren und strich mit der Hand immer wieder über ein Stück Sackleinen, das ich schon oft in dem Kästchen gesehen hatte."
Rose und Lea rutschten auf dem Sofa ganz nach vorn. Jetzt wurde gleich das Geheimnis des Kästchens gelüftet. Lea hielt den Atem an.

„Ich erzählte ihm von dem Brief aus dem Kloster. Erstaunlicherweise konnte ich das inzwischen ohne Gefühlsregung tun. Er hörte unbeweglich zu und nickte am Ende mit dem Kopf. ‚Jetzt ist alles gut, nun ist es vorbei. Gut, dass du das überprüft hast. Nun kann unsere Familie und die Brauerei in Ehren wachsen und gedeihen.' Das sagte er wirklich, die Worte werde ich nie vergessen."
Rose sog zischend die Luft ein, Lea ließ sich gegen die Rückenlehne fallen und Iliane begann leise zu schluchzen.

„Ja, Ihr Lieben, so war er. Ein Patriarch durch und durch. Menschen zählten nicht, nur die Familienehre und die Firma. Der gute Ruf in der Stadt war sein Lebensziel, dem wurde alles untergeordnet. Glück war für ihn ein Wort aus kitschigen Frauenromanen, Liebe war für ihn Gefühlsduselei und Zeitverschwendung, Lebensqualität begann in der Brauerei und hörte dort auch auf.
Erst stand ich hilflos vor seinem Schreibtisch, am liebsten hätte ich ihm den Briefbeschwerer an den Kopf geworfen. Aber ich ließ die Arme hängen und starrte ihn nur an. Wie sollte ich mit einem Menschen etwas verhandeln, der die Notwendigkeit dafür gar nicht sah. Der keinerlei schlechtes Gewissen mir gegenüber hatte. Im Gegenteil, der glaubte, für alle das Beste getan zu haben. Ich wurde unsagbar wütend. Am liebsten hätte ich getobt und geschrien und irgendetwas an die Wand geworfen. Ich nahm das Holzkästchen, riss es hoch und schleuderte es mit voller Wucht in den venezianischen Spiegel über dem Kamin. Der Spiegel zerbrach klirrend und das Kästchen fiel zu Boden. Dabei ging der Deckel auf und der Inhalt wurde über den Teppich verstreut.
Vater stieß einen heiseren Schrei aus. ‚Das ist unser Erbe!',

schrie er. ‚Das ist alles, was wir haben!' Er sprang aus seinem Sessel und warf sich auf den Teppich. Hastig sammelte er alles ein, was sich auf dem Teppich fand. Aus dem Augenwinkel sah ich, dass im Kamin die Flammen höherschlugen. Ein kleines Stück Papier ging dort gerade im Feuer auf. Er schrie immer noch, unverständliches Zeug für mich. Ich wollte nur weg, nur meine Ruhe. Ich rannte aus der Bibliothek und verließ das Haus. Ich hatte mich schon lange an diese nächtlichen Gänge gewöhnt, normalerweise fand ich dabei so einigermaßen mein Gleichgewicht zurück. So auch dieses Mal. Deshalb war ich sehr erstaunt, als ich ins Haus zurückkehrte und alles hell erleuchtet fand."

„Oh ja, Vaters Herzanfall. Meine Güte, was war das für eine Aufregung! Ich hatte ihn in der Bibliothek gefunden, nachdem ich dem Geschrei gefolgt war. Was war das spät am Abend auch für ein Lärm! Da lag er dann auf dem Boden vor dem Kamin, das Holzkästchen krampfhaft umklammert und keuchend. Wir haben sofort einen Arzt kommen lassen, aber er musste in die Klinik, das Herz hatte Schaden genommen."

Iliane runzelte die Stirn, als sie sich an die Szene genau zu erinnern versuchte.

„Ja, und ich kam heim, als der Krankenwagen gerade vom Hof fuhr. Ich sagte kein Wort von dem, was vorgefallen war. Aber ich nahm mir das Kästchen genauer unter die Lupe. Es stand jetzt wieder auf dem Schreibtisch, mit geschlossenem Deckel. Der Inhalt war erst einmal nicht sehenswert. Ein paar Krümel von irgendwelchen Beeren und ein Stück Sackleinen. Wahrscheinlich ein Hopfensack, nahm ich an. Es machte keinen Sinn für mich. Meine Wut war zwar verraucht, aber ich sah meine Felle davonschwimmen. Dabei kam niemals eine Kunstgalerie für mich heraus. Ich hatte keinen Ansatzpunkt und Vater war erst einmal nicht ansprechbar. Ich hatte noch den Sackfetzen in den Händen, ohne es zu merken, und lief in der Bibliothek auf und ab, meine Gedanken wieder in Aufruhr und auch keine Ahnung, wie es weitergehen sollte. Vor lauter Aufregung zerrte ich an dem Leinenstück herum, bis es mit einem leisen Ratsch in zwei Teile zerriss. Das Geräusch brachte mich in die Wirklichkeit zurück. Ich stopfte alles wieder in dieses dämliche Kästchen und versuchte, in der Asche im Kamin das Papier zu finden, das da vor ein paar Stunden verbrannt war. Aber es war nichts mehr übrig. Nicht eine Spur davon. Das Feuer hatte zu gut gebrannt. Nun wusste ich erst recht nicht, ob das Papier vorher auch in dem Kästchen war, ob es wichtig war oder nur eine belanglose Notiz."

Lea seufzte leise.
„So nah und nun wissen wir erst nichts."
„Nein, und ich habe auch all die Jahre nicht herausbekommen, was es damit auf sich hatte. Vater blieb nach seiner Krankheit anfällig und schwach, oft konnte er kaum reden und hatte Lähmungserscheinungen. Er war ein gebrochener Mann, als er wieder aus der Klinik kam. Wieder ein Pflegefall. Aber diesmal hatte ich nicht vor, die Pflege zu übernehmen. Ich engagierte eine Pflegerin und überließ es Iliane, sich um die Einteilung der Hilfskräfte zu kümmern. Ich selbst zog mich aus dem Geschäft erst einmal zurück und begann wieder zu reisen. Weg, nichts wie weg."

Eefje lehnte sich in ihrem Sessel bequem zurück und atmete tief durch. Nach einer kleinen Pause redete sie weiter. Die anderen hatten sich nicht gerührt. Fast war es so, als wollten sie die alte Dame mit keinem noch so leisen Geräusch stören, unterbrechen oder aufhalten. Doch Eefje hatte gar nicht die Absicht, mit ihrer Lebensbeichte aufzuhören.

„Ich fuhr wieder nach Deutschland, reiste wieder durch das Aachener Land und suchte Spuren, wo keine waren. Bald merkte ich, dass mir das Reisen gar nicht half. Ich hatte meine Gedanken und Gefühle ja mitnehmen müssen, die blieben nicht in Brügge. Außerdem bekam ich Heimweh. Nach Iliane, nach meinen Büchern, nach meiner Stadt. Sicher nicht nach meinem Vater. Auch meine Gefühle für die Brauerei waren zwiespältig. Sie war so eng mit meinem Vater verknüpft. Also nahm ich den Zug zurück nach Hause. Es war alles noch so wie vor meiner Abreise, es hatte sich kaum etwas verändert. Die Zeit war hier fast spurlos vorbeigegangen. Da kam eines Abends mein Schwager, Ilianes Mann, zu mir und bat mich um ein Gespräch. Er hatte die Brauerei inzwischen geleitet und sie blühte noch besser als zu Vaters Zeiten. Der Alte erschien zwar ab und zu in den Arbeitsräumen, aber er war nicht mehr in der Lage, irgendetwas zu tun. Wenn er das auch glaubte und die Leute immer noch durch die Gegend scheuchen wollte. Jedenfalls bat mich mein Schwager Johann, wieder in der Firma mitzuarbeiten. Er wollte, dass ich wieder das Büro leiten und alles wie früher in die Hände nehmen sollte."
„Das konntest du ja auch wie kein anderer", warf Iliane ein.
„Ja, und es hatte mir auch gefehlt, wie ich während dieses Gesprächs feststellen musste. Ich bat um Bedenkzeit, da ich auf keinen Fall einfach so an die alte Zeit anknüpfen wollte. Ich

brauchte ein paar Veränderungen für mich persönlich, das war mir schnell klar. Da legte Johann eine Hand auf meinen Arm und sagte mir ganz sanft und leise, dass er von meiner unglücklichen Geschichte wusste. Er hatte eine nicht gerade leise Diskussion zufällig mitgehört, als ich noch versucht hatte, mit meinem Vater irgendwie abzurechnen. Johann besprach sich mit Iliane, die fügte aus ihrer Erinnerung ein paar Stückchen bei, dann konnten sie sich den Rest denken, auch wenn sie bis heute nie alle Details erfahren hatten."
„Ja, an das Gespräch erinnere ich mich noch genau. Johann hatte mit mir geredet, wir wollten dir irgendwie helfen, wenn uns auch dabei gar nicht klar war, wie wir das bewerkstelligen sollten. Da erschien uns das Beste, dass du eine Aufgabe haben solltest. Ich hoffte, das würde dir guttun."
„Hat es auch. Jedenfalls bis zu einem gewissen Grade. Der Schmerz wird nicht weniger, er vergeht mit der Zeit auch nicht, er zieht sich nur zurück. Er ist im Hintergrund immer da, aber der Alltag und das gewöhnliche Leben nehmen mehr und mehr Raum ein. Der Schmerz steht nicht mehr im Rampenlicht, aber hinter der Bühne ist er immer präsent, wenn ich das so sagen darf."
Nach einem Schluck Tee ging es weiter.
„Ich stellte Bedingungen. Wir hatten schon lange keinen Gärtner mehr im Haus, das war in den Siebzigern nicht mehr üblich. Außer einer Köchin und einem Hausmädchen hatten wir niemanden mehr, so snobistisch waren auch wir nicht. Die Gärtnerwohnung im hinteren Gebäudeflügel zum Garten hin stand leer. Die wollte ich für mich und bekam sie auch. Ich wollte ein wenig Privatsphäre haben, auch Distanz zu meinem Vater schaffen, der im ersten Stock seine beiden Zimmer hatte. Seine Fenster gingen nach vorne, also hatte ich auch von dort meine Ruhe. Johann stimmte allen meinen Wünschen zu, Iliane wird da wohl auch ihren Teil beigetragen haben. Wir haben uns arrangiert, nie mehr über das Thema Peter gesprochen und so getan, als wäre unsere Welt komplett in Ordnung."
„Johann musste ich nicht überzeugen. Er war ein herzensguter Mann, das weißt du, Eefje. Er wollte, dass es dir gut geht. Da waren deine Wünsche leicht zu erfüllen."
Eefje lächelte ihr zu und sprach weiter.
„Johann war wirklich ein prächtiger Kerl!"
Diese saloppe Bezeichnung aus Eefjes Mund entlockte Rose und Lea ein leises Lächeln. Langsam entspannte sich die Atmosphäre, langsam kamen sie alle wieder in der Gegenwart

an.
„Ja, mein Schwager war ein Mann, wie er für seine Familie und die Brauerei nicht besser hätte sein können. Als dann noch Jan kam, war das Glück zumindest auf dieser Seite des Hauses perfekt. Ich hatte der Geburt dieses Kindes natürlich mit zwiespältigen Gefühlen entgegengesehen. Aber Jan war so ein fröhliches Bürschchen, das vom ersten Tag an mein Herz erobert hatte. Iliane war großzügig, ich durfte das Kind nach Herzenslust bemuttern. Meinem Neffen konnte ich all die Liebe geben, die mein eigenes Kind nicht haben durfte. Heute ist er so ein wunderbarer Mensch wie sein Vater war. Gott sei Dank hat er nicht viel von seinem Großvater."
Eefje schloss ihre Geschichte mit einem tiefen Aufatmen ab. Sie langte nach dem Cognacschwenker, den ihr Iliane fürsorglich bereitgestellt hatte. Sie nahm ein paar kleine Schlucke und lächelte verschmitzt in die Runde.
„Und? Redet ihr jetzt noch mit mir? Oder habe ich die van Brandens in einem so schlechten Licht gezeigt, dass ihr unser Haus jetzt meiden wollt?"

„Fishing for compliments oder was?", Rose fiel schnell wieder in ihren gewohnten flotten Tonfall.
„Du hast uns freilich erschreckt. Aber weil wir mit dir fühlen, nicht weil eure Familie ein Schrecken für uns wäre."
Rose zwinkerte Iliane zu, die bei dieser Bemerkung schon fast wieder die Lippen zusammengekniffen hätte.
„Sie waren großartig, Eefje! Wie Sie das alles gemeistert haben! Und dass Sie den Mut gefunden haben, darüber zu sprechen, alles zu sagen, was seit so vielen Jahren in diesen Mauern hier verborgen war. Hut ab! Sie haben meine ganze Bewunderung."
Lea hatte sich zu der alten Dame herüber gebeugt und drückte ihre Hand. Lächelnd wurde dieser Händedruck erwidert.
„Es war nicht schwer zu sprechen. Nicht, nachdem der erste Damm gebrochen war. Es hat mir gutgetan. Unendlich gut sogar, wenn ich auch jetzt ein wenig müde bin, aber es ist eine angenehme Müdigkeit. Ich fühle mich prächtig. Und Iliane, du musst dich damit abfinden, dass nun alles heraus ist. Es wird deinem Ruf und deinem Ansehen in der Stadt nicht schaden."
Iliane gab nur einen unverständlichen Laut von sich, der das wohl abwiegeln sollte. Sie wollte nicht als arrogante Gans dastehen.
„Darf ich noch was fragen?" kam es von Lea.
„Aber sicher, meine Liebe, fragen Sie."

„Als Jan uns das Holzkästchen gebracht hat, Rose, weißt du noch, bei dir im Garten? Da hat er erzählt, dass sein Großvater, demnach der Vater von Eefje und Iliane, ihm dieses Kästchen einmal gezeigt hat. Und er hatte zu Jan gesagt, wenn die Brauerei einmal nicht so gut ginge, sei in dem Kästchen die Hilfe zu finden."
„Ja, stimmt, das hat er so gesagt", antwortete Rose und auch Iliane nickte zustimmend.
Zu Eefje gewandt, fuhr Lea fort: „Und Sie haben gesagt, dass Ihr Vater vor seinem Herzanfall rief, dass in dem Kästchen das Erbe der Familie sei, stimmt doch?"
„Ja, so hat er damals geschrien. Er war außer sich, als der Inhalt durch das Zimmer flog. Wenn das Papier, das verbrannt ist, auch dazu gehörte, ist es nun leider verloren."
„Hmm. Also war der Inhalt irgendwie sehr wichtig. Aber wir haben außer diesem Stück Rupfen, das wohl zu einem Hopfensack gehörte, und den paar Beeren nichts gefunden."
Lea sah fragend in die Runde.
„Ich habe das Kästchen damals beim Umbau an mich genommen. Und ich habe sogar untersucht, ob es einen doppelten Boden oder etwas Ähnliches hatte, habe aber nichts gefunden. Leider."
Eefje verzog bedauernd den Mund.

„Gut, dann werden wir jetzt noch mal alle Einzelheiten prüfen und versuchen, mit den neuen Erkenntnissen in Verbindung zu bringen. Dass auf dem Rupfensack das Emblem desselben Klosters ist, in dem Peter lebte, kann doch kein Zufall sein!"
Rose war wie immer pragmatisch und direkt. Lea pflichtete ihr bei und versprach den beiden Damen, möglichst schnell etwas hören zu lassen, wenn sie einen Zusammenhang herstellen konnten.
Sie verabschiedeten sich von Eefje und gingen mit Iliane zur Tür.
Iliane seufzte tief, als sie den beiden die Hand gab.
"Ich hätte nicht gedacht, dass sie das so gut übersteht. Aber wahrscheinlich ist es besser so. Jetzt können wir unbeschwert darüber reden. Oder auch schweigen, was sie lieber will. Aber es ist kein Tabu mehr und muss nicht krampfhaft umgangen werden. Irgendwie bin ich auch erleichtert."
Rose drückte Iliane an sich und trug ihr Grüße an Jan auf.
„Ach, der kommt heute Abend aus Brüssel wieder. Er war auf einer Tagung. Aber ob er dann auch nach Hause kommt, kann ich nicht sagen."

Iliane zwinkerte den beiden zu, Lea wurde es dabei ganz heiß. Das mussten sie ja auch noch aufklären. Oh, war das alles krass! Da hatten sie doch bisher das megalangweilige Leben geführt. Die alte Dame steckte sie alle in den Sack. Apropos Sack! Der Sack musste der Schlüssel sein. Also los!
Sie verabschiedeten sich endgültig und hatten es sehr eilig auf dem Heimweg.

Kapitel XX

„Also, noch mal... hier sind die ganzen Zettel mit unseren Weisheiten."
Rose schob Lea das Häufchen Papierstückchen zu.
„Wir müssen wahrscheinlich doch eine Tatort-Wand machen. Was meinst du, Rose?"
Rose grinste und wedelte bereits mit einer Rolle Klebeband. Sie ging zu ihrem großen Schrank im Esszimmer, den Lea schon die ganze Zeit bewunderte. Breit und schwer, in hellem Eichenholz stand er an der Wand neben der Tür zur Küche. Sein Abschlussbogen oben war mit feinen Schnitzereien dekoriert. Die beiden Türen mit den aufwändig verzierten Schlüssellöchern verbargen das schöne Porzellan und die alten geschliffenen Gläser, die Rose von Oma Anne übernommen hatte. Rose klappte beide Türflügel nach außen und klebte schon den ersten Zettel an den oberen Rand. „Kloster Sint Laurent" stand darauf. Auf die andere Tür klebte sie „Familie van Branden".
„Auf dem Holz ziehen wir besser keine Verbindungslinien."
Lea lachte spöttisch.
„Aber ich habe da schon eine Idee. Wir nehmen Fäden, die kleben wir von Zettel zu Zettel. In verschiedenen Farben, dann sehen wir gleich, was wohin gehört."
„Genial! Lea, du bist einfach super! Hier, halt mal! So, klebt!"
Rose trat einen Schritt zurück und bewunderte ihr Werk. Die linke Seite war schon ganz ordentlich bestückt.
„Gib her, ich klebe die Familie zusammen, dann kannst du die Fäden holen."
„Ja, am besten Wolle, die sieht man besser. Mal sehen, was Oma Anne so alles aufbewahrt hat."

Sie versuchten mit der Wolle und kleinen Klebeplättchen, die Rose aus ihrer Schreibtischschublade zauberte, die Verbindungen zwischen den einzelnen Personen und Fakten herzustellen. So einfach war das gar nicht. Immer wieder fehlte ein Detail.
„Jan scheint die alte Geschichte von Eefje und Peter auch zu kennen."
Lea unterbrach ihre Überlegungen vor der „Klostertüre" und sah Rose erstaunt an.
„Wie kommst du darauf?"
„Erinnerst du dich, als wir in Brügge Muscheln essen waren mit Jan und Iliane?"

„Ja, klar. Meine ersten Muscheln mit Fritten werde ich nie vergessen, das war ultrakrass."
„Und wie Jan und Iliane reagierten, als du Jan ins Kloster schicken wolltest, um wegen des Sackes zu fragen? Und wie dann die Sprache auf Religion kam?"
„Stimmt, ich erinnere mich. Es lief darauf hinaus, dass wir feststellten, dass Iliane katholisch und wir beide evangelisch sind. Jan war demnach wohl früher auch katholisch, aber jetzt eher atheistisch."
„Genau! Und warum sollte Jan seine Meinung so ändern? Gewöhnlich sind die Leute evangelisch oder katholisch, aber auch wenn sie sich der Kirche nicht verbunden fühlen, ändern sie meistens nichts daran. Hier in Belgien zahlt man ja auch keine Kirchensteuer."
„Und Iliane erwähnte auch, dass ihr Mann und Jan sich von der Kirche distanziert hätten..."
„Das meine ich! Jan hat wohl von seinem Vater die Geschichte gehört und teilte seine Abneigung gegen das Verhalten des Großvaters und das Kloster, das auch darin verwickelt war."
„Das könnte uns vielleicht aus der Geschichte mit Flitzi helfen. Ich weiß zwar noch nicht wie, aber uns wird schon was einfallen."
„Das erzählen wir heute Abend den anderen auch. Oh, heute Abend! Mel kocht, hast du gesagt?"
„Ja, sie wollte auf den Markt, lassen wir uns überraschen. Meinst du, wir sollten unsere Türen fotografieren, damit die anderen auch ihren Senf dazugeben können?"
„Gute Idee, wir drucken das für alle aus, dann können sie mitpuzzeln."

„...Ende der Geschichte! Gruselig, was? Und die alte Dame war ganz aufgekratzt, nachdem sie alles losgeworden war. Iliane war natürlich etwas pikiert, dass so schreckliche Dinge über ihre Familie ausgebreitet wurden, aber das hat außer ihr niemanden gestört."
„Die arme Frau!"
Mel standen immer noch Tränen in den Augen und hatte an dem, was Lea und Rose erzählt hatten, sichtlich zu kauen. Flitzi schwieg und hing ihren eigenen Gedanken nach. Det schob immer wieder die Fotos von den Schranktüren hin und her.
„Irgendwo ist hier der Zusammenhang. Aber wo?"
„Det, das fragen wir uns, seit Eefje angefangen hat zu reden.

Patriarch van Branden, Enkel Peter und das Kloster, da gibt es irgendeine Verbindung. Aber frag mal tote Leute!"
Lea streckte die Beine unterm Tisch lang aus. Sie war schläfrig. Die beiden Tage mit dieser Hammergeschichte und Mels unglaubliche Gemüseplatte zusammen mit dem Bier, das Det mitgebracht hatte, hatten sie geschafft. Sie wünschte sich nur noch ein Bett.
„Leute, ich muss zurück ins Hotel. Jan kommt heute Abend aus Brüssel zurück und will noch mit mir auf einen Drink um die Häuser ziehen. Da sollte ich ja wohl auch da sein."
Flitzi war schon aufgestanden und nahm ihre Jacke von der Stuhllehne.
„Vielleicht fällt mir ja auch noch was ein, wie ich die Sache drehen kann und Jan reinen Wein, äh, oder besser reines Bier einschenken kann, ohne alles kaputt zu machen. Wir hören oder lesen uns. Bis dann!"
Sie winkte über die Schulter, kontrollierte schnell ihren Rücksitz im Auto, ob der Hund auch wirklich noch bei Lea saß, und schon rollte der Sportwagen die Einfahrt hinunter.
„Tote Leute fragen... das ist vielleicht gar nicht so blöd."
„Hä? Das war doch nur Flachs!"
Lea lachte Rose aus.
„Nö, so doof ist das gar nicht. Rose hat recht", fing nun auch Det an.
„Mel, komm wir räumen den Tisch ab. Der wird anscheinend gleich zum Tischrücken gebraucht."
Lea stand auf und stellte die Teller ineinander, Mel stapelte die Platten und Schälchen.
Rose schüttelte den Kopf.
„Quatsch! Aber jeder Mensch in unseren Breiten hinterlässt doch Spuren in irgendwelchen Ämtern, Verzeichnissen, Kirchenbüchern, Geburtsregistern, Reisepässen, was weiß ich."
„Richtig!! Und seit Internet noch weit mehr. Davon können wir in diesem Fall leider nicht ausgehen, aber Schriftliches gibt es ganz bestimmt. Wir müssen nur überlegen, wo wir suchen müssen."
Det hatte sich mit seinem Bierglas zu Rose gebeugt und prostete ihr zu.
Mel und Lea trugen schnell das schmutzige Geschirr weg und setzten sich mit neuer Begeisterung wieder zu den anderen.
„Klar! Da hätten wir auch schon länger dran denken können!"
„Dann machen wir das eben jetzt. Also los, Schlachtplan! Wen müssen wir untersuchen?"
Rose fischte wieder den Block aus der Tasche mit den ge-

sammelten Dokumenten. Lea tippte ganz aufgeregt auf das Papier.
„Schreib auf! Peter van Branden. Wenn der fünfundzwanzig Jahre gelebt hat, wurde er getauft, ging zur Schule, empfing die Heilige Kommunion, war beim Arzt, hat irgendwelche Kleider gebraucht, Bücher..."
„Na ja, Schule. Er hatte das Down-Syndrom, schon vergessen? Wie ging man damals damit um?"
Mel sah kritisch auf Roses Notizen.
„Im Kloster wurde er sicher auch irgendwie unterrichtet. Die haben dort doch diese Schule für Waisenjungen. Vielleicht gab es die damals schon, das finde ich raus."
Det war ganz zuversichtlich.
„Ok, im Kloster kannst du sicher noch einiges mehr über diesen Peter herausfinden. Jetzt ist aber auch noch dieser Opa interessant. Der war Kaufmann, Brauereibesitzer, da hat man einiges Gewicht in der Stadt. Sicher lässt sich da noch die eine oder andere Aufzeichnung finden. Vielleicht hatte er ja sogar ein öffentliches Amt. Irgendwas über diesen Herrn gibt es sicher."
„Lea, da kann uns mein Museumsdirektor helfen. Der hat unbeschränkt Zugang zu allen Archiven der Stadt. Wir können ja jetzt auch direkt nach den beiden Personen fragen, wir haben die Namen."
„Gute Idee, Rose, rufst du ihn an?"
„Bei den van Brandens gibt es sicher auch noch Schriftstücke über den alten Herrn. Da könnt ihr doch jetzt auch fragen, ohne anzuecken."
Mel sah Rose fragend an.
„Ja, sicher. Das dürfte kein Problem mehr sein. Lea, das kannst du doch machen, Eefje hat eh einen Narren an dir gefressen."
„Mach ich. Dabei kann ich mir die Sammlung für das geplante Brauereimuseum noch mal ansehen. Wir haben jetzt mehr Informationen, vielleicht finde ich ja noch was."
Mel zupfte Det am Ärmel.
„Im Kloster, da gibt es doch eine Brauerei und einen Braumeister."
„Ja, diesen Maarten. Ein prima Typ, ich habe mich mit ihm richtig angefreundet."
„Wie lange ist der schon im Kloster? Hat der diesen Peter vielleicht gekannt? Und der Abt? Ist er der Nachfolger von dem, der Peter aufgenommen hat, oder schon wieder ein anderer?"
„Hm, gute Frage. Muss ich nachprüfen. Mel, wenn wir dich

nicht hätten!“
Det drückte Mel an sich und gab ihr einen schmatzenden Kuss auf die Wange. Sie schob ihn entrüstet weg.
„Wenn du so nasse Küsse verteilst, bekommst du nie eine Frau!“, schimpfte sie und lachte dabei. Als Antwort biss ihr Det ins Ohr. Quiekend sprang sie auf und rannte Richtung Küche.
„Wird das jetzt Ringelpietz mit Anfassen?“
Rose zog eine Augenbraue in astronomische Höhen. Lea kicherte vergnügt in ihr Bierglas.
„Rose, das ist normal bei den beiden. Sie lieben sich aus tiefstem Herzen, nur Mel weiß das noch nicht.“
„Ach, dann ist ja gut. Ich werde mich mal um die Aussteuer kümmern. Willst du weiße oder cremefarbene Gläsertücher mit Monogramm, Mel?“
Rose sah sie dabei so ernsthaft an, dass Mel einen Augenblick wirklich glaubte, Rose wäre es ernst mit dem Vorschlag.
„Lichtgrau bitte. Und das Monogramm in Nachtblau“, bestellte sie dann aber doch gut gelaunt.
„Meine Socken bitte zitronenblau, wenn du schon stricken willst“, ergänzte Det die Aussteuerpläne.
„Von Socken und Stricken war nie die Rede, hallo!“

Lea lag noch wach. Der Mond schien durch das offene Fenster und malte seltsame weiße und gelbliche Lichtfiguren auf die Wände. Sie hatte sich die Kissen in einem dicken Knäuel unter den Kopf geschoben und sah in die Baumkronen hinaus. Ein leiser Windhauch wiegte die Blätter und ließ das Mondlicht tanzen. Die sachten Geräusche der Nacht gaben ihr ein heimeliges Gefühl. Sie seufzte zufrieden und merkte beim Ausstrecken, dass ihre Füße mal wieder keinen Platz fanden, da Fussel zusammengerollt am Ende des Bettes lag.
Eefje kam ihr wieder in den Sinn. Was für eine Frau! Klein und zerbrechlich sah sie aus, dabei war sie vom Leben so geschüttelt worden, dass sie leicht daran hätte verzweifeln können. Aber nein, die eisenharte Erziehung und die Disziplin in einem Patrizierhaus trieben einem die Flausen schon aus. War das gut? War es genau das, was man zum Überleben brauchte? War das nicht auch eine Art der Emanzipation gewesen, dieses Abschütteln des Elends und dann trotzdem seinen Weg gehen? Oder war es blinder Gehorsam und auch eine gewisse Kälte? Bleigrau und doch auch Cremeweiß mit rosa Rändern zog sich durch Eefjes Leben, fand Lea.
Lea tat sich schwer, das Verhalten Eefjes einzuordnen. Sie

war in eine andere Zeit geboren, eine Zeit, wo Gefühle und Selbstbestimmung ganz selbstverständlich schienen, wo man das eigene Leben in die Hand nahm und nicht von Patriarchen vorzeichnen ließ. Sie dachte wieder an das Gespräch mit Rose darüber. Sie hatte damals entrüstet gesagt, dass sie abgehauen wäre, wenn ihr Vater das mit ihr versucht hätte. Wäre sie wirklich? Wenn sie ehrlich war, hatte sie ja auch keine Musterfamilie vorzuweisen. Sie hatte auch alles hingenommen, was ihre Eltern ihr boten bzw. nicht boten. Das Internat, die Ferien bei Freundinnen, wenn ihre Eltern nicht rechtzeitig aus ihrem Urwald, wie sie das damals nannte, zurück waren. Sie war auch nicht weggelaufen, hatte zwar manchmal etwas vermisst, aber aufbegehrt hatte sie auch nicht.
Na ja, ließ sich das vergleichen? Eefje war wirklich misshandelt worden, betrogen, beraubt, belogen. Und sie? Nur um Aufmerksamkeit, Zuwendung und Zeit gebracht worden. Beide Seelen waren verletzt worden. Wahrscheinlich hatte jeder Mensch irgend so eine Verletzung mit sich herumzutragen. Mehr oder weniger schwer, früher oder später zugefügt. Was waren eigentlich ihre eigenen Farben? Lea wusste es nicht so genau, irgendwie beanspruchte sie einen ganzen Regenbogen für sich.

Was trug wohl Rose mit sich herum? Sie wusste immer noch nicht viel über die Vergangenheit ihrer Tante. Aber das goldgrün, das Lea am ersten Abend für Rose gefunden hatte, war geblieben. Warm und licht, tief und klar.
Flitzi? Der war es ähnlich gegangen wie ihr. Keiner hatte viel Zeit für sie gehabt, sie war nur das hübsche Vorzeigekind aus guter Familie. Daher wohl auch das forsche Auftreten. So hatte sie sich ihren Platz gesucht. Das knallige Grün, das Lea ihr zugedacht hatte, bekam manchmal ganz dunkle, sanfte moosgrüne Töne. Wärme, die Flitzi gern verbarg.
Und Mel? Seit sie diesen angehenden Manager aus ihrem Leben geschmissen hatte, hatte Lea keinen Mann mehr an ihrer Seite gesehen. Sie wurde langsam ein wenig mütterlich und hausbacken, dafür war sie doch noch viel zu jung. Das lebendige Orange wurde manchmal ein wenig stumpf.
Lea seufzte tief. Vielleicht hatte Det doch recht und er war der Richtige für Mel. Dann sollte er sich aber mal ein wenig ins Zeug legen, befand Lea in ihren Überlegungen. Warum war er wohl so zurückhaltend? Lea konnte sich die Frage nicht beantworten, Det ließ keinen so ganz an sich heran, auch seine besten Freunde nicht. Dets verwaschenes Blau hatte damit

wohl zu tun, nicht so richtig zu fassen.
Über diesen Gedanken schlief sie ein, amateurpsychologische Analysen sind für spätabends im Bett einfach nicht geeignet.

Wohlig zog Flitzi die Decke bis zum Kinn und blinzelte in die Sonne, die in schmalen Strahlen durch die Gardine ihres Hotelzimmers fiel. Sie war noch nicht richtig wach, fühlte sich aber irgendwie rundum glücklich und zufrieden. Sie drehte sich auf die Seite und blickte direkt in Jans lachendes Gesicht.
„Na, ausgeschlafen, junge Frau?“
„Hmmmm“, bestätigte sie wohlig seufzend.
Sie rollte sich in seinen Arm und fand in diesem Moment die Welt und besonders Brügge einfach himmlisch.
„Du Wildfang! Mit dir scheinen nicht nur die Tage ziemlich aufregend zu sein...“, flüsterte er in ihr Ohr.
„War ich dir zu anstrengend, alter Mann?“
Seine Antwort war nicht so richtig zu verstehen, da er ihrer Schulter ganz besonders viel Aufmerksamkeit widmete.

Es war schon später Vormittag, als die beiden hoch über den Dächern von Brügge die Aussicht genossen. Jan hatte Flitzi zu einem Kollegen mitgenommen, der auch eine der wenigen, noch verbliebenen Brauereien in Brügge betrieb. Sein Brauhaus war so hoch gebaut, wie es in Brügge gerade noch erlaubt war, und auf der Dachterrasse hatte man einen wunderbaren Blick über die Stadt und das Minnewater. Da heute keine offiziellen Führungen stattfanden, waren sie alleine. Eng umschlungen standen sie am Geländer und genossen die Aussicht.
„Da unten waren wir, stimmt's?“
Flitzi deutete auf das Minnewater und die umliegenden Wiesen mit den leuchtend weißen Schwänen.
„Ja, genau da unten. Dort sind wir entlanggegangen“, bestätigte Jan.
„Schwäne haben immer einen dreckigen Hals.“
„Was? Flitzi, was erzählst du denn da?“
„Doch, ist so. Musst du mal genau hinsehen. Die putzen und machen und tun, aber an den langen Hals kommen sie bei der ganzen Putzerei nicht ran. Deswegen sind sie schneeweiß und der Hals dreckig.“
„Ach, komm! Darauf habe ich noch nie geachtet. Gibt es bei euch nicht auch irgendein Sprichwort mit einem dreckigen Hals?“

„Ja, gibt es."
Flitzi lachte ihr kehliges Lachen.
„Kopf hoch, wenn der Hals auch dreckig ist."
„Was bedeutet das?"
„Dass du immer auf dich selbst vertrauen sollst, auch wenn es ringsum ziemlich schwierig scheint. Oder so ähnlich:"
„Aha."
Beide schwiegen und sahen den Schwänen zu.
„Das erinnert mich an was", flüsterte Flitzi.
Jan sah sie abwartend an.
„Ich bin auch ein Schwan mit einem dreckigen Hals."
"Wie bitte? Mir erscheint er ziemlich sauber."
Zur Bestätigung seiner Aussage biss er sie zärtlich in den Nacken.
„Nein, ernsthaft. Ich habe ... äh... ich bin...also gut, ich war nicht so ganz ehrlich!"
Der erste Schritt war gemacht, aber Flitzi war es nicht wohl in ihrer Haut.
„Du bist verheiratet und hast ein paar Kinder? Du bist keine Wirtschaftsberaterin und hast auch nicht Jura studiert? Du bist gar nicht Flitzi?"
Jan lachte sie aus, er nahm die Situation nicht ernst.
„Doch, äh, nein. Also doch, ich bin Flitzi und habe auch den Beruf, von dem ich dir erzählt habe. Ich habe keinen Mann und keine Kinder. Aber ich war nicht ehrlich zu dir. Ich habe dich vorsätzlich getroffen."
„Vorsätzlich ins Herz getroffen? Du wusstest damals schon, dass du mich liebst? WOOOOW!"
„Bitte, Jan, keine Witze. Mir geht es gerade nicht besonders gut, ich beichte hier."
Er drehte sie zu sich um und sah ihr in die Augen. Ihr Gesichtsausdruck war sehr ernst und in ihren Augen stand Furcht.
„Was ist los? Red schon, ich reiß dir sicher nicht den Kopf ab."
Sein Blick blieb zärtlich und seine Hand fuhr liebkosend über ihre Wange.
„Ich war nicht ehrlich, ich habe dich getroffen, um dich auszuspionieren."
„Was, so charmante Wirtschaftsspione sind unterwegs?"
„Jan, bitte, ich meine das so! Die ganze Geschichte begann mit deinem Holzkästchen und dem Kloster..."
Jetzt wurde auch Jan ernst und sah sie aufmerksam an.
„Woher weißt du denn davon?"
„Das will ich dir ja die ganze Zeit erzählen, aber du nimmst

mich nicht für voll."
„Doch das tu ich, jetzt erzähl mal."
Er zog Flitzi zu einem schmalen Steinabsatz auf der Dachterrasse und setzte sich neben sie.
„Also, Lea ist meine Freundin..."

Flitzis Stimme war nur noch ein Flüstern, als sie mit ihrer Beichte fertig war. Jan hatte sie die ganze Zeit regungslos im Arm gehalten und sagte auch jetzt kein Wort. Flitzi traute sich nicht, in sein Gesicht zu sehen.
„Das war ja wohl nichts."
Jans Stimme klang kühl.
Flitzi fror bis ins Mark, das war's dann wohl.
„Nein, das war nichts", hauchte sie.
„Nein, das war wirklich nichts. Zum Spion taugst du absolut nicht!"
Flitzi schoss das Blut in die Wangen. Sie drehte sich zu Jan um und sah, dass er sich sehr bemühte, das Zucken seiner Mundwinkel unter Kontrolle zu halten.
Zaghaft versuchte sie ein Lächeln, er lachte los.
„Du und ein Spion!! Ich kann nicht mehr!"
Er zog Flitzi auf seinen Schoß und ließ sie auf seinen Beinen auf- und ab hüpfen.
„Du bist mir so ein Schwänchen mit dreckigem Hals! Du hast es ja nicht mal versucht!"
„Was? Was habe ich nicht versucht?"
Flitzi war immer noch nicht sicher, ob er nun böse war oder nicht. Sie beließ es erst einmal bei ihrem halben Lächeln.
„Das Spionieren natürlich! Alles, was du von dieser Sache weißt, hast du von Lea oder Rose. Wir beide haben nicht ein einziges Mal über meine Familie geredet. Und schon gar nicht über Tante Eefje, meinen Großvater oder das blöde Kästchen! Ha, du warst schon bei unserem ersten Treffen so hin und weg von mir, dass du deinen Auftrag komplett vergessen hast!"
Jan lachte immer noch.
„Nein, gar nicht wahr!"
„Doch, meine kleine Mata Hari, ich und der Huzarensalade hatten dich ganz und gar überrumpelt, du konntest gar nicht mehr anders, als mir hoffnungslos zu verfallen."
Flitzi sprang auf.
„Nein, überhaupt nicht. DU warst besoffen von mir, gleich nachdem ich deinen Parkplatz geklaut hatte und du auf meine unverschämt roten Sandaletten schauen musstest."
„Ok, der Anblick war sehenswert, vor allem, wenn man von

den Absätzen weiter nach oben schaute."
„Du Schuft! Na warte!"
Flitzi rannte die steilen Stufen hinunter auf den nächsten Terrassenabsatz, Jan sprang ihr nach. Mit seinen langen Beinen hatte er sie schnell eingeholt. Er schlang beide Arme um sie und hielt sie fest. Sein Gesicht war ganz nah an ihrem. Beide lachten glücklich und übermütig.
„So, jetzt kommt die Bestrafung", flüsterte Jan an ihrem Ohr. Er küsste sie endlos lange und leidenschaftlich. Flitzi japste schon nach Luft, aber er gab ihren Mund immer noch nicht frei. Endlich ließ er sie ziemlich abrupt los und hielt sie auf Armlänge von sich.
„Ich wusste nicht, dass deine Küsse eine Strafe sind."
Flitzi hatte immer noch Mühe mit dem Atmen.
„Das war nur zum Ruhigstellen. Ich sage dir, was du tun musst: Nie mehr von mir weggehen! Nie mehr! Und keine Schwanenhalsgeschichten mehr. Nie mehr! Und wehe, du stellst mir deine Freunde nicht noch heute umgehend vor!"
Flitzi warf sich in seine Arme.
„Diese Strafe nehme ich an! Von ganzem Herzen!"
Der Kuss, der darauf folgte war noch länger und heftiger als der davor. Atemlos gingen sie Hand in Hand durch die kleine Ausstellung über der Brauerei, um wieder ins Erdgeschoss zu kommen. Die Vitrinen und Museumsstücke nahmen sie nur im Vorbeigehen wahr. Sie gingen zielstrebig zum Ausgang und verabschiedeten sich vom Bierbrauer nur mit einem Winken durch sein Bürofenster. Sie hatten es nun doch sehr eilig, in Flitzis Hotelzimmer zu kommen.

Irgendwann am Nachmittag trudelte bei Lea eine Nachricht ein, dass Flitzi und Jan am Abend die ganze Verschwörerbande bei Mel zum Essen treffen wollten. Lea solle alle zusammentrommeln, für Essen und Trinken würden sie sorgen.
Lea zuckte die Schultern und reichte ihr Handy an Rose weiter. Die lachte und meinte trocken: „Jetzt scheint es wohl heraus zu sein. Und sie sind noch zusammen. Kann also nicht so schlimm gewesen sein."
„Ja, denke ich auch. Bin mal gespannt, was die beiden heute Abend so zu berichten haben."
Lea schickte Mel und Det eine Nachricht, um sie auf den Stand der Dinge zu bringen. Bis zur verabredeten Zeit bei Mel war noch reichlich Zeit. Lea wollte noch ein wenig durch die Stadt stromern. Sie nahm Fussel an die Leine und zog los, während

Rose was von Gartenarbeit murmelte und Richtung Schuppen verschwand.

Wieder stand Lea fasziniert auf dem Platz, den Rose ihr am ersten Tag gezeigt hatte. Wie alle anderen Besucher war sie hin und weg von den vielfältigen Fassaden, die so unglaublich viele Stilarten widerspiegelten und doch eine wunderbare Einheit bildeten. Sie wandte sich nach links und ging durch eine gut besuchte Straße mit vielen Spitzen- und Gobelinläden auf den großen Marktplatz zu. Als sich die Straßenschlucht auf den weiten Platz öffnete, blieb sie stehen und nahm das Bild in sich auf. An zwei Seiten stolze Patriziergebäude mit Treppengiebeln und Hauszeichen, früher Zunfthäuser, heute dicht besetzte Straßencafés. Rechts neben ihr das alte Postgebäude, links von ihr der Belfried und die Tuchhalle. Eine märchenhafte Kulisse. In der Mitte des Platzes, weit über die Pommesbude und die Pferdekutschen hinausragend, ein Standbild mit zwei Männern. Lea war neugierig, wer das wohl war? Jan Breidel und Pieter De Coninck las sie auf dem Sockel. Ja, richtig, über die beiden hatte sie im Stadtführer von Mel gelesen. Breidel war der Zunftmeister der Fleischhauer, De Coninck der von den Webern. Sie hatten Anfang des fünfzehnten Jahrhunderts Brügge und Flandern von den Franzosen befreit. Die berühmte Schlacht der Goldsporen bei Kortrijk. Lea fröstelte. Ihre Fantasie ging wieder mit ihr durch. Sie sah die beiden vor den Toren der Stadt mit einer riesigen Schar Fleischhauer und Weber gegen die Franzosen ziehen. Sumpfgrün, nachtblau, sonnenuntergangsorange und metallglänzend waren die Farben, die für Lea um die beiden auf dem Denkmal waberten. Sie lächelte vor sich hin. Was waren die Menschen damals doch einfallsreich gewesen. Für richtige Waffen hatten die Weber kein Geld und keine Waffenmeister, aber lange, zugespitzte Holzstangen waren leicht herzustellen. Und die nannten sie freundlicherweise „Guten Tag". Nett, wenn man von so einem Morgengruß in Grund und Boden gerammt wurde.
Sie ließ sich in einem der Cafés nieder, bestellte für sich einen Kaffee und für Fussel eine Schüssel Wasser und genoss das bunte Gewusel auf dem weiten Platz. Ihre Gedanken schweiften zu Jans Familie, dem Kästchen, dem Kloster und dem Kind, das keine Familie haben durfte. Ihr Besuch bei Eefje am Vormittag hatte nicht viel Neues ergeben. Opa van Branden war politisch nicht tätig gewesen. Er war zwar Vorsitzender des Gewerbevereins, aber die Weihnachtsfeiern, Festumzüge und historischen Jahrestage, die damals gefeiert und vom Gewer-

beverein unterstützt wurden, waren nicht der Rede wert. Eefje wusste auch nichts zu berichten, was ihren Vater näher beleuchtet hätte. Die Unterlagen für das Brauereimuseum, die bei Eefje im Büro lagen, brachten keine weiteren Erkenntnisse. Auch Iliane konnte nichts Brauchbares beisteuern. Der alte Herr van Branden war zwar ein strenger Patriarch und Hausherr der uralten Schule gewesen, aber durch nichts aufgefallen, was ihn aus der Reihe der Patrizierfamilien in Brügge herausgehoben hätte. Vielleicht hatte der Museumsdirektor ja was auf Lager, aber Lea bezweifelte, dass das alte Familienoberhaupt der Brauerfamilie noch viel zu bieten hatte. Also mussten sie sich auf das Kind, den Sohn Eefjes konzentrieren. Vielleicht hatte Det am Abend ja ein paar Neuigkeiten.
Aber was war mit dem Kästchen? Das Kind hatte damit sicher gar nichts zu tun. Und warum war das so wichtig für den Alten? „Das Erbe der Familie“ hatte er zu seiner Tochter und zu seinem Enkel gesagt. Was steckte dahinter?
Sie kamen einfach nicht weiter. Lea zahlte und zog mit Fussel wieder zu Roses Haus. Unterwegs konnte sie sich nicht satt sehen an den Reien mit den Booten, den tief hängenden Weidenbäumen, den verzierten Backsteinhäusern und dem ganzen Flair, das diese Stadt so einzigartig machte. Irgendwie ging ihr immer wieder das Buch von Rodenbach durch den Kopf, das ihr Rose zu lesen gegeben hatte. Eine Novelle aus dem vorletzten Jahrhundert, in dem Brügge als die Stadt der Nonnen und des Nebels beschrieben wurde, eine Stadt, die auf die Menschen wirkte und ihre Entscheidungen beeinflusste. Sie hatte hier zwar noch nie eine Nonne gesehen, aber irgendwie würden sie ins Stadtbild passen. Es gab ja auch noch ein paar Einrichtungen, wo Klosterfrauen lebten. Der alte Beginenhof zum Beispiel, davon hatte Rose ihr erzählt. Dort musste sie unbedingt einmal hin. Der war doch beim Minnewater mit den vielen Schwänen, von dem ihr Flitzi so vorgeschwärmt hatte?
Fussel zog sie vorwärts, denn er hatte inzwischen die Straße erschnüffelt, wo Roses Haus stand. Rose öffnete auf Leas Läuten und winkte die beiden herein, reden konnte sie nicht mit ihr, Rose war am Telefon im Gespräch.
Das gesprochene Flämisch war für Leas Sprachkenntnisse viel zu schnell, sie verstand nur ab und an ein einzelnes Wort. Deshalb füllte sie Fussels Trinknapf nach und nahm sich eine Flasche Wasser aus dem Kühlschrank. Rose erschien unter der Küchentür.
„Hallo, ihr zwei. Na, einen schönen Nachmittag gehabt?“

Lea nickte, ohne ihr Glas abzusetzen.
„Fein, das freut mich für euch. Ich war fleißig. Alles Unkraut aus dem Rosenbeet entfernt. Ach, übrigens! Das war gerade mein Museumsdirektor. Er hat nach unserem gestrengen Herrn Brauereibesitzer gefahndet. Aber außer den üblichen Geschichten wie Reden bei Jubiläen, Empfängen, Wohltätigkeitsbällen und ähnlich spannende Sachen hat der nichts vorzuweisen, keine gesellschaftlichen, keine politischen Ambitionen, einfach nur das langweilige, gediegene Großbürgerleben der damaligen Generation. Das einzige, was uns vielleicht interessieren könnte, ist der Familienstammbaum, meinte Koen. Der beginnt nämlich relativ spät, zumindest in den Aufzeichnungen der Stadt. Wir müssen Eefje mal fragen, ob die Familie schon immer in Brügge gewohnt hat oder irgendwann zugezogen ist.
Lea setzte ihr Glas ab.
„Wie spät?“
„Kurz nach sechs, warum?“
„Roooose!! Der Stammbaum, wann beginnt der?“
„Ach so, sorry! Ich meine, er sagte was von Anfang 19. Jahrhundert.“
„Das müssen wir genauer haben. Aber das steht ja vielleicht in der gewissen Familienbibel.“
„Erinnere mich bloß nicht an dieses Möbelstück!“
Rose verdrehte die Augen, Lea lachte.
„Och, komm. War doch krass mit dem alten Schinken.“
„Ich lenke jetzt mal vom Thema ab, wir sollten uns so langsam landfein machen, wenn wir um sieben bei Mel sein sollen.“
„Ja, ich muss dringend unter die Dusche. Dann mal los.“

Als mittags die Nachricht von Lea eingetroffen war, war Det gerade wieder in der Klosterbrauerei. Maarten hatte ihm einen kleine Stapel Bücher über das Brauwesen der flandrischen Klöster hingelegt. Eine größere Freude hätte er Det nicht machen können. Diese Detektivspielerei war ja ganz nett, aber als Wissenschaftler war er einfach begeistert von den Zusammenhängen zwischen süffigem Bier und biochemischen Abläufen. In dieser Art waren die während seines Studiums nicht vorgekommen. Es gab entweder Biochemie an der Uni oder Bier in den Studentenkneipen. Eine Verbindung hatten sie damals nicht hergestellt. Det hatte das Gefühl, sehr viel nachholen zu müssen. Theoretisch und praktisch. Wobei der theoretische Teil durchaus auch als Ausrede für den praktisch-empirischen Aspekt herhalten musste, aber das war Det ziemlich egal. Wie

Flitzi lernte er allerhand über Stammwürze, obergärig, untergärig, wilde Hefen, Geschmackszusätze, die in Belgien durchaus erlaubt waren, Mälzen, Temperaturen, Wasserhärte und was noch alles. Er hatte natürlich gegenüber Flitzi einigen Vorsprung, sowohl in der Praxis als auch in der Theorie. Aber er begriff langsam, dass Brauen wirklich eine äußerst komplexe Angelegenheit war. Zu Recht wurde Bierbrauen schon immer als eine hohe Kunst angesehen. Glücklicherweise waren die Bücher zum Teil in Englisch und Deutsch, das erleichterte ihm die Sache wesentlich. Aber selbst die Bücher in niederländischer Sprache eröffneten ihm neue Welten, da er beim Lesen in groben Zügen inzwischen verstand, worum es ging. Und die Abbildungen mit den entsprechenden Beschriftungen waren dabei auch eine große Hilfe.
Maarten setzte sich zu ihm. Zwischen den beiden war eine richtige Freundschaft entstanden. In ihrem Kauderwelsch aus Flämisch, Deutsch und Englisch verstanden sie sich prächtig. Maarten war so froh, endlich jemand gefunden zu haben, der sein Interesse an den Vorgängen beim Brauen teilte. Und Det war fasziniert vom klaren Fachverstand des Klosterbruders einerseits und seiner bescheidenen Lebensweise andererseits.
„Was liest du gerade?"
„Ach, dieses Gruut lässt mich noch nicht los. Ich würde gerne mal so ein Bier probieren, das mit so komischem Kräuterzeugs gewürzt ist."
„Das ist kein Problem. Das kannst du in jedem Laden kaufen."
„Was? Das gibt es heute immer noch?"
„Natürlich. Wir sind ja nicht an das deutsche Reinheitsgebot gebunden. Wir dürfen mit allerhand Sachen mischen, vorausgesetzt wir verletzen kein EU-Recht, aber das ist sehr dehnbar, wie immer."
"Oh oh! Und was für ein Bier ist das dann?"
„Zum Beispiel die Stadtbrauerei in Gent braut noch mit Gruut. Aber auch in vielen anderen Bieren ist Gruut enthalten, steht normalerweise auf dem Etikett."
„Toll, das muss ich unbedingt mal probieren. Hast du damit schon experimentiert?"
„Ja, aber es war grauenhaft. Konnte man nicht trinken. Bitter und unangenehm im Nachgeschmack. Das war kein Erfolgsrezept für unsere Brauerei."
„Wie lange bist du eigentlich schon hier? Hast du das Brauen hier gelernt?"
"Ja, ich bin seit meinem achten Lebensjahr hier. Meine Eltern sind gestorben und meine Tante hat mich hier in der Kloster-

schule untergebracht, weil sie mit mir nicht fertig wurde."
Ein schelmisches Lächeln huschte über Maartens Gesicht.
„Jedenfalls ging ich hier zur Schule, lernte auch einiges und ging dem alten Brauer Han nicht von der Seite."
"Han? Was ist das für ein Name?"
„Eine Abkürzung von Johan, auf Flämisch mit einem „n". Er war für mich eine Art Vaterersatz geworden. Wahrscheinlich, weil er sich ein wenig Zeit für mich nahm und mir vieles beibrachte. Unter anderem auch das Brauen. Nach seinem Tod übernahm ich die Brauerei, musste aber zuvor noch eine Prüfung außerhalb des Klosters ablegen, damit wir auch Bier in der Schenke verkaufen durften."
„Dann hast du von klein auf in der Brauerei geholfen?"
„Ja, in jeder freien Minute war ich hier. Han konnte unglaublich gute Geschichten erzählen, vor allem von früher, wie es in den alten Klosterbrauereien zugegangen war, lange vor unserer Zeit."
„Also hat er Gruut auch gekannt? Hat er es auch benutzt?"
„Gekannt ja, benutzt – kann ich so nicht sagen. Er hat immer in einem kleinen Kessel herumprobiert. Manchmal mussten wir das Ergebnis beim Abendessen testen, es war nicht immer ein Genuss."
In der Erinnerung verzog Maarten jetzt noch das Gesicht. Det lachte.
„Das kann ich mir vorstellen. Wegschütten war ja sicher nicht im Sinne des Herrn."
Maarten grinste zustimmend.
„Dann bist du wohl so in den siebziger Jahren hier angekommen?"
„Ja, 1973 wurde ich aufgenommen. Vor zwanzig Jahren habe ich das Gelübde abgelegt und bin Mönch geworden. Es war für mich das Einfachste. Ich wollte brauen und der Rest der Menschheit interessierte mich nicht sonderlich."
Er schaute etwas schuldbewusst drein bei diesem Bekenntnis, aber Det nickte ihm zu.
„Das klingt ja nun nicht besonders christlich, aber ich wollte Brauer sein, sonst nichts. Da war der Weg eigentlich eindeutig."
"Deine Gründe waren sicher ehrlich genug, da kann dir keiner einen Vorwurf machen."
Det erteilte Maarten die Absolution, Maarten lächelte ihn an.
„Heute spielen meine Gründe auch keine Rolle mehr, ich bin der Klosterbraumeister, damit erhalte ich das Kloster für den Abt und meine Brüder zu einem nicht unwesentlichen Teil. Das

macht mich stolz. Aber es ist mir auch klar, dass ich nur ein kleines Rad im ganzen Betrieb bin und mein Talent nur verliehen bekommen habe."

„Hey, nicht so bescheiden, Bruder Maarten! Du bist ein Genie mit Bier, soweit ich das beurteilen kann. Jedenfalls sind deine Produkte wirklich flüssiges Gold, wie sie in Bayern sagen."

Maarten lachte und holte einen Krug aus dem Keller. Er schenkte Det einen irdenen Humpen voll und bat ihn, das Getränk zu versuchen.

Det nahm einen tiefen Schluck, zog anerkennend die Augenbrauen in die Höhe und probierte noch einmal.

„Das ist gigantisch! Was hast du da zusammengebraut in deinem Hexenkessel?"

„Ein altes Rezept ausprobiert, das ich in den Aufzeichnungen vom alten Han gefunden habe."

„Aufzeichnungen? Was hat der denn aufgeschrieben? Bierrezepte? Oder noch mehr?"

Det war sehr aufmerksam geworden. Wenn Maarten auch nicht in der Zeit des Peter van Branden hier gelebt hatte, konnten die Aufzeichnungen des alten Braumeisters doch wichtig sein.

„Han hat alles aufgeschrieben, einfach alles. Und so durcheinander und chaotisch, wie er alles getan hat. Du hättest die Brauerei zu seiner Zeit sehen sollen. Da durfte nie eine Lebensmittelkontrolle kommen, die hätten ihm den Laden sofort dichtgemacht. Aber er fühlte sich in dem Durcheinander wohl, fand auch immer alles ohne lange Sucherei und braute fantastisches Bier."

„Na ja, hierher hat sich sicher keine Kontrolle verirrt, oder? Die dürfen doch gar nicht rein."

„Doch, dürfen sie. Weil wir das Bier nicht nur selber trinken, sondern in der Schenke verkaufen, dürfen die Kontrolleure schon hier herein. Aber das war damals kein Problem, Han kannte die Herrschaften lange genug. Er empfing sie immer in der Schenke und ließ sie hemmungslos Bier testen. Er füllte die Krüge unentwegt nach. Vor allem sorgte er dafür, dass sie alle Biere durcheinandertranken. Sie gingen ihm jedes Mal wieder auf den Leim, wahrscheinlich sogar ausgesprochen gerne. Sie bekamen auf Klosterkosten einen gewaltigen Rausch und durften sich im Heuschober ausschlafen. Am nächsten Morgen schlichen sie sich total verkatert vom Gelände und fuhren still und leise ab. Dann hatte Han wieder Ruhe bis zur nächsten Probe. Gefährlich wurde es erst, als diese Herren in Rente gingen und die EU immer mehr Bestimmun-

gen im Lebensmittelrecht durchsetzte. Aber Han hat auch diese Hindernisse alle meisterhaft umschifft. Irgendwie mogelte er sich immer wieder durch. Heute hätte ich mit so einer Schlamperei schon lange meine Lizenz verloren."
„Und das hat er alles aufgeschrieben?" fragte Det lachend.
„Das und noch viel mehr, Rezepte für Kräuterlikör, für Pfannkuchen mit Bierteig, für Biersauce als Grundlage der Stoverij und was weiß ich noch alles. Das Stoverij-Rezept verwenden sie übrigens heute noch in unserer Schenke, sehr zur Freude unserer Gäste, es ist köstlich."
„Und hat er auch etwas über die Menschen aufgeschrieben, die mit ihm hier lebten? Oder Besuch, der hierherkam?"
„Keine Ahnung, ich habe noch lange nicht alles durch. Es sind viele Bücher, die er vollgeschrieben hat. Und sie sind natürlich nicht chronologisch, das hätte zu Han nicht gepasst. In einem Buch findest du manchmal drei Jahrgänge, die Fortsetzung mit den gleichen Jahrgängen in noch zwei, drei anderen Büchern."
„Ach, du Schreck! Das ist ja ne Lebensaufgabe, daraus eine Chronologie des Klosters zu machen."
„Eben. Deshalb krame ich halt immer mal wieder darin herum, wenn ich Zeit und Lust habe."
Det kam zu der Erkenntnis, dass diese Spur im Moment wohl eine Sackgasse war.
Maarten ging wieder an seine Arbeit und Det las das wohl hundertste Gruut-Rezept. Er war immer noch fasziniert, was die damals so alles in das Bier gemanscht hatten, um den Geschmack und die Haltbarkeit zu verbessern. Ein paar Dinge hatte er sich notiert, die wollte er noch weiter recherchieren. Dazu brauchte er aber seinen Laptop. Er verabschiedete sich von Maarten und ging in seine Kammer, um vor dem Abendessen noch das eine oder andere über Gruut im Internet zu suchen.

Kapitel XXI

„Wenn die beiden nicht bald auftauchen, stürme ich deinen Kühli, Mel!“
Det wurde langsam ungehalten.
„Du hattest doch schon ein Abendessen im Kloster, verfressener Kerl.“
„Das ist jeden Abend das Gleiche, Käse, Brot und Butter und außerdem schon mindestens zwei Stunden her. Ich habe mich auf ein Austern-Hummer-Buffet aus Brauers feinem Haushalt gefreut, aber die beiden Turteltauben haben uns wohl vergessen.“
Da hörten sie aber auch schon einen Wagen vorfahren. Lea kam gerade aus der Küche und warf einen Blick in die Einfahrt. Es war weder Flitzis roter noch Jans schwarzer Porsche, der da vorfuhr. An der Aufschrift mit dem Brauereizeichen erkannte sie, dass es doch die beiden sein mussten.
„Die kommen mit dem Lieferwagen. Det, deine Chancen auf eine der sieben Todsünden steigt. Völlerei ist bei deinen neuen Freunden hinter den heiligen Mauern nach wie vor strafbar.“
„Na ja, beichten reicht doch bei den Katholiken, also kann ich da getrost zuschlagen.“
Er zwinkerte Mel zu und ging am Haus entlang zu der Einfahrt, um das Catering zu überwachen.
Rose, Mel und Lea saßen am Tisch mit Tellern, die so leer waren wie ihre Mägen, und hofften auch darauf, dass das endlos verspätete Abendessen endlich beginnen sollte. Det und die anderen ließen aber auch jetzt auf sich warten. Endlich hörten sie Schritte und lautes Geholper. Det bog mit einer Sackkarre um die Ecke, auf der ein kühlschrankähnlicher Metallkasten bedenklich schwankte. Fussel war in Erinnerung an die schlechte Behandlung beim letzten Picknick erst einmal in Angriffstellung gegangen und bellte die Ankömmlinge giftig an.

„Ach, du Schreck! Die Feldküche rollt an!“
Lea sprang auf und lief Det entgegen, der ihr Anweisungen gab, wie sie die Karre dirigieren konnte, während er schob. Hinter ihm kamen die beiden Frischverliebten und balancierten Platten und Schüsseln.
Die Vorstellung fiel knapp und fröhlich aus, schließlich kannten alle Jan aus den Erzählungen und Jan war von Flitzi bestens mit ihren Freunden vertraut gemacht worden. Irgendwie hatten alle das Gefühl, dass sie jetzt komplett waren und sich seit ewigen Zeiten kannten.

„So, das war's!"
Flitzi stellte die letzte Platte auf den Tisch und nahm die Folie ab. Was sich da auf dem Gartentisch in kürzester Zeit zu einer Art Feinschmecker-Buffet aufgebaut hatte, war wirklich sehenswert. Austern und Hummerscheren, wie von Det erträumt, Räucherlachsröllchen und verschiedene Sorten Garnelen, duftender Räucherfisch in feinen Scheiben, Fischpasteten, diverse Salate, ein exquisites Käsebrett, eine große Schale mit frischen Früchten, Schoko-Trüffel und Petit Fours, Limonen-, Paprika- und Sardellenbutter sowie diverse Saucen in kleinen Schälchen, Baguette und Minibrötchen in allen Variationen.
Mel seufzte beim Anblick dieser Köstlichkeiten.
„Und was ist in dem Ungetüm hier?" wollte Rose wissen.
„Bier", kam als lakonische Antwort von Flitzi.
Die anderen reagierten einigermaßen entsetzt. Ein anderthalb Meter hoher Kasten wie ein Eisschrank mit Bier für mal gerade sechs Leute? Wer sollte das trinken?
„Das ist meine Zapfanlage für Feste. Ich habe ein kleines Fass von unserem besten Bier mitgebracht. Passt einfach genial zu so einem kleinen Abendessen."
Klang dieser Jan jetzt tatsächlich ein wenig blasiert? Lea sah ihn kritisch an, aber der lachte über das ganze Gesicht.
„Kleiner geht nicht, wir haben nur 25-Liter-Fässer für Partys", meinte er lakonisch.
„Na, dann mal Prost!" rief Rose und ließ sich von Jan ein Glas zapfen.
„Warum seid ihr denn so spät gekommen?" wollte Mel von Flitzi wissen.
Die schüttelte nur den Kopf, zuckte die Achseln und meinte: „War halt so."
Det hatte das gehört, grinste und begann zu pfeifen: „When the moon hits your eyes like a big pizza pie, it's amore..."
Rose sang ungeniert mit, bis Lea ihr deutlich auf den Fuß trat und mit einem Seitenblick auf Flitzi wies, die hochrote Wangen bekommen hatte. Auch Det hatte das bemerkt, was ihn aber nicht hinderte, weiter zu pfeifen und Flitzi um die Taille zu packen, um mit ihr um den Tisch zu wirbeln.
„Leute, Hungeeeeeeeeeeer!"
Lea wurde deutlich, alle versammelten sich schnell um die Köstlichkeiten auf Mels Gartentisch, während Jan noch für die anderen Bier zapfte.
Es war ein Festmahl, alle schwelgten in den Herrlichkeiten.
Jan und Rose begannen eine ernsthafte Diskussion, welche Räucherei an der Küste von Flandern die besten Fische liefer-

te. Die andern langten einfach kräftig zu. Det kam voll auf seine Kosten. Klosterkäsebrot war vergessen, er tauchte ein in die Schätze des Meeres, die auf dem Tisch ausgebreitet vor ihnen lagen.

Schweigen hatte sich über die Runde gelegt. Alle hingen satt und ein wenig trunken von dem Bier und der Abendstimmung in ihren Sesseln und sahen glücklich aus. Die Gründe für dieses Glück waren bei allen sechsen andere, aber sie hätten sich an diesem Abend keinen besseren Ort, keine bessere Gesellschaft und keine bessere Kulisse wünschen wollen. Es war einfach perfekt.

Flitzi seufzte und holte tief Luft.
„Also, dann reden wir mal."
„Ja, dann reden wir mal", kam es von Lea.
„Ich kürze das Ganze ab, wenn es recht ist", fiel Jan den beiden ins Wort.
„Flitzi hat sich bei mir eingeschlichen, na und? Ich war ja auch nicht ehrlich. Lea war bereits auf der richtigen Spur mit dem Kloster Sint Lambert, und ich habe so getan, als kenne ich das nicht. Meine Mutter hat mitgelogen, um den schönen Schein zu wahren. Wer hat jetzt mehr geschwindelt? Mir ist das egal. Lea, ich bin dir unendlich dankbar, dass du diese wunderbare Frau in mein Leben geschubst hast. Zur Spionin taugt sie absolut nicht, aber das ist glaube ich auch nicht so wichtig."
Das Lachen, das darauffolgte, klang erleichtert. Lea war froh, dass ihre Freundin aus dieser blöden Geschichte herausgekommen war.
„Aber was den Inhalt des Kästchens betrifft", Jan war wieder ernst geworden. „Ich habe immer noch keine Ahnung, was wir da haben und was wir damit sollen."
„Nein, wir wissen das auch noch nicht. Aber da wir ja jetzt mit offenen Karten spielen können, ist es einfacher. Wir sind nun sechs Leute, die dem Stofffetzen und dem Kloster nachspüren können. Da muss es doch zu schaffen sein, meint ihr nicht auch?"
Lea klang überzeugend.
„Wir kennen inzwischen auch Eefjes Geschichte", warf Rose ein.
„Ja, ich weiß, Mutter hat mir davon erzählt."
Bist du deswegen, äh, ich meine, bist du deswegen so schlecht auf die Kirche zu sprechen?"
Lea zögerte ein wenig, vielleicht war das ja eine wunde Stelle

und sie wollte nicht schon wieder für eine Verstimmung verantwortlich sein.
„Nein, nein! Ist schon richtig, wenn du fragst, Lea. Ich kannte die Geschichte von Peter schon lange, mein Vater hatte sie mir mal spät abends bei einem Vater-Sohn-Gespräch erzählt. Später tat es ihm wahrscheinlich leid, dass er dem alten Cognac und dem Kaminfeuer geschuldet dieses Elend vor seinem jungen Sohn ausgebreitet hatte. Aber von da an wusste ich, warum er allen kirchlichen Dingen aus dem Weg ging. Bei mir hat sich das eigentlich nur auf das Kloster beziehungsweise die Äbte beschränkt, die mit der Sache zu tun hatten. Deswegen wollte ich da auch nicht hin."
„Gott sei Dank!" ließ sich Det mit Bassstimme vernehmen. „Sonst hättest du mich um eine der interessantesten Wochen meiner bisherigen Urlaube gebracht!"
Jan lachte.
„Jeder findet eben etwas anderes spannend."
Er zwinkerte Flitzi zu, die prompt wieder rot wurde bis unter die Haarwurzeln. Alle sahen großzügig darüber weg.
„Wer mag noch ein Bier?"
Det war aufgestanden und schnappte sich die erstbesten leeren Gläser, um sie wieder mit honiggoldenem Bier und gischtweißem Schaum zu füllen. Alle nickten nur und griffen durstig danach.
„So, dann noch mal. Was machen wir jetzt?"
Lea ließ nicht locker.
„Det, am besten ist, du schenkst dem Abt und dem Kellermeister auch reinen Wein ein, äh, reines Bier oder so", meinte Mel.
„Ja, außer Eefje ist keiner mehr da, der mit der alten Geschichte zu tun hatte. Und im Kloster finden sich sicher noch Aufzeichnungen, die uns weiterhelfen", wandte sich Rose an Det.
„Wahrscheinlich ist das das Beste. Aber wir haben es hier mit einem Zeitsprung zu tun. Peter ist die eine Geschichte, aber die hat offensichtlich mit dem Kästchen und dem Inhalt nichts zu tun, wie wir ja inzwischen wissen. Das mit Peter und was er so gemacht hat und wie er gelebt hat, das lässt sich wahrscheinlich leicht recherchieren. Der Abt hilft mir sicher dabei. Aber die andere Geschichte, was machen wir da?"
„Ein Holzkästchen ohne besondere Verzierungen und Auffälligkeiten, ein paar Beeren, ein Stück Hopfensack in zwei Teilen mit zwei unterschiedlichen Emblemen und ein verbranntes Stück Papier mit unbekannten Notizen...".
Leas Aufzählung wurde leiser und leiser, bis sie kaum noch zu hören war. Alle lauschten in die Nacht, auf die Geräusche aus

den Bäumen und Büschen, dem sanften Wind in den Baumwipfeln und den leisen Rufen der Nachtvögel. Das Mondlicht erhellte den Muschelweg zum Haus und unglaublich viele Sterne sprenkelten den dunkelblauen Himmel. Hellblaue Wolken zogen in schmalen Streifen über den Horizont.
„Schrott!!"
Det sprang auf und fuchtelte mit seinem leeren Bierglas.
„Das habe ich ja total vergessen! Die Beeren! Heute kam ne Nachricht von meinen Kollegen!"
Lea verdrehte die Augen und murmelte irgendwas von Profis.
Mel zerrte an Dets Ärmel.
„Nun sag schon!" drängte sie.
„Das sind Sanddornbeeren."
„Duinbessen", kam es von Rose.
Jan nickte zustimmend.
„Da macht man Bessengenever davon."
„Hä? Was ist denn das nun wieder?"
„Genever kennt ihr, den Wacholderschnaps der Niederländer."
„Ja, habe ich schon mal gehört, aber soll nichts Besonderes sein, habe ich mir sagen lassen."
„Det, du hast keine Ahnung."
Rose hob den Zeigefinger.
„Das Zeug ist lecker, aber gefährlich. Besonders in der Damenversion, als Schoko- oder Vanillegenever. Das geht runter wie Pudding, aber du hast ganz schnell einen im Tee."
„Warum haben wir das noch nicht probiert, liebe Tante?"
Lea grinste Rose an.
„Hmm, keine Ahnung, wir haben noch lange nicht alles durch, was es hier in der Gegend gibt. Und sag nicht Tante!!"
„Ok, aber was hat das nun mit diesem Sanddorn zu tun?"
Flitzi brachte es mal wieder auf den Punkt.
„Nicht viel. Sanddorn sind die Sträucher, mit denen hier die ganze Küste von Flandern bewachsen ist. Die Pflanzen halten die Dünen zusammen und damit sind die Deiche sicherer. Im Spätsommer kann man die orangefarbenen Beeren ernten. Die sind eine wahre Bombe an Vitaminen, besonders Vitamin C. Deshalb haben die Leute früher davon auch alles Mögliche für den Winter gemacht, um die Familie gesund zu erhalten. Marmelade habe ich auch schon probiert, schmeckt nicht schlecht, aber gewöhnungsbedürftig. Die Frucht ist süß, hat aber einen leicht mehligen Geschmack."
„Schön, aber was hat das nun mit einem Bierbrauerhaushalt mitten in der Stadt ohne Strand im Garten zu tun?"
Flitzi klang ein wenig sarkastisch.

„Gruut natürlich!“ Mel nickte triumphierend.
„Das habe ich euch doch schon vor ein paar Tagen gesagt!“
„Stimmt, süße Mel! Und wir haben es wieder vergessen, wir Superdetektive!“
Det drückte Mel einen Schmatz auf die Wange. Sie schob ihn weg und wischte mit der Serviette über das Gesicht.
„Ähh, deswegen musst du dich doch nicht wie Fussel aufführen.“
Der Genannte kam gleich angetrabt und rieb seinen Kopf an Mels Bein. Sie streichelte ihn geistesabwesend
„Also, wenn diese Sanddornbeeren wirklich als so eine Art Gruut funktionierten...“
Lea fiel ihr ins Wort.
„Dann war der verbrannte Fetzen von Eefjes Vater womöglich das Rezept dafür!“
„Das würde Sinn machen!“
Rose stimmte den beiden zu. Die anderen nickten wortlos, das mussten sie erst einmal einordnen.
„Ok, Beeren als Gruut und ein Bierrezept. Das macht für einen Brauer Sinn. Aber was hat das Sackleinen damit zu tun?“
Flitzi war noch nicht zufrieden.
„Vielleicht kam das Rezept aus dem Kloster? Gestohlen?“
Mels romantische Phantasie ging mal wieder mit ihr durch. Det kniff sie zärtlich in die Wange.
„Ja, bei Vollmond am Kreuzweg haben sich die Räuber getroffen, im Auftrag des Brauers!“
„Hey, du lebst zurzeit im Kloster! Welche Bierrezepte hast du inzwischen ausgegraben?“
Mel wehrte sich tapfer. Jan mischte sich ein.
„Wenn die Beeren tatsächlich Bestandteil eines Braurezeptes waren und das Original verbrannt ist, haben wir eh keine Chance mehr. Aber wenn der Sack aus dem Kloster stammt, waren die Originalzutaten vielleicht mal da drin. Wie finden wir das heraus?“
„Maarten hat bei dem alten Brauer Han gelernt, wie er mir erzählt hat. Dieser Han muss ein echter Kauz gewesen sein. Und er hat vor allem alles aufgeschrieben, was in der Brauerei passiert ist. Geschichten, Rezepte... einfach alles. Aber leider sehr chaotisch, wie mir Maarten versicherte. Es müssen ein paar Dutzend Notizbücher sein, die dieser Han im Laufe der Jahre vollgeschrieben hat und leider nicht chronologisch.“
„Det, du meinst, unter diesen Aufzeichnungen könnten wir was finden?“
Lea beugte sich eifrig vor.

„Möglich, wenn wir nach einem Rezept suchen, weiß Maarten vielleicht sogar Bescheid. Wenn wir in den Aufzeichnungen kramen wollen, müssten wir schon wissen, wonach wir suchen."
„Weißt du, wie viele Notizbücher das sind?"
„Nein, keine Ahnung, es müssen aber einige sein, wie Maarten sagte."
„Dürfen wir die sehen? Wir sind immerhin nun sechs Leute, da geht es schneller, als wenn nur einer sucht."
„Rose, ich habe keine Ahnung, aber das werde ich morgen gleich mal fragen. Jan, habt ihr irgendwelche Rezepte aufgeschrieben? Womöglich uralte Notizen, die schon lange keiner mehr in der Hand gehabt hat?"
„Nicht, dass ich wüsste. Aber das muss meine Mutter wissen, wenn noch etwas vorhanden ist. Oder Tante Eefje. Mein Vater und ich haben immer dieselben Rezepte verwendet, modernisiert und dem Trend etwas angepasst. Mein Braumeister probiert zwar immer mal wieder neue Rezepturen aus, aber da kommt kein Gruut drin vor."
„Dann fragst du am besten bei deinen beiden Damen nach. Det, du versuchst, von Maarten die Bücher zu bekommen..."
„Und ich werde den Abt nach Peters Lebensgeschichte fragen, das wolltest du doch auch sagen, Lea?"
„Ja, du bist unser Verbindungsmann ins Kloster. Vielleicht kannst du den Abt ja überreden, dass er mit mir zusammen Peters Papiere oder sonstige Hinterlassenschaften durchsieht. Wer weiß, vielleicht duldet er ja weibliche Gesellschaft zu Forschungszwecken."
„Da habe ich so meine Zweifel, aber ich werde es versuchen."
„Da fällt mir ein, Lea, du hattest doch noch eine Bemerkung zu Jans Großvater gemacht, als ich von meinem Museumsdirektor heute Mittag berichtete."
„Ja, stimmt. Der hatte doch gemeint, dass der Stammbaum der van Brandens erst Anfang des 19. Jahrhunderts in Brügge beginnt..."
„Jan, haben deine Vorfahren davor irgendwo anders gelebt?"
„Keine Ahnung, wir gingen immer nur auf die Gründung der Brauerei zurück, das war der Mittelpunkt unserer Familiengeschichte."
„Weißt du, wann das genau war und wie dieser Urahn hieß, der die Brauerei gründete?"
Mel fragte wie immer ganz praktisch.
„Hmm, ich glaube, das war im Jahre 1835 und der erste Brauer unserer Familie hieß Lorenz van Branden."

„Wie dein Großvater auch. Kennst du die Brauer dazwischen?“ Lea machte bereits Notizen.
„Aus dem Kopf nicht, obwohl ich als Kind damit ständig in Berührung kam. Die Porträts dieser Männer hingen ja im Treppenhaus unseres Hauses. Aber nach Großvaters Tod hat Eefje sie auf den Dachboden gestellt, wahrscheinlich wollte sie das Bild ihres Vaters nicht mehr täglich ansehen müssen.“
„Aber dann gibt es bei euch sicher Unterlagen über diese Herren. Kannst du uns die Namen und Lebensdaten aufschreiben, wenn du wieder daheim bist?“
„Ja, sicher. Das macht mich jetzt auch neugierig.“

„Leute, wisst ihr, wie spät es ist?“
„Nein, Rose, aber weißt du, dass wir viel zu viel Bier aus dem Fass getrunken haben?“ Det klang schon etwas undeutlich.
„Habsch mir gleich gedacht, hab für alle Betten vorbereitet. Ab ins Haus mit euch, aufräumen ist morgen...“
Auch Mel klang schläfrig und ging etwas unsicher die Stufen zur Küchentür hinauf.
„Rose und Lea ins linke Zimmer oben, Jan und Flitzi auffe Couch unten und Det auffe Couch oben im Flur. Ab mit euch!“
„Darf ich nicht mit in dein Zimmer?“
Det versuchte Mel den Arm um die Schultern zu legen und grinste sie schräg an. Als Antwort bugsierte ihn Mel Richtung Couch und verschwand hinter ihrer Türe.

Kapitel XXII

Det hatte Mühe, sich auf die Vorgänge in der Kirche zu konzentrieren. Die monotonen Wechselgesänge machten ihn noch schläfriger als er ohnehin schon war. Der gestrige Abend hing ihm noch nach. Aber auf der Fahrt ins Kloster war ihm eingefallen, dass sie alle etwas ganz Wichtiges übersehen hatten: der Abt und auch Maarten und Andries waren ahnungslos. Sie wussten nichts von ihren Detektivspielen und waren sicher nicht erbaut, von Det hinters Licht geführt worden zu sein. Also musste er sich etwas ausdenken, wie er den Herren die Wahrheit sagen und sie dennoch mit im Boot halten konnte. Er wusste nur nicht so recht, wie er das anstellen sollte. Deswegen war er heute Morgen auch zur Frühmesse erschienen, in der Hoffnung dort auf eine Idee zu kommen.

Der Abt saß im Chorgestühl nahe am Altar; ein Mönch, den Det nicht kannte, leitete die Messe. Da er sowieso nichts verstand von dem, was gesprochen, gesungen und geleiert wurde, hatte er Zeit und Muße, sich die Menschen anzusehen und über sein Dilemma nach zu denken.
Die Worte des Abts kamen ihm wieder in den Sinn, als er mit ihm und Maarten über Gruut gesprochen hatte. Der Abt hatte ziemlich aufgeregt und empfindlich reagiert, als Maarten bemerkte, dass Gruut unter Umständen auch gesundheitsschädlich war. Machte der sich doch tatsächlich noch Gedanken über Taten und Untaten seiner Vorgänger hier?
Det beobachtete den Mann, der mit gefalteten Händen gebeugt in seinem Stuhl saß und offensichtlich ganz in seine Meditation versunken war. Er mochte den Abt, er machte auf Det einen ehrlichen und aufrechten Eindruck, wenn er auch etwas weltfremd und manchmal naiv daherkam. Aber das tat seiner Liebenswürdigkeit keinen Abbruch, er war ganz sicher ein Menschenfreund. Det bewunderte ihn ein wenig, weil er sich in seiner positiven Meinung über die Mitmenschen nicht beeinflussen ließ. War das vielleicht die Möglichkeit, den Abt auf seine Seite zu ziehen?
„Das probieren wir mal“, murmelte Det vor sich hin, als nach Ende des Gottesdienstes die Mönche in Zweierreihen die Kirche verließen. Der Abt erhob sich als Letzter, da war Det auch schon an seiner Seite.
„Oh, Sie sind heute hier? Hat Ihnen der Gottesdienst gefallen? Wir feiern ihn noch in alter Tradition.“
„Ja, ich finde das höchst interessant. Ich kann den Worten

nicht folgen, aber ich kann spüren, was bei so einer Messe an Gefühl zum Tragen kommt. Und über Gefühl wollte ich mit Ihnen gerne sprechen, wenn Sie ein wenig Zeit haben..."
„Ja, sicher. Worum geht es? Haben Sie etwas auf dem Herzen?"
„Ja und nein. Ich wollte Sie fragen, was das für ein Gefühl sein muss, wenn man als Abt zu Dingen gezwungen wird, die man eigentlich verabscheut?"
„Ich verstehe nicht ganz. Kein Mensch drängt mich zu irgendetwas. Drang, das kommt meist aus uns selbst..."
„Das meine ich nicht. Ich meine echten Zwang, Erpressung, wenn Sie so wollen..."
„Ach du meine Güte, wer sollte denn einen Mönch wie mich erpressen wollen und womit?"
„Nicht Sie, aber einen Ihrer Vorgänger vielleicht?"
„Was? Haben Sie zusammen mit Maarten noch mehr über das unselige Gruut erfahren? Haben etwa doch Menschen wegen unseres Bieres...?"
„Ach was. Das heißt, das weiß ich nicht. So alt ist die Geschichte nicht, die ich gehört habe. Was wissen Sie über Peter van Branden?"
Det kürzte die Befragung ab. Gespannt sah er in das Gesicht des Abts, um seine Reaktion abzuschätzen.
„Peter van Branden?... Hmm, wir haben ein Grab mit diesem Namen..."
Wollte der Abt jetzt Zeit schinden oder war er tatsächlich ahnungslos?
„Kannten Sie ihn?"
„Nein, der starb wohl lange vor meiner Ankunft hier. Ich weiß nur, dass er behindert war und hier im Kloster lebte, ein armer Waisenjunge aus den Wirren des Krieges wahrscheinlich."
„Na ja, nicht so ganz. Er hatte eine Mutter und einen Großvater. Und genau dieser Großvater muss bei dieser Erpressung eine Rolle gespielt haben."
„Was? Ich habe keine Ahnung, wovon Sie reden. Und wie kommen Sie denn darauf? Ich dachte, Sie interessieren sich für unsere Braukunst?"
„Ja, das ist auch richtig. Die Bierherstellung ist wirklich faszinierend, besonders hier, wo die Tradition eine große Rolle spielt. Aber am Rande begegnen einem dabei auch Menschen. Menschen mit einer Geschichte und manchmal auch einer Menge Leid."
„Jetzt bin ich aber mal gespannt. Kommen Sie nach dem Mittagessen doch in mein Büro, dann besprechen wir das genau-

er. Ich hoffe nur, dass Sie sich täuschen und das Kloster nicht der Schauplatz eines Unrechts war. Bis später, Sie entschuldigen mich jetzt bitte."
Der Abt ging kopfschüttelnd davon. Det sah ihm nach und war ein wenig beunruhigt. Hatte er die richtigen Worte getroffen? Jedenfalls war der Abt neugierig geworden, aber würde er ihn auch anhören? Vor allem, würde er ihm glauben?

Ein paar Stunden später saßen die beiden über ein altes Kirchenbuch gebeugt und lasen die Eintragung.
„Da ist es tatsächlich. Peter van Branden, Mutter Eva van Branden, Vater unbekannt, geboren und getauft am zwanzigsten Februar 1945 in Brügge, als Halbwaise einer unmündigen Mutter in die Obhut des Klosters gegeben von Theo van Branden, Großvater. Aber was hat das zu bedeuten?"
„Ist das alles, was hier im Kloster an Unterlagen über diesen Peter besteht?"
„Keine Ahnung. Ich werde meinen Archivar darauf ansetzen, er soll alles über diesen Jungen herausfinden, was hier im Kloster aufgeschrieben wurde. Aber warum? Was hat das zu bedeuten?" fragte der Abt noch einmal.
„Ich werde es Ihnen erzählen und es wird Ihnen leider nicht gefallen. Ich bin hier im Kloster in Ferien und will alles über Bierbrauen lernen, wie es früher war und wie sich dieses Handwerk entwickelt hat. So weit stimmt alles. Aber das ist nur die halbe Wahrheit. Ich habe auch noch ein paar sehr enge Freunde, die da draußen in Brügge und Umgebung herumschwirren und versuchen, ein paar Rätsel zu lösen. Unter anderem das des Peter van Branden. Ich erzähle Ihnen gerne, was ich darüber weiß."
Der Abt sah Det aufmunternd an und lehnte sich in seinem hölzernen Drehstuhl zurück.
Det holte tief Luft und begann Eefjes Geschichte in Kurzversion mit männlicher Vereinfachung der Emotionen zu erzählen.
„Und das alles geschah hier in unserem Kloster! Meine Güte, was für eine traurige Geschichte. Ich hatte davon keine Ahnung. Ich weiß ja nicht einmal, wie der Junge hier gelebt hat, ob er etwas gelernt hat, ob er krank war, ob er Besuch bekam. Ich weiß nichts. Dabei hatte ich mir immer eingebildet, über mein Kloster und seine Geschichte Bescheid zu wissen..."
„Na ja, das war ein Einzelschicksal in diesen Mauern, sicher nichts Besonderes, dass hier ein behinderter Junge aufwuchs. Sie können doch nicht alle Bewohner seit der Gründung ken-

nen."
"Nein, das nicht. Aber ich verstehe nicht, warum der damalige Abt bei diesem schrecklichen Handel mitgemacht hat. Was hatte der zu verbergen? Womit konnte man ihn zu so einem Tun zwingen? Und sein Nachfolger? Das muss – verzeihen Sie - ein Dummkopf gewesen sein, dass er ohne Nachfrage die Todesnachricht verschickt hat und die Umstände offensichtlich nicht kannte oder auch gar nicht wissen wollte."
„Seien Sie nicht so hart mit Ihren Kollegen. Wer weiß, warum er so gedankenlos den Brief verschickt hat. Aber dieser Abt ist auch nicht so wichtig. Wichtig ist, warum der andere mitgespielt hat. Helfen Sie uns?"
Det war entwaffnend direkt.
Der Abt zögerte ein wenig, er dachte angestrengt nach, das konnte Det sehen.
„Ich helfe Ihnen, das ist nicht die Frage. Ich will selbst wissen, warum das alles so ablaufen konnte. Aber wir haben ein anderes Problem. Wir sind ein Kloster, eine abgeschlossene Lebensgemeinschaft von Männern, die bewusst diesen Lebensstil gewählt haben. Ich kann nicht plötzlich Sie und Ihre Freunde, von denen die meisten auch noch Frauen sind, hier im Kloster herumsuchen lassen, um das Rätsel um diesen Peter und noch seltsamer, um den Inhalt dieses Kästchens zu lösen. Meine Männer gehen zwar nach draußen arbeiten, aber sie leben hier in der Abgeschiedenheit. Das ist gewollt und soll auch so bleiben. Ich sehe noch keine Möglichkeit, wie wir das alles in die Tat umsetzen können. Andererseits kann ich auch nicht den Archivar und den Brauer und wer weiß wen noch alles mit dieser Sucherei belasten. Sie haben ihre Arbeit und ihre Aufgaben. Wir können sie nicht mit diesen Dingen noch zusätzlich beanspruchen."
„Das sehe ich ein. Das ist auch sicher nicht unsere Absicht. Wenn wir Ihre Unterstützung haben, sind wir ja schon froh. Dann kommen wir auch weiter. Uns fällt sicher noch ein Weg ein, wie wir nach den Fakten suchen können, ohne den Alltag hier im Kloster zu stören."
Der Abt nickte zustimmend. Det sah ihn etwas verlegen an.
„Mir ist aber noch etwas sehr wichtig", begann er.
Der Abt half ihm nicht, er wartete ruhig ab.
„Na ja, ich möchte nicht, dass Sie mich für einen Lügner halten oder so was. Ich bin hierhergekommen, um etwas über das Kloster und sein Bier zu lernen. Gut, ich wäre das wahrscheinlich nicht, wenn mir Lea dazu keinen Grund geliefert hätte. Aber alles, was ich hier sagte und tat, war wahr. Ich habe mei-

ne Motive verschwiegen, aber ich habe mich hier nie verstellt. Ich bin wirklich so interessiert in allem, was Sie und Maarten mir hier gezeigt haben, was Andries mir erzählt hat. Ihre Traditionen hier, besonders in der Bierherstellung haben mich wirklich fasziniert..."
Hilflos brach Det ab, der Abt hatte keine Miene verzogen.
„Sie müssen sich nicht rechtfertigen. Ich habe genug gesehen, wenn Sie mit Andries oder Maarten gesprochen haben. Sie sind ehrlich, das weiß ich. Und der Rest findet sich."
Det atmete tief durch und versuchte ein Lächeln. Warum war es nur so schwierig, diesem älteren Herrn die Wahrheit zu beichten? Warum hatte er sich so geschämt? Sonst war er doch nicht so zimperlich, wenn es um andere Leute ging. Aber dieser Mönch schien bis in sein Innerstes blicken zu können, wie früher seine Mutter. Es war wie das schlechte Gewissen eines ungezogenen Jungen.
„Danke", mehr brachte er nicht heraus.
Der Abt lächelte ihn an und griff zum Haustelefon. Kurz darauf kamen der Archivar, Maarten und Andries ins Büro. Mit den fünf Männern war der Raum plötzlich erschreckend klein.
In kurzen Worten klärte der Abt die Mönche auf. Sie verzogen keine Miene. „Das ist anscheinend angelernt", dachte Det, als er versuchte, in den regungslosen Gesichtern zu lesen.
„Gut, der Archivar kümmert sich um alle Schriftstücke, die mit diesem Peter van Branden zu tun haben. Das ist weiter kein Problem, da über die Schüler und Waisenknaben seit Beginn des zwanzigsten Jahrhunderts genau Buch geführt wird. Da wird alles aufgeschrieben sein, was es über ihn zu sagen gibt. Andries und Maarten, ihr könnt darüber nachdenken, wie wir in der Sache mit dem Holzkästchen beziehungsweise dem alten Hopfensack behilflich sein können. Darunter darf aber die tägliche Arbeit nicht leiden. Mir erscheint die Aufgabe fast unlösbar, deshalb bitte ich euch, nicht zu viel Zeit damit zu verbringen. Unser Gast hier kann sicher selbst das eine oder andere dazu erforschen, wenn ihr ihm die passenden Bücher bereitlegt. Und jetzt ist die Sache besprochen und wir gehen alle wieder an unsere Arbeit. Dass wir mit den anderen Brüdern darüber nicht reden, versteht sich wohl von selbst. Wir wollen niemanden beunruhigen, solange wir nichts wissen."
Der Abt stand auf und entließ die Anwesenden mit einer unglaublich eleganten Handbewegung. Det schlich hinter den anderen auf den langen Flur. Die drei gingen gemessen vor ihm her, bogen in den Trakt ein, der ihre Schlafkammern von den Gemeinschaftsräumen trennte, und drehten sich dort ab-

rupt um.
„Was war das denn?“ Maarten hatte die Hand auf Dets Unterarm gelegt, bereit zuzupacken, wenn der sich der Befragung entziehen wollte.
Andries, lang und mager baute sich in voller Höhe vor ihm auf, zwischen seinen Augenbrauen stand eine steile Falte. Der Archivar, Arne war wohl sein Name, stand etwas abseits, schaute unglücklich drein und drehte unablässig seine Hände.
Det holte tief Luft. Also gut, die reglosen Mienen vor ein paar Minuten waren doch nur für den Abt gewesen.
„Freunde, ich erkläre es euch. Ich führe nichts Böses im Schilde, ich habe euch nicht belogen.“
Die beiden rückten noch etwas näher. Arne stand an der Ecke und sah angestrengt in Richtung der geschlossenen Bürotür.
„Sag, was du wirklich willst!“, zischte Maarten.
„Das habe ich doch schon. Es ist wahr, das mit diesem Peter und diesem Holzkästchen“. Det antwortete leise, er wollte kein Aufsehen.
„Aha, und dass das alles mit einer Brauerei zu tun hat, ist dir nicht aufgefallen? Hä?“ Maarten schüttelte Dets Arm.
„Was?“
„Ja, du Schlaumeier! Schon mal was von Konkurrenz und Spionage gehört? Ein Brauer in Brügge! Dass ich nicht lache. Entweder sind die alle durchgeknallt oder der hat echt finanzielle Schwierigkeiten. Warum sollte der sich mit seinem toten Vetter und einem Stück Sackleinen abgeben, wenn er nicht handfeste wirtschaftliche Interessen dabei verfolgen würde? Und du bist so dämlich, dass du dich dafür missbrauchen lässt? Oder hältst uns für so dämlich, dass wir dir diese verrückte Geschichte abnehmen?“
Maarten schleuderte ihm die Worte ins Gesicht.
Andries setzte noch eins drauf: „So eine Gefühlsduselei kannste unserem Abt verkaufen, uns nicht!“
Det war fassungslos. Die Mönche hatten wohl ab und zu mal einen TV-Krimi gesehen. Und heute hatten sie ihre Chance. Er dachte an Flitzi und ihre missglückte Spionage und musste fast lachen. Aber das wäre jetzt wohl nicht besonders gut angekommen. Er musste Zeit gewinnen und die Männer beruhigen.
„Moment mal, was denkt ihr eigentlich? Ihr braut hier Bier für den Eigenbedarf und eure Schenke. Gut! Jan braut und füllt ab, beliefert Kneipen und Läden, das ist ne andere Liga. Was sollte der denn bei euch spionieren, was der nicht schon längst hat?“
„Wissen.“

„Wissen. Aha. Die van Brandens brauen nun in der sechsten Generation Bier. Was sollte denen an Wissen fehlen?“
„Nun, zumindest etwas, das in dem Kästchen war. Wer weiß, was dahintersteckt? Der Großvater war ja wohl sehr daran interessiert, jetzt der Enkel. Dann muss das ja wichtig sein.“
„Genau das ist die Frage. Helft mir, es heraus zu finden. Dann wissen wir, woran wir sind. Woran wir alle sind!“

Die beiden Mönche wechselten einen Blick. Andries ergriff das Wort.
„Um zehn heute Abend ist hier alles ruhig und abgeschlossen. Du kommst vorne herum zur Schenke, neben dem Haupteingang ist rechts eine kleine Tür. Dort bekommt die Küche immer ihre Lieferungen. Die Tür wird offen sein, wir sind da. Die Küche hat nur nach vorne Fenster, im Kloster kann uns niemand sehen. Wir werden nur eine Kerze anzünden, also keine Taschenlampe anmachen, verstanden?“
„Ich will euch nicht ins Gerede bringen. Wir können das sicher auch bei Tage im Garten oder in der Kirche oder so besprechen...“
„Blödsinn! Du kommst heute Abend in die Küche, alles andere sehen wir dann. Und jetzt Abmarsch, lange genug Zeit verplempert!“
Die drei verschwanden hinter der schweren Holztür, die die Privaträume der Mönche abschloss. Det drückte sich schnell durch eine Gartentüre nach draußen und lief im Schatten der Kirchenmauer in den Teil des Grundstücks, in dem er sich aufhalten durfte.
„Junge, Junge, die dürfen wohl ab und zu James Bond sehen. Und eine Fantasie haben die, nicht schlecht! Wie biege ich denen jetzt bei, dass sie auf dem Holzweg sind. Ihr Bier ist gut, aber das von Jan mindestens genauso.“
Auf einmal begann er zu grinsen.
“Natürlich! Darum das Treffen bei Nacht!! Die wollen trinken!“
Det schüttelte sich vor Lachen.
„Maarten sitzt an der Quelle, der hat das nicht nötig. Aber in seinem Braukeller ist er alleine. Und Andries bekommt nur das dünne Gebräu zu den Mahlzeiten. Ok, Jungs, könnt ihr haben.“

Koen, Roses Museumsdirektor, war in seinem Element. Er durchmaß die Gänge im Stadtarchiv im Stechschritt, Lea und Rose konnten kaum folgen. Endlich standen sie in einem fensterlosen Raum mit grauen Blechregalen, vollgestopft mit Ak-

tenbündeln und dicken Büchern, die wohl irgendein Register, Statistiken, Familienbücher oder sonst wichtige Amtseinträge enthielten. Jedes Regal war akribisch mit Zeichen und Nummern versehen, die nur Eingeweihten etwas sagten. Koen fuhr mit seinem Zeigefinger an den Pappschildern entlang.
„Hier muss es irgendwo stehen. Ja, hier... mal sehen... ah, da sind die Claeys, die Janssens, die Vermeulens, die Verstraetes... und hier, ja hier die van Brandens. Wir haben für alle Patrizierfamilien in Brügge eine Akte angelegt, sofern das noch möglich war. Leider sind nicht so viele Dokumente erhalten, wie wir das gerne hätten."
Er nahm eines der Aktenbündel aus dem Regal und trug es zu einem abgeschabten Holztischchen unter einer trüben Lampe. Rose und Lea beugten sich gespannt darüber. Koen nahm die Verschnürung ab und öffnete den Aktendeckel. Eine Sammlung von Blättern in allen Größen lag vor ihnen, die meisten ganz ordentlich erhalten, ein paar aber auch fleckig und eingerissen. Verfärbte und gefaltete Bögen lagen dazwischen, ein paar hatten sogar Siegel.
„Das Leben von ein paar Generationen", schoss es Lea durch den Kopf. Aber Koen hatte die Blätter schon auseinandergeschoben.
„Hier ist so was wie ein Stammbaum. Aber der ist nur Reklame, denke ich."
„Warum das?"
„Weil er gedruckt ist und mit der Gründung der Brauerei beginnt. Hier, sehen Sie? Der oberste Krug auf dem Baum. Das Datum ist dritter Mai 1835. Der Gründer war Lorenz van Branden."
„Und davor? Der hatte doch auch Eltern."
„Sehen wir mal nach."
Eine ganze Zeit war nichts weiter zu hören als das Rascheln der Papiere, welche die drei unermüdlich nach Hinweisen untersuchten.
Lea richtete sich auf und drückte den schmerzenden Rücken durch, an Stühle hatte hier niemand gedacht.
„Nichts. Nichts vor 1835. Der Kerl ist doch nicht vom Himmel gefallen."
„Nein, er wurde aber getauft. Und wo, das werden wir herausfinden. Wenn er einer der großen Familien angehörte, war es in Liebfrauen. Ansonsten haben wir eine Wanderung durch die Kirchen Brügges vor uns."
„Und wenn die Familie erst in dieser Zeit zugezogen ist?"
„Dann haben wir noch das Rathaus vor uns. Aber dann ist

Schluss. Wenn er in keinem Kirchenbuch steht oder nicht in den alten Aufzeichnungen im Rathaus, haben wir keine Chance."
„Gut, wie gehen wir vor?"
„Koen, kannst du bitte in Liebfrauen nachsehen. Die haben doch die Kirchenbücher aus der Zeit noch?"
„Natürlich, wenn er dort getauft wurde, ist das schnell gefunden."
„Rose, wir gehen noch mal zu den beiden Damen. Vielleicht wissen die was oder haben noch entsprechende Aufzeichnungen."
„Machen wir. Koen, wir telefonieren heute Abend. Hoffentlich haben wir Erfolg. Schon mal vielen Dank für deine Mühe."
„Aber gerne geschehen, es ist mir ein Vergnügen."

Vor dem Stadtarchiv trennten sie sich. Koen ging eilig in Richtung Liebfrauenkirche. Die beiden Frauen sahen ihm nach.
„Dem konnten wir keine größere Freude machen. Wenn er in Liebfrauen nichts findet, ist der schon unterwegs zur nächsten Kirche, wart's nur ab."
„Wahrscheinlich. Willst du mal lesen, was Det inzwischen erlebt hat? Ich hab mich gekringelt, die Mönche haben ein Rad ab."
„Ach komm, wie redest du denn über die?"
„Lies selbst, dann weißt du Bescheid. Die E-Mail wartet zuhause."

Bei Eefje und Iliane kamen sie auch nicht viel weiter. Die beiden wussten nichts über die Zeit vor der Firmengründung. Komischerweise schien nie jemand hinterfragt zu haben, was vor dieser Zeit mit der Familie war. Aber es war ja auch schon so lange her, rund hundertachtzig Jahre. Die Bibel begann mit der Verheiratung dieses Lorenz van Branden, war wahrscheinlich die Traubibel gewesen. In den Unterlagen, die die beiden Damen für das Brauereimuseum vorbereitet hatten, war auch kein Hinweis auf die Zeit vor der Firmengründung.
„Hat euer Vater nie was erzählt?"
„Doch, dieser Lorenz war so was wie die Heiligenfigur der Familie. Alles hätten wir ihm zu verdanken, er hätte unsere Familie zu Ruhm und Ehre gebracht. Aber über die Generationen vor ihm wurde nie gesprochen, wahrscheinlich wusste er auch nichts darüber."
Eefje zuckte die Schultern.

„Also müssen wir weitersuchen. Wenn ihr noch irgendwo auf dem Dachboden oder sonst wo ein Depot mit Familienunterlagen habt, lasst es uns bitte wissen."
„Ja, sicher, aber wir haben für das Museum schon alles durchgesehen. Aus der Zeit vor der Firmengründung ist nichts da."

Der Mond hatte sich hinter dicken Wolken versteckt, als Det aus seinem Zimmer zur Schenke schlich. Tatsächlich, die kleine Tür war nur angelehnt. Er tastete sich in die Dunkelheit und rief leise nach Maarten. Ein knorriges Brummen kam als Antwort aus Richtung der Schenke. Er ging vorsichtig weiter, immer mit den Händen voraus, um ja nichts umzuwerfen oder gegen ein Hindernis zu laufen.
„Halt, hier sind wir. Komm hier rüber."
Det nahm jetzt den schwachen Schein einer Kerze wahr, die auf dem Boden in einem Messinghalter stand. Die beiden Mönche hatten sich daneben gesetzt, den Rücken an die Wand gelehnt. Zwischen sich hatten sie einen großen Krug und drei Becher stehen.
Det verkniff sich eine Bemerkung und ließ sich gegenüber den beiden nieder.
„Hier, nimm."
Maarten drückte ihm einen Becher in die Hand, Andries nahm einen anderen und Maarten hob den großen Krug, um die Becher zu füllen. Schäumendes Bier floss in die Gefäße.
„Trinken wir auf die Wahrheit!" Andries sah finster aus in der fahlen Beleuchtung.
„Auf die Freundschaft!" kam es von Det, munterer als ihm zumute war.
„Auf das, was du uns jetzt erzählen wirst."
„Gut, ich erzähle es euch noch einmal in meinen Worten, der Abt hatte es doch stark abgekürzt. Die Geschichte ist wahr, so habe ich sie gehört. Und die, die sie erlebt haben, haben keinen Grund zu lügen. Wir werden die Antworten gemeinsam finden, dann wisst ihr auch, dass ich euch nicht belogen habe, dass niemand ein Interesse hat, euch zu belügen."
„Dann los. Erzähl schon."
Det nahm einen tiefen Schluck und erzählte noch einmal die Geschichte des Peter von Branden, seiner Mutter und seinem Großvater mit dem Holzkästchen.

„Das Schwein."
Andries machte aus seinem Herzen keine Mördergrube. Die

beiden anderen nickten zustimmend.
„Ja, aber er ist tot und es bringt uns nicht weiter. Dieser Großvater hatte aber irgendwas in der Hand, um den damaligen Abt zum Mitmachen zu zwingen. Und das müssen wir finden."
„Wo sollen wir da anfangen zu suchen?"
„Keine Ahnung, Maarten. Du kannst schon recht haben, dass es was mit Bier zu tun hat, in dem Kästchen waren schließlich Stücke eines Hopfensacks, der sogar aus diesem Kloster stammen könnte. Aber da muss noch etwas gewesen sein, keine Spionage."
„Hmm", gab Maarten unwillig zu. „Aber, wenn der Hopfensack von hier stammte, muss zwischen dem Brauer und dem Kloster eine Verbindung bestehen. Und zwar älter als die Geburt seines Enkels."
„Genau, und diese Verbindung müssen wir suchen."
„Ich hätte da so eine Idee."
Andries sprach langsam und bedächtig, als müsse er seine Gedanken erst mal ordnen.
„Lass hören!"
„Na ja, der Abt will ja nicht, dass wir uns mit der Sache lange aufhalten. Die Damen dürfen nicht ins Kloster und du kannst nicht alles alleine durcharbeiten, was wir hier an Schriften aufbewahren. Warum machen wir dann nicht die Schenke zum Büro?"
„Und wie stellst du dir das vor?"
„Na ja, wir machen Stapel mit Büchern und Unterlagen, die hilfreich sein könnten. Du und deine Freunde, ihr geht die Sachen durch. Damit geht das recht schnell und wir finden vielleicht was. Maarten und ich, vielleicht auch noch Arne, spielen die Boten für die Unterlagen, somit bleibt alles im Hause und unter Aufsicht. Der Abt ist zufrieden und ihr habt, was ihr wollt. Wenn es dann ein Ergebnis gibt, das das Kloster oder unser Bier betrifft, sind wir in der Nähe und können eingreifen, wenn wir das für nötig halten."
„Klasse, Andries, die Idee ist großartig!"
Det schlug dem Mönch krachend auf die Schulter.
„Aber du traust mir, uns wohl immer noch nicht?"
„Nein. Und Maarten auch nicht. Wir mögen dich, aber wenn es um unser Haus und unser Bier geht, verstehen wir keinen Spaß. Prost!"
Maarten beeilte sich, die Becher wieder zu füllen. Det hatte eine Runde ausgelassen, aber er spürte die Wirkung doch. Das dunkle Zwölfer war nicht ohne.
„Stören wir hier den Schankbetrieb nicht mit unserem fliegen-

den Detektivbüro?"
„Das lass uns mal machen. Wir haben da noch ein kleines Nebenzimmer, in dem könnt ihr ungestört arbeiten. Die Hauptsaison ist eh bald vorbei, da kommen meist nur am Wochenende ein paar Gäste. Es wird ziemlich ruhig sein."
Eine Weile war nichts zu hören außer dem Gluckern des Bieres, das aus dem großen Krug in die Becher floss und von dort in die Kehlen.
„Meinst du, ich könnte mit diesem Brauer mal ein wenig reden?"
„Du willst dich mit Jan über Bier austauschen? Da hat der sicher nichts dagegen. Vielleicht kannst du ja auch mal seine Brauerei besichtigen, wenn der Abt das genehmigt. Jan würde begeistert sein."
„Meinst du?" Maarten klang immer noch skeptisch.
„Er wird dir sicher nicht seine Bierrezepturen kopieren und mitgeben, wenn du das meinst. Aber er ist genau so stolz auf seine Kunst wie du, die führt er dir sicher gerne vor."
„Und jetzt machen wir, dass wir hier verschwinden. Sie werden gleich zur Vigil läuten, dann müssen wir in der Kirche sein." Andries stand auf und stellte die Becher in das große Spülbecken. Maarten trug den leeren Krug zur Anrichte.
„Was, um diese Zeit müsst ihr in die Kirche?"
„Ja, aber das ist nicht so schlimm. Unser Orden ist großzügig mit den Unterbrechungen der Nacht, da ja viele von uns draußen arbeiten. Wir haben nur ein Stundengebet bis zum Morgengrauen."
„Na dann. Ich geh schlafen. Bis morgen. Wer redet mit dem Abt wegen der Bücher und der Schenke?"
„Das kannst du uns überlassen, nach dem Frühstück hörst du von uns."
„Danke. Ihr seid einfach klasse."
Det meinte es aufrichtig. Die beiden Mönche hatten wirklich allen Grund, sauer auf ihn zu sein. Aber sie boten ihre Hilfe an, wenn auch nicht ganz selbstlos, wie Det vermutete, da auf diese Weise sicher der eine oder andere Krug in Gesellschaft drin war. Und alles unter dem Deckmantel der Wahrheitsfindung. Nun ja, in solchen Dingen war die Kirche ja schon immer erfinderisch gewesen. Det erinnerte sich, dass er in seiner umfangreichen Klosterlektüre der letzten Tage auch gelesen hatte, dass in der Fastenzeit schon mal ein Kalb auf den Namen Karpfen getauft wurde. Schlemmen ohne Reue, oder wie nannte man das?

Auch in Jans Büro brannte um diese Zeit noch Licht.
„Das ist nicht dein Ernst?!"
„Doch. Leider."
„Mist, Jan. Was machst du jetzt?"
„Ich habe noch keine Idee. Vor allem, du bist die Einzige, mit der ich darüber reden kann. Meine Mutter würde nur lamentieren, Eefje wäre traurig und sonst ist da keiner außer meinem Steuerberater. Der sieht so was aber total emotionslos."
„Das kann ich mir vorstellen. Zeig mir noch mal die Bücher."
„Hier, schwarz auf weiß. Du kannst es hundert Mal lesen, davon wird es auch nicht besser."
„Wie schlimm steht es schon?"
„Schlimm genug. Ich bin noch liquide, wenn du das meinst. Aber durch den Bankrott meines größten Kunden stehen jetzt Zahlungen aus, die ich wohl in den Kamin schreiben kann."
„Wie hoch? Wann fällig? Welche Sicherheiten?"
Flitzi war ganz Geschäftsfrau in dem Moment. Jan sah sie erstaunt an. Diese Seite hatte er noch nicht kennen gelernt. Dass sie clever war und von Finanzen etwas verstand, hatte er am ersten Abend schon begriffen, so locker, wie sie seine Geschäftsabläufe beim Bier analysiert hatte. Aber jetzt war hier Krisenmanagement gefragt und auch das war wohl ihr Metier. Er legte ihr den Brief des Konkursverwalters vor. Sie musste kein Flämisch können, um den Sinn zu begreifen. Jan hatte seinen größten Kunden verloren, weil der den Konkurs verschleppt hatte, knapp noch einem Bankrott entging und dessen Gelder im Moment alle eingefroren waren, sofern da noch etwas zu holen war. Bei Jan stand er mit einem hohen Betrag in der Kreide.
„Ich verstehe nicht, warum seine Schulden bei dir so hoch auflaufen konnten. Warum hast du ihm so lange vertraut und noch geliefert?"
„Das liegt an den Verträgen, die ich mit ihm geschlossen hatte. Schau hier."
„Oh Mann! Komm, lass mich mal alles genau durchsehen..."

Die beiden vertieften sich wieder in die Papiere unter der Schreibtischlampe. Die Nacht würde wohl lang werden.

Kapitel XXIII

„Und der Abt macht also mit?“
„Ja, Lea. Alles paletti. Wir können heute schon anfangen, wenn ihr wollt. Andries, Maarten und Arne haben die ersten Bücher schon in die Schenke gebracht. Wir müssen nur noch einziehen.“
Det nahm Mel eine gefüllte Kaffeetasse ab und goss reichlich Milch dazu.
„Ich habe mir das so genannte Nebenzimmer der Schenke schon angesehen. Es ist eine bessere Abstellkammer, aber für unsere Forschungszwecke ausreichend. An die Wände können wir unsere Notizen hängen und die beiden Tische sind groß genug für die Bücher und unsere Laptops. Als Studenten hatten wir auch nicht mehr Platz.“
„Dann machen wir am besten Arbeitsgruppen“, schlug Mel vor. „Wir machen einen Plan, wonach wir suchen und verteilen dann die Aufgaben. Dann geht es schneller.“
„Gute Idee, damit können wir gleich anfangen.“
Rose holte schon ihren berühmten Block aus der Tasche.

Flitzi wollte etwas sagen, schaute aber erst einmal fragend nach Jan. Er seufzte und nickte.
„Ok, Leute, Jan und ich werden euch bei der Suche nicht unterstützen können.“
Lea wollte schon eine sarkastische Bemerkung machen, sah aber an Flitzis Gesichtsausdruck, dass sie besser erst einmal abwarten sollte, was die beiden dazu noch zu sagen hatten. Ihre Stimme hatte aber auch verdammt ernst geklungen. Det hatte es wohl auch bemerkt.
„Was ist los?“ fragte er unumwunden.
„Jan hat Probleme.“
„Sag es, wie es ist, Flitzi. Ich stecke bis zum Hals in Schwierigkeiten. Finanziellen Schwierigkeiten.“
„Seit wann?“ Dets Frage kam etwas scharf. Aber er dachte natürlich gleich an Maarten und seine Vermutungen.
„Seit vorgestern weiß ich es sicher. Mein größter Kunde ist bankrott. Dabei geht es nicht nur um die hohen Schulden, die er bei mir hat. Es gibt dadurch auch einen gewaltigen Umsatzeinbruch für die nächste Zeit. Ich weiß noch nicht, wie ich das auffangen kann. So schnell findet sich dafür kein Ersatz. Ich muss jetzt sehen, wie ich meine Kapazitäten so angleiche, dass ich das abfedern kann. Das wird nicht leicht. Flitzi will mir dabei helfen. Ich hoffe, ihr versteht, dass meine Brauerei im

Moment für mich wichtiger ist als die alten Familiengeschichten mit ungewissem Ergebnis. Ich bin froh, wenn ihr weitermacht, aber ich muss mich leider um andere Dinge kümmern."

Die anderen schwiegen betroffen und nickten nur. Rose fand als erste die Sprache wieder.
„Wir können auch was Besseres tun, als Bücher wälzen. Wenn wir dir helfen können..."
„Nein, das ist so in Ordnung. Ich bin froh, wenn ihr die Geschichte endlich zu einem Ende bringt. Für Eefje ist mir das sehr wichtig. Aber Flitzi bringt den Sachverstand mit, den ich gerade brauche. Wir beide kümmern uns um die Firma. Wenn wir euch brauchen, melden wir uns. – Und bitte, vorläufig nichts zu meinen Damen daheim. Sie wissen es nicht und werden es erst erfahren, wenn ich selbst weiß, wie es weitergeht."
„Natürlich, Jan. Wir werden mit niemandem darüber reden. Das ist deine Sache. Aber du weißt, dass du auf uns zählen kannst."
Rose hatte die Hand auf seinen Arm gelegt.
„He, du hast nicht nur Flitzi bekommen, uns gibt es nur im Viererpack!"
Mel lächelte Jan an, der lächelte zurück und legte den Arm um Flitzi.
„Ja, irgendwie habe ich trotz allem gewaltiges Glück."

„Gut, dann los, ihr zwei. Ihr habt genug zu tun. Wir kümmern uns um die Vergangenheit, ihr bringt das Heute wieder in Ordnung. Vergesst nicht, uns ab und zu auf dem Laufenden zu halten."
„Ganz bestimmt nicht. Aber jetzt legen wir erst einmal los. Viel Spaß beim Schmökern, wir melden uns."
Flitzi und Jan waren schon aufgestanden und ließen die Freunde an Mels Gartentisch ein wenig belämmert zurück.

„Puhhh, das musste ja nun nicht sein."
Lea verzog den Mund zu einer missbilligenden Grimasse. Eben leuchtete die ganze Gartengesellschaft noch in fröhlich bunten Farben, jetzt hatte sich ein matter Schleier darübergelegt. So als hätten sich die Farben verflüchtigt und nur dumpfes, tristes Grau zurückgelassen.
„Das Leben ist hart und ungerecht, das weißt du doch."
Det versuchte einen halben Scherz, aber ihm war nicht wirklich dazu zu Mute. Mel standen schon die Tränen in den Augen,

Rose sah es und drückte sie fest.
„Na, na. So schlimm ist es nicht. Die beiden sind clever und haben ein großes Ziel. Da müssen sich die Hindernisse, die sich ihnen in den Weg stellen, auf was gefasst machen."
„Allerdings. Flitzi ist eine gnadenlose Geschäftsfrau, wenn sie will. Eisenhart und gerissen, die stemmt das, da bin ich sicher."
Lea sprach sich wohl selbst ein wenig Mut zu, aber Rose lächelte schon wieder.
„Dann haben sich ja die Richtigen gefunden. Jan ist hinter seiner wohlerzogenen und freundlichen Fassade auch ein knallharter Geschäftsmann, sonst hätte er die Brauerei nicht über die Jahre retten können. Lass die beiden mal machen. Alles komt goed, wie man hier sagt."
„Na fein, dann wenden wir uns mal dem Background zu, wie das auf Neudeutsch wohl heißt."
Det angelte sich Roses Block und Stift und teilte ein neues Blatt mit einer Linie in zwei Hälften.

„Also der Sack ist eindeutig hier aus dem Kloster. Schaut mal, hier."
Lea legte die beiden Rupfenstücke aus dem Kästchen neben den Sack, den Maarten aus seinem Büro mitgebracht hatte. Tatsächlich stimmten die beiden Zeichen überein. Ein verschlungenes S und L für Sint Lambert, links und rechts neben einen Bischoffstab drapiert und mit einem schmalen Rankenkranz umschlossen. Laut Maarten stammte der Sack aus der Zeit vor der Säkularisierung, also aus der Zeit vor 1804. Als das Kloster im späten neunzehnten Jahrhundert wiedereröffnet wurde, war das Emblem modernisiert worden. Der Rankenkranz war einem einfachen Kreis gewichen, die Initialen waren inzwischen schnörkellos und der Stab hatte eine kantigere Form. Lea befestigte Fotos von den Sackleinenstücken und dem Originalsack an der Wand ihres Behelfsbüros. An dieser Wand hingen jetzt schon alle Hinweise, die sie früher zusammengetragen hatten, ähnlich wie auf den Schranktüren in Roses Esszimmer.
„Die Bedeutung und Herkunft des zweiten Zeichens kennen wir aber immer noch nicht."
Sie klebte auch die Fotos von dem abgewaschenen Zeichen darunter. Maarten war dageblieben, er wollte den Sack gleich wieder mitnehmen. Der Abt hatte ihnen aufgetragen, dass nichts länger als unbedingt nötig aus den Räumen im Kloster entfernt werden durfte. Die meisten Klosterbrüder waren so-

wieso nicht eingeweiht, was die Leute in der Schenke machten. Ein vager Hinweis zu einer Forschergruppe über die Geschichte des Klosters musste ihnen genügen.
Maarten sah sich die zweite Zeichnung genauer an.
„Das ist auch ein S und ein L, aber kein Hirtenstab."
„Genau, wir vermuten, dass es Namen sind, aber wir können uns keinen Reim darauf machen, wir finden niemanden mit diesen Initialen in dieser Familie. Und wie und warum kam der Sack aus dem Kloster?"
„Das ist einfach. Die Säcke waren mit dem Emblem gekennzeichnet, damit sie auch wirklich wieder zurückkamen. Diese waren überall in der Umgebung unterwegs. Die Bauern füllten sie für das Kloster mit allem möglichen. So wussten sie auch genau, was sie wo abzuliefern hatten. Dass da ab und zu einer verschwunden ist, liegt auf der Hand."
„Oh du liebe Zeit, dann ist es ja noch schlimmer! Dann kann der ja überall gewesen sein, bevor er übermalt wurde!"
Lea sank auf die Bank unter den Fotos und seufzte mutlos.
„Na ja, so auch wieder nicht. Es ist ein Hopfensack, das steht außer Frage, das sehe ich an dem Gewebe. Die anderen Säcke aus dieser Zeit waren viel grober oder ganz fein wie für Mehl."
„Also gab es doch verschiedene Säcke für verschiedene Lebensmittel?"
„Nicht für jedes natürlich, aber drei, vier verschiedene Sorten hatte das Kloster schon. Diese Art wurde für leichte Materialien verwendet wie Hopfen oder andere getrocknete Pflanzen, auch Wolle oder Baumwolle. Dass es in diesem Fall ein Hopfensack war, schließe ich aus den Zusammenhängen. Alles andere macht auch keinen Sinn."
Er nahm seinen Hopfensack wieder an sich und wandte sich zur Tür. Lea hatte aber noch eine Frage.
„Det erzählte uns, dass es hier einen Bierbrauer gab, der alles aufschrieb, was man sich nur denken konnte. Dürfen wir diese Aufschriebe auch sehen?"
„Ja, ich trage die Bücher gerade zusammen. Das meiste steht bei mir im Büro, aber auch im Archiv gibt es noch eine Sammlung seiner Notizbücher. Ich bringe sie heute Abend herüber."
„Danke, das ist nett, vielleicht finden wir ja was Brauchbares."
„Viel Vergnügen, seine Aufzeichnungen sind etwas wirr, freundlich ausgedrückt."
Maarten ging lachend in den Hauptraum der Schenke. Wenn er schon mal da war...
Mel und Det machten eifrig Notizen über das Leben des Peter

van Branden, soweit es eben schriftlich festgehalten war. Der Abt hatte ihnen freundlicherweise Kopien aus dem Kirchenbuch gegeben, wo seine Geburt und Taufe samt den Angaben seines Großvaters aufgeschrieben waren. Auch den Totenschein hatte er ihnen kopieren lassen. Die Zeit dazwischen versuchten die beiden jetzt zu rekonstruieren, viel gab es nicht.
„Da steht, dass er Scharlach hatte. Die Schule war ein paar Tage geschlossen, weil die meisten krank waren. Der Scharlach hatte offenbar eine kleine Epidemie unter den Klosterschülern ausgelöst. Der Schulvorsteher hat die Namen der kranken Kinder ganz genau aufgelistet. Hier steht er, Peter van Branden."
„Ja, die Bücher der Klosterschule sind wirklich gründlich geführt worden. Wahrscheinlich musste das auch so sein, damit man über die Waisen jederzeit Rechenschaft ablegen konnte. Wie alt war er da?"
„Hmm, da war er neun. Über sein Down-Syndrom steht allerdings nicht viel in den Unterlagen. Hast du was gefunden?"
„Nur, dass er vom Bischof bei dessen Besuch ein Lob erhielt, weil er alle Kirchenlieder auswendig konnte."

Schweigen legte sich wieder über den Raum. Rose und Lea ackerten sich durch dicke Bände der Aufzeichnungen, die die Äbte seit Bestehen des Klosters angelegt hatten. Die meisten waren erhalten, ein paar fast unleserlich, ein paar verschwunden. Aber die beiden konzentrierten sich erst einmal auf die Bände, die möglichst nah am Jahre 1804 lagen. Durch den Brand waren sie glücklicherweise nicht in Mitleidenschaft gezogen worden.
„Als was liest du das?"
„Was?"
„Das da. Was heißt das?"
„Hmm... Das ist ein C, ein großes C mit Schnörkel."
„Nein, sieh mal, das hat der Schreiber so gemalt. Das hier ist sein großes C."
„Stimmt. Dann ist das hier ein... ein L."
„EIN L!"
Lea brüllte durch den Raum. Die anderen fuhren zusammen.
„Lies das ganze Wort, Rose!
„L...Looo.... Lorenz. Lorenz steht da."
„Lorenz hieß er! Das L steht für Lorenz!"
„Aha, und wer war dieser Lorenz?"
Det konnte die Begeisterung noch nicht teilen.
„Der Brauer, der im Amt war, als das Kloster abbrannte."

„Und der dabei zu Tode kam“, ergänzte Rose.
„Na und? Warum sollte der seine Initialen auf einen Hopfensack malen, der ihm sowieso gehörte?“
Mel verdrehte unwillig die Augen. Manchmal war Lea schon etwas anstrengend mit ihrer Begeisterung.
„Da hast du recht. Wenn das L für Lorenz steht, wofür steht dann das S? Oder war das sein Nachname? Kann man das rausfinden, die bekommen doch im Kloster oft andere Namen als ihre weltlichen?“
„Das ist einfach. Da gibt es ein Register, das Arne gebracht hat. Alle Klosterbrüder mit allen Namen und Daten, wann sie eingetreten sind, woher sie kommen, wann sie das Gelübde abgelegt haben, welche Aufgaben sie hatten, wann sie gestorben sind und was weiß ich noch.“
Det angelte einen dicken Wälzer aus einem der Stapel.
„Das ist der aus dem neunzehnten Jahrhundert, müsste also passen.“
Murmelnd blätterte er durch die Seiten und fuhr die Zeilen entlang. Lea hibbelte unruhig auf ihrem Stuhl. Ihr dauerte dies alles viel zu lange.
„Da haben wir keinen Lorenz. Jedenfalls nicht vor dem Brand.“
Lea zog wieder eine Schnute.
„Kann ja auch gar nicht, ihr Schlaumeier. Wenn es 1804 gebrannt hat, war dieser Lorenz sicher vor 1800 ins Kloster gekommen, schließlich war er Braumeister, das wird man nicht mal eben so. Da geht eine längere Zeit als einfacher Mönch und Gehilfe voraus.“
„Logisch, Rose! Also brauchen wir den Band davor. Gleich auf die Wunschliste für Arne schreiben.“
„Oh Mann, das dauert“
Lea stöhnte. So nah war ein Teil der Lösung, und nun wieder warten, bis einer ihrer Boten Zeit hatte und vorbeikam. Anders durften sie nicht verfahren, da der Abt keine Änderung im Tagesablauf seiner Mönche duldete. Aber trotz Leas Ungeduld und der Zeit, die ihr so lang erschien – die drei fanden sehr oft am Tag den Weg in die Schenke. Für sie war es eine aufregende Zeit, die Einförmigkeit des Klosterlebens war unterbrochen und sie genossen es. Darum dauerte es auch nicht lange, bis wieder einer der Mönche auftauchte und die Bücherliste in Empfang nahm. Das Register, das nicht gebraucht wurde, nahm er gleich wieder mit.
Maarten war kurz danach mit dem Band wieder da. Er war selbst neugierig, was das für ein Brauer war, und wollte bei der Suche dabei sein. Det zog seine Baumwollhandschuhe wieder

an und blätterte das Buch von hinten angefangen auf.
„Hier ist er ja. Lea, kannst dich wieder beruhigen, wir haben deinen Lorenz. Also aufgepasst. Lorenz hieß mit bürgerlichem Namen Jakobus Theodor Marinus Johan Nijssen, geboren in Brügge im Januar 1768. Er trat mit zwölf Jahren ins Kloster ein und legte 1786 das Gelübde ab. Er arbeitete erst als Gärtnerjunge, später als Braugehilfe. Moment... ah, hier geht es weiter. 1799 trat er die Nachfolge des alten Brauers an, der seiner Gicht erlegen war."
„LN. Passt auch nicht."
„Was?"
„Na, die Buchstaben. Lorenz Nijssen. Passt nicht."
„Der hieß ja auch nicht mehr Nijssen, nur noch Bruder Lorenz."
„Hatten die alle so viele Vornamen?"
„Haben die katholischen Flamen heute noch. Und dann machen sie eine für uns kuriose Abkürzung aus einem davon, das ist dann der Rufname."
Rose kannte sich aus.
„Was für Abkürzungen?"
„Na ja, aus Wilhelmine wird erst Mine, dann oft sogar Ine und aus Ine machen sie dann Ineke. Unglaublich viele Frauen heißen Ineke und sind eine getaufte Wilhelmine oder Katharina oder sonst eine Ina."
„Ach, du Schreck. Und bei den Männern?"
„Dasselbe denke ich. Maarten, hast du nicht erzählt, dass dein Vorgänger Johan hieß und Han gerufen wurde?"
„Ja, das ist hier üblich. Bei den ganzen biblischen Vornamen werden die Kinder oft mit einer Abkürzung gerufen, die bleibt dann hängen."
„Moment mal, dann hieß dieser Lorenz wohl ursprünglich auch nicht Jakobus?"
„Nein, wahrscheinlich war es ein Jaap oder ein Ko oder ein Jako."
Die Freunde sahen sich an. Wieder eine Sackgasse, konnte man deutlich an ihren Gesichtern ablesen.
Rose hatte die Vornamen mitgeschrieben, als Det aus dem Register zitierte. Sie fuhr mit dem Finger die Reihe entlang.
„Leute, das war kein Ko, das war ein Theo. Ein Theo wie Theo van Branden."

„Nochmal langsam für mich. Bruder Lorenz war hier Brauer und hieß vorher Theo. Er starb 1804 und ein anderer Lorenz gründete einunddreißig Jahre später eine Brauerei in Brügge."

Rose zählte die Personen an einer Hand ab.
„Ja und dessen Sohn hieß wunderbarerweise wieder Theo."
„Demnach wären diese Lorenze beziehungsweise Theos verwandt."
Ein süffisantes Lächeln breitete sich in Dets Gesicht aus.
„Dann müssen wir nur noch die Mutter suchen."
„Was meinst du? Wessen Mutter?"
Mel blickte immer noch verständnislos.
Lea lachte und drückte Mels Arm.
„Kleine, das kommt in deiner Welt nicht vor, aber wir suchen die Mutter des zweiten Lorenz, den Vater haben wir wohl."
„Ups, du meinst der Braumönch...?"
„...hat nicht nur gebraut in seinem Kesselhaus. Maarten, wie erfahren wir mehr über diesen Brauer, der bei dem Brand ums Leben kam. Hat Han über den was erzählt?"
„Ich erinnere mich nicht, aber ich habe seine Notizbücher ein wenig sortiert, so gut es eben ging. Wo die gelben Zettel drin liegen, geht es um den Brand und die Zeit direkt davor und danach. Diese Bände habe ich früher schon mal gelesen, die anderen liegen hier."
„Dann an die Arbeit, ich habe jetzt auch schon so eine Idee, womit der Abt noch hundertvierzig Jahre später zu erpressen war."
„Ja, mir dämmert da auch was, aber suchen wir die Belege. Hier, jeder zwei Bücher von Han. Die Eintragungen des Abts aus dieser Zeit liegen dort drüben aufgeschlagen, da können wir gegenchecken."
Lea sah kurz auf die gebeugten Köpfe ihrer Freunde und ließ sie an das matte Silbergrün von Hopfen und das Goldgelb von Kerzenschein denken. Bald aber schien alles in den glutroten, grellen Flammenfarben des Klosterbrandes aufzugehen. Sie konzentrierte sich wieder auf die Eintragungen in Hans wunderlicher Handschrift.

„Die Frau finden wir nie. Dieser Mönchs-Lorenz wird doch nicht so dämlich gewesen sein, über sein Gspusi irgendwas schriftlich zu hinterlegen. Der riskierte doch alles mit so einer Liebschaft."
Lea streckte die Beine lang aus und nippte an dem Wein, den Rose ihr eingeschenkt hatte. Sie saßen nach dem langen Tag mal wieder in ihren Kaminsesseln und versuchten, ihre neuen Erkenntnisse in einen logischen Zusammenhang zu bringen. Es war kühl an diesem Abend, Rose hatte im Kamin ein klei-

nes Feuer gemacht. Deswegen hatte sich Fussel auch neben Leas Sessel verzogen, sein Lieblingsplatz war ihm heute zu warm.
Die beiden schwiegen und starrten in die Flammen. Goldgelb, orange, lichtgelb und alle Schattierungen von Rot waberten um die dunklen Holzstücke. Mit der Zeit glühten diese in tiefem Granatrot mit weißen Endstücken, wo sie schon zu Asche wurden. Grell knisternd rutschte ein Holzscheit in die Mitte, Funken stoben auf und erhellten für wenige Augenblicke den Hintergrund des Kamins.
„Van Branden. Natürlich, das ist es."
Rose blickte auf und sah Lea ungläubig an, dann nickte sie.
„Natürlich. Direkt vor unserer Nase und wir haben es nicht gesehen. Du bist unglaublich Lea!"
Sie nahm ihre Nichte in die Arme und drückte sie herzhaft.
„Und jetzt?"
„Nichts und jetzt. Erst mal nachprüfen, ob das sein kann. Wir können doch Iliane und Co nicht ins Elend einer illegitimen Abstammung stürzen."
Beide glucksten vor Vergnügen.
„Moment, ich hol was zum Knabbern. Dort drüben liegt Schreibzeug, das halten wir gleich mal fest."
„Ja, der Stammbaum wird langsam komplett."

„So, dieser Mönchs-Lorenz war einunddreißig Jahre alt, als er die Brauerei im Kloster übernahm. Bisschen jung, aber er war ja wohl schon eine ganze Zeit dabei. Das war 1799. Fünf Jahre später brennt das Kloster und die Brauerei wird zerstört, er kommt dabei ums Leben, mit jungen sechsunddreißig Jahren. Im besten Alter, voller Saft und Kraft. Und hatte wohl eine Geliebte, die von ihm zu dieser Zeit schwanger war. Oder er war schon Vater. Das wissen wir nicht."
„Nein, aber dieser Sohn hieß ebenfalls Lorenz, wurde von der Mutter mit dem Nachnamen van Branden versehen und hat 1835 die Brauerei der van Brandens in Brügge gegründet. Ein Jahr später heiratet er und bekommt einen Sohn, Theo van Branden. Das zumindest wissen wir aus dem komischen Stammbaum aus dem Stadtarchiv."
„Ich glaube, dass der Sohn noch nicht geboren war, als der Vater starb. Sonst hätte sie nicht auf den Nachnamen van Branden verfallen müssen - oder besser - können."
„Stimmt. Aber warum hat sie ihm nicht ihren eigenen Namen gegeben?"
„Weil das nicht ging? Weil sie zu bekannt war? Weil sie stadt-

bekannt war? Weil sie aus einer vornehmen Familie war? Weil sie aus gar keiner Familie war, sprich arm und mittellos?"
„Hmm... warum haben Frauen ihren Kindern früher einen anderen Namen gegeben?"
„Weil sie die Abstammung vertuschen wollten?"
„Oder, weil sie dem Kind eine Chance geben wollten, die es mit ihrem Namen oder dem Namen des Vaters nie gehabt hätte?"
„Dann müssen wir wohl zwei Dinge suchen. Eine Eintragung in irgendeinem Kirchenbuch um das Jahr 1804 oder 1805. Liebfrauen war das in dem Fall dann sicher nicht. Und nach einer Frau in der Umgebung des Klosters, die auffiel, die anders war, die zu einem Bauernhof gehörte, die verwandt war mit jemandem im Kloster, die öfter ins Kloster kam als andere, die Ware ins Kloster geliefert oder abgeholt hat..."
„Ware geliefert! Das ist nicht schlecht. Aber was haben die Mönche von einer einzelnen Frau bezogen?"
„Keine Ahnung, aber da können uns die Mönche sicher weiterhelfen. Machen wir Schluss, mir schwirrt der Kopf von all den Lorenzen und Theos. Wenn sich unsere Theorie bewahrheitet, hat Iliane noch einmal eine sehr schwere Zeit vor sich."

Kapitel XXIV

„Mehr gibt es nicht? Keine persönlichen Dinge, die aufbewahrt wurden?“
„Wir haben hier im Kloster keine persönlichen Dinge. Ein Gebetbuch, einen Rosenkranz, das reicht. Wir haben keinen Besitz und brauchen auch keinen.“
„Ja, aber dieser Peter war doch kein Mönch, er hat hier im Kloster doch nur gewohnt.“
„Er hat nach der Schule hier gelebt, das war ungefähr dasselbe wie für alle Mönche. Er trug keinen Ornat, er hatte keine Tonsur, aber seine Lebensweise war dieselbe. Er folgte dem Tagesablauf wie alle hier, mit den Stundengebeten, den Messen, der Arbeit, den Mahlzeiten und allem, was wir hier jeden Tag seit ewigen Zeiten tun.“
Mel gab sich noch nicht zufrieden.
„Hatte er Freunde? Wo hat er gearbeitet? Wenn er krank war, wer hat nach ihm gesehen? Hatte er eine Person, zu der er Vertrauen hatte?“
„Das lässt sich leider nicht mehr nachvollziehen. Gearbeitet hat er wohl mit dem Gärtner, das geht aus den Eintragungen des Abtes hervor. Er scheint sich da wohl gefühlt zu haben und konnte diese Arbeit auch gut bewältigen. Er war kränklich, abgesehen von seiner Behinderung. Ein Herzfehler machte ihm wohl zu schaffen, wie aus den Eintragungen ins Krankenbuch hervorgeht. Mehr gibt es nicht, Mel, damit müssen wir uns wohl abfinden.“
Andries nickte bestätigend. Mel grummelte unzufrieden vor sich hin.
„Ein Leben, so behütet und abgeschlossen wie hier und so wenig darüber zu erfahren, wie arm ist das.“
Andries wollte etwas sagen, brach aber ab und wandte sich zum Gehen. Det zuckte die Schultern.
„Du wirst es akzeptieren müssen. Immerhin hatte er hier ein Zuhause. Er war sicher nicht unglücklich.“
„Nein, aber er hätte eine Mutter haben können, ich darf darüber gar nicht nachdenken.“

Lea und Rose traten in das kleine Zimmer neben der Schenke. Sie konnten ihr Grinsen nicht verbergen.
„Und?“ kam es lakonisch von Det.
„Treffer! Van Branden! Dämmert's?“
Mel blickte Det ratlos an, dann prusteten beide los.
„Das ist nicht wahr! Boahhh!! Der Sohn bekam den Namen des

Ereignisses, das seinen Vater tötete."
„Und damit die Legitimation, die der ihm nie hätte geben können."
„Wie krass ist das denn? Und wer war die werte Dame?"
„Das wissen wir noch nicht. Keine Ahnung, aber auch die finden wir noch. Jetzt müssen wir erst einmal los und die Kirchenbücher nach Taufeinträgen durchsehen. Könnt ihr hier alleine weitermachen und die Dame suchen?"
„Klar, mit diesem Peter sind wir sowieso am Ende. Wir haben alles zusammengetragen, was es über ihn hier gibt. Es war mager, aber er hatte wohl kein schlechtes Leben bei den Mönchen hier."
„Ok, das besprechen wir später. Wir suchen eine junge Frau, wahrscheinlich jung. Dieser Lorenz war sechsunddreißig, also dieses Alter oder jünger nehmen wir an. Brachte die öfter was ins Kloster? War sie von einem Hof in der Nähe? War sie mit einem der Mönche verwandt? Arbeitete sie für die Mönche? Nach solchen Sachen könnt ihr suchen. Ist mühsam, ich weiß, aber wir haben keinen Anhaltspunkt. Dumm scheint sie nicht gewesen zu sein, wenn sie sich den von Branden ausgedacht hat."
Det grinste unternehmungslustig.
„Wir suchen. Lauft ihr die Kirchen ab. Viel Spaß."
„Danke, euch auch. Was von Flitzi gehört?"
„Nichts, aber das nehmen wir erst einmal als gutes Zeichen. Bis dann."

Lea und Rose hörten das schon beinah nicht mehr, sie liefen zum Auto, wo Fussel wartete. Rose hatte mit Unterstützung des Museumsdirektors eine Liste der katholischen Kirchen angefertigt, die Anfang des neunzehnten Jahrhunderts eine Gemeinde hatten und auch einen Priester. Es waren nicht wenige. Aber die beiden beschlossen, im Dunstkreis des Klosters, also etwas außerhalb der Stadt anzufangen.

Am Nachmittag schlichen sie todmüde durch die gefühlte hundertste Kirche hinter dem Küster her, der sie in die Sakristei führte. Nicht überall waren die Kirchenbücher erhalten geblieben. In den Weltkriegen wurde zwar in Brügge nichts zerstört, aber Dokumente waren hier und da schon an die jeweiligen Herrscher und ihre Weltanschauungen angepasst worden. Hier wollten sie ihre Suche für heute beenden, wenn kein Ergebnis zu holen war.
Im Halbdunkel der Sakristei hatte der Küster die dicken Leder-

bände aus dem Schrank geholt. Hier in der St-Anna-Kirche waren die Dokumente noch vorhanden. Unter seinem strengen Blick durchsuchten die beiden Seite um Seite. Sie hatten ja keine Ahnung, ob es noch in 1804 war oder schon in fünf, ganz zu schweigen von Tag und Monat.
„Da, da steht was, das man als Lorenz lesen könnte. Schau mal."
Lea legte ihren Finger auf einen Eintrag.
„Ja, das könnte sein. Las mal weiter lesen.... Lorenz, geboren am 14. Januar 1805.... Das ist er!"
„Ja, das muss er sein! Pfff... weiter, was steht da noch?"
„Kaum zu entziffern... hmm... Sohn von Sophie van Branden. Vater gestorben in Brüssel 1804."
„Das ist er. Und das S ist Sophie! Wir haben sie, wir haben sie!!"
Lea packte Rose um die Taille und schwenkte sie durch die Sakristei. Ihr Jubel kam als mehrfaches Echo aus dem hohen Raum zurück. Der Küster blickte äußerst missbilligend.
„Das fotografieren wir jetzt und dann suchen wir diese Sophie. Das kann ja nun nicht mehr schwer sein."
„Hier wird nichts fotografiert!"
„Wie bitte?"
„Sie machen keine Fotos von unserem Kirchenbuch, damit wir uns deutlich verstehen."
Rose und Lea wechselten einen Blick. Das konnte doch nicht wahr sein.
„Das verstehen wir natürlich. Da brauchen wir die Erlaubnis vom Bischof, selbstverständlich."
Rose trat auf den Mann zu und nahm in verbindlich am Arm.
„Das Taufbecken ist doch sicher noch dasselbe wie damals, als unser Urgroßneffe hier getauft wurde, oder?"
„Natürlich, das steht seit dreihundert Jahren an derselben Stelle."
„Wären Sie dann so liebenswürdig und würden mir das einmal zeigen. Dann habe ich ein Gefühl dafür, wie diese Taufe vonstattenging. Es ist so wichtig für unsere Familie in Amerika, dass ich denen alles genau schildern kann."
„Dazu müssen wir hier aber abschließen. Sie müssen beide mitkommen. Anders geht das nicht."
„Natürlich, aber das Taufgeschirr steht doch sicher auch hier in einem der Schränke. Könnten wir das vielleicht mitnehmen und Sie zeigen uns, wie das genau hier gemacht wird? Bitte."
Sie lächelte ein umwerfend entwaffnendes Lächeln und nahm wieder vertraulich seinen Arm.

„Ich wette, Sie arbeiten hier schon sehr lange und könnten das sicher sogar besser als der Pfarrer, stimmt's?"
„Ja, aber das geht doch nicht."
„Oh doch, das geht ganz sicher. Wissen Sie, meine Tante in Amerika, Gott hab sie selig, hat immer davon erzählt, dass unser Urgroßneffe ein wunderbarer Mann war, gerade weil er hier in dieser Umgebung seine Wurzeln hatte und gerade, weil er..."
Der Rest der Worte verhallte im Kirchenschiff, wohin Rose den Küster gedeichselt hatte. Blitzschnell zog Lea ihr Handy aus der Tasche und machte ein paar Aufnahmen von den Eintragungen im Kirchenbuch und des Deckblattes. Sie schlug das Buch zu und folgte den beiden. Genau im richtigen Augenblick. Der Küster drehte sich nämlich gerade zu ihr um. Angestrengt interessiert starrte sie an die Deckengemälde. Sie zeigte auf einen pausbackigen Engel an einer der Säulen.
„Ja, du hast recht, meine Liebe. Genauso hat unser Urgroßneffe ausgesehen als kleiner Junge. Meine Tante in Amerika hat so oft davon erzählt."

Sie schafften es aus der Kirche, ohne den Küster allzu sehr zu brüskieren. Es reichte sogar noch zu einem freundlichen Lebewohl, bevor sie kreischend um die Ecke bogen.
„Rose, Rose, du erstaunst mich immer wieder. Wie kannst du diesen armen Kirchenmann derart veräppeln?"
Lea zog die Augenbrauen hoch und betrachtete die Tante wie ein seltenes Exemplar einer ausgestorbenen Tierart in der Vitrine.
„Och, das liegt sicher in der Familie. Vererbt oder so."
„Machst du dafür auch Oma Anne verantwortlich?"
„Oh nein, die sicher nicht."
Rose kicherte und hakte Lea unter.
„Jetzt haben wir uns aber eine Belohnung verdient."
„Und die wäre?"
„Was hältst du von einem gemütlichen Dinner?"
„Ich bin hundemüde und hab eigentlich keine Lust mehr auf Ausgehen."
„Ich auch nicht. Deswegen lassen wir uns was kommen."
„Wie, was lassen wir uns kommen?"
„Ein delikates Abendessen. Wonach steht dir der Sinn? Italienisch, griechisch, asiatisch? Oder gutbürgerlich flämisch?"
„Nimmst du mich auf den Arm? Oder redest du vom Pizzadienst mit Gyros und Döner?"
„Nein, aber hier in Brügge gibt es eine Fressgasse, vorwiegend

in italienischer Hand, aber auch andere Nationen sind vertreten. Und die haben unglaublich leckere Sachen, die sie uns auch gerne nach Hause liefern."
„Geil! Dann möchte ich gerne italienisch. Antipasti und dann Nudeln bis zum Abwinken."
„Kein Problem. Da sind wir ja schon. Komm rein und deck den Tisch, ich rufe an. In einer halben Stunde können wir essen."

Als sie müde und satt vor dem Kamin saßen, meldete sich Flitzi.
„Kann ich noch schnell vorbeikommen?"
Ihre Stimme am Telefon klang ernst.
„Natürlich, komm nur. Wir haben auch noch was zu essen für dich, wenn du Hunger hast."
„Nein, danke. Ich bin gleich da."
Als Lea die Türe öffnete, erschrak sie ein wenig. So hatte sie Flitzi noch nie gesehen. Dunkle Schatten lagen unter ihren Augen und ihr goldblondes Haar hing ihr in Strähnen um die Schultern. Lea zog sie zum Kamin und drückte sie in einen Sessel. Rose kam mit einem Becher Tee. Flitzi nickte erst einmal nur und schlürfte das heiße Gebräu. Nach einer Weile sagte sie mit heiserer Stimme:
„Das tut gut, ihr beide und Tee und Kerzen und Kaminfeuer. Eine total andere Welt."
Die beiden warteten ab, sie würde schon reden, wenn ihr danach zu Mute war. Deswegen war sie ja wahrscheinlich auch gekommen.
„Also, zunächst mal, die schlimmsten Sorgen sind wohl vorbei. Wir können, wie es aussieht, alles so hinbiegen, dass die Gläubiger von Jan mitspielen, dass die Arbeiter weiterbezahlt werden können und die Produktion weiterläuft. Aber das ist nur ein Hinhalten. Es muss dringend eine Wende kommen, sonst ist die Brauerei futsch. Länger als ein halbes Jahr hält Jan das nicht durch."
„Ich frage nicht nach Details, würde sie wahrscheinlich eh nicht verstehen. Aber was habt ihr jetzt vor? Was soll die Lösung sein?"
„Na ja, ich habe mit den Banken und den Lieferanten einen Plan aufgestellt. Die haben schnell begriffen, dass sie nur verlieren, wenn sie Jan jetzt hängen lassen. Aber wir müssen den Umsatz schnellstens in die Höhe treiben, möglichst die bisherigen Zahlen wieder erreichen, dann halten die anderen still und es kann weitergehen. Nur dafür brauchen wir halt einen

Ansatzpunkt. Den haben wir noch nicht. Ich konnte verhandeln, kann einen Finanzplan ausarbeiten, aber wie man mehr Bier verkauft ohne riesiges Werbebudget, das weiß ich beim besten Willen auch nicht."

„Und jetzt? Können wir was tun?"

„Nein, ihr könnt leider nicht helfen. Doch, könnt ihr. Tut ihr schon. Ich bin hier, ich trinke Tee und fühle mich bei euch wohl. Das tut gut."

Lea nahm die Freundin in den Arm.

„Willst du nicht dein Hotelzimmer aufgeben und hier mit einziehen? Platz ist genug und Tee und Herzlichkeit bekommst du dann, soviel du möchtest."

„Danke, Rose. Das ist lieb von dir. Aber jetzt noch nicht. Wir arbeiten fast rund um die Uhr, ich würde euch nur stören, wenn ich zu den unmöglichsten Zeiten kommen und gehen würde. Wenn alles vorbei ist, vielleicht. Aber es ist schön, dass ich hier eine Anlaufstelle habe."

„Du Dussel, als ob du da fragen müsstest."

Lea zauste Flitzi, die den Mund etwas kläglich zu einem schiefen Grinsen verzog.

„Aber erzählt ihr mal, habt ihr was?"

„Ja, aber du solltest das noch nicht mit Jan besprechen. Wir müssen noch ein paar Details genauer überprüfen. Wenn sie stimmen, haben wir eine kleine Sensation, für Jans Familie und das Kloster."

„Mensch, Rose, mach es nicht so spannend. Ich musste heute genug Hirnschmalz aufwenden. Erzählt einfach."

„Van Branden!! Ich schmeiß mich wech! Und jetzt brennt es wieder unter dem Dach! Na toll. Und wer diese Sophie war, findet ihr raus? Was habt ihr denn für Anhaltspunkte?"

„Nix, einfach nix. Nur den Eintrag im Taufregister, als sie ihren Sohn taufen ließ."

„Also hat die berühmte Nadel im Heuhaufen einen Namen. Sophie!"

Flitzi lachte und es klang zum ersten Mal an diesem Abend entspannt.

„Wenn ihr bei der Suche nach dieser Brauereiurmutter auch noch auf eine Bier-Promotiontour stoßt, lasst es mich wissen. Vielleicht können wir die für uns nutzen."

Flitzi stand auf und zerrte ihre Hosenbeine zurecht.

„Jetzt verschwinde ich. Ich muss dringend mal schlafen. Leute, es war wunderbar. Mir geht es deutlich besser und ich habe wieder den nötigen Abstand. Ich melde mich, wenn sich was

tut. Viel Erfolg mit Sophie! Gute Nacht und danke für die freundliche Aufbewahrung."
„Dir auch viel Erfolg, mit den Nachfahren von Sophie! Grüß Jan von uns und sag ihm, er hat ein Prachtsweib gefunden."
„Werd's ausrichten! Ciao."

Kapitel XXV

Det klappte wieder ein Buch zu. Es war deutlich, dass er genug hatte. Mel machte es ihm nach. Mit einem lauten Knall landete auch ihr Notizbuch auf dem Stapel, den sie schon durch hatten. Ohne Erfolg. Diese Sophie wurde nirgends erwähnt.
Andries und Maarten kamen herein. Sie trugen jeder ein großes Tablett. Mel begriff und machte schnell auf einem der Tische soviel Platz, dass die beiden ihre Last abstellen konnten. In ihrem Kielwasser kamen Rose und Lea herein.
„Gibt es was zu feiern?"
Lea beäugte die beiden Tabletts und fand, dass sie so gar nicht mönchisch-asketisch beladen waren.
„Nein, wir müssen die beiden ein wenig aufmuntern. Die Bücher von Han haben sie geschafft."
„Ja, wir sind schon so verstaubt wie die alten Schinken hier."
Mell wischte ihre Hände an den Jeans ab.
„Deswegen gibt es jetzt frischen Schinken, frisch gebackenes Brot und einen ordentlichen Schluck dazu."
„Habt ihr geschlachtet?"
Det meinte es eigentlich scherzhaft, aber Andries nickte.
„Wir lassen hier in der Gegend bei einem Bauern ein paar Schweine mit aufziehen. Er füttert wie früher und die Schweine sind die meiste Zeit draußen. Das gibt eben richtiges Fleisch."
„Und einen erstklassigen Schinken! Der Abt meinte, wir sollten euch ein wenig verwöhnen, bevor ihr noch zu Bücherwürmern mutiert."
„Na ja, weit ist es nicht mehr. Ich kann wahrscheinlich nicht mehr gehen, so lange sitzen wir hier schon."
„Ach, komm, du Weichei! So lange sitzt ihr hier doch noch gar nicht! Was hätten denn die Mönche im Skriptorium sagen müssen, die Tag für Tag das ganze Jahr Bücher abgeschrieben haben."
„Aber im Stehen."
„Aha, das erleichtert die Sache natürlich ungemein."
„Hier, zum Wohl! Damit Ruhe ist."
Andries schob jedem schnell einen Krug hin, den Maarten großzügig gefüllt hatte. Lea hatte noch nie morgens um zehn Bier getrunken. Zum Glück war es das leichte Mahlzeitenbier. Ein anderes hätte der Abt wohl auch nicht genehmigt. Trotzdem meinte sie, jeden Schluck zu spüren. Schnell stellte sie den Krug wieder ab.
„Was machen denn die Bauern hier in der Gegend noch für

euch? Oder was haben sie früher gemacht?"
„Dasselbe wie heute. Sie haben das geliefert, was das Kloster nicht selbst hergestellt hat. Oder sie haben auf den Feldern des Klosters gearbeitet. Sie hatten das Land als Lehen und mussten dafür einen ordentlichen Teil des Ertrages hier abliefern. Heute arbeiten sie nur gegen Geld für uns."
Andries grinste verschmitzt.
„Wenn hier die Waren abgeliefert wurden, durften die Bauern dann in das Kloster hinein?"
„Normalerweise war das nicht nötig. Die Vorratsgebäude liegen am äußeren Rand des Geländes, das war früher schon so. Dort gab es ein gut gesichertes Tor, das die Bauern für ihre Lieferungen benutzten. Gemeinsam mit den Mönchen haben sie dann die Waren in die Gebäude geschafft. Näher kamen sie nicht. Sonntags natürlich in die Kirche, aber dafür mussten sie ja auch nicht ins Kloster, wie ihr wisst."
„Haben auch Frauen hier etwas abliefern dürfen?"
„Dürfen wahrscheinlich schon, aber was hätten die bringen sollen? Meistens waren es landwirtschaftliche Erzeugnisse, in Säcken, schwer und unhandlich. Das hätten die Frauen wohl kaum gemacht."
„Wolle, was ist mit Wolle oder Tuch? Woher bezogen die Mönche ihre Stoffe?"
„Von Frauen."
Die fünf fuhren hoch, Maarten blieb gelassen wie immer.
„Was für Frauen? Woher? Wie ging das vor sich?"
Det war aufgesprungen.
„Sag schon, was für Frauen?"
Andries lachte leise.
„Keine, die euch interessieren dürften. Es waren die Beginen von Brügge, die alle Stoffe lieferten. Gewoben aus Wolle und Leinen, später auch aus Baumwolle. Hergestellt im Beginenhof, mit dem Boot nach hier verfrachtet. Ihr habt doch den kleinen Kanal hinter dem Gästehaus gesehen? Über solche Wasserwege fand der Handel statt. Die Beginen hatten auch eine Anlegestelle bei ihrem Hof. Im Boot saß ein bezahlter Fährmann, der brachte die Waren, die die Damen angefertigt hatten, an den jeweiligen Bestimmungsort, auch hierher."
„Also waren die nie selbst hier, die verschickten die Gewebe nur?"
„War doch gar nicht nötig. Die hätten auch gar nicht hierher gewollt."
„Wenn du meinst."
Det war von der letzten Behauptung nicht so ganz überzeugt,

der Rest klang schlüssig.
„Also Stoff war es nicht. Was haben Frauen dann hier noch angeliefert? Oder vielleicht auch abgeholt? Hatte das Kloster irgendwas, was die Bevölkerung aus dem Umland holen oder kaufen konnte?“
„Nein, die Bauern waren arm, aber mehr oder weniger autark. Das Kloster ebenfalls.“
„Gruut.“
Mel sprach es leise vor sich hin. Lea griff den Gedanken auf.
„Gruut. Die Mönche durften brauen, also hatten sie auch Gruut oder sogar das Gruutrecht. Wenn man daheim brauen wollte, hat man vielleicht bei den Mönchen Gruut geholt.“
„Um 1800 hat kein Mensch mehr mit Gruut gebraut, wenn er nicht gerade damit experimentieren wollte. Det, das habe ich dir doch schon erzählt. Hopfen war schon lange in Gebrauch, Gruut war nicht mehr nötig.“
„Aber irgendwelche Geschmackszusätze waren schon noch üblich?“
“Das sind sie heute noch. Denkt nur mal an den Kirschsaft in den Kriekbieren.“
„Und die Beeren in dem Holzkästchen? Was war das noch mal? Sanddorn?“
„Ja, Mel, Duinbessen nennt man die hier.“
„Maarten, habt ihr mal irgendwann ein Bier mit Duinbessen gebraut?“
„Also ich nicht. Aber Han traue ich das schon zu.“
„Wo finden wir dazu ein Rezept? In seinen Büchern steht alles Mögliche, aber Rezepte haben wir nicht gefunden.“
„Die liegen beim Abt.“
„Was? Was macht der Abt mit den Rezepten?“
„Aufbewahren.“
„Können wir die sehen? Was sind das für Rezepte?“
„Alles, was man sich denken kann. Kochrezepte, Bierrezepte, Rezepte für Salben und Heilmittelchen, Tees, Brotrezepte. Und natürlich unser wunderbares Stoverijrezept.“
Andries bekam glänzende Augen.
„Heilmittel? Hattet ihr hier eine Apotheke oder einen Medicus?“
Mel war ganz aus dem Häuschen.
„Nein, eine Apotheke konnte man das nicht nennen. Der Mönch, der den Garten betreute, hatte damals wohl auch einen Kräutergarten angelegt. Eigentlich für die Küche, denke ich. Aber da hat er dann wohl auch verschiedene Heilkräuter gezogen, ein Arzt war ja teuer und auch nicht gern gesehen im Kloster. Also hat sich der Gärtner um die Versorgung der Mön-

che gekümmert, wenn einer krank wurde. Einen Medicus hatten sie hier nicht."
„Und diese Heilpflanzen? Durften die Bauern davon auch haben? Konnten die sich hier einen Tee oder so was abholen, wenn sie krank waren?"
„Das weiß ich nicht, aber das finden wir heraus. Wir fragen den Abt nach den Rezepten. Und ob er über die Heilmittel mehr weiß. Bis später."

Schnell waren die spärlichen Neuigkeiten ausgetauscht und die Fotos aus dem Taufregister an die Wand gepinnt.
„Diese Sophie finden wir nie und nimmer."
Mel kaute auf ihrem Schinkenbrot herum und trommelte irgendeine Melodie auf dem Glaskrug, bis Det ihr die Hand auf den Tisch legte und den Krug wegschob. Missbilligend blickte sie ihn an, hörte aber mit dem nervigen Geräusch auf.
„Und Flitzi kämpft mit Jan ums Überleben der Brauerei. Schöne Ferien sind das für euch."
Lea seufzte und nahm sich noch en Stückchen Käse.
„Ach was, die ist in ihrem Element. Sie kann wie eine Löwin kämpfen, das wissen wir. Und jetzt hat sie sogar ein Ziel, das sich lohnt."
„Und das sie persönlich angeht, besser geht gar nicht."
„Jan wird sich umschauen. So hat er sich seine Partnerin wahrscheinlich nicht vorgestellt. Wenn ich mir ausmale, wie sie die Bänker reihenweise frühstückt. Da würde ich gerne mal Mäuschen spielen."
„Lieber nicht, Det. Du würdest nie wieder einer Frau die Hand geben, ohne deine Finger anschließend nachzuzählen."
Ihr Gelächter wurde unterbrochen, als ein Mann den Raum betrat. Det ging gleich auf ihn zu und begrüßte ihn herzlich. Er stellte dem Abt die drei Damen vor. Abt Cornelis ließ sich auf der Bank nieder und legte einen Stapel Papiere neben sich.
„Schmeckt es Ihnen?"
„Ja, danke, ausgezeichnet. Ihr Kloster hat wirklich eine gute Küche."
„Darauf sind wir auch stolz. Unser Koch hat wirklich burgundische Vorfahren, denke ich."
Lea grinste in sich hinein. Sie hatte neulich einen Spruch gelesen: „Wenn die Flamen essen, schauen sie nach Frankreich. Wenn sie Geschäfte machen nach den Niederlanden." Wenn man den Abt hörte, schien da etwas dran zu sein.
„Hier habe ich ein paar Rezepte mitgebracht. Wegen der Heilmittel muss ich Sie enttäuschen. Hier wurden die Bauern nicht

behandelt und sie konnten auch keine Kräuter kaufen. Dafür gab es in Brügge im Sint-Jan-Hospital seit Urzeiten eine Apotheke. Rezepte habe ich dafür jede Menge für Sie. Aber bitte, die dürfen nicht nach draußen gelangen. Ich brauche noch ein paar Trümpfe im Ärmel für unsere Schenke. Sie ist eine gute Einnahmequelle und das soll auch so bleiben."
„Aber natürlich, das versteht sich von selbst."
Der Abt reichte Rose das Bündel und erhob sich wieder.
„Wenn Sie was gefunden haben, lassen Sie es mich wissen. Leben Sie wohl."
Mel hatte sich schon das oberste Blatt geschnappt und versuchte die Schrift zu entziffern.
„Das ist von Han geschrieben, den kann ich inzwischen ganz gut lesen. Ist was mit Pannekoek. Die haben die Pfannkuchen auch mit Bierteig gebacken, nichts Neues."
Die anderen waren auch schon in der Klosterküche des 19. und 20. Jahrhunderts abgetaucht. Bei der Lektüre konnte einem schon der Mund wässrig werden. Zum Glück standen noch die Schinkenbrote auf dem Tisch.

Ein paar Stunden und gefühlte tausend Rezepte später hatten sich Rose und Lea verabschiedet. Rose musste zum Zahnarzt. Lea lieferte sie dort ab und machte sich dann mit Fussel im Schlepptau zu einer weiteren Erkundungstour durch Brügge auf. Heute ließ sie die Touristenströme links liegen und stromerte durch enge Gassen und kleine Straßen. Sie tauchte ein in eine andere Zeit, eine andere Welt. Irgendwann fand sie sich in einem Park wieder, oder war es ein großer Garten? Er gehörte wohl zum Sint-Jan-Hospital, das hatte sie in einem Stadtführer gelesen. Verwinkelte Gebäude, Durchgänge und eine hohe Mauer, die das Gelände umfriedete, schufen eine eigene Welt. Im Hauptgebäude war eine große Ausstellung über Memling, den berühmten Maler aus Deutschland, der sich hier im Mittelalter niedergelassen hatte. Dort würde sie wieder auf viele Menschen treffen, also nahm sie einen anderen Weg, der sie tiefer in diesen verwunschenen Park führte. Sattes Grün und lichtes Blau schienen in diesem Garten die Hauptfarben zu sein, unterbrochen von honig- und ockergelb. Blumen blühten fast keine, daran konnte es also nicht liegen. Aber Lea fragte schon lange nicht mehr, warum sich in ihr gerade bestimmte Farben aufdrängten. Sie nahm hin, was sie wahrnehmen konnte, und meistens drückte das auch eine bestimmte Stimmung aus.
Fussel musste jeden Strauch und Stein untersuchen. Wahr-

scheinlich hatten hier viele Hunde ihre Nachrichten hinterlassen. Lea ließ ihn schnuppern, sie hatte Zeit und musste nachdenken. Leider konnte sie sich nicht richtig konzentrieren, es war ein wenig viel passiert in den letzten Tagen.
Der Weg führte an ein Gewässer. Lea schlenderte über gewundene Wege, bis sie an einer eingezäunten Wiese stand. Auf dieser Wiese tummelten sich Schwäne, viele Schwäne. Gerade glitten ein paar ins Wasser, das sich an die Wiese anschloss. Stolz und schön, wie in einem Märchen. Lea erinnerte sich an die Sage, dass, wenn die Schwäne aus Brügge verschwänden, die Stadt unterginge. Als ob die Vögel sich ihrer Bedeutung bewusst waren, bewegten sie sich elegant und graziös trotz ihrer Größe auf der Wiese, schüttelten und dehnten ihre weiten Flügel oder glitten hocherhobenen Hauptes über das Wasser.
Das Gewässer war breiter als ein Kanal, es musste das berühmte Minnewater sein. Mit Minne hatte es nichts zu tun, das wusste sie schon. Es war eigentlich Binnenwater, der Binnenhafen von Brügge, solange die Stadt noch direkten Anschluss an die Nordsee hatte. Heute war es der Tummelplatz der berühmten Schwäne von Brügge. Das Gewässer mündete in einen kleinen Kanal, eine der Reien, mit einer gewölbten Brücke darüber. Am einen Ende der Brücke war ein steinernes Tor mit großen Holzflügeln. Lea ging neugierig darauf zu.
Das musste der Eingang zum Beginenhof „Ten Wijngaerde“ sein. Bevor sie noch auf die kleine Brücke einbiegen konnte, zerrte Fussel sie weiter. Eine alte Pferdetränke mit wunderschönen Pferdeköpfen aus Bronze hatte es ihm angetan. Natürlich! Dort floss ja auch reichlich Wasser. Lea ließ sich willig dorthin ziehen und half ihm, an das begehrte Nass zu kommen. Durstig schlürfte er, aber immer mit einem Auge auf die großen Pferde schielend, die vor die Kutschen gespannt, ganz in Reichweite standen.
Aus dem Tor zum Beginenhof kam eine ganze Busladung Touristen.
„Da gehe ich wohl besser mal zu einer ruhigeren Zeit hin.“
Sie wandte sich wieder dem Minnewater und den Schwänen zu. Vor der eingezäunten Wiese ließ sie sich nieder und beobachtete gedankenverloren die großen Vögel.
„Wie kommen wir an diese verflixte Sophie? Und wie können wir Jan helfen? Ach, ist das bescheuert. So dicht vor dem Ziel und wir greifen nur ins Leere.“
Fussel hatte genug. Er zog heftig an der Leine, Lea folgte willig. Die Massen hatten sich ein wenig verlaufen. Es war nicht

mehr so drückend voll in dem kleinen Gässchen mit seinen Waffel- und Schokoladentempeln, das vom Beginenhof wieder Richtung Stadtmitte führte. Sie nahm Fussel kurz und trabte mit ihm quer durch die Stadt zu Roses Haus.

„Ich bin dann mal weg, Lea. Ich geh schnell ins Museum, den neuen Veranstaltungskatalog abholen und geh dann gleich einkaufen. Höchste Zeit, dass deine Freunde auch mal hierherkommen."
„Warte, ich komm mit. Ich muss deinen Museumsdirektor was fragen. Der ist doch heute da?"
„Ich denke schon. Was willst du denn von ihm?"
„Das weiß ich noch nicht so genau, ist nur ein Gefühl."
„Gut, dann komm. Wir sind schon recht spät dran. Das Museum macht bald zu."

„Was für eine Freude, meine Damen. Leider konnte ich in den Kirchenbüchern nichts finden, aber vielleicht kann ich Ihnen heute behilflich sein."
„Das wird sich zeigen. Ich hätte da mal eine Frage. Wenn hier die Klöster so einen hohen Stellenwert hatten, dann war doch sicher die Zeit der Säkularisierung auch mal eine Ausstellung im Museum wert, oder?"
„Daran habe ich auch schon gedacht, Lea. Aber leider haben wir da nicht viel. Die berühmten Klöster waren und sind hier besser vertreten, über so ein kleines Kloster wie Sint-Lambert haben wir fast nichts. Und nichts, was Sie nicht schon wüssten oder ich Ihnen gezeigt hätte."
„Hmm, schade. War eben so eine Idee."
Lea war enttäuscht, wieder eine Sackgasse.
„Hast du eigentlich den Bierkrug schon ausgepackt, den du aus Gent geschickt bekommen hast?"
„Ja, Rose, der kommt morgen in die Vitrine im Handwerkersaal im ersten Stock. Warum fragst du?"
„Nur so, fiel mir eben ein. Ich will diesen Krug mit in meine Führung über das lokale Handwerk einbeziehen."
„Bierkrug? Lokales Handwerk?"
„Ja, Lea, das Museum hat sich unter anderem zur Aufgabe gemacht, aussterbende und ausgestorbene Handwerkstraditionen zu zeigen und bei besonderen Veranstaltungen auch wieder lebendig zu machen."
„Toll, kann ich das mal sehen?"
Lea hibbelte schon wieder von einem Bein auf das andere,

Rose kannte das schon und sah sie prüfend an.
„Was suchst du?“
„Keine Ahnung, aber ich habe so eine Idee, dass wir was finden werden.“
„Na dann. Hier entlang, bitte.“

„Was ist das denn?“
Lea zeigte auf einen Kupferkessel, der bestimmt fünfzig Liter fasste. Er hing an einem Gestell, mit dem man ihn rauf- und runterlassen konnte.
„Das gehört zum alten Bierhandwerk. Das ist ein Braukessel.“
„So winzig? Deswegen gab es hier so viele Brauereien, wenn jede nur so eine kleine Menge Bier produzieren konnte.“
„Nein, das war ein Kessel für die Hausbrauerei.“
„Wie jetzt? Haben die in den Privathäusern auch gebraut?“
„Aber sicher. Kennen Sie nicht den Brief von Luther, der auf Reisen seiner Frau schreibt, dass er Heimweh hatte – nach ihr und ihrem wunderbaren Bier?“
„Nein, äh, das ist mir nicht geläufig.“
Lea warf Rose einen Blick zu, die bestätigend nickte.
„Luther war ein Genießer. Und das Bier seiner Frau muss ausgezeichnet gewesen sein. Sie kam ja aus einem Kloster, dort hatte sie sicher auch brauen gelernt.“
„Bier und Klöster! Ich bekomme noch Alpträume davon!“
„Ja, aber hier in Brügge hat praktisch jedes Haus, das über eine Küche und einen gewissen Lebensstandard verfügte, gebraut. Aber erst, als das Gruutrecht nicht mehr galt und das Hausbrauen nicht mehr verboten war. Die Brauereien verkauften damals ja nur Fässer, also an den Ausschank. Flaschenbier kam erst viel später auf, erst in der zweiten Hälfte des 19. Jahrhunderts.“
„Hmm. Wer hat dann in den Privathäusern gebraut?“
„Die Köchin oder die Hausfrau. Je nach gesellschaftlichem Stand. Manchmal hat man auch eine braukundige Frau ins Haus geholt, wie die Waschfrauen auch.“
„Ja, Koen, ich erinnere mich, du hast da mal was über diese Frauen in einem Vortrag erwähnt. Wurden sie nicht Bierhexen genannt?“
Lea war inzwischen zur nächsten Vitrine geschlendert, wo diverse Gerätschaften für die Leinenweberei ausgestellt waren. Sie hörte nur mit halbem Ohr hin.
„Ja, das stimmt. Aber nicht alle diese Frauen wurden Bierhexen genannt. Nur wenn das Bier nicht gelungen war, war die eine oder andere kräuterkundige Frau schon mal als Bierhexe

verrufen. Manche wurden sogar verbrannt. Aber das war im Mittelalter."
„Also noch bevor Hopfen verwendet wurde?"
„Ja. Später war der Aberglaube, dass diese Brauhexen das Bier verdorben hätten, verschwunden."
„Bierherstellung war demnach lange Frauensache?"
Lea mischte sich wieder ein.
„Schon die alten Germanen überließen das Brauen den Frauen. Im Mittelalter hat sich vor allem Hildegard von Bingen um die Brauerei verdient gemacht, sie verstand eine Menge davon."
„Bierhexe... Brauhexe.... Koen, kann es sein, dass sich auch noch im 19. Jahrhundert eine Frau so bezeichnen lassen musste? Oder sich selbst so bezeichnete?"
„Darüber weiß ich nichts. Ich wüsste jetzt auch so schnell nicht, wo wir da suchen müssten."
„Sie haben gerade kräuterkundige Frauen erwähnt. Haben die auch immer gebraut?"
„Die Frauen, die ich meinte, haben im Mittelalter gelebt. Im 19. Jahrhundert gab es nicht mehr so viele davon. Inzwischen hatten die Medizin und die Apotheker doch große Fortschritte gemacht. Sie waren wohl eher mit Kräutern, also was wir heute Naturheilkunde nennen würden, beschäftigt. Das Heilen mit Naturmitteln hat ja eine lange Tradition."
„Könnten wir uns nun vorstellen, dass eine dieser Frauen mit dem Kloster in Kontakt stand, um ihre Kräuter anzubieten? Oder Wissen auszutauschen?"
„Keine Ahnung. Wenn es darüber im Kloster keine Aufzeichnungen gibt, finden Sie wahrscheinlich nichts."
„Wir suchen weiter."
Lea stapfte entschlossen davon, Rose folgte ihr schulterzuckend, während der Museumsdirektor hinter den beiden wieder abschloss.
Am Ausgang des Museums hatte Lea schon Mel am Telefon.
„Ihr müsst nach einer Frau suchen, die Heilkräuter brachte oder holte. Mit dem Gärtner arbeitete, mit dem Abt über Heilmittel sprach, die sich mit den Mönchen über Behandlungsmethoden beriet... irgendwas mit Kräutern und Heilen. Und das Wort Bierhexe oder Brauhexe ist auch wichtig... ja, wir sind schon unterwegs zu euch. Bis gleich, tschö."

„Bist du dir sicher, dass wir ein Kräuterweiblein suchen?"
Rose schnallte sich an und hielt sich am Armaturenbrett fest, Lea fuhr doch etwas flott.

„Nein, ein Kräuterweiblein sicher nicht. Ich denke eher an eine junge Frau, gut ausgebildet in Naturheilverfahren. Wir würden sie heute emanzipiert nennen, wahrscheinlich hat sie die Gesellschaft ihrer Zeit verachtet. Sie lebte einen eigenen Stil, der sicher nicht anerkannt war. Sie hat irgendwie mit den Mönchen Kontakt geschlossen. Warum und wie auch immer. Keine Ahnung, ob wir das je herausbekommen. Jedenfalls hat sie dann mit dem Brauer eine Liaison angefangen. Vielleicht haben sie sogar zusammen gebraut, vielleicht nannte sie sich deswegen auch Bierhexe. Wer hat davon wohl gewusst? Nannten andere sie auch Bierhexe?"
„Oh, Lea, das wird ja immer schwieriger."
Rose klang zum ersten Mal nicht mehr so optimistisch.
„Genau, deswegen suchen wir jetzt weiter."
Leas Tonfall war grimmig, sie bremste scharf ab, als sie vor der Klosterschenke eintrafen. Fussel protestierte unwillig auf dem Rücksitz.

Mel und Det saßen wieder hinter den dicken Bücherstapeln. Das Bild hatte sich nicht verändert, seit sie zum letzten Mal hier gewesen waren. Mel schaute trübsinnig auf.
„Nix, absolut nix. Keine Kräuterhexe, keine Bierhexe, keine Käsehexe, keine Weihwasserhexe, nix..."
„Gut, dann suchen wir weiter im Nichts."
Lea warf sich auf die Bank und schnappte sich ein Notizbuch. Det sah missbilligend zu ihr rüber.
„He!! Wenn du sauer bist, geht es auch nicht schneller. Lasst uns mal genau überlegen, was wir am besten wo suchen könnten.
„Det hat recht, Lea."
Rose zog ihren Block aus der Tasche.
„Also, wir haben vielleicht eine Frau, die sich mit Heilkräutern und Naturheilkunde auskennt, die wahrscheinlich brauen kann und die sich selbst Bierhexe nennt oder so genannt wird."
„Bierhexe? So eine, die das Bier versaut hat und die man deswegen im Mittelalter verbrannt hat?"
Maarten war dazu gekommen und sah die anderen belustigt an.
„Du musst dich nicht darüber lustig machen, das ist im Moment unsere heiße Spur zu dieser Sophie."
„Aber im 19. Jahrhundert gab es doch keine Bierhexen mehr."
„Die gibt es sogar heute wieder, lieber Maarten. Ich habe im Internet gelesen, dass es heutzutage wieder Frauen gibt, die sich sehr intensiv mit der Brauerei beschäftigen. Die experi-

mentieren viel und stellen außergewöhnliche Biere her. Ein paar davon nennen sich mit Absicht und in Abgrenzung zu den etablierten männlichen Brauern Bierhexen."
„Aha, aber 1803 oder 1804 nannten die sich bestimmt nicht so. Das war lange Zeit ein Schimpfwort, auch im 19. Jahrhundert noch."
„Mag sein. Aber eine Kräuterfrau hatte Verbindung zum Kloster, vielleicht sogar eine kräuterkundige Brauerin. Oder eine brauende Kräuterfrau."
„Dann finden wir die auch. Weitermachen, Leute."
Mel verteilte großzügig die Aufzeichnungen von Han an ihre Freunde.
Maarten verzog sich. Schweigend arbeiteten sich die Freunde durch die Seiten, immer auf der Suche nach bestimmten Stichwörtern auf Flämisch, die Rose für sie aufgeschrieben hatte.

„Was ist das denn?"
Mel klappte den hinteren Deckel eines der Notizbücher von Han auf. Die anderen schauten auf, froh über die Unterbrechung der eintönigen Suche.
„Lass mal sehen! Der Deckel ist doppelt!"
Lea zog das Buch zu sich herüber.
„Nein, nicht doppelt, das ist eine Art Papiertasche. Hinten im Deckel festgeklebt."
„Und? Ist was drin?"
„Moment, mal sehen..."
Mel schob schnell ein großes Blatt sauberes Papier vor Lea hin, die das Buch vorsichtig umdrehte. Aus der Papiertasche rieselten feine Krümel.
„Ist das alles?"
Mel klang enttäuscht.
„Ja, das scheint alles zu sein."
Lea fuhr mit dem Finger noch mal vorsichtig durch die Tasche, nichts, sie war leer.
„Ich gehe jede Wette ein, dass das dieselben Beeren sind wie die aus dem Holzkästchen."
Det war sich seiner Sache ganz sicher.
„So, eine kleine Prise davon und ab ins Labor."
Det war schon auf dem Weg in sein Zimmer, um die Probe versandfertig zu machen und an sein Institut zu schicken.
Rose runzelte die Stirn und nahm das Buch in die Hand.
„Dann ist da noch mehr drin, was uns interessieren könnte.

Das ist kein Zufall, dass wir dieselben Beeren hier finden."
„Ok, dann mal los, Rose. Du kannst das am besten lesen, weil du die Sprache richtig kannst. Dir entgeht so leicht nichts."
„Ja, wahrscheinlich. Ich werde mich durchbeißen."
„Mel, komm, wir gehen ins Stadtarchiv. Es muss doch irgendwo etwas über diese Braufrauen zu finden sein. Rose, wenn Det auftaucht, sag ihm bitte, er soll noch mal durch die Bierrezepte gehen. Es muss einfach einen Zusammenhang geben!"

Das Stadtarchiv war geschlossen.
„Mist. Was machen wir jetzt?"
„Gehen wir ins Museum. Wir schauen uns noch mal ganz genau an, was die dort ausgestellt haben. Vielleicht kommt uns dann eine Idee."
„Schön, dort war ich sowieso noch nicht. Das interessiert mich. Wo müssen wir hin?"

„Was? In den Kesseln haben die im Haus gebraut?"
„Ja, sagt wenigstens der Museums-Koen. Das müssen wir auch sicher nicht in Frage stellen."
„Hmm, wie haben die denn damals gebraut? Ich meine daheim. Die mussten doch die Gerste mälzen. Haben die das selber gemacht?"
„Gute Frage, keine Ahnung."
„Und woher bekam man als Haushalt den Hopfen? Konnte man den so einfach im Laden holen?"
„Noch mal keine Ahnung. Aber das weiß sicher Maarten. Mel, du bist einfach super! So praktisch wie du denkt keiner von uns!"

„Hopfen wurde hier in der Gegend angebaut. Aber der beste kam und kommt immer noch aus dem Süden von Flandern, aus der Gegend von Poperingen."
Maarten konnte die Frage mühelos beantworten, auch über die Gerste wusste er Bescheid.
„Größere Brauerein mälzten und mälzen selbst. Die anderen bezogen ihr Malz aus den Mälzereien, von denen es auch ein paar in Brügge gab."
„So, nun stellt euch mal folgendes vor: Da lebt um die Jahrhundertwende zum 19. Jahrhundert eine junge Frau hier in der Gegend, die hervorragend ausgebildet ist in allerlei naturkundlichen Verfahren. So nenne ich das jetzt mal. Sie wird auch

zum Brauen in die größeren Häuser verpflichtet, da sie einen ausgezeichneten Ruf hat. Aber die Konkurrenz ist groß. Es gibt viele Brauereien und viele Haushalte, in denen gebraut wird. Sie muss sich anstrengen, damit sie so ihren Lebensunterhalt verdienen kann. Durch Zufall..."
„... oder durch eine Versuchsreihe", unterbrach Det Leas Ausführungen.
Grinsend fuhr sie fort.
„.. oder durch einen gnadenlosen Selbsttest fand sie heraus, dass das Bier der Mönche überdurchschnittlich gut war. Was aber kaum einer wusste, der nicht als Pilger oder Gast im Kloster war, da damals noch keine Schenke zum Kloster gehörte."
„Also musste sie einen Weg finden, um mit dem Brauer-Mönch in Kontakt zu kommen und ihm seine Braugeheimnisse abzuluchsen. Wie sie Bekanntschaft geschlossen haben, werden wir wohl nie erfahren. Aber das ist auch egal, die beiden hatten sich jedenfalls kennen gelernt und haben sicher auch ihre Kenntnisse ausgetauscht."
Det fiel in seinen berühmten Bass.
„Die Nacht war finster und der Mond hatte sich hinter den Gewitterwolken versteckt, grelle Blitze zuckten über das Klosterdach und der Brauer zog seine junge Freundin schnell von der Klostermauer zu sich in die Brauerei. Dort war es warm und gemütlich, eine Kerze brannte auf dem Tisch und erhellte mit einem kleinen Lichtkreis das Papier, auf dem der Brauer seine geheimsten Rezepte aufgeschrieben hatte..."
Mel hatte mit offenem Mund zugehört, Maarten biss sich auf die Lippen, Rose sah angestrengt in ihre Papiere.
Ein Schubser von Lea brachte Mel wieder zu sich.
„Oh Mann, Det!!" Sie kniff ihn in den Oberarm.
„Warum machst du das?"
Mel war empört.
„Weil du so süß aussiehst, wenn ich dir eine Geschichte erzähle."
„Du bist einfach ein Scheusal."
„Nein, ist er nicht, er liebt dich. Das sieht doch jeder."
Andries winkte ab und ging kopfschüttelnd in die Küche.
Lea sah ihm perplex hinterher.
„Woher weiß der denn so was?"
„Nur, weil wir hier als Mönche abgeschlossen von der Welt leben, heißt das noch lange nicht, dass wir nicht sehen, was um uns herum vor sich geht."
Maarten klang verärgert.
„Oh, sorry, so habe ich das nicht gemeint. Ich dachte nur, weil

ihr hier ja doch... ähm, weil… na ja, ihr dürft doch nicht..."
Lea war inzwischen puterrot und wusste nicht mehr, wie sie aus diesem Fettnapf wieder herauskommen sollte. Maarten half ihr nicht.
Mel teilte die Gesichtsfarbe ihrer Freundin, wenn auch aus anderen Gründen. Ihr war das alles megapeinlich.
Det grinste von einem Ohr zum anderen und Rose sah missbilligend von ihren Notizen auf.
„Also sagen wir mal so, den Herren hier im Kloster sind menschliche Gefühle keineswegs fremd. Und sie nehmen Dinge wahr, die wir in der Hektik da draußen längst nicht mehr erkennen. Aber in diesem Fall war es keine große Kunst, die beiden liegen sich dauernd wegen Nichtigkeiten in den Haaren, da kann es sich nur um Liebe handeln."
Rose wandte sich wieder ihren Aufschrieben zu.
Lea sah Maarten an, der zwinkerte ihr zu, und beide grinsten einvernehmlich. Mel war immer noch verlegen und Det kramte schon wieder in den Bierrezepten.

„Das könnte vielleicht etwas sein...", Rose sprach langsam und zögerlich, während sie noch mal mit dem Zeigefinger die Zeile entlangfuhr.
„Was?" Mel klang müde und nicht mehr sehr motiviert.
„...der Versuch scheint gelungen, das Schwänchen am Braukessel hatte Recht. Wenn man die alten Traditionen mit bester Handwerkskunst vereint, darf man sich gemeinsam über das beste Ergebnis freuen."
Rose hatte langsam und deutlich übersetzt.
„Schwänchen?" Lea zog die Augenbrauen hoch.
„Klar! Schwänchen fängt auch mit S an, deutlicher durfte er nicht werden."
Det sah von einer zur anderen, als ob er eine Bestätigung für seine Vermutung suchte.
„Logo, Det. Und Schwänchen ist ein liebevolles und freundliches Wort, damit konnte er seine Gefühle beschreiben, ohne aufzufallen. Schwäne gehören ja zu Brügge."
Mel bekam einen ganz verträumten Ausdruck.
„Das passt irgendwie nicht! Schwan heißt auf flämisch „zwaan", das schreibt man mit „Z". Und hier steht „swaentje" mit „S", warf Rose ein.
„Das müssen wir noch klären, Rose. Da steht auch noch mehr. Liest du bitte weiter?" Lea war wieder die Ungeduld in Person.
Rose nickte nur, denn sie war schon längst wieder in den Text eingetaucht. Es war mäuschenstill im Raum, die Abendglocke

läutete vom Kirchturm erschreckend schrill.
„Also, Kurzfassung erst einmal."
Rose nahm die Notizen, die sich während des Lesens gemacht hatte, zur Hand.
„Wie es scheint, haben die beiden gemeinsam gebraut. Wohl nachts und heimlich natürlich. Also, diese Sophie kam wohl immer in bestimmten Nächten, bei Neumond wahrscheinlich, und Lorenz hat sie in die Brauerei gelassen. Das Ergebnis war eines Tages anscheinend nicht nur Nachwuchs, sondern auch ein neues Bier, von dem sich die beiden kolossalen Erfolg versprachen. Das Rezept dazu steht hier."
„Und da waren diese Beeren drin, stimmt's?"
„Offensichtlich. Über die Menge waren sie sich noch nicht einig, das bleibt offen an dieser Stelle..."
Rose zögerte und blätterte noch mal auf die richtige Seite in dem Buch.
„Und Han wusste davon und hat das einfach mal so notiert, ohne sich darüber Gedanken zu machen oder dem Abt zu melden oder so was?"
Lea konnte es nicht fassen. Rose schüttelte den Kopf.
„Nein, er hat es anscheinend nur gehört von jemandem."
„Von wem?"
Lea war wieder hellwach.
„Moment, er schreibt... hmmm... ah, da! Ja, da steht es. Gestern war ein Gast in der Schenke und hat nach mir gefragt. Erst sagte er seinen Namen nicht. Aber da sagte ich dann auch nichts. Also lud er mich zu einer Brauereibesichtigung ein, beim alten van Branden, den Abt hatte er schon gefragt..."
„Ich glaub's nicht!
Det schlug mit der flachen Hand auf den Tisch.
„Da lesen wir uns Geschwüre an die Augen und der gute, alte Han war bei den van Brandens zu Besuch! Pffff ..."
„Weiter, Rose, was steht da noch?"
Lea hatte riesige Augen bekommen, sie konnte vor Aufregung nicht mehr stillsitzen. Mel saß mit gefalteten Händen im Schoß. Roses Stimme war leise und gleichmäßig.
„So, wie es aussieht, haben sich die beiden im Büro der Brauerei in Brügge ausgetauscht, wohl über die Geheimnisse des Brauens im Allgemeinen und dieses Schwänchen des Lorenz im Besonderen."
Rose ließ das Buch sinken.
„Und damit hat Han unwissentlich das Material für die Erpressung des Abts geliefert. Jetzt wusste der alte van Branden ganz genau, woher sein Ahn gekommen war. Und der Abt

wurde später mit diesem Wissen unter Druck gesetzt. Keine Verletzung des Keuschheitsgebots in seinem Kloster! Auch wenn es schon Urzeiten her war."
Lea ließ sich auf der Bank zurückfallen und fuhr sich müde durch die Haare.
„Ja, aber was wusste Han und was der alte van Branden?"
Det ließ natürlich nicht locker.
„Das bleibt offen, so wie ich das im Moment sehe. Anscheinend haben die beiden ihr Wissen und ihre Vermutungen zusammengeworfen und das Ergebnis war dann eindeutig."
Rose hatte beide Hände auf die Buchseiten gelegt.
„Wann war das?"
„Ein genaues Datum steht hier nicht, würde zu Han auch nicht passen. Muss aber irgendwann während des Krieges gewesen sein, Han erwähnt, dass von Rommel gemeldet würde, er sei auf dem Rückzug."
„Das war 1942, also noch drei Jahre vor der Geburt Peters."
„Und was ist mit dem Rezept?"
Lea war schon wieder weiter.
„Das müssen wir Maarten zeigen, mir sagt das nichts. Nur die Beeren werden erwähnt, das passt auf jeden Fall."
„Jetzt lassen wir den Abt holen, das muss geklärt werden."
Det machte sich schon auf den Weg zum Refektorium, wo die Mönche beim Abendessen saßen.
Alle schwiegen, nachdem Rose ihren Bericht beendet hatte. Der Abt sah zu Boden und wirkte gar nicht glücklich. Maarten und Andries kauten noch an den Neuigkeiten. Die anderen warteten ab, was Cornelis sagen würde. Er ließ sich Zeit.
„Hmm, dann habe ich das wohl richtig verstanden? Bruder Lorenz, der Bierbrauer hier im Kloster war und bei dem Brand 1804 ums Leben kam, war der mutmaßliche Vater von Lorenz van Branden, der später in Brügge die große Brauerei gründete. Seine Mutter war Sophie, von der wir nicht viel mehr wissen, als dass sie etwas vom Brauen verstand und von unserem damaligen Braumeister ein Kind erwartete. Er nannte sie Schwänchen und die beiden brauten heimlich nachts im Kloster, um neue Bierrezepte zu testen. Übrigens wurde Schwan früher auch auf flämisch mit „S" geschrieben, es hieß „swaen". Damit passt das Schwänchen durchaus zu dieser Sophie."
Die anderen nickten bestätigend.
„Dann ging er eines Tages auf Han zu, wohl im Jahr 1942, der Grund dafür ist nicht sicher. Und die beiden tauschten ihr Wissen aus, um die Geschichte zu vervollständigen. Han wollte wahrscheinlich nur Erkenntnisse über die alten Braumethoden

sammeln, der alte van Branden hat seine Familiengeschichte vervollständigt. Und ein paar Jahre später hatte er eine gute Gelegenheit, dieses Wissen gegen das Kloster respektive den Abt zu verwenden."
„Aber ich verstehe nicht, warum der Abt sich auf den Kuhhandel eingelassen hat. Wenn bekannt geworden wäre, dass die Brauerei van Branden von einem Klosterbastard... Entschuldigung..."
Lea brach ab, aber der Abt nickte ihr zu.
„Also, wenn bekannt geworden wäre, dass die Brauerei auf einem klösterlichen Fehltritt basiert, wäre es doch für die Brauerfamilie genauso beschämend gewesen. Immerhin setzte der Alte alles daran, dass seine Tochter über hundert Jahre später auch nicht mit einem unehelichen Kind erwischt wurde."
„Das musste er dem Abt ja nicht erzählen. Wenn er nur den beschädigten Ruf des makellosen Klosters in Aussicht gestellt hat, war der Abt schon eingeschüchtert. Aus Eefjes Erzählungen wissen wir ja, dass der Alte ganz gehörig auftreten konnte. Nun wissen wir über den Abt von damals praktisch nichts. Wer weiß, wie fern der Welt dieser Mann war. Oder wie schnell er sich schuldig fühlte für Verfehlungen anderer. Oder verantwortlich. Oder was weiß ich! Jedenfalls hat ihn der Alte wohl ziemlich hart angefasst, vielleicht sogar gedroht."
„Vielleicht hat der Abt sich auch gesagt, wenn der Junge hier lebt, ist er in Sicherheit, behütet und versorgt. Wer weiß, was dem Alten sonst noch eingefallen wäre, wenn der Abt abgelehnt hätte."
„Das kann auch sein, das werden wir aber nie erfahren. Wir Äbte sind Gott sei Dank nicht verpflichtet, unsere Seelenkonflikte aufzuschreiben."
Cornelis lächelte ein wenig.
„Maarten, was sagst du nun zu dem Rezept?"
Det schob das Buch mit der aufgeschlagenen Seite über den Tisch.
„Ich hab's gelesen. Auf den ersten Blick nichts Besonderes. Aber die Temperaturangaben sind doch erstaunlich. Ich könnte mir vorstellen, dass die veränderte Wärme und die Zugabe der Beeren am Geschmack einiges verändern. Aber das müsste ich erst einmal testen."
„Dann war das verbrannte Stück Papier aus dem Holzkästchen wohl die Abschrift dieses Rezeptes. Eefje hatte so etwas ja schon vermutet."
„Hatte Han eigentlich das Original?"
„Nein, er schreibt, dass er nur ein angekohltes Fragment hatte.

Das Stück Papier war wohl beim Brand mit einigen anderen Büchern gerettet worden. Da es eindeutig um Bier ging, hat man das Stück dann zu den anderen Rezepten gelegt und vergessen."

„Bis Han es wiederfand und ergänzte. Wahrscheinlich auch durch Tests."

„Und die er vielleicht sogar mit dem alten van Branden abgleichen konnte. Denn der hatte das Papier ja schon immer in dem Kästchen. Womöglich war es die Abschrift dieser Sophie."

„Aber warum hat der Alte das Rezept nicht einfach wieder aufgeschrieben, nachdem es verbrannt war? Er konnte es doch sicher auswendig?"

„So wie Eefje erzählt hat, war er ja nach dem Herzanfall nicht mehr gesund. Vielleicht hat er es einfach nicht mehr zusammengebracht. Das werden wir nie erfahren."

„Aber deshalb sprach der Alte auch immer vom Erbe der Brauerei. Natürlich! Sophie hatte das Rezept zusammen mit Lorenz erprobt, jeder hatte es für sich aufgeschrieben. Und in der Nacht des Brandes hat Sophie noch den Hopfensack mitgehen lassen, sicher gut gefüllt. So hatte sie ein kleines Startkapital für ihr Braugeschäft."

„Mit Hopfen aus dem Kloster? Na klasse!"

Lea lachte los. Es klang ziemlich bitter.

"Sophie beginnt ihr neues Leben als alleinerziehende Mutter mit einem gestohlenen Sack Hopfen und einem Bierrezept. Was für eine Aussicht! Und das in einer Zeit, als es alles andere als modern war, in einer katholischen Gegend ein Kind ohne Vater großzuziehen."

„Diese Frau war klug. Sie hatte im Taufregister angegeben, dass ihr Mann verstorben war. Die ließ sich sicher nicht unterkriegen."

„Nein, sicher nicht. Aber ein wenig romantisch oder wehmütig war auch sie. Sonst hätte sie das Symbol auf dem Sack nicht übermalt, mit den Initialen einer verbotenen Liebe."

„Ist dem Alten eigentlich die Ironie aufgegangen, als er das Kind seiner Tochter im Kloster abgeben wollte? Oder war er so zynisch, dass er das als Kreislauf des Schicksals betrachtete?"

„Ich glaube, wir müssen die Familie van Branden informieren und dann die Sache abschließen."

Lea nahm die Tasche und begann, die Notizen, Kopien und Beweisstücke zu verstauen. Rose legte wortlos ihren Block dazu. Der Abt und die Mönche hatten sich verabschiedet. Maarten versprach, die letzten Kopien bis zum Frühstück für Det bereit zu legen.

Der Raum war wieder kahl, als sie ihren Kram im Auto verstaut hatten. Det war spazieren gegangen, Mel wollte nur noch ins Bett, Rose und Lea fuhren schweigend durch die Nacht zurück ins märchenhaft beleuchtete Brügge.

Kapitel XXVI

„Wir müssen Jan anrufen."
„Ja."
„Machst du das?"
„Was?"
„Rufst du Jan an?"
„Oh, Rose, das ist alles so unwirklich, so hart, so gemein, so... ach, ich habe dafür keine Worte! Ja, ich rufe Jan an. Aber ich muss mir erst noch überlegen, wie ich ihm das alles sage."
„Also... nein. Äh, ich meine, nein, das ist nicht gemein, das ist nicht so schrecklich, wie du das jetzt darstellst. Denk doch mal daran, was aus dieser seltsamen Geschichte letztendlich geworden ist. Eine lange Dynastie stolzer Brauer und eine große Brügger Familie."
„Ja, Dynastie schon, großer Betrieb auch. Aber Familie? Von denen, die wir kennen gelernt haben, waren einige lange Zeit ihres Lebens nicht besonders vom Glück gesegnet."
„Eefje, ja, die hat es hart getroffen. Der Sohn wäre sicher auch lieber bei seiner Mutter gewesen, aber er kannte nur das Klosterleben und schien nicht unglücklich zu sein. Iliane hat ihre Familie zusammengehalten und alles dafür getan, dass sie Nestwärme und Liebe bekommen hat. Ihr Vater war wohl ein besonderes Exemplar, aber im Wesentlichen auch nur ein Kind seiner Zeit. Wir sehen gerne alles aus unserer Gegenwart und bringen wenig Verständnis auf für die Entscheidungen, die damals wahrscheinlich richtig und gut waren."
„Da kannst du recht haben. Aber weißt du was? Ich denke, der Showdown sollte auf der Bühne stattfinden, wo alles begann. Was hältst du davon, wenn wir in der Klosterschenke eine Festtafel richten lassen und alle Beteiligten dazu bitten? Dann muss ich Jan am Telefon gar nicht viel sagen."
„Das ist eine prima Idee! Ruf du deine Freunde an und die Brandens. Ich kümmere mich um die Schenke und den Abt. Der Koch wird begeistert sein, wenn er so richtig auffahren darf."
Rose war schon zur Anrichte gelaufen und hatte das Telefon geholt. Lea verzog sich auf die Terrasse zum Telefonieren.

Lea dekorierte ein üppiges Rosenbukett in eine antike Silberschale aus Oma Annes Sammlung in der Form eines Schwanenpaares, die Hälse waren die Henkel. Sie konnte sich nicht so recht entscheiden, ob das Teil nur kostbar aber hässlich

war oder so kitschig, dass es schon wieder etwas Besonderes darstellte. Jedenfalls hatte Rose darauf bestanden, das Silber zu polieren, bis sich jedes Detail der festlich gedeckten Tafel darin spiegelte.
Die alte Klosterschenke war wirklich nicht wieder zu erkennen. Auf den kargen Holztischen schimmerte das gestärkte Leinen, das Rose aus dem alten Wäscheschrank gezaubert und mit Hingabe aufgebügelt hatte. Der Abt hatte das beste Service und Besteck holen lassen, das sonst nur beim Besuch des Bischofs aufgetragen wurde, also fast nie.

Lea hatte ein wenig Herzklopfen, als sie die erwartungsvollen Gäste um die große Tafel sah. Die Schenke mit den bleichgescheuerten Brauntönen des rustikalen Holzes wurde mit dem Elfenbein der Tischdecken, dem schimmernden Silberglanz der Blumenschalen und Kerzenleuchter und dem Feuerwerk der Blumen in einen strahlenden Festsaal verwandelt. Die Gesichter der Anwesenden spiegelten die verschiedensten Emotionen wieder. Lea sah bei den Menschen, die sie schon so lange kannte, und denen, die erst vor wenigen Tagen in ihr Leben gekommen waren, Freude, Spannung, Neugierde, Glück und Trauer. Ein ganzer Regenbogen von Farben wogte für Lea durch den Raum.
Iliane saß zwischen Eefje und Jan, der seine Hand auf die von Flitzi gelegt hatte. Det und Mel saßen ihnen gegenüber und unterhielten sich angeregt mit Andries und Maarten. Rose hatte ihren Platz neben dem Abt, der ihr freundlich lächelnd zuhörte.
Lea holte tief Luft und stand auf. Sie musste nicht an das Glas klopfen, alle schienen nur darauf gewartet zu haben, dass sie etwas sagte. Vor ihr stand das kleine Holzkästchen, mit dem alles angefangen hatte. Was sie damals als ein Spiel, eine Koketterie mit der Geschichte einer Patrizierfamilie betrachtet hatte, war zu einer intensiven Begegnung mit Schicksalen geworden. Und heute wollte sie die Sache zu Ende führen.

„Liebe Freunde, und ich darf inzwischen wohl alle so nennen, die heute hier sind. Liebe Freunde, das Rätsel, das mir Jan vor zwei Wochen aufgegeben hatte, ist gelöst. Wir kennen zumindest die groben Zusammenhänge und wissen, was möglicherweise alles geschehen ist, seit jener Nacht im Jahre 1804, als das Kloster hier brannte. Alle Details werden wir nie erfahren, aber die Geschichte hat sich wohl so zugetragen..."
Alle lauschten, ohne sie zu unterbrechen. Nur als sie erzählte,

wie der Name van Branden entstanden war, konnte sie sehen, wie Iliane heftig zusammenzuckte.

„... und so ist das Originalrezept der Sophie van Branden zwar im Kamin verbrannt, aber im Kloster existiert eine Kopie beziehungsweise eine Ergänzung des Originals. Also können Jan und Maarten das Rezept doch einmal ausprobieren, vielleicht ist das Ergebnis ja trinkbar."
Lea schloss lächelnd ihren Bericht, hob das gefüllte Bierglas, das Andries vor sie gestellt hatte und prostete den Anwesenden zu.
Flitzi schnellte von ihrem Stuhl auf.
„Sag das noch mal!"
Ihre Stimme war scharf und laut.
„Was?"
„Das mit dem Bier. Mit dem Rezept."
„Äh, das Rezept ist hier im Kloster und Jan und ..."
„Genau!!"
Flitzi fuchtelte mit spitzem Zeigefinger vor Leas Gesicht herum.
„Genau!! Die beiden müssen das ausprobieren, egal, wie das Resultat ist. Dann machen sie eben ein trinkbares Bier daraus und sagen, dass es das Gründungsbier der Brauerei war, erprobt im Kloster!"
Die anderen sahen Flitzi verständnislos an. Det begriff als erster.
„Natürlich! Ein Bier mit einer Wahnsinnsgeschichte dahinter! Das gibt einen Verkaufsschlager, wenn man das richtig anpackt. Leute, da habt ihr eure Bier-Promo-Tour!"
Jan packte Flitzi um die Taille und wirbelte sie herum.
„Du bist unglaublich, du Bierhexe! Meine Bierhexe! Nun ist wieder Leben in der Brauerei!"
Bevor sie reagieren konnte, verschloss er ihren Mund mit einem leidenschaftlichen Kuss. Die Mönche schmunzelten und prosteten sich zu.
„Und ich spendiere noch den passenden Namen dazu", kam es trocken von Lea. Sie hob die Silberschale an den Schwanenhälsen hoch.
„Schwanenbier!"
Falls sie noch etwas gesagt haben sollte, es ging im Jubel und Durcheinander der Stimmen unter. Jeder sprach mit jedem, keiner hörte zu, alle waren aufgeregt und erleichtert zugleich.

Der Abt hatte Mühe, sich Gehör zu verschaffen, damit die Suppe serviert werden konnte. Beim Essen beruhigten sich die

Gemüter nach und nach. Maarten und Jan waren bereits in ernsthafte Gespräche vertieft, Iliane hatte immer noch Mühe, die neue Familiengeschichte zu verarbeiten, Eefje war offensichtlich mit ihren Gedanken weit in der Vergangenheit und die Freunde samt Rose alberten mit dem üblichen losen Mundwerk lautstark herum.

„Wie hast du das gemeint, Jan, das mit dem Leben in der Brauerei?“ Mel musste es dann doch noch genau wissen.
Die Flamen brachen in schallendes Gelächter aus. Rose kicherte vergnügt vor sich hin und die vier Freunde schauten etwas ratlos in die Runde.
„Habe ich etwas Falsches gesagt?“ murmelte Mel mit roten Wangen.
„Nein, ganz und gar nicht. Das müssen wir euch erklären. ‚Jetzt ist wieder Leben in der Brauerei' ist ein geflügeltes Wort. Es bedeutet, dass wieder etwas los ist, dass es geschäftig und umtriebig wird. Das kommt von Jan Steen, einem berühmten Maler, der nebenbei ziemlich erfolglos eine Brauerei betrieb. Seine Frau beklagte seine Untätigkeit, worauf er ein paar Enten kaufte und in der Brauerei rundfliegen ließ. Damit war wieder Leben in der Brauerei!“
Maarten grinste fröhlich zu Jans Erklärung und prostete ihm zu.
„Auf unser Leben in der Brauerei!“

Als der letzte Teller abgetragen war und sich satte, leise Heiterkeit ausbreitete, ergriff der Abt nochmals das Wort.
„Meine lieben Gäste, ich danke allen, dass wir diese Geschichte wohl zu einem glücklichen Ende führen können. Wie ich das sehe, werden die Brauerei und das Kloster wohl in Zukunft eine enge Zusammenarbeit pflegen. Das ist sicher im Sinne unseres alten Brauer Lorenz und seiner wunderbaren Sophie, von der wir nur wissen, dass sie klug und tatkräftig genug war, um eine ganze Brauerdynastie zu begründen. Ich würde mich freuen, wenn wir uns ab und an alle zu so einem Tag wie heute zusammenfinden dürfen. Aber jetzt habe ich noch etwas vor, Ihr werdet mich und Madame sicher entschuldigen.“

Er ging zu Eefjes Stuhl und reichte ihr den Arm. Sie hatte wieder ganz rote Bäckchen bekommen. Lächelnd stand sie auf und stützte sich auf den Abt. Iliane riss die Augen auf, sie verstand nichts.
Lea dagegen schon. Sie nahm die farbenprächtigen Rosen

aus der Schale und legte sie Eefje in den Arm.
„Grüße deinen Peter von uns allen, er hat eine wundervolle Mutter.“

Es war ein erstaunliches Bild: der große füllige Abt mit der zerbrechlichen Eefje am Arm, wie sie in der goldenen Abendsonne durch das Friedhofsportal schritten.

Ich bin sehr glücklich darüber, dass es Menschen in meinem Leben gibt, die mich bei der Entstehung dieses Buches unterstützt haben, die an mich glauben und mir Mut gemacht haben.

Dafür danke ich ganz besonders Charly, der als Lektor eine große Hilfe war. Meiner Mama, die immer eine sehr interessierte Zuhörerin ist. Susanne und Gaby, die als gute Freundinnen stets ein aufmunterndes Wort für mich hatten und fest an die Veröffentlichung glaubten.
Und meiner lieben Pauline, die mir Vorbild war und mir mit ihrer Erfahrung auf die Sprünge geholfen hat.

Barbara Burkhardt

ist gebürtige Stuttgarterin und lebt seit 2008 mit ihrer Familie an der Küste in Zeeuws-Vlaanderen, Niederlande.
Sie ist von Beruf Dozentin für moderne Fremdsprachen und unterrichtet Niederländisch und Deutsch.
Mit einer weiteren Ausbildung in journalistischem und kreativem Schreiben hat sie sich die handwerkliche Seite als Autorin angeeignet. So hat sie u.a. einige Jahre die Firmen-zeitschrift eines großen Automobilzulieferers gestaltet und herausgegeben. Ebenso hat sie dort große Erfahrung als Übersetzerin gesammelt.

Neben dem Schreiben gilt ihr Interesse vor allem Geschichte, Malerei und Fotografie. Sie geht gerne mit ihren Hunden am Strand spazieren, wo sie sich im Wechselspiel von Licht und Farben neue Inspirationen holt. Die Weite der Polderlandschaft, der ferne Horizont über der See und der Wind in den Dünen sorgen für die nötige Ruhe und Konzentration bei ihrer Arbeit.

Einige Kurzgeschichten und ein sehr erfolgreiches zweisprachiges Kochbuch („Currywurst & Mosselen“) hat sie bereits veröffentlicht, jetzt liegt mit “Schwanenbier” ihr erster Roman vor.

Printed in Poland
by Amazon Fulfillment
Poland Sp. z o.o., Wrocław

48889230R00148